Cumbres Borrascosas

Emily Brontë

Publicado por GOLDEN BOOKMARK PUBLISHING

Correo electrónico: goldenbookmarkpublishing@gmail.com

Para más información o consultas, póngase en contacto con la editorial a través del correo electrónico indicado.

Primera edición de GOLDEN BOOKMARK PUBLISHING en 2026

Golden Bookmark

Contents

Capítulo uno

He vuelto hace unos instantes de visitar a mi casero y ya se me figura que ese solitario vecino va a inquietarme por más de una causa. En este bello país, que ningún misántropo hubiese podido encontrar más agradable en toda Inglaterra, el señor Heathcliff y yo habríamos hecho una pareja ideal de compañeros. Porque ese hombre me ha parecido extraordinario. Y eso que no mostró reparar en la espontánea simpatía que me inspiró. Por el contrario, metió los dedos más profundamente en los bolsillos de su chaleco y sus ojos desaparecieron entre sus párpados cuando me oyó pronunciar mi nombre y preguntarle:

—¿El señor Heathcliff?

Él asintió con la cabeza.

—Soy Lockwood, su nuevo inquilino. Le visito para decirle que supongo que mi insistencia en alquilar la «Granja de los Tordos» no le habrá causado molestia.

—Puesto que la casa es mía —respondió apartándose de mí— no hubiese consentido que nadie me molestase sobre ella, si así se me antojaba. Pase.

Rezongó aquel «pase» entre dientes, con aire tal como si quisiera mandarme al diablo. Ni tocó siquiera la puerta en confirmación de lo que decía. Esto bastó para que yo resolviese entrar, interesado por aquel sujeto, al parecer más reservado que yo mismo.

Y como mi caballo empujase la barrera, él soltó la cadena de la puerta y me precedió, con torvo aspecto, hacia el patio, donde dijo a gritos:

—¡José! ¡Llévate el caballo de este señor y danos vino!

Puesto que ambas órdenes se dirigían a un solo criado, juzgué que toda la servidumbre se reducía a él. Por eso entre las baldosas del patio medraban hierbajos y los setos estaban sin recortar, sólo mordisqueadas sus hojas por el ganado. José era hombre entrado en años, aunque sano y fuerte. Lanzó un contrariado «¡Dios nos valga!» y, mientras se llevaba el caballo, me miró con tanta malignidad que preferí suponer que impetraba el socorro divino para digerir bien la comida y no con motivo de mi presencia.

A la casa donde vivía el señor Heathcliff se la llamaba «Cumbres Borrascosas» en el dialecto local. El nombre traducía bien los rigores que allí desencadenaba el viento cuando había tempestad. Ventilación no faltaba sin duda. Se advertía lo mucho que azotaba el aire en la inclinación de unos pinos cercanos y en el hecho de que los matorrales se doblegaban en un solo sentido, como si se prosternasen ante el sol. El edificio era sólido, de espesos muros a juzgar por lo hondo de las ventanas, y protegidos por grandes guardacantones.

Parándome, miré los ornamentos de la fachada. Sobre la puerta, una inscripción decía «Hareton Earnshaw, 1500». Aves carniceras de formas extrañas y niños en posturas lascivas enmarcaban la inscripción. Aunque me hubiese gustado comentar todo aquello con el rudo dueño de la casa, no quise aumentar con esto la impaciencia que parecía evidenciar mientras me miraba desde la puerta como instándome a que entrase de una vez o me marchara.

Por un pasillo llegamos al salón que en la comarca llaman siempre *la casa*, y al que no preceden otras piezas. Esa sala suele abarcar comedor y cocina, pero yo no vi cocina, o mejor dicho no vi signos de que en el enorme lugar se guisase nada. Pero en un ángulo oscuro se percibía rumor de cacharros. De las paredes no pendían cazuelas ni utensilios de cocina. En un rincón se levantaba un aparador de roble con grandes pilas de platos, sin que faltasen jarras y tazas de plata. Encima del aparador había tortas de avena y perniles curados de vaca, cerdo y carnero. Colgaban sobre la chimenea escopetas viejas, de cañones herrumbrosos y unas pistolas de arzón. Se veían encima del mármol tres tarros de vivo colorido. El suelo era de piedra lisa y blanca. Había sillas de forma antigua, pintadas de verde, con altos respaldos. En los rincones se acurrucaban perros. Una hembra con sus cachorros se escondía bajo el aparador.

Todo era muy propio de la morada de uno de los campesinos de la región, gente recia, tosca, con calzón corto y polainas. Esas salas y esos hombres sentados en ellas ante un jarro de cerveza espumeante abundan en el país, mas Heathcliff contrastaba mucho con el ambiente. Por lo moreno, parecía un gitano, pero tenía las maneras y la ropa de un hombre distinguido y, aunque algo descuidado en su indumentaria, su tipo era erguido y gallardo.

Yo pensaba que muchos le tendrían por soberbio y grosero y que, sin embargo, no debía ser ninguna de ambas cosas. Por instinto imagine su reserva, hija del deseo de ocultar sus sentimientos. Debía saber disimular sus odios y simpatías y juzgar impertinente a quien se permitiera manifestarle los suyos.

Es probable que yo me aventurase mucho al atribuir a mi casero mi propio carácter. Quizá él regateara su mano al amigo ocasional, por motivos muy diversos. Tal vez mi carácter sea único. Mi madre solía decirme que yo nunca tendría un hogar feliz y lo que me ocurrió el verano último parece dar la razón a mi progenitora, porque, hallándome en una playa donde pasaba un mes, conocí a una mujer bellísima, realmente hechicera. Aunque nada le dije, si es cierto que los ojos hablan, los míos debían delatar mi locura por ella. La joven lo notó y me correspondió con una mirada dulcísima. ¿Y qué hice? Declaro avergonzado que rectifiqué, que me hundí en mí mismo como un caracol en su concha y que cada mirada de la joven me hacía alejarme más, hasta que ella, probablemente desconcertada por mi actitud y suponiendo haber sufrido un error, persuadió a su madre de que se fuesen.

Esas brusquedades y cambios me han valido fama de cruel, sin que nadie, no siendo yo mismo, sepa cuánto error hay en ello.

Heathcliff y yo nos sentamos silenciosos ante la chimenea. La perra, separándose de sus cachorros, se acercó a mí, fruncido el hocico y enseñando sus blancos dientes. Cuando quise acariciarla emitió un gruñido gutural.

—Déjela —dijo Heathcliff haciendo coro a la perra con otro gruñido y asestándole un puntapié—. No está hecha a caricias ni se la tiene para eso.

Incorporándose, fue hacia una puerta lateral y gritó:

—¡José!

José masculló algo en el fondo de la bodega, mas no apareció. Entonces su amo acudió en su busca. Quedé solo con la perra y con otros dos mastines que me miraban atentamente. No me moví, temeroso de sus colmillos, pero pensé que la mímica no les molestaría y les hice unas cuantas muecas. Fue una ocurrencia muy desgraciada, porque la señora perra, ofendida sin duda por alguno de mis gestos, se precipitó sobre mis pantalones. La repelí y me di prisa a refugiarme tras de la mesa, acto que puso en acción a todo el ejército canino. Hasta seis demonios en cuatro patas confluyeron desde todos los rincones en el centro de la sala. Mis talones y los faldones de mi levita fueron los más atacados. Quise defenderme con el hurgón de la lumbre, pero no bastó y tuve que pedir auxilio a voz en cuello.

Heathcliff y José subían con desesperada calma. La sala era un infierno de ladridos y gritos, pero ellos no se apresuraban nada en absoluto. Por suerte, una rolliza criada acudió más deprisa, arremangadas las faldas, rojas las mejillas por la cercanía del fogón, desnudos los brazos y en la mano una sartén, merced a cuyos golpes, acompañados por varios denuestos, se calmó en el acto la tempestad. Al entrar Heathcliff, ella, agitada como el océano tras un huracán, campeaba en medio de la habitación.

—¿Qué diablos ocurre? —preguntó mi casero con tono que juzgué intolerable tras tan inhospitalario acontecimiento.

—De diablos es la culpa —respondí—. Los cerdos endemoniados de los Evangelios no debían encerrar más espíritus malos que sus perros, señor Heathcliff. Dejar a un forastero entre ellos es igual que dejarle entre un rebaño de tigres.

—Nunca se meten con quien no les incomoda —dijo él—. La misión de los perros es vigilar. ¿Un vaso de vino?

—No, gracias.

—¿Le han mordido?

—En ese caso lo habría conocido usted por lo que yo habría hecho al que me mordiera.

—Vaya, vaya —repuso Heathcliff, con una mueca—. No se excite, señor Lockwood, y beba un poco de vino. En esta casa suele haber tan pocos visitantes que ni mis perros ni yo acertamos a recibirles como merecen. ¡Ea, a su salud!

Comprendiendo que sería absurdo formalizarme por la agresión de unos perros feroces, me calmé y correspondí al brindis. Además se me figuró que mi casero se mofaba de mí y no quise darle más razones de irrisión. En cuanto a él, debió juzgar necio el tratar tan mal a un buen inquilino, y, mostrándose algo menos conciso, empezó a charlar de las ventajas e inconvenientes de la casa que me había arrendado, lo que sin duda le parecía interesante para mí. Opiné que hablaba con buen criterio y resolví decirle que repetiría mi visita al día siguiente. Y, aun cuando él no mostrara ningún entusiasmo al oírlo, he decidido volver. Me parece mentira comprobar lo amigo del trato social que soy, por comparación al dueño de mi casa.

Capítulo dos

Ayer por la tarde hizo frío y niebla. Primero dudé entre quedarme en casa, junto al fuego, o dirigirme, a través de cenagales y yermos, a «Cumbres Borrascosas».

Pero después de comer (advirtiendo que como de una a dos, ya que el ama de llaves, a la que acepté al alquilar la casa como si fuese una de sus dependencias, no comprende, o no quiere comprender, que deseo comer a las cinco), al subir a mi cuarto, hallé en él a una criada arrodillada ante la chimenea y esforzándose en extinguir las llamas mediante masas de ceniza con las que levantaba una polvareda infernal. Semejante espectáculo me desanimó. Cogí el sombrero y tras una caminata de cuatro millas llegué a casa de Heathcliff en el preciso instante en que comenzaban a caer los primeros copos de una nevada semilíquida.

El suelo de aquellas solitarias alturas estaba cubierto de una capa de escarcha ennegrecida, y el viento estremecía de frío todos mis miembros.

Al ver que mis esfuerzos para levantar la cadena que cerraba la puerta de la verja eran vanos, salté la valla, avancé por el camino bordeado de groselleros, y golpeé con los nudillos la puerta de la casa, hasta que me dolieron los dedos. Se oía ladrar a los canes.

«Vuestra imbécil inhospitalidad merecía ser castigada con el aislamiento perpetuo de vuestros semejantes, ¡bellacos! –murmuré mentalmente–. Lo menos que se puede hacer es tener abiertas las puertas durante el día. Pero no me importa. He de entrar».

Tomada esta decisión, sacudí con fuerza la aldaba. La cara de vinagre de José apareció en una ventana del granero.

—¿Qué quiere usted? –preguntó–. El amo está en el corral. Dé la vuelta por el ángulo del establo.

—¿No hay quien abra la puerta?

—Nadie más que la señorita, y ella no le abriría aunque estuviese usted llamando hasta la noche. Sería inútil.

—¿Por qué? ¿No puede usted decirle que soy yo?

—¿Yo? ¡No! ¿Qué tengo yo que ver con eso? –replicó, mientras se retiraba.

Comenzaba a caer una espesa nevada. Yo empuñaba ya el aldabón para volver a llamar, cuando un joven sin chaqueta y llevando al hombro una horca de labranza apareció y me dijo que le siguiera. Atravesamos un lavadero y un patio embaldosado en el que había un pozo con bomba y un palomar, y llegamos a la habitación donde el día anterior fui introducido. Un inmenso fuego de carbón y leña la caldeaba, y, al lado de la mesa, en la que estaba servida una abundante merienda, tuve la satisfacción de ver a *la señorita*, persona de cuya existencia no había tenido antes noticia alguna. La saludé y permanecí en pie, esperando que me invitara a sentarme.

Ella me miró y no se movió de su silla ni pronunció una sola palabra.

—¡Qué tiempo tan malo! —comenté—. Lamento, señora Heathcliff, que la puerta haya sufrido las consecuencias de la negligencia de sus criados. Me ha costado un trabajo tremendo hacerme oír.

Ella no movió los labios. La miré atentamente, y ella me correspondió con otra mirada tan fría, que resultaba molesta y desagradable.

—Siéntese —gruñó el joven—. Heathcliff vendrá enseguida.

Obedecí, carraspeé y llamé a *Juno*, la malvada perra, que esta vez se dignó mover la cola en señal de que me reconocía.

—¡Hermoso animal! —empecé—. ¿Piensa usted desprenderse de los cachorrillos, señora?

—No son míos —dijo la *amable* joven con un tono aún más antipático que el que hubiera empleado el propio Heathcliff.

—Entonces, ¿sus favoritos serán aquéllos? —continué, volviendo la mirada hacia lo que me pareció un cojín con gatitos.

—Serían unos favoritos bastante extravagantes —contestó la joven desdeñosamente.

Desgraciadamente, los supuestos gatitos eran, en realidad, un montón de conejos muertos. Volví a carraspear, me aproxime al fuego y repetí mis comentarios sobre lo desagradable de la tarde.

—No debía usted haber salido —dijo ella, mientras se incorporaba y trataba de alcanzar dos de los tarros pintados que había en la chimenea.

A la claridad de las llamas, pude distinguir por completo su figura. Era muy esbelta, y al parecer apenas había salido de la adolescencia. Estaba admirablemente formada y poseía la más linda carita que yo hubiese contemplado jamás. Tenía las facciones menudas, la tez muy blanca, dorados bucles que pendían sobre su delicada garganta, y unos ojos que hubieran sido irresistibles de haber ofrecido una expresión agradable. Por fortuna para mi sensible corazón, aquella mirada no manifestaba en aquel momento más que desdén y una especie de desesperación, que resultaba increíble en unos ojos tan hermosos.

Como los tarros estaban fuera de su alcance, fui a ayudarla, pero se volvió hacia mí con la airada expresión de un avaro a quien alguien pretendiera ayudarle a contar su oro.

—No necesito su ayuda —dijo—. Puedo cogerlos yo sola.

—Dispense —me apresuré a contestar.

—¿Está usted invitado a tomar el té? —me preguntó. Se puso un delantal sobre el vestido y se sentó. Sostenía en la mano una cucharada de hojas de té que había sacado del tarro.

—Tomaré una taza con mucho gusto —repuse.

—¿Está usted invitado? —repitió.

—No —dije, sonriendo—; pero nadie más indicado que usted para invitarme.

Echó el té, con cuchara y todo, en el bote, volvió a sentarse, frunció el entrecejo, e hizo un pucherito con los labios como un niño a punto de llorar.

El joven, durante esta charla, se había puesto un andrajoso gabán, y en aquel momento me miró como si hubiese entre nosotros un resentimiento mortal. Yo dudaba de si aquel personaje era un criado o no. Hablaba y vestía toscamente, sin ninguno de los detalles que Heathcliff presentaba de pertenecer a una clase superior. Su cabellera castaña estaba desgreñadísima, su bigote crecía descuidadamente y sus manos eran tan toscas como las de un labrador. Pero, con todo, ni sus ademanes ni el modo que tenía de tratar a la señora eran los de un criado. En la duda, preferí no conjeturar nada sobre él. Cinco minutos después, la llegada de Heathcliff alivió un tanto la molesta situación en que me veía situado.

—Como ve, he cumplido mi promesa —dije con acento fingidamente jovial— y temo que el mal tiempo me haga permanecer aquí media hora, si quiere usted albergarme durante ese rato...

—¿Media hora? —repuso, mientras se sacudía los blancos copos que le cubrían la ropa—. ¡Me asombra que haya elegido usted el momento de una nevada para pasear! ¿No sabe que corre el peligro de perderse en los pantanos? Hasta quienes están familiarizados con ellos se extravían a veces. Y le aseguro que no es probable que el tiempo mejore.

—Acaso uno de sus criados pudiera servirme de guía. Se quedaría en la «Granja» hasta mañana. ¿Puede proporcionarme uno?

—No; no me es posible.

—Pues entonces habré de confiar en mis propios medios...

—¡Hum!...

—¡Qué! ¿Haces el té o no? —preguntó el joven del abrigo haraposo, separando su mirada de mí, para dirigirla a la mujer.

—¿Le damos a ese señor? —preguntó ella a Heathcliff.

—Vamos, termina, ¿no? —Había hablado de una forma que delataba una naturaleza auténticamente perversa. No sentí desde aquel momento inclinación alguna a considerar a aquel hombre como un individuo extraordinario.

Cuando el té estuvo preparado, Heathcliff dijo:

—Acerque su silla, señor Lockwood.

Todos nos sentamos a la mesa, incluso el burdo joven. Un silencio absoluto reinó mientras comíamos.

Me pareció que, puesto que yo era el responsable de aquel nublado, debía ser también quien lo disipase. Aquella taciturnidad que mostraban no debía ser su modo habitual de comportarse. Por lo tanto, comenté:

—Es curioso el considerar qué ideas tan equivocadas solemos formar a veces sobre el prójimo. Mucha gente no podría imaginar que fuese feliz una persona que llevara una vida tan apartada del mundo como la suya, señor Heathcliff. Y, sin embargo, usted es dichoso, rodeado de su familia, con su amable esposa, que, como un ángel tutelar, reina en su casa y en su corazón...

—¿Mi amable esposa? —interrumpió con diabólica sonrisa—. ¿Y dónde está mi amable esposa, señor?

—Hablo de la señora de Heathcliff —contesté, molesto.

—¡Ah, ya! Quiere usted decir que su espíritu, después de desaparecido su cuerpo, se ha convertido en mi ángel de la guarda, y custodia «Cumbres Borrascosas». ¿No es eso?

Me di cuenta de la necedad que había dicho y quise rectificarla. Debía haberme dado cuenta de la mucha edad que llevaba a la mujer, antes de suponer como cosa segura que fuera su esposa. Él contaba alrededor de cuarenta años, y en esa edad en que el vigor mental se mantiene incólume, no se supone nunca que las muchachas se casen con nosotros por amor. Semejante ilusión está reservada a la ancianidad. En cuanto a la joven, no representaba arriba de diecisiete años.

De pronto, como un relámpago, surgió en mí esta idea: «El grosero personaje que se sienta a mi lado, bebiendo el té en un tazón y comiendo el pan con sus sucias manos, es tal vez su marido. Éstas son las consecuencias de vivir lejos del mundo: ella ha debido casarse con este patán creyendo que no hay otros que valgan más que él. Es lamentable. Y yo debo procurar que, por culpa mía, no vaya a arrepentirse de su elección».

Una ocurrencia tal podrá parecer vanidosa, pero era sincera. Mi vecino de mesa presentaba un aspecto casi repulsivo, mientras que me constaba por experiencia que yo era pasablemente agradable.

—Esta joven es mi nuera —dijo Heathcliff, en confirmación de mis suposiciones. Y, al decirlo, la miro con expresión de odio.

—Entonces, el feliz dueño de la hermosa hada, es usted —comenté, volviéndome hacia mi vecino.

Con esto mis palabras acabaron de poner las cosas mal. El joven apretó los puños, con evidente intención de atacarme. Pero se contuvo, y desahogó su ira en una brutal maldición que me concernía, pero de la que tuve a bien no darme por aludido.

—Anda usted muy desacertado —dijo Heathcliff—. Ninguno de los dos tenemos la suerte de ser dueños de la buena hada a quien usted se refiere. Su esposo ha muerto. Y, puesto que he dicho que era mi nuera, debe ser que estaba casada con mi hijo.

—De modo que este joven, es...

—Mi hijo, desde luego, no.

Y Heathcliff sonrió, como si fuera un disparate atribuirle la paternidad de aquel oso.

—Mi nombre es Hareton Earnshaw —gruñó el otro y le aconsejo que lo pronuncie con el máximo respeto.

—Creo haberlo respetado —respondí, mientras me reía íntimamente de la dignidad con que había hecho su presentación aquel extraño sujeto.

Él me miró durante tanto tiempo y con tal fijeza, que me hizo experimentar deseos de abofetearle o de echarme a reír en sus propias narices. Comenzaba a sentirme a disgusto en aquel agradable círculo familiar. Tan ingrato ambiente neutralizaba el confortable calor que físicamente me rodeaba, y resolví no volver en mi vida.

Concluida la colación, y en vista de que nadie pronunciaba una palabra, me acerqué a la ventana para ver el tiempo que hacía. El espectáculo era muy desagradable: la noche caía prematuramente y torbellinos de viento y nieve barrían el paisaje.

—Creo que sin alguien que me guíe, no voy a poder volver a casa —exclamé, incapaz de contenerme—. Los caminos deben estar borrados por la nieve, y aunque no lo estuvieran, es imposible ver a un pie de distancia.

—Hareton —dijo Heathcliff—, lleva las ovejas a la entrada del granero, y pon un madero delante. Si pasan la noche en el corral, amanecerán cubiertas de nieve.

—¿Cómo me arreglaré? continué, sintiendo que mi irritación aumentaba.

Pero nadie contestó a esta pregunta. Paseé la mirada a mi alrededor y no vi más que a José, que traía comida para los perros, y a la señora Heathcliff que, inclinada sobre el fuego, se entretenía en quemar un paquete de fósforos que habían caído de la repisa de la chimenea al volver a poner el bote de té en su sitio. José, después de vaciar el recipiente en que traía la comida de los animales, gruñó:

—Me maravilla que se quede usted ahí como un pasmarote cuando los demás se han ido... Pero con usted no valen palabras. Nunca se corregirá de sus malas costumbres, y acabará yéndose al infierno de cabeza, como su madre.

Creí que aquel comentario iba dirigido a mí, y me adelanté hacia el viejo bribón con el firme propósito de darle de puntapiés y obligarle a que se callara. Pero la señora Heathcliff se me adelantó.

—¡Viejo hipócrita! ¿No temes que el diablo te lleve cuando pronuncias su nombre? Te advierto que se lo pediré al demonio como especial favor si no dejas de provocarme. ¡Y basta! Mira —agregó, sacando un libro de un estante—: Cada vez progreso más en la magia negra. Muy pronto seré maestra en la ciencia oculta. Y, para que te enteres, la vaca roja no murió por casualidad, y tu reumatismo no es una prueba de la bondad de la Providencia...

—¡Cállese, perversa! —clamó el viejo—. ¡Dios nos libre de todo mal!

—¡Estás condenado, réprobo! Sal de aquí si no quieres que te haga un mal de veras. Voy a modelar muñecos de barro o de cera que os reproduzcan a todos, y al primero que se extralimite... ya verás lo que le haré... Se acordará de mí... Vete... ¡Qué te estoy mirando!

Y la pequeña bruja puso tal expresión de malignidad en sus ojos, que José salió precipitadamente, rezando y temblando, mientras murmuraba:

—¡Malvada, malvada!

Presumí que la joven había querido gastar al viejo una broma lúgubre y, en cuanto nos quedamos solos, quise interesarla en mi cuita.

—Señora Heathcliff —dije con seriedad—: perdone que la moleste. Una mujer con una cara como la de usted tiene necesariamente que ser buena. Indíqueme alguna señal, algún jalón de límite de propiedades que me sirvan para conocer el camino de mi casa. Tengo tanta idea de por donde se va a ella como la que usted pueda tener de por donde se va a Londres.

—Vuélvase por el mismo camino que vino —me contestó, sentándose en una silla, y poniendo ante sí el libro y una bujía—. El consejo es muy simple, pero no puedo darle otro mejor.

—En ese caso, si mañana le dicen que me han hallado muerto en una ciénaga o en un hoyo lleno de nieve, ¿no le remorderá la conciencia?

—¿Por qué había de remorderme? No puedo acompañarle. Ellos no me dejarían ni siquiera ir hasta la verja.

—¡Oh! Yo no le pediría por nada del mundo que saliese, para conveniencia mía, en una noche como ésta. No le pido que me enseñe el camino, sino que me lo indique de palabra o que convenza al señor Heathcliff de que me proporcione un guía.

—¿Un guía? En la casa no hay nadie más que él mismo, Hareton, Zillah, José y yo. ¿A quién elige usted?

—¿No hay mozos en la granja?

—No hay más gente que la que le digo.

—Entonces me veré obligado a quedarme hasta mañana.

—Eso es cosa de usted y de Heathcliff. Yo no tengo nada que ver con eso.

—Confío en que esto le sirva de lección para hacerle desistir de dar paseos —gritó la voz de Heathcliff desde la cocina—. Yo no tengo alcobas para los visitantes. Si se queda, tendrá que dormir con Hareton o con José en la misma cama.

—Puedo dormir en este cuarto en una silla —repuse.

—¡Oh, no! Un forastero, rico o pobre, es siempre un forastero. No permitiré que nadie haga guardia en la plaza cuando yo no estoy de servicio —dijo el miserable.

Mi paciencia llegó a su límite. Me precipité hacia el patio, lanzando un juramento, y al salir tropecé con Earnshaw. La oscuridad era tan profunda, que yo no atinaba con la salida, y mientras la buscaba, presencié una muestra del modo que tenían de tratarse entre sí los miembros de la familia. Parecía que el joven al principio se sentía inclinado a ayudarme, porque les dijo:

—Le acompañaré hasta el parque.

—Le acompañarás al diablo —exclamó su pariente, señor o lo que fuera—. ¿Quién va a cuidar entonces de los caballos?

—La vida de un hombre vale más que el cuidado de los caballos... —dijo la señora Heathcliff con más amabilidad de la que yo esperaba—. Es necesariamente preciso que vaya alguien...

—Pero no lo haré por orden tuya —se apresuró a responder Hareton—. Más valdrá que te calles.

—Bueno, pues entonces, ¡así el espíritu de ese hombre te persiga hasta tu muerte, y así el señor Heathcliff no encuentre otro inquilino para su «Granja» hasta que ésta se caiga a pedazos! —dijo ella con malignidad.

—¡Está echando maldiciones! —murmuró José, hacia quien yo me dirigía en aquel momento.

El viejo estaba sentado y ordeñaba las vacas a la luz de una linterna. Se la quité y diciéndole que se la devolvería al día siguiente, me precipité hacia una de las puertas.

—¡Señor, señor, me ha robado la linterna! —gritó el viejo corriendo detrás de mí—. *¡Gruñón, Lobo!* ¡Duro con él!

Cuando yo abría la puertecilla a la que me había dirigido, dos peludos monstruos se arrojaron a mi garganta, haciéndome caer. La luz se apagó. Mi humillación y mi ira llegaron al paroxismo. Afortunadamente, los animales se contentaban con arañar el suelo, abrir las fauces y mover las colas. Pero no me permitían levantarme, y hube de permanecer en el suelo hasta que a sus villanos dueños se les antojó. Cuando estuve de pie, conminé a aquellos miserables a que me dejasen salir, haciéndoles responsables de lo que sucediera si no me atendían, y lanzándoles apóstrofes que en su desordenada violencia evocaban los del rey Lear.

En mi exaltación nerviosa, comencé a sangrar por la nariz. Heathcliff seguía riendo y yo gritando. No sé cómo hubiera terminado todo aquello, a no haber intervenido una persona más serena que yo y más bondadosa que Heathcliff. Zillah, la robusta ama de llaves, apareció para ver lo que sucedía. Y, suponiendo que alguien me había agredido, y no osando increpar a su amo, dirigió los tiros de su artillería verbal contra el mozo.

–No comprendo, señor Earnshaw –exclamó–, qué resentimientos tiene usted contra ese semejante suyo. ¿Va usted a asesinar a las gentes en la propia puerta de su casa? ¡Nunca podré estar a gusto aquí! ¡Pobre muchacho! Está a punto de ahogarse. ¡Chist, chist! No puede usted irse en ese estado. Venga, que voy a curarle. Quieto, quieto...

Mientras hablaba así, me vertió sobre la nuca un recipiente lleno de agua helada, y luego me hizo pasar a la cocina. El señor Heathcliff, vuelto a su habitual estado de mal humor después de su explosión de regocijo, nos seguía.

El desmayo que yo sentía como secuela de todo lo sucedido me obligó a aceptar alojamiento entre aquellos muros. Heathcliff mandó a Zillah que me diese un vaso de aguardiente, y entró en una habitación interior. La criada, después de traerme la bebida, que me entonó mucho, me condujo a un dormitorio.

Capítulo tres

Cuando la sirvienta me precedía por las escaleras, me aconsejó que tapase la bujía y procurase no hacer ruido, porque su amo tenía ideas extrañas acerca del cuarto donde ella iba a instalarme, y no le agradaba que nadie durmiese en él. Le pregunté los motivos, pero me contestó que sólo llevaba en la casa dos años, y que había visto tantas cosas raras, que ya no le quedaban ganas de curiosidades.

En lo que me concernía, la estupefacción no me dejaba lugar a la curiosidad. Cerré, pues, la puerta y busqué el lecho. Los muebles se reducían a una percha, una silla y una enorme caja de roble, con aberturas laterales a manera de ventanillas. Me aproximé a tan extraño mueble, y me cercioré de que se trataba de una especie de lecho antiguo, sin duda destinado a suplir la falta de una habitación separada para cada miembro de la familia. Formaba de por sí una pequeña habitación, y el alféizar de la ventana, contra cuya pared estaba arrimado el lecho, hacía las veces de mesilla.

Hice correr una de las tablas laterales, entré llevando la luz, cerré y sentí la impresión de que me hallaba a cubierto de la vigilancia de Heathcliff o de otro cualquiera de los habitantes de la casa.

Deposité la bujía en el alféizar de la ventana. Había allí, en un ángulo, varios libros polvorientos, y la pared estaba cubierta de escritos que habían sido trazados raspando la pintura. Aquellos escritos se reducían a un nombre: «Catalina Earnshaw», repetido una vez y otra en letras de toda clase de tamaños. Pero el apellido variaba a veces, y en vez de «Catalina Earnshaw», se leía en algunos sitios «Catalina Heathcliff» o «Catalina Linton».

Sintiéndome muy cansado, apoyé la cabeza contra la ventana y empecé a murmurar: «Catalina Earnshaw, Heathcliff, Linton...». Los ojos se me cerraron, y antes de cinco minutos creí ver alzarse en la oscuridad una multitud de letras blancas, como lívidos espectros. El aire parecía lleno de «Catalinas». Me incorporé, esperando alejar así aquel nombre que acudía a mi cerebro como un intruso, y entonces vi que el pabilo de la bujía había caído sobre uno de los viejos libros, cuya cubierta empezaba a chamuscarse saturando el ambiente de un fuerte olor a piel de becerro quemada. Me apresuré a apagarlo, y me senté. Sentía frío y un ligero mareo. Cogí el tomo chamuscado por la vela y lo hojeé. Era una vieja Biblia, que olía a apolillado, y sobre una de cuyas hojas, que estaba suelta, leí: «Este libro es de Catalina Earnshaw» y una fecha de veinticinco años atrás. Cerré el volumen, y cogí otro y luego varios más. La biblioteca de Catalina era escogida, y lo estropeados que estaban los tomos demostraba que habían sido muy usados, aunque no siempre para los fines propios de un libro. Los márgenes blancos de cada hoja estaban cubiertos de comentarios manuscritos, algunos de los cuales constituían sentencias aisladas. Otros eran, al parecer, retazos de un diario mal pergeñado por la torpe mano de un niño. Encabezando una página sin imprimir, descubrí, no sin regocijo, una magnífica caricatura de José, diseñada burdamente, pero con enérgicos trazos. Sentí un vivo interés hacia aquella desconocida Catalina, y traté de descifrar los jeroglíficos de su letra.

«¡Qué domingo tan malo! –decía uno de los párrafos–. ¡Cuánto daría porque papá estuviera aquí...! Hindley le sustituye muy mal y se porta atrozmente con Heathcliff. H. y yo vamos a tener que rebelarnos: esta tarde comenzamos a hacerlo...

»En todo el día no dejó de llover. No pudimos ir a la iglesia, y José nos reunió en el desván. Mientras Hindley y su mujer permanecían abajo sentados junto a la lumbre –estoy segura de que, aunque hiciesen algo más, no por ello dejarían de leer sus Biblias– a Heathcliff, a mí y al desdichado mozo de mulas nos ordenaron que cogiésemos los devocionarios y subiésemos. Nos hicieron sentar en un saco de trigo, y José inició su sermón, que yo esperaba que abreviase a causa del frío que se sentía allí. Pero mi esperanza resultó fallida. El sermón duró tres horas justas, y, sin embargo, mi hermano, al vernos bajar, aún tuvo la desfachatez de decir: "¿Cómo habéis terminado tan pronto?" Durante las tardes de los domingos nos dejan jugar pero cualquier pequeñez, una simple risa, es motivo para que nos pongan castigados en un rincón oscuro.

»–Os olvidáis de que aquí hay un jefe –suele decir el tirano–. Al que me saque de mis casillas, le aplasto. Quiero seriedad y silencio absoluto. ¡Chico! ¿Has sido tú? Querida Francisca: tírale de los pelos; le he oído castañetear los dedos". Francisca le tiró del pelo con todas sus fuerzas. Luego se sentó en las rodillas de su esposo, y los dos empezaron a hacer niñerías, besándose y diciéndose estupideces. Entonces nosotros nos acomodamos, como Dios nos dio a entender, en el hueco que forma el aparador. Colgué nuestros delantales ante nosotros como si fueran una cortina, pero apenas lo había hecho, cuando llegó José, deshizo mi obra, y pegándome una bofetada, sermoneó:

»–El amo recién enterrado, domingo como es, y las palabras del Evangelio resonando todavía en vuestros oídos, ¡y ya os ponéis a jugar! ¿No os da vergüenza? Sentaos, niños malos, y leed libros piadosos, que os ayuden a pensar en la salvación de vuestras almas.

»Mientras nos hablaba, nos tiró sobre las rodillas unos viejos libros y nos obligó a sentarnos de manera que un rayo de la claridad del hogar nos alumbrase en nuestra lectura. Yo no pude soportar tal ocupación que querían darnos. Cogí el libro y lo arrojé donde estaban los perros, diciendo que tenía odio a los libros piadosos. Heathcliff hizo lo mismo con el suyo, y entonces empezó el jaleo.

»–¡Señor Hindley, mire! –gritó José–. La señorita Catalina ha roto las tapas de *La armadura de salvación* y Heathcliff ha golpeado con el pie la primera parte de *El camino de perdición*. No es posible dejarles seguir siendo así. ¡Oh! El difunto señor les hubiera dado lo que se merecen. ¡Pero cómo nos falta!

»Hindley se lanzó sobre nosotros, nos cogió a uno por el cuello y a otro por el brazo, y nos echó a la cocina. Allí José nos aseguró que el diablo vendría a buscarnos con toda certeza y nos obligó a sentarnos en distintos lugares, donde hubimos de permanecer, separados, esperando el advenimiento del prometido personaje. Yo cogí este libro y un tintero que había en un estante, y abrí un poco la puerta para tener luz y poder escribir, pero mi compañero, al cabo de veinte minutos, sintió tanta impaciencia, que me propuso apoderarnos del mantón de la criada y, tapándonos con él, ir a dar una vuelta por los pantanos. ¡Qué buena idea! Así, si viene ese malvado viejo, creerá que su amenaza del diablo se ha realizado, y entretanto nosotros estaremos fuera, y creo que no peor que aquí, a pesar del viento y de la lluvia».

El plan de Catalina debió realizarse, porque el siguiente comentario variaba de tema, y adquiría tono de lamentación.

«¡Qué poco podía yo suponer que Hindley me hiciera llorar tanto! Me duele la cabeza hasta el punto de que no puedo ni ponerla sobre la almohada. ¡Pobre Heathcliff! Hindley le llama vagabundo, y ya no le deja comer con nosotros ni siquiera sentarse a nuestro lado. Dice que no volveremos a jugar juntos, y le amenaza con echarle de casa si le desobedece. Hasta ha censurado a papá por haber tratado a Heathcliff demasiado bien, y jura que volverá a ponerle en el lugar que le corresponde».

Yo me sentía ya medio dormido, y mis ojos iban del manuscrito de Catalina al texto impreso. Percibí un título grabado en rojo con florituras, que decía: «Setenta veces siete y el primero de los Setenta y uno. Sermón predicado por el reverendo padre Jabes Branderham en la iglesia de Gimmerden Sough». Y me dormí meditando maquinalmente en lo que diría el reverendo pastor sobre el tema.

Pero la mala calidad del té y la destemplanza que tenía me hicieron pasar una noche horrible. Soñé que era ya por la mañana y que regresaba a mi casa guiado por José. El camino estaba cubierto de nieve, y cada vez que yo daba un tropezón, mi acompañante me amonestaba por no haber tomado un báculo de peregrino, afirmándome que sin tal adminículo nunca conseguirla regresar a mi casa, y enseñándome a la vez jactanciosamente un grueso garrote que él consideraba, al parecer, como báculo. Al principio, me parecía absurdo suponer que me fuera necesaria para entrar en casa semejante cosa. De improviso una idea me iluminó el cerebro. No íbamos a casa, sino que nos dirigíamos a escuchar el sermón del padre Branderham sobre los «Setenta veces siete», en cuyo curso no sé si José, el predicador o yo, debíamos ser sacados a pública vergüenza y privados de la comunión de los fieles.

Llegamos a la iglesia, ante la que yo, en realidad, he pasado dos o tres veces. Está situada en una hondonada entre dos colinas, junto a un pantano, cuyo fango, según voz popular, tiene la propiedad de momificar los cadáveres. El tejado de la iglesia se ha conservado intacto hasta ahora, mas hay pocos clérigos que quieran encargarse de aquel curato, ya que el sueldo es sólo de veinte libras anuales, y la rectoral consiste únicamente en dos habitaciones, sin vislumbre alguno, por ende, de que los fieles contribuyan a las necesidades de su pastor con la adición de un solo penique. Mas en mi sueño una abundante concurrencia escuchaba a Jabes, quien predicaba un sermón dividido en cuatrocientas noventa partes, dedicada cada una a un pecado distinto. Lo que no puedo decir es de dónde había sacado tantos pecados el reverendo. Eran, por supuesto, de los géneros más extravagantes, y tales como yo no hubiera podido figurármelos jamás.

¡Oh, qué pesadilla! Yo me caía de sueño, bostezaba, daba cabezadas, y volvía a despejarme. Me pellizcaba, me frotaba los párpados, me levantaba y me volvía a sentar, y a veces tocaba a José para preguntarle cuándo iba a acabar aquel sermón. Pero tuve que escucharlo hasta el fin. Cuando llegó al «primero de los setenta y uno», acudió a mi cerebro una súbita idea: levantarme y acusar a Jabes Branderham como el cometedor del pecado imperdonable. «Padre –exclamé–: sentado entre estas cuatro paredes he aguantado y perdonado las cuatrocientas noventa divisiones de su sermón. Setenta veces siete cogí el sombrero para marcharme, y setenta veces siete me ha obligado usted a volverme a sentar. Una vez más es excesiva. Hermanos de martirio: ¡duro con él! ¡Arrastradle y despedazadle en partículas tan pequeñas, que no vuelvan a encontrarse ni indicios de su existencia!».

«Tú eres el réprobo –gritó Jabes, después de un silencio solemne–: Setenta veces siete te he visto hacer gestos y bostezar. Setenta veces siete consulté mi conciencia y encontré que todo ello merecía perdón. Pero el primer pecado de los setenta y uno ha sido cometido ahora, y esto es imperdonable. Hermanos: ejecutad en él lo que está escrito. ¡Honor a todos los santos!».

Emitida esta orden, los concurrentes enarbolaron sus báculos de peregrino y se arrojaron sobre mí. Al verme desarmado, entablé una lucha con José, que fue el primero en acometerme, para quitarle su garrote. Se cruzaron muchos palos, y algunos golpes destinados a mí cayeron sobre otras cabezas. Todos se apaleaban unos a otros y el templo retumbaba al son de los golpes. Branderham asestaba fuertes puñetazos en el borde del púlpito, y tan vehementes fueron, que acabaron por despertarme. Comprobé que lo que me había sugerido tal tumulto era la rama de un abeto que batía contra los cristales de la ventana cada vez que la agitaba el viento. Volví a dormirme, y soñé cosas todavía más odiosas.

Recordé que descansaba en una caja de madera y que el viento y las ramas de un árbol golpeaban la ventana. Tanto me molestaba el ruido, que, en sueños, me levanté y traté de abrir el postigo. No lo conseguí, porque la falleba estaba soldada, y entonces rompí el cristal de un puñetazo y saqué la mano para separar la molesta rama. Mas, en lugar de ella, sentí el contacto de una manecita helada. Me poseyó un intenso terror, y quise retirar el brazo, pero la manecita me aferraba mientras una voz insistía:

–¡Déjame entrar, déjame entrar!

–¿Quién eres? –pregunté pugnando por soltarme.

–Catalina Linton –contestó, temblorosa–. Me había perdido en los pantanos y vuelvo ahora a casa.

Sin saber por qué, me acordaba del apellido Linton, a pesar de que había leído veinte veces más el apellido Earnshaw. Miré, y divisé el rostro de una niña a través de la ventana. El horror me hizo obrar cruelmente, y al no lograr desasirme de la niña, apreté los puños contra el corte del cristal hasta que la sangre brotó y empapó las sábanas. Pero ella seguía gimiendo:

–¡Déjame entrar!

Y me oprimía la mano. Mi espanto llegaba al colmo.

—¿Cómo voy a dejarte entrar —dije, por fin— si no me sueltas la mano?

El fantasma aflojó su presión. Metí precipitadamente la mano por el hueco del vidrio roto, amontoné contra él una pila de libros, y me tapé los oídos para no escuchar la dolorosa súplica. Pasé así unos quince minutos, pero en cuanto volvía a atender, percibía idéntica súplica.

—¡Vete! —exclamé—. ¡No te abriré aunque me lo estés pidiendo veinte años seguidos!

—Veinte años han pasado —murmuró—. Veinte años han pasado desde que me perdí.

Y empujó levemente desde fuera. El montón de libros vacilaba. Intenté moverme, pero mis músculos estaban como paralizados, y, en el colmo del horror, lancé un grito.

Aquel grito no había sido soñado. Con gran turbación, sentí que unos pasos se acercaban a la puerta de la alcoba. Alguien la abrió, y por las aberturas del lecho percibí luz. Me senté en la cama, sudoroso, estremecido aún de miedo. El que había entrado murmuró algunas palabras como si hablase solo, y luego dijo en el tono de quien no espera recibir contestación:

—¿Hay alguien ahí?

Reconocí la voz de Heathcliff, y comprendiendo que era necesario revelarle mi presencia, ya que, si no, buscaría y acabaría encontrándome, descorrí las tablas del lecho. Tardaré mucho en poder olvidar el efecto que mi acción produjo en él.

Heathcliff se paró en la puerta. Llevaba la ropa de dormir, sostenía una vela en la mano y su cara estaba blanca como la pared. El ruido de las tablas al descorrerse le causó el efecto de una corriente eléctrica. La vela se deslizó de entre sus dedos, y su excitación era tal, que le costó mucho trabajo recogerla.

—Soy Lockwood —dije, para evitar que continuase demostrándome su miedo—. He gritado sin darme cuenta mientras soñaba. Lamento haberle molestado.

—¡Dios le confunda, señor Lockwood! ¡Váyase al... ! —empezó él—. ¿Quién le ha traído a esta habitación? —continuó, hundiendo las uñas en las palmas de las manos y rechinando los dientes en su esfuerzo para dominar la excitación que le poseía—. ¿Quién le trajo aquí? Dígamelo para echarle de casa inmediatamente.

—Su criada Zillah —contesté abandonando la cama y recogiendo mis ropas—. Haga con ella lo que le parezca, porque lo tiene merecido. Se me figura que quiso probar a expensas mías si este sitio en efecto está embrujado. Y le aseguro que, en realidad, está bien poblado de trasgos y duendes. Hace usted bien en tenerlo cerrado. Nadie le agradecerá a usted el dormir en esta habitación.

—¿Qué quiere usted decir y qué está usted haciendo? —replicó Heathcliff—.

Acuéstese y pase la noche; pero, en nombre de Dios, no repita el escándalo de antes. No tiene justificación posible, a no ser que le estuvieran desollando vivo.

—Si aquella endemoniada brujita llega a entrar, a buen seguro que me hubiese estrangulado —le respondí—. No me siento con ganas de soportar más persecuciones de sus hospitalarios antepasados. El reverendo Jabes Branderham, ¿no sería tal vez pariente suyo por parte de madre? Y en cuanto a la Catalina Earnshaw, o Linton, o como se llamara, ¡buena pieza debía estar hecha! Según me dijo, ha andado errando durante veinte años, lo que sin duda es justo castigo de sus maldades...

En aquel momento recordé que el apellido de Heathcliff estaba unido en el libro al de Catalina, lo que había olvidado hasta entonces. Me avergoncé de mi descortesía, pero, como si no me diese cuenta de haberla cometido, continué:

—El caso es que a primera hora de la noche estuve... —iba a decir «hojeando esos librotes», pero me corregí, y continué—: repitiendo el nombre que hay escrito en esa ventana, para ver si me dormía.

—¿Cómo se atreve a hablarme de este modo estando en mi casa? —barbotó Heathcliff—. ¿Se habrá vuelto loco cuando me habla así?

Se golpeaba la frente con violencia. Yo no sabía si ofenderme o seguir explicándome, pero me pareció tan conmovido, que sentí compasión de él, y proseguí contándole mi sueño, y le aseguré que jamás había oído pronunciar hasta entonces el nombre de Catalina Linton, pero, que, a fuerza de verlo escrito allí, llegó a corporizarse al dormirme.

Entretanto que me explicaba así, Heathcliff, poco a poco, había ido retirándose de mi lado, hasta que acabó escondiéndose detrás del lecho. A juzgar por lo sofocado de su respiración, luchaba para reprimir sus emociones. Fingí no darme cuenta, continué vistiéndome, y dije:

—No son todavía las tres. Yo creía que serían las seis lo menos. El tiempo aquí se hace interminable. Verdad es que sólo debían ser las ocho cuando nos acostamos.

—En invierno nos retiramos siempre a las nueve y nos levantamos a las cuatro —replico mi casero, reprimiendo un gemido y limpiándose una lágrima, según conjeturé por un ademán de su brazo—. Acuéstese —añadió—, ya que si baja tan temprano no hará más que estorbar. Por mi parte, sus gritos han enviado al diablo mi sueño.

—A mí me pasa lo mismo —contesté—. Bajaré al patio y estaré paseando por él hasta que amanezca, y después me iré. No tema una nueva intrusión de mi parte. La muestra de hoy me ha quitado las ganas de buscar amigos, ni en el campo ni en la ciudad. Un hombre sensato debe tener bastante compañía consigo mismo.

—¡Magnífica compañía! —murmuró Heathcliff—. Coja la vela y váyase adonde quiera. Me reuniré con usted enseguida. No salga al patio, porque los perros están sueltos. Ni al salón porque *Juno* está allí de vigilancia. De modo que tiene que limitarse a andar por los pasillos y las escaleras. No obstante, váyase. Yo me reuniré con usted dentro de dos minutos.

Obedecí, y me alejé de la habitación todo lo que pude, pero como no sabía adonde iban a parar los estrechos pasillos, me detuve, y entonces asistí a unas demostraciones supersticiosas que me extrañaron, tratándose de un hombre tan práctico al parecer como aquel personaje.

Había entrado en el lecho, y de un tirón abrió la ventana, mientras rompía a llorar.

—¡Oh, Catalina! —decía—, ¡ven! Te lo imploro una vez más. ¡Oh, amada de mi corazón, ven, ven al fin!

Pero el fantasma, con uno de los caprichos comunes a todos los espectros, no se dignó aparecer. En cambio, el viento y la nieve entraron por la ventana y extinguieron la luz.

Tan dolorosa congoja se traslucía en la crisis sufrida por aquel hombre, que me retiré, reprochándome el haberle escuchado, y el haberle relatado mi pesadilla, que le había afectado de tal manera, por razones a que no alcanzaba mi comprensión. Descendí al piso bajo y arribé a la cocina donde encendí la bujía en el rescoldo de la lumbre. No se veía allí ser viviente, excepto un gato que salió de entre las cenizas y me saludó con un quejumbroso maullido.

Dos bancos semicirculares estaban arrimados al fogón. Me tendí en uno de ellos y el gato se instaló en el otro. Ya empezábamos ambos a dormirnos cuando un intruso invadió nuestro retiro. Era José, que bajaba por una escalera de madera que debía conducir a su desván. Lanzó una tétrica mirada a la llama, que yo había encendido, expulsó al gato de su lugar, se apoderó de él y se dedicó a cargar de tabaco una pipa que medía tres pulgadas de longitud. Debía considerar mi presencia en su santuario como una desvergüenza tal que no merecía ni comentarios siquiera.

En absoluto mutismo, se acercó la pipa a la boca, se cruzó de brazos y empezó a fumar. Yo no interrumpí su placer, y él, después de aspirar la última bocanada, se levantó, suspiró, y se fue tan gravemente como había llegado.

Sonaron cerca de mí otras pisadas más elásticas, y apenas yo abría la boca para saludar, la cerré de nuevo, al oír que Hareton Earnshaw se dedicaba a recitar en voz contenida una salmodia compuesta de tantas maldiciones como objetos iba tocando, mientras se afanaba en un rincón en busca de una azada para quitar la nieve. Me miró, dilató las aletas de la nariz, y tanto se le ocurrió saludarme a mí, como al gato que me hacía compañía. Comprendiendo por sus preparativos que estaba disponiéndose a salir, abandoné mi duro lecho y me apresté a seguirle. Él lo notó y con el mango de la azada me señaló una puerta que comunicaba con el salón.

Las mujeres estaban en él ya. Zillah atizaba el fuego con un fuelle colosal, y la señora Heathcliff, arrodillada ante la lumbre, leía un libro al resplandor de las llamas. Tenía puesta la mano entre el fuego y sus ojos, y permanecía embebida en la lectura, que sólo interrumpía de vez en cuando para reprender a la cocinera si hacía salir chispas sobre ella, o para separar a alguno de los perros que a veces la rozaba con el hocico. Me sorprendió ver también allí a Heathcliff, en pie junto al fuego y, al parecer, concluyendo entonces de soltar una rociada sobre la pobre Zillah, la cual, de cuando en cuando, suspendía su tarea y suspiraba.

—En cuanto a ti, miserable... —y Heathcliff pronunció una palabra que no pude transcribirle, dirigiéndose a su nuera— ya veo que continúas con tus odiosas mañas de siempre. Los demás trabajan para ganarse el pan que comen, y únicamente tú vives de mi caridad. ¡Fuera ese mamotreto, y haz algo útil! ¡Debías pagarme por la desgracia de estar viéndote siempre...! ¿Me oyes, maldita bruta?

—Dejaré mi mamotreto, porque me lo podría usted quitar, si no —respondió la joven cerrando el libro y tirándolo sobre una silla—. Pero aunque se le encienda a usted la boca injuriándome no haré nada, no siendo lo que me parezca bien.

Heathcliff alzó la mano, pero su interlocutora, probando que tenía costumbre de aquellas escenas, se puso de un salto fuera de su alcance. Contrariado por tal episodio, me aproximé a la lumbre fingiendo no haber reparado en la disputa, y ellos tuvieron el decoro de disimular. Heathcliff, para no caer en la tentación de golpear a su nuera, se metió las manos en los bolsillos. La mujer se retiró a un rincón, y mientras estuve allí permaneció callada como una estatua. Pero yo no me quedé mucho tiempo. Renuncié a la invitación que me hicieron de que les acompañase a desayunar, y en cuanto apuntó la primera claridad de la aurora, salí al aire libre, que estaba frío y despejado como el hielo.

Heathcliff me llamó mientras yo cruzaba el jardín, y se brindó para acompañarme a través de los pantanos. Hizo bien, ya que la colina estaba convertida en un ondulante mar de nieve, que ocultaba todas las desigualdades del terreno. La impresión que yo guardaba de la contextura del suelo no respondía en nada a lo que ahora veíamos, porque los hoyos estaban llenos de nieve, y los montones de piedras —reliquias del trabajo de las canteras— que bordeaban el camino habían desaparecido bajo la bóveda. Yo había distinguido el día anterior una sucesión de piedras erguidas a lo largo del camino y blanqueadas con cal, para que sirviesen de referencia en la oscuridad, y también cuando las nevadas podían hacer confundir la tierra segura del camino con las movedizas charcas de sus márgenes. Pero a la sazón ni siquiera se percibían aquellos jalones. Mi acompañante tuvo que advertirme varias veces para impedir que yo saliese del camino sin notarlo.

Hablamos muy poco. A la entrada del parque de la «Granja», Heathcliff se detuvo, me dijo que suponía que ya no me extraviaría, y con una simple inclinación de cabeza nos despedimos. En la portería no había nadie, y recorrer las dos millas que me quedaba por andar hasta la granja me costó dos horas, dadas las muchas veces que erré el camino, extraviándome en la arboleda, y hundiéndome en nieve hasta la cintura. Era mediodía cuando llegué a mi casa.El ama de llaves y sus satélites acudieron con alborozo a recibirme, y me aseguraron que me daban por muerto y que pensaban en ir a buscar mi cadáver entre la nieve. Les aconsejé que se calmaran, puesto que al fin había regresado. Subí dificultosamente la escalera y entré en mi habitación. Estaba entumecido hasta los huesos. Me cambié de ropas y paseé por la estancia treinta o cuarenta minutos para entrar en calor, y luego me instalé en el despacho, tal vez apartado en exceso del buen fuego y el confortante café que el ama de llaves me preparó.

Capítulo cuatro

El ser humano es tornadizo como una veleta. Yo, que había resuelto mantenerme al margen de toda sociedad humana y que agradecía a mi buena estrella el haber venido a parar a un sitio donde mis propósitos podían realizarse plenamente; yo, desdichado de mí, me vi obligado a arriar bandera después de aburrirme mortalmente durante toda la tarde, y, pretextando interés por conocer detalles relativos a mi alojamiento, pedí a la señora Dean, cuando me trajo la cena, que se sentase un momento con el propósito de entablar con ella una plática que me animase o me acabara de aburrir.

—Usted vive aquí hace mucho tiempo —empecé—. Me dijo que dieciséis años, ¿no?

—Dieciocho, señor. Vine al servicio de la señora, cuando se casó. Al faltar la señora, el señor me dejó de ama de llaves.

—¡Ah!

Hubo una pausa. Pensé que le gustaban los comadreos.

Pero, al cabo de algunos instantes, exclamó poniendo las manos sobre las rodillas, mientras una expresión meditativa se pintaba en su rostro:

—Los tiempos han cambiado mucho desde entonces.

—Claro —dije—. Habrá asistido usted a muchas modificaciones...

—Y a muchas tristezas.

«Procuraremos que la conversación recaiga sobre la familia de mi casero —pensé—. ¡Debe ser un tema entretenido! Me gustaría saber la historia de aquella bonita viuda, averiguar si es del país o no, lo cual me parece lo más probable, ya que aquel grosero *indígena* no la reconoce como de su raza».

Y con esta intención, pregunté a la señora Dean si conocía los motivos por los cuales Heathcliff alquilaba la «Granja de los Tordos», reservándose una residencia mucho peor.

—¿Acaso no es bastante rico? —Interrogué.

—¡Rico! Nadie sabe cuánto capital posee, y, además, lo aumenta de año en año. Es lo bastante rico para vivir en una casa aún mejor que ésta, pero es... muy ahorrativo... En cuanto ha oído hablar de un buen inquilino para la «Granja», no ha querido desaprovechar la ocasión de hacerse con unos cuantos de cientos de libras más. No comprendo que se sea tan codicioso cuando se está solo en la vida.

—¿No tuvo un hijo?

—Sí, pero murió.

—Y la señora Heathcliff, aquella muchacha, ¿es la viuda?

—Sí.

—¿De dónde es?

—¡Es la hija de mi difunto amo...! De soltera se llamaba Catalina Linton. Yo la crié. Me hubiera gustado que el señor Heathcliff viniera a vivir aquí, para estar juntas otra vez.

—¿Catalina Linton? —exclamé asombrado. Luego, al reflexionar, comprendí que no podía ser la Catalina Linton de la habitación en que dormí—. ¿Así que el antiguo habitante de esta casa se llamaba Linton?

—Sí, señor.

—¿Y quién es ese Hareton Earnshaw que vive con Heathcliff? ¿Son parientes?

—Hareton es sobrino de la difunta Catalina Linton.

—¿Primo de la joven, entonces?

—Sí. El marido de ella era también primo suyo. Uno por parte de madre, otro por parte de padre. Heathcliff estuvo casado con la hermana del señor Linton.

—En la puerta principal de «Cumbres Borrascosas» he visto una inscripción que dice: «Earnshaw, 1500». Así que supongo que se trata de una familia antigua...

—Muy antigua, señor. Hareton es su último descendiente, y Catalina la última de nosotros... quiero decir, de los Linton... ¿Ha estado usted en «Cumbres Borrascosas»? Perdone la curiosidad, pero quisiera saber cómo ha encontrado a la señora.

—La señora Heathcliff me pareció muy bonita, pero creo sinceramente que no vive muy contenta.

—¡Oh, Dios mío, no es de extrañar! Y ¿qué opina usted del amo?

—Me parece un tipo bastante áspero, señora Dean.

—Es áspero como el filo de una sierra, y duro como el pedernal.

—Debe haber tenido una vida muy accidentada para haberse vuelto de ese modo... ¿Sabe usted su historia?

—La conozco toda, excepto quienes fueran sus padres y dónde ganó su primer dinero. A Hareton le han dejado sin nada... El pobre chico es el único de la parroquia que ignora la estafa que ha sufrido.

—Vaya, señora Dean, pues haría usted una buena obra si me contara algo sobre esos vecinos. Si me acuesto, no podré dormir. Así siéntese usted y charlaremos una hora...

—¡Oh, sí, señor! Precisamente tengo unas cosas que coser. Me sentaré todo el tiempo que usted quiera. Pero está usted tiritando de frío y es necesario que le prepare algo para reaccionar.

Y la buena señora salió apresuradamente. Me acomodé al lado de la lumbre. Tenía la cabeza ardiendo y el resto del cuerpo helado. Estaba excitado y sentía los nervios tensísimos. No dejaba de inquietarme el pensar en las consecuencias que pudieran tener para mi salud los incidentes de aquella visita a «Cumbres Borrascosas».

El ama de llaves volvió enseguida, trayendo un tazón humeante y un costurero. Colocó la vasija en la repisa de la chimenea y se sentó, con aire de satisfacción, motivada sin duda por hallar un señor tan partidario de la confianza.

—Antes de instalarme aquí —comenzó, sin esperar que yo volviese a invitarla a contarme la historia—, residí casi siempre en «Cumbres Borrascosas». Mi madre había criado a Hindley Earnshaw, el padre de Hareton, y yo solía jugar con los niños. Andaba por toda la finca, ayudaba a las faenas y hacía los recados que me ordenaban. Una hermosa mañana de verano —recuerdo que era a punto de comenzar la siega— el señor Earnshaw, el amo antiguo, bajó la escalera con su ropa de viaje, dio instrucciones a José sobre las tareas del día, y dirigiéndose a Hindley, a Catalina y a mí, que desayunábamos juntos, preguntó a su hijo:

—¿Qué quieres que te traiga de Liverpool, pequeño? Elige lo que quieras, con tal de que no abulte mucho, porque tengo que ir y volver a pie, y son sesenta millas de caminata...

Hindley le pidió un violín, y Catalina, que aunque no tenía todavía seis años ya sabía montar todos los caballos de la cuadra, le pidió un látigo. A mí, el señor me prometió traerme peras y manzanas. Era bueno, aunque algo severo.

Luego besó a los niños, y se fue.

En los tres días de su ausencia, la pequeña Catalina no hacía más que preguntar por su padre. La noche del tercer día, la señora esperaba que su marido llegase a tiempo para la cena, y fue aplazándola horas y horas. Los niños acabaron cansándose de ir a la verja para ver si su padre venía. Oscureció, la señora quería acostar a los pequeños y ellos le rogaban que les dejara esperar. A las once, el señor apareció por fin. Se dejo caer en una silla, diciendo entre risas y quejas, que no volvería a hacer una caminata así por todo cuanto había en los tres reinos de la Gran Bretaña.

—Creí que reventaba —añadió, abriendo su gabán—. Mira lo que traigo aquí, mujer. No he llevado en mi vida peso más grande: acógelo como un don que nos envía Dios, aunque, por lo negro que es, parece más bien un enviado del demonio.

Le rodeamos, y por encima de la cabeza de Catalina pude distinguir un sucio y andrajoso niño de cabellos negros. Aunque era lo bastante crecido para andar y hablar, ya que parecía mayor que Catalina, cuando le pusimos en pie en medio de todos, permaneció inmóvil mirándonos con turbación y hablando en una jerga ininteligible. Nos dio miedo, y la señora quería echarle de casa. Luego preguntó al amo que cómo se le había ocurrido traer a aquel gitanito, cuando ellos ya tenían hijos propios que cuidar. ¿Qué significaba aquello? ¿Se había vuelto loco? El señor intentó explicar lo sucedido, pero como estaba tan fatigado y ella no dejaba de reprenderle, yo no saqué en limpio sino que el amo había encontrado al chiquillo hambriento y sin hogar ni familia en las calles de Liverpool, y había resuelto recogerlo y traerlo consigo. La señora acabó calmándose y el señor Earnshaw me mandó lavarle, ponerle ropa limpia y acostarle en el cuarto de sus niños.

Hindley y Catalina estuvieron escuchando hasta que la tranquilidad se restableció. Y entonces empezaron a buscar en los bolsillos de su padre los prometidos regalos. Hindley era ya un rapaz de catorce años, pero cuando encontró en uno de los bolsillos los restos de lo que había sido un violín, rompió a llorar, y Catalina, al oír que su padre había perdido el látigo que le traía por atender al intruso, demostró su contrariedad escupiendo al chiquillo y haciéndole burla. La ocurrencia le valió un bofetón de su padre. Los hermanos se negaron en absoluto a admitirle en sus lechos, y a mí no se me ocurrió cosa mejor que dejarle en el rellano de la escalera, esperando que se marchase al llegar la mañana. Bien porque oyese sonar la voz del señor, o por lo que fuera, el chico se dirigió a la habitación del amo, y éste, al averiguar cómo había llegado allí, y saber dónde yo le había dejado, castigó mi inhumanidad echándome a la calle.

Así se introdujo Heathcliff en la familia. Yo volví a la casa días después, ya que mi expulsión no llegó a ser definitiva, y encontré que habían dado al intruso el nombre de Heathcliff, que era el de un niño de los amos que había muerto muy pequeño. Desde entonces, ese «Heathcliff» le sirvió de nombre y de apellido. Catalina y él hicieron muy buenas migas, pero Hindley le odiaba y yo también. Ambos le maltratábamos mucho, y la señora no intervino nunca para protegerle.

Él se comportaba como un niño torvo y paciente. Quizá estuviera acostumbrado a sufrir malos tratos. Aguantaba sin parpadear los golpes de Hindley y no vertía ni una lágrima. Si yo le pellizcaba, no hacía mas que suspirar profundamente, como si se hubiese hecho daño él solo, por casualidad. Cuando descubrió el señor Earnshaw que su hijo maltrataba al pobre huérfano, como él le llamaba, se enfureció. Profesaba a Heathcliff un sorprendente afecto (más incluso que a Catalina, que era muy traviesa), y creía cuanto él le decía, aunque, desde luego, en lo referente a las persecuciones de que era objeto, no llegaba a contar todas las que sufría.

De manera que, desde el principio, Heathcliff sembró en la casa semillas de discordia. Cuando dos años más tarde murió la señora, Hindley consideraba a su padre como un tirano y a Heathcliff como a un intruso que le había robado el afecto paternal y sus derechos de hijo. Yo compartía sus opiniones, pero cuando los niños enfermaron del sarampión, modifiqué mis sentimientos. Tuve que cuidar a todos los chiquillos, y Heathcliff, mientras estuvo grave, quería tenerme siempre a su lado. Debía pensar que yo era muy buena para él, sin comprender que no hacía más que cumplir con mi obligación. Hay que reconocer que era el niño más pacífico que haya atendido jamás una enfermera. Mientras Catalina y su hermano me importunaban continuamente, él era manso como un cordero, quizá ello se debía más a la costumbre de sufrir que a buenos instintos.

Cuando se curó y el médico aseguró que ello en parte era consecuencia de mis cuidados, me sentí agradecida hacia quien me había hecho merecer tales alabanzas. Así perdió Hindley la aliada que tenía en mí. Sin embargo, mi afecto por Heathcliff no era ciego, y frecuentemente me preguntaba para mis adentros qué sería lo que el amo podría ver en aquel niño que, a lo que recuerdo, nunca recompensó a su protector con expresión alguna de gratitud. No es que obrase mal con el amo, sino que demostraba indiferencia, aunque bien sabía que bastaba una frase suya para que toda la casa hubiera de plegarse a sus deseos. Recuerdo, por ejemplo, una ocasión en que el señor Earnshaw compró dos potros en la feria del pueblo y regaló uno a cada muchacho. Heathcliff eligió el más hermoso, pero habiendo notado al poco tiempo que cojeaba, dijo a Hindley:

—Tienes que cambiar de caballo conmigo, porque el mío no me agrada. Si no lo quieres hacer, le contaré a tu padre que me has dado esta semana tres palizas y le enseñaré mi brazo, que está amoratado hasta junto al hombro.

Hindley se burló de él y le dio de bofetadas.

—Lo mejor es que hagas enseguida lo que te digo —continuó Heathcliff, saliendo al portal desde la cuadra, donde estaban—. ¡Ya sabes que si hablo a tu padre, recibirás estos golpes y muchos más!

—¡Largo de aquí, perro! —gritó Hindley amenazándole con una pesa de hierro que se empleaba para pesar patatas.

—Atrévete a tirármela —le desafió Heathcliff deteniéndose—. Ya diré que te has vanagloriado de que me echarías a la calle en cuanto tu padre se muera, y veremos si entonces no eres tú el que sales de esta casa hoy mismo.

Hindley le tiró la pesa, que alcanzó a Heathcliff en el pecho. Cayó al suelo, pero se levantó enseguida, pálido y tambaleándose. A no habérselo yo impedido, hubiera ido enseguida a presentarse al amo, para acusar a Hindley.

—Coge mi caballo, gitano —rugió entonces el joven Earnshaw—, y ¡ojalá te mates con él! ¡Tómalo y maldito seas, miserable intruso! Anda y arranca a mi padre cuanto tiene, y demuéstrale quién eres después de que lo hagas, engendro de Satanás. ¡Tómalo, y así te rompa la cabeza a patadas!

Heathcliff se acercó al animal y se puso a desatarlo para cambiarlo de sitio. Hindley, al terminar de hablar, le derribó de un golpe entre las pezuñas del caballo, y sin detenerse a ver si sus maldiciones se cumplían, salió corriendo. Me asombró la serenidad con que el niño se levantó, y realizó sus intenciones, cambiando, antes que nada, los arreos de las caballerías, después de lo cual se sentó en un haz de heno, para dejar que le pasara el efecto del golpetazo recibido, antes de volver a entrar en la casa. No me fue difícil convencerle de que atribuyese al caballo la culpa de sus contusiones. Él había conseguido lo que deseaba, y lo demás le importaba poco. Como rara vez se quejaba de los malos tratos que sufría, yo pensaba que no era rencoroso, pero pronto verá usted que me engañaba.

Capítulo cinco

Con el tiempo, el señor Earnshaw empezó a decaer. Había sido un hombre recio y sano, pero cuando sus fuerzas le abandonaron y se vio obligado a pasarse la vida al lado de la chimenea, se volvió suspicaz e irritable. Se ofendía por una pequeñez, y se enfurecía ante cualquier imaginaria falta de respeto. Ello podía apreciarse especialmente cuando alguien pretendía hacer a su favorito objeto de algún engaño o de algún intento de dominarle. Velaba celosamente para que no le ofendieran con palabra alguna, y parecía que tenía metida en la cabeza la idea de que el cariño con que distinguía a Heathcliff hacía que todos le odiasen y deseasen su mal. Esto iba en perjuicio del muchacho, porque como ninguno deseábamos enfadar al amo, nos plegábamos a todos los caprichos de su preferido, y con ello fomentábamos su soberbia y su mal carácter. En dos o tres ocasiones, los desprecios que Hindley hacía a Heathcliff en presencia de su padre excitaron la cólera del anciano, quien cogía su bastón para golpear a su hijo, y se estremecía de furor al no poder hacerlo por falta de fuerzas.

Finalmente, el párroco (porque entonces había aquí un cura que se ganaba la vida dando lecciones a los niños de las familias Linton y Earnshaw y labrando él mismo su terreno) aconsejó que se enviara a Hindley al colegio, y el señor Earnshaw consintió en ello, aunque de mala gana; ya que decía que Hindley era un obtuso y no se podía sacar partido de él, hiciera lo que se hiciera.

Yo, dolida, viendo lo caros que el señor pagaba los resultados de su buena obra, esperé que así se restableciese la paz. Me parecía que los disgustos familiares estaban amargando su vejez. Por lo demás, hacía cuanto quería, y las cosas no hubieran ido tan mal a no ser por la señorita Catalina y por José, el criado. Supongo que usted le habrá visto... Era, y debe seguir siendo, el más odioso fariseo que se haya visto nunca, siempre pronto a creerse objeto de las bendiciones divinas y a lanzar maldiciones sobre su prójimo en nombre de Dios. Sus sermones producían mucha impresión al señor Earnshaw y a medida que éste se iba debilitando, crecía el dominio de José sobre él. No cesaba un momento de mortificarle con consideraciones sobre la salvación eterna y sobre la necesidad de educar bien y rígidamente sus hijos. Trataba de hacerle considerar a Hindley como un réprobo, y le contaba largos relatos de diabluras de Heathcliff y Catalina, sin perjuicio de acumular las mayores culpas sobre ésta, con lo que creía adular las inclinaciones del amo.

Verdaderamente, Catalina era la niña más caprichosa y traviesa que yo haya visto jamás, y nos hacía perder la paciencia mil veces al día. Desde que se levantaba hasta que se acostaba, no nos dejaba estar un minuto tranquilos. Tenía siempre el genio pronto a la disputa y no daba nunca paz a la boca. Cantaba, reía y se burlaba de todo el que no hiciese lo mismo que ella. De todos modos, creo que no tenía malos sentimientos, porque cuando hacía sufrir a alguien mucho, se apresuraba a acudir a su lado para consolarle. Pero tenía hacia Heathcliff un excesivo afecto. No podía aplicársele castigo mayor que separarla de él, a pesar de que siempre estaban riñéndola por su culpa. Cuando jugaba, le gustaba hacer de señora, y usaba las manos más de la cuenta para imponer su autoridad. Quería hacer igual conmigo, pero yo le hice saber que no estaba dispuesta a soportar sus golpes ni sus órdenes.

El señor Earnshaw no soportaba juegos. Siempre había sido severo con sus hijos y Catalina no acertaba a explicarse por qué en su ancianidad era más regañón que antes. Parecía sentir un perverso placer en provocarle. Era más feliz que nunca cuando todos la rodeábamos reprochándola, porque podía mirarnos replicándonos con mordacidad, haciendo burla de las piadosas invocaciones de José, buscándonos las vueltas y, en suma, haciendo lo que más desagradaba a su padre. Además, obraba como si estuviera interesada en demostrar que tenía más imperio sobre Heathcliff, a despecho de su insolencia, que su padre con todas sus bondades hacia él. Después de hacer durante el día todo el mal que le era posible, al llegar la noche acudía a su padre mimosamente, queriendo reconciliarse con él a fuerza de mimos.

—Vete, vete, Catalina —decía el anciano—: no me es posible quererte. Eres todavía peor que tu hermano. Anda, vete a rezar y pide a Dios que te perdone. Mucho temo que haya de pesarnos a tu madre y a mí el haberte dado el ser.

Al principio, estos razonamientos la hacían llorar, pero luego se habituó a ellos, y se echaba a reír cuando su padre le mandaba que pidiese perdón de sus maldades.

Al fin llegó el momento de que terminasen los dolores del señor Earnshaw en la tierra. Murió una noche de octubre, plácidamente, estando sentado en su sillón al lado del fuego. Soplaba un fuerte viento en torno a la casa, y resonaba en el cañón de la chimenea. Era un aire violento y tempestuoso, pero no frío. Todos estábamos juntos; yo un poco apartada de la lumbre, haciendo calceta, y José leyendo la Biblia. Los criados, entonces, una vez que terminaban sus faenas, solían reunirse en el salón con los señores. La señorita Catalina estaba pacífica, porque había pasado una enfermedad recientemente y permanecía apoyada en las rodillas de su padre. Heathcliff se había tumbado en el suelo con la cabeza encima del regazo de Catalina. El amo, según recuerdo bien, antes de caer en el sopor de que no debía salir, acariciaba la hermosa cabellera de la muchacha, y, extrañado de verla tan juiciosa, decía:

—¿Por qué no has de ser siempre buena?

Ella le miró, se echó a reír y repuso:

—¿Y usted, padre, por qué no había de ser siempre bueno?

Después, viendo que se disgustaba, le besó la mano y le dijo que iba a cantar para que se adormeciese. Empezó, en efecto, a cantar en voz baja. Al cabo de un rato, los dedos del anciano abandonaron los cabellos de la niña, y reclinó la cabeza sobre el pecho. Mandé a Catalina que callara y que no se moviera para no despertar al amo. Durante más de media hora permanecimos en silencio, y aún hubiéramos seguido más tiempo así, a no haberse levantado José diciendo que era hora de despertar al señor para rezar y acostarse. Se adelantó, le llamó y le tocó en el hombro, mas, notando que no se movía, cogió la vela y le miró. Cuando apartó la luz, comprendí que pasaba algo anormal. Cogió a cada niño por un brazo y les dijo, en voz baja, que subiesen a su cuarto y rezasen solos, porque él tenía mucho que hacer aquella noche antes de retirarse.

–Voy primero a dar las buenas noches a papá –dijo Catalina.

Y le echó los brazos al cuello, antes de que pudiéramos evitarlo. Comprendió enseguida lo que pasaba, y exclamó:

–¡Oh, ha muerto, Heathcliff! Padre, ha muerto...

Y ambos empezaron a llorar de un modo que desgarraba el corazón.

Empecé también a llorar; pero José nos interrumpió diciéndonos que por qué llorábamos tanto por un santo que se había ido al cielo. Después me mandó ponerme el abrigo y correr a Gimmerton a buscar al médico y al sacerdote. Yo no podía comprender de qué iban a servir ya uno ni otro, pero, no obstante, salí presurosamente, a pesar de que hacía una noche muy mala. El médico vino inmediatamente. Dejé a José explicándose con el doctor, y subí al cuarto de los niños. Habían dejado la puerta abierta y no parecían pensar en acostarse, aunque era más de medianoche, pero estaban más calmados y no necesitaban que les consolase yo. En su inocente conversación, sus almas pueriles se describían mutuamente las bellezas del cielo como ningún sacerdote hubiera sabido hacerlo. Yo les oía llorando y agradecía a Dios que estuviéramos allí los tres, reunidos, seguros...

Capítulo seis

Cuando Hindley acudió a las exequias de su padre, traía una mujer con él, lo que asombró a todos los vecinos. Nunca nos dijo quién era su esposa ni dónde había nacido. Debía carecer de fortuna y de nombre distinguido, porque Hindley hubiese anunciado a su padre su casamiento en caso contrario.

La recién llegada no causó muchas molestias en casa. Se mostraba encantada de cuanto veía allí, excepto lo relacionado al entierro. Viéndola como obraba durante la ceremonia, juzgué que era medio tonta. Me hizo acompañarla a su habitación, a pesar de que yo tenía que vestir a los niños, y se sentó, temblando, y apretando los puños. No hacía más que repetir:

—¿Se han ido ya?

Y empezó a explicar como una histérica el efecto que le producía tanto luto. Viéndola estremecerse y llorar, le pregunté que qué le pasaba, y me contestó que temía morir. Me pareció que tan expuesta estaba a morir como yo. Era delgada, pero tenía la piel fresca y juvenil, y sus ojos brillaban como dos diamantes. Noté, sin embargo, que cualquier ruido inesperado la sobresaltaba, y que tosía de vez en cuando, pero yo no sabía lo que tales síntomas pronosticaban, y no sentía, además, simpatía alguna hacia ella.

En esta tierra simpatizamos poco con los que vienen de fuera, a no ser que ellos nos muestren simpatía primero.

Hindley parecía otro. Estaba más delgado y más pálido, y vestía y hablaba de un modo muy diferente. El mismo día que llegó, nos dijo a José y a mí que debíamos limitarnos a la cocina, dejándole el salón para su uso exclusivo. Al principio pensó en acomodar para saloncito una estancia interior, empapelándola y acondicionándola, pero tanto le gustó a su mujer el salón con su suelo blanco, su enorme chimenea, su aparador y sus platos, y tanto la satisfizo el desahogo de que se disfrutaba allí, que prefirieron utilizar aquella habitación como gabinete.

Los primeros días, la mujer de Hindley se manifestó satisfecha de ver a su cuñada. Andaba con ella por la casa, jugaban juntas, la besaba y le hacía obsequios, pero pronto se cansó, y a medida que disminuía en sus muestras de cariño, Hindley se volvía más déspota. Cualquier palabra de su mujer que indicase desafecto hacia Heathcliff despertaba en él sus antiguos odios infantiles. Le hizo instalar en compañía de los criados y le mandó que se aplicase a las mismas faenas agrícolas que los otros mozos.

Al principio, Heathcliff toleró bastante resignadamente su nuevo estado. Catalina le enseñaba lo que ella aprendía, trabajaba en el campo con él y jugaban juntos. Los dos iban creciendo en un abandono completo, y el joven amo no se preocupaba para nada de lo que hacían, con tal de que no le estorbaran. Ni siquiera se ocupaba de que fueran a la iglesia los domingos. Cada vez que los chicos se escapaban y José o el cura le censuraban su descuido, se limitaba a mandar que pegasen a Heathcliff y que castigasen sin comer a Catalina. Ellos no conocían mejor diversión que escaparse a los pantanos, y cuando se les castigaba por hacerlo lo tomaban a risa. Aunque el cura marcase a Catalina cuantos capítulos se le antojaran para que los aprendiera de memoria, y aunque José pegase a Heathcliff, hasta dolerle el brazo, los muchachos lo olvidaban todo en cuanto volvían a estar juntos. Yo lloré más de una vez a solas, viéndolos hacerse más traviesos cada día, pero no me atrevía a decirles nada, por temor a perder el poco influjo que aún conservaba sobre las pobres criaturas. Un domingo por la tarde, les hicieron salir del salón en virtud de alguna travesura que habían cometido, y cuando fui a buscarles no les encontré. Registramos la casa, el patio y el establo sin hallar huella de ellos. Finalmente, Hindley, indignado, mandó cerrar la puerta con cerrojo y prohibió que nadie les abriese si volvían por la noche. Todos se acostaron, menos yo, que me quedé en la ventana, aunque llovía, con objeto de abrirles, si llegaban, a pesar de la prohibición del amo. No tardé en oír pisadas y vi brillar una luz al otro lado de la verja. Me puse un pañuelo a la cabeza y me apresuré a salir, a fin de que no llamasen y despertaran al señor. El recién llegado era Heathcliff, y el corazón me dio un salto al verle solo.

—¿Dónde está la señorita? —grité con impaciencia—. Espero que no le haya pasado nada.

—Está en la «Granja de los Tordos» —repuso— y allí estaría yo también si hubiesen tenido la atención de decirme que me quedase.

—Bueno —le dije—, pues ya pagarás las consecuencias. No pararás hasta que te echen de casa. ¿Qué teníais que hacer en la «Granja de los Tordos»?

—Déjame cambiarme de ropa, y ya te lo contaré, Elena.

Le recomendé que procurara no despertar a Hindley y mientras yo esperaba a que se desnudase para apagar la vela, me explicó:

—Catalina y yo salimos del lavadero pensando en dar unas cuantas vueltas a nuestro gusto. Luego, vimos las luces de la «Granja», y se nos ocurrió ir a ver si los niños de los Linton se pasan los domingos escondidos en los rincones y temblando, mientras sus padres comen, beben, ríen, cantan y se queman las pestañas junto a la lumbre. ¿Tú crees que lo pasan así, o bien que el criado les dice sermones, les enseña catecismo y les manda aprenderse de memoria una lista de nombres de la Sagrada Escritura, si no contestan bien?

—No lo creo —respondí—, porque son niños buenos, y no merecen el trato que recibís vosotros por lo mal que os portáis.

—¡Bah, bah! —replicó—. Fuimos corriendo desde las «Cumbres» hasta el parque, sin pararnos. Catalina llegó rendida, porque iba descalza. Tendrás que buscar mañana sus zapatos en el seto, subimos a tientas el sendero, y nos subimos a una maceta bajo la ventana del salón. No habían cerrado las maderas, las cortinas estaban sólo a medio echar, y una espléndida luz salía a través de los cristales. Nos pusimos en pie, y sujetándonos al antepecho de la ventana, vimos una magnífica habitación con una alfombra carmesí. El techo era blanco como la nieve, tenía una orla dorada y pendía de él un torrente de gotas de cristal, suspendidas de una cadena de plata, y brillando con la luz de muchas velas pequeñitas. Los viejos Linton no estaban allí, y Eduardo y su hermana disponían de todo aquel cuarto para ellos. ¿Cómo no iban a ser felices? A nosotros nos hubiera parecido estar en la gloria. Y ahora vamos a ver si adivinas lo que hacían esos niños buenos que tú dices. Isabel –que me parece que tiene once años, uno menos que Catalina– estaba en un rincón, gritando como si las brujas la pinchasen con alfileres calientes. Eduardo estaba junto a la chimenea llorando en silencio, y encima de la mesa vimos un perrito, al que casi habían partido en dos al pelearse por él, según comprendimos por los reproches que se dirigían uno a otro y por las quejas del animal. ¡Vaya unos tontos! ¡Pelearse por un montón de pelos tibios! Y en aquel momento lloraban porque, después de pegarse para cogerlo, ya no lo querían ninguno de los dos. Nosotros nos moríamos de risa viendo aquello. ¿Cuándo me has visto a mí querer lo que quiere Catalina? ¿Acaso alguna vez, cuando estamos solos, nos has visto chillar y llorar, y revolcarnos, cada uno en un extremo del salón? ¡No cambiaría la vida que hace Eduardo Linton en la «Granja de los Tordos» por la que hago yo aquí, ni aunque me diese la satisfacción de poder tirar a José desde lo alto del tejado y de pintar las paredes de la casa con la sangre de Hindley!

–¡Cállate, cállate! –le interrumpí–. Y, ¿cómo se ha quedado allí Catalina?

–Como te he dicho, nos echamos a reír. Los Linton nos oyeron y se precipitaron a la puerta veloces como flechas. Hubo un momento de silencio y después gritaron: «¡Papá, mamá, venid! ¡Ay! ¡Ay!». Creo que era algo así lo que gritaban. Hicimos entonces un ruido espantoso para asustarles más aún, y luego nos soltamos de la ventana y echamos a correr, porque oímos que alguien procuraba abrirla. Yo llevaba a Catalina de la mano, y le decía que se apresurase, cuando de pronto cayó al suelo. «¡Corre, Heathcliff! –me dijo–. Han soltado al perro, y me ha agarrado». El animal la había cogido por el tobillo. Le oí gruñir. Catalina no gritó. Le había parecido despreciable gritar aunque se hubiese visto entre los cuernos de un toro bravo. Pero yo sí grité. Lancé tantas maldiciones que habría bastante con ellas para espantar a todos los diablos del infierno. Luego cogí una piedra, y la metí en la boca del animal tratando furiosamente de introducírsela en la garganta. Salió un animal de criado con un farol y gritó: «¡Sujeta fuerte, *Espía*, sujeta fuerte!». Pero cuando vio en que situación se hallaba el perro, cambió de tono. El animal tenía un palmo de lengua fuera de la boca y sangraba a borbotones por el hocico. El hombre cogió a Catalina, que estaba medio desvanecida, no de miedo, sino de disgusto, y se la llevó, seguido por mí, que profería toda clase de insultos y amenazas de vengarme.

–¿A quién habéis capturado, Roberto? –preguntó Linton desde la puerta.

–El perro ha cogido a una niña, señor –repuso el criado– y aquí hay también un rapaz que me parece que no tiene desperdicio –añadió sujetándome–. Seguramente los ladrones se proponían hacerles entrar por la ventana para que abriesen la puerta cuando estuviéramos dormidos, y poder así asesinarnos impunemente. ¡Calla la lengua, maldito ladronzuelo! Esta hazaña te costará la horca. No suelte la escopeta, señor Linton.

–No la suelto, Roberto –contestó el viejo mentecato–. Los bandidos habrán logrado enterarse de que ayer fue día de cobro y les habrá parecido buena ocasión.

¡Entrad, entrad, que los recibiremos bien! Juan: echa la cadena. Eugenia: dale agua al perro. ¡Han venido a meterse en la boca del lobo! ¡Y en domingo nada menos! ¡Qué insolencia! Mira, querida María: es un niño, no temas. Pero tiene tan mala facha, que se haría un bien a la sociedad ahorcándole antes de que realice los crímenes que ha de cometer a juzgar por su jeta.

—¡Qué horrible! Enciérrale en el sótano, papá. Se parece al hijo de la gitana que me robó mi faisancito domesticado. ¿Verdad, Eduardo?

Mientras me miraban, apareció Catalina, y se rió al oír a Isabel. Eduardo Linton, después de contemplarla fijamente, llegó un momento en que la reconoció. Algunas veces nos hemos encontrado en la iglesia.

—¡Es Catalina Earnshaw! —aseguró—. Y mira cómo le sangra el pie, mamá.

—No digas necedades. ¡Catalina Earnshaw en compañía de un gitano! ¡Oh, y sin embargo lleva luto! Pues es ella. ¡Y pensar que podría quedar coja para siempre!

—¡Qué descuido tan increíble tiene su hermano! —exclamó el señor Linton, volviéndose hacia Catalina—. Verdad es que he sabido por el padre Shielded que no se ocupan para nada de su educación. ¿Y éste? ¿Quién es éste? ¡Ah, ya: es aquel chicuelo vagabundo que el difunto Earnshaw trajo de Liverpool!

—De todos modos, es un niño malo, que no debía vivir en una casa distinguida —afirmó la vieja—. ¿Oíste cómo hablaba, Linton? Me disgusta que mis hijos le hayan oído.

—Volví a maldecirles cuanto pude —no te enfades, Elena y entonces mandaron a Roberto que me echase fuera. No quise irme sin Catalina, pero él me llevó a la fuerza al jardín, me entregó un farol, me dijo que iba a hablar al señor Earnshaw de mi comportamiento, y, después de ordenarme que me marchara, atrancó la puerta.

Viendo que las cortinas seguían descorridas, volví adonde antes habíamos estado, proponiéndome romper todos los cristales de la ventana si Catalina quería irse y no se lo permitían. Pero ella estaba sentada tranquilamente en el sofá, y la señora Linton, que le había quitado el mantón de la criada, que habíamos cogido para hacer nuestra excursión, le hablaba, supongo que reprendiéndola. Como era una señorita la trataban de otra forma que a mí. La criada llevó una palangana de agua caliente y le lavaron el pie. Luego el señor Linton le ofreció un vasito de vino dulce, mientras Isabel le ponía en el regazo un plato con tortas y Eduardo permanecía silencioso a poca distancia. Después le secaron los pies, la peinaron, le pusieron unas zapatillas que le venían muy grandes y la sentaron junto al fuego. Así la he dejado, lo más alegre que te puedes imaginar, repartiendo los dulces con *Espía* y con el perro pequeño, y a veces haciéndoles cosquillas en el hocico. Todos estaban admirados de ella. Y no es extraño, porque vale mil veces más que ellos y que cualquier otra persona. ¿No es cierto?

—Ya verás como esto trae malos resultados, Heathcliff —le contesté, abrigándole y apagando la luz—. Eres incorregible. El señor Hindley tendrá que apelar a medidas rigurosas, no lo dudes.

Mis palabras fueron más ciertas de lo que yo deseara. El lance enfureció a Earnshaw. Además, al día siguiente el señor Linton vino a hablar con el amo y le soltó tal chaparrón sobre su modo de educar a los niños, que Hindley se consideró obligado a poner a raya a Heathcliff. No dispuso que le pegaran, pero le comunicó que a la primera palabra que dirigiera a Catalina, le echarían a la calle. La señora Earnshaw aseguró que cuando Catalina volviese a casa la haría cambiar de modo de ser empleando la persuasión. De otra forma hubiera sido imposible.

Capítulo siete

En Navidad, después de pasar cinco semanas con los Linton, Catalina volvió curada y con muchas mejores maneras. Mientras tanto, la señora la visitó frecuentemente, y puso en práctica su propósito de educación, procurando despertar la estimación de Catalina hacia su propia persona, y haciéndole valiosos regalos de vestidos y otras cosas. De modo que cuando Catalina volvió, en vez de aquella salvajita que saltaba por la casa con los cabellos revueltos, vimos apearse de una bonita jaca negra a una digna joven, cuyos rizos pendían bajo el velo de un sombrero con plumas, envuelta en un manto largo, que tenía que sostener con las manos para que no lo arrastrase por el suelo. Hindley le ayudó a apearse, y comentó de buen humor:

–Te has puesto muy guapa, Catalina. No te hubiera conocido. Ahora pareces una verdadera señorita. ¿No es cierto, Francisca, que Isabel Linton no puede compararse con mi hermana?

–Isabel Linton carece de la gracia natural de Catalina, pero es preciso que ésta se deje conducir y no vuelva a hacerse intratable –repuso la esposa de Hindley–. Elena: ayuda a desvestirse a la señorita Catalina. Espera, querida, no te desarregles el peinado. Voy a quitarte el sombrero.

Cuando la despejó del manto, apareció bajo él un bonito traje de seda a rayas, pantalones blancos y brillantes polainas. Los canes acudieron a la joven, y aunque sus ojos resplandecían de júbilo, no se atrevió a tocar a los animales por no echarse a perder la ropa. A mí me besó, pero con precaución, pues yo estaba preparando el bollo de Navidad y me encontraba llena de harina. Después buscó con la mirada a Heathcliff. Los señores esperaban con ansia el momento de su encuentro con él, a fin de juzgar las posibilidades que tenían de separarla definitivamente de su compañero.

Heathcliff no tardó en presentarse. Ya de por sí era muy dejado y nadie por su parte se cuidaba de él antes de la ausencia de Catalina, pero ahora ello sucedía, mucho más. Yo era la única que me preocupaba de hacer que se aseara una vez a la semana siquiera. Los muchachos de su edad no suelen ser amigos del agua. Así que, aparte de su traje, que estaba como puede suponerse después de andar tres meses por el barro y el polvo tenía el cabello desgreñado y la cara y las manos cubiertas de una capa de mugre. Permanecía escondido, mirando a la bonita joven que acababa de entrar, asombrado de verla tan bien ataviada y no hecha una desastrada como él.

–¿Y Heathcliff? –preguntó Catalina, quitándose los guantes y descubriendo unos dedos que de no hacer nada ni salir de casa nunca, se le habían puesto prodigiosamente blancos.

–Ven, Heathcliff –gritó Hindley, congratulándose por anticipado del mal efecto que el muchacho, con su traza de pilluelo, iba a producir a la señorita–. Ven a saludar a la señorita Catalina como los demás criados.

Catalina, al ver a su amigo, corrió hacia él, le besó seis o siete veces en cada mejilla, y después, separándose un poco, le dijo entre risas:

—¡Huy, qué negro estás y qué cara de enfado tienes! Claro: es que me he acostumbrado a ver a Eduardo y a Isabel. ¿Me has olvidado, Heathcliff?

—Dale la mano, Heathcliff —dijo Hindley, con aire de condescendencia—. Por una vez la cosa no importa que lo hagas.

—Nada de eso —replicó el muchacho—. No quiero que se burlen de mí.

Y trató de alejarse, pero Catalina entonces le detuvo.

—No quise burlarme de ti. No pude contenerme al ver tu aspecto. Anda, dame la mano siquiera. Si te lavas la cara y te peinas, estarás muy bien. ¡Pero ahora vas muy sucio!

Contempló los negros dedos que tenía entre los suyos y luego se miró el vestido, temiendo que con aquel contacto se le hubiese contagiado la mugre del rapaz.

—No tenías por qué tocarme —dijo él, separando su mano de un tirón—. Soy tan sucio como me da la gana, y me agrada estar sucio.

Y se lanzó fuera de la habitación, con gran contento de los amos y gran turbación de Catalina que no acababa de comprender por qué sus comentarios le habían producido tal exasperación de mal humor.

Después de haber ayudado a desvestirse a la recién llegada, de poner los bollos al horno y de encender la lumbre, me senté dispuesta a entretenerme cantando villancicos, sin hacer caso a José, que me aseguraba que el tono que yo empleaba era demasiado mundano. Él se marchó a su cuarto a rezar, y los señores Earnshaw distraían a la joven enseñándole unos obsequios que habían comprado para los Linton en prueba de agradecimiento por sus atenciones. Habían invitado a los Linton a pasar el siguiente día en «Cumbres Borrascosas» y ello había sido aceptado a condición de que los hijos de los Linton no tuvieran que tratar con aquel «terrible chicuelo que hablaba tan mal».

Me quedé sola. La cocina olía fuertemente a las especias de los guisos. Yo miraba la brillante batería de cocina, el reluciente reloj, los vasos de plata alineados en la bandeja y la impecable limpieza del suelo, de cuyo barrido y fregado me había preocupado con gran atención. Todo me pareció estar bien y merecer alabanza, y recordé una ocasión en que el amo anciano —que solía revisarlo todo por sí mismo en casos como aquél—, viendo lo bien que estaba todo, me había regalado un chelín, llamándome a la vez «buena moza». Luego pensé en el cariño que él había sentido hacia Heathcliff y en el temor que tenía de que fuera abandonado al faltar él, y pensando en la situación presente del muchacho, casi me dieron ganas de ponerme a llorar. Considerando, después, que mejor que lamentar sus desdichas sería procurar remediarlas, me levanté y fui al patio en su busca. Le encontré enseguida: estaba en la cuadra cepillando el lustroso pelo de la jaca nueva y dando el pienso a los demás animales.

—Date prisa —le animé—. La cocina está muy confortable, y José se ha ido a su cuarto. Procura acabar pronto, para vestirte decentemente antes de que salga la señorita Catalina. Así podréis estar juntos, y charlar al lado de la lumbre hasta la hora de retirarse.

Él siguió haciendo su faena. Hacía todos los esfuerzos posibles para apartar los ojos.

—Anda, ven —seguí—. Necesitarás media hora para vestirte. Hay un pastel para cada uno de vosotros.

Esperé otros cinco minutos, pero en vista de que no me contestaba, me fui. Catalina comió con sus hermanos. José y yo celebramos una cena muy poco cordial, amenizada con censuras suyas y malas contestaciones mías. El pastel y el queso de Heathcliff estuvieron toda la noche sobre la mesa para alimento de las hadas. Él estuvo trabajando hasta las nueve, y a esa hora se fue a su habitación, siempre taciturno y terco. Catalina estuvo hasta muy tarde preparándolo todo para recibir a sus nuevos amigos, y una vez que entró en la cocina para buscar a su antiguo camarada, viendo que no estaba se contentó con preguntar por él y marcharse. A la mañana siguiente, Heathcliff se levantó temprano, y como era día de fiesta, se fue malhumorado a los pantanos, y no volvió a aparecer hasta después de que la familia se hubo marchado a la iglesia. Pero el ayuno y la soledad debieron hacerle reflexionar y cuando regresó, después de estar un rato conmigo, me dijo, de súbito:

—Vísteme, Elena. Quiero ser bueno.

—Ya era hora, Heathcliff —contesté—. Has disgustado a Catalina. Cualquiera diría que la envidias porque la miman más que a ti.

La idea de sentir envidia hacia Catalina le resultó incomprensible, pero lo de disgustarla lo comprendió muy bien. Me preguntó, volviéndose grave:

—¿Se ha enfadado?

—Se echó a llorar cuando le dije esta mañana que te habías ido.

—También yo he llorado esta noche —respondió— y con más motivos que Catalina.

—¿Sí? ¿Qué motivos tenías para acostarte con el corazón lleno de soberbia y el estómago vacío? Los soberbios no hacen más que dañarse a sí mismos. Pero si estás arrepentido, debes pedirle perdón cuando vuelva. Vas arriba, le pides un beso y le dices... Bueno, ya sabes tú lo que le tienes que decir. Pero hazlo con naturalidad y no como si ella fuera una extraña por el hecho de que la hayas visto mejor ataviada. Ahora voy a arreglármelas para vestirte de un modo que Eduardo Linton parezca un muñeco a tu lado. ¡Y claro que lo parece! Aunque eres más joven que él, eres mucho más alto y doble de fuerte. Podrías tumbarle de un soplo, ¿no es cierto?

La cara de Heathcliff se iluminó por un momento, pero su alegre expresión se apagó enseguida. Y suspiró:

—Sí, Elena, pero aunque yo le tumbara veinte veces, no dejaría de ser él más guapo que yo. Quisiera tener el cabello rubio y la piel blanca como él, vestir bien y tener modales como los suyos, y ser tan rico como él llegará a serlo algún día.

—Sí. Y llamar a mamá constantemente, y asustarte siempre que un chico aldeano te amenazase con el puño y quedarte en casa cada vez que cayeran cuatro gotas. No seas pobre de espíritu, Heathcliff. Mírate al espejo, y atiende lo que tienes que hacer. ¿Ves esas arrugas que tienes entre los ojos y esas espesas cejas que siempre se contraen en lugar de arquearse, y esos dos negros demonios que jamás abren francamente sus ventanas, sino que centellean bajo ellas corridas, como si fueran espías de Satanás? Proponte y esfuérzate en suavizar esas arrugas, en levantar esos párpados sin temor, y en convertir esos dos demonios en dos ángeles que sean siempre amigos en donde quiera que no haya enemigos indudables. No adoptes ese aspecto de perro cerril que parece justificar la justicia de los puntapiés que recibe, y que odia a todos tanto como al que le apalea.

—Sí: debo proponerme adquirir los ojos y la frente de Eduardo Linton. Ya lo deseo, pero ¿crees que haciendo lo que me dices conseguiré tenerlos así?

—Si eres bondadoso de corazón, serás agradable de cara, muchacho, aunque fueras un negro. Y un corazón perverso hace horrible la cara más agradable. Ahora que estás lavado y peinado y pareces más alegre, ¿no es verdad que te encuentras más guapo? Te aseguro que sí. Puedes pasar por un príncipe de incógnito. ¡Cualquiera sabe si tu padre no era emperador de la China y tu madre reina de la India, y si con sus rentas de una sola semana no podrían comprar «Cumbres Borrascosas» y la «Granja de los Tordos» reunidas! Quizá te robaran unos marineros y te trajeran a Inglaterra. Yo, si estuviera en tu caso, me haría figuraciones como ésas, y con ellas iría soportando las miserias que tiene que sufrir el campesino...

En tanto que yo hablaba así y conseguía que Heathcliff fuese poco a poco desarrugando el ceño, oímos un estrépito que al principio sonaba en la carretera y luego llegó al patio. Heathcliff acudió a la ventana y yo a la puerta, en el mismo momento en que los Linton se apeaban de su carruaje, muy arrebujados en abrigos de pieles, y los Earnshaw descendían de sus caballos. Catalina cogió a los niños de la mano, y los llevó a la chimenea, junto a la que se sentaron, y cuyo fuego enrojeció en breve sus blancos rostros.

Alenté a Heathcliff para que acudiera y mostrara su buen porte, pero tuvo la desgracia de que, al abrir la puerta de la cocina, tropezara con Hindley, que la estaba abriendo por el otro lado. El amo, ya porque le incomodara verle tan animado y tan arreglado, o quizá por complacer a la señora Linton, le empujó con violencia y dijo a José:

—Hazle estar en el desván hasta después de que hayamos comido. De lo contrario, tocaría los dulces con los dedos y robaría las frutas si se le permitiera estar un solo minuto aquí.

—No hará nada de eso —osé replicar—. Y espero que participe de los dulces como nosotros.

—Participará de la paliza que le sacudiré si le veo por acá abajo antes de la noche

—gritó Hindley—. ¡Largo, vagabundo! ¿De modo que quieres lucirte, verdad? Como te eche mano a esos mechones ya verás si te los pongo más largos aún.

—Ya los tiene bastante largos —observó Eduardo Linton, que acababa de aparecer en la puerta—. Le caen sobre los ojos como la crin de un caballo. No sé cómo no le producen dolor de cabeza.

Aunque hizo aquella observación sin deseo de molestarle, Heathcliff, cuyo rudo carácter no toleraba impertinencias, y mas viniendo de alguien a quien ya consideraba como su rival, cogió una fuente llena de compota caliente y se lo tiró en pleno rostro al muchacho. Éste lanzo un grito que hizo acudir enseguida a Catalina y a Isabel. El señor Earnshaw cogió a Heathcliff y se lo llevó a su habitación, donde sin duda le debió aplicar un enérgico correctivo, ya que cuando bajó estaba sofocado y rojo como la grana. Yo cogí un trapo de cocina, limpié la cara a Eduardo, y, no sin cierto enojo, le dije que se había merecido la lección por su inoportunidad. Su hermana se echó a llorar y quiso marcharse; Catalina, a su vez, estaba muy disgustada con todo aquello.

—No has debido hablarle —dijo al joven Linton—. Estaba de mal humor, ahora le pegarán, y has estropeado la fiesta... Yo ya no tengo apetito. ¿Por qué le hablaste, Eduardo?

—Yo no le hablé —sollozó el muchacho, desprendiéndose de mis manos y terminando de limpiarse con su fino pañuelo—. Prometí a mamá no hablarle, y lo he cumplido.

—Bueno —dijo Catalina con desdén—; cállate, que viene mi hermano. No te ha matado, después de todo. No pongas las cosas peor. Deja de llorar, Isabel. ¿Te ha hecho algo alguien?

—¡A sentarse, niños! —exclamó Hindley reapareciendo—. Ese bruto de chico me ha hecho entrar en calor. La próxima vez, Eduardo, tómate la venganza con tus propios puños, y eso te abrirá el apetito.

La gente menuda recobró su alegría al servirse los olorosos manjares. Todos sentían apetito después del paseo, y se consolaron fácilmente, ya que ninguno había sufrido daño grave. El señor Earnshaw trinchaba con jovialidad, y la señora animaba la mesa con su conversación. Yo atendía al servicio y me entristecía el ver que Catalina, con ojos enjutos y aire indiferente, partía en aquel momento un ala de pato que tenía ante sí.

«¡Qué niña tan insensible! —pensé—: Nunca hubiera creído que la suerte de su antiguo compañero de juegos la preocupara tan poco».

Ella estaba llevándose en aquel momento un bocado a la boca, pero de pronto lo soltó, las mejillas se le sonrojaron y por su rostro corrieron las lágrimas. Dejó caer el tenedor y aprovechó la ocasión de inclinarse para disimular su emoción. Durante todo el día anduvo como un alma en pena buscando a Heathcliff. Pero éste había sido encerrado por Hindley, lo que averigüé al querer llevarle a escondidas algo de comer.

Hubo baile por la tarde y Catalina pidió que soltaran a Heathcliff, ya que, si no, Isabel no tendría pareja, pero no se la atendió y yo fui llamada a llenar la vacante. El baile nos puso de buen humor, y éste creció más cuando llegó la banda de música de Gimmerton, con sus quince músicos, entre los que había un trompeta, un trombón, clarinetes, flautas, oboes y un contrabajo, fuera de los cantantes. La banda suele recorrer en Navidad las casas ricas pidiendo aguinaldos, y su llegada es siempre acogida con alegría. Primero cantaron los villancicos de costumbre, pero después, como a la señora Earnshaw le gustaba extraordinariamente la música, les pedimos que tocasen algo más, y lo hicieron durante todo el tiempo que nos pareció bien.

A pesar de que a Catalina le agradaba también la música, dijo que se oía mejor desde el rellano de la escalera, y con este pretexto salió seguida por mí. Cerraron la puerta de abajo. No parecían haber reparado en nuestra falta. Catalina subió hasta el desván donde estaba encerrado Heathcliff. Le llamo, y aunque él al principio no quiso contestar, acabaron manteniendo una conversación a través de la puerta. Les dejé que charlaran tranquilamente, y cuando comprendí que el concierto iba a terminar y que se iba a servir la cena a los músicos, volví al desván con objeto de avisar a Catalina. Pero no la hallé. Por una claraboya había subido al tejado, y por otra entrado en la buhardilla de Heathcliff. Me costó mucho convencerla de que saliera. Al cabo lo hizo en compañía de Heathcliff, y se empeñó en que le llevara a la cocina conmigo, ya que José se había ido a casa de un vecino, para librarse de la «infernal salmodia», como llamaba a la música. Yo les advertí que no contaran conmigo para engañar al señor Hindley, pero que por esta vez lo haría, ya que el cautivo no había probado bocado desde el día antes.

Él bajó, se sentó junto a la lumbre, y yo le ofrecí muchas golosinas. Pero Heathcliff se sentía mal y no comió apenas, sin que mis intentos de distraerle fuesen más afortunados. Había apoyado los codos en las rodillas y la barbilla en las manos, y callaba. Le pregunté qué pensaba, y me respondió con gravedad:

—En cómo hacerle pagar esto a Hindley. No sé cuanto habré de esperar, pero no me importa, si lo consigo al fin. ¡Con tal de que no reviente antes!

—¡Qué vergüenza, Heathcliff! —le dije—. Sólo corresponde a Dios castigar a los malos. Nosotros hemos de saber perdonarles.

—No será Dios quien tenga esa satisfacción, que yo me reservo —repuso—. Lo único que necesito es saber cómo la alcanzaré. Pero ya acertaré con el plan conveniente. Este pensamiento me evita sufrir.

Ahora reparo, señor Lockwood, en que estas historias no deben tener interés para usted. No sé cómo he hablado tanto. Está usted durmiéndose. ¡Hubiera podido contarle en una docena de palabras cuanto le interesara a usted saber sobre la vida de Heathcliff!

Después de esta interrupción, el ama de llaves, incorporándose, guardó la labor. Yo no me moví de al lado del fuego. Estaba muy lejos de dormirme.

—Siéntese, señora Dean —le dije—, y siga con su historia media horita más. Ha hecho bien en contarla a su manera. Me han interesado mucho sus descripciones.

—Son las once, señor.

—Es igual: yo no suelo acostarme hasta muy tarde. Levantándose a las diez, no importa acostarse a las dos o a la una.

—Es que no debía usted dormir hasta las diez. Pierde usted lo mejor del día. Cuando a esa hora no se ha hecho ya la mitad de la faena diaria, es muy probable que no se pueda hacer lo demás en el día.

—Da lo mismo, señora Dean... Ande, siéntese. Creo que tendré mañana que estarme acostado hasta después de cenar, pues parece que no me escaparé sin un buen catarro.

—Dios haga que no suceda así, señor. Bien, pues daré un salto de tres años, o sea hasta que la señora Earnshaw...

—No; nada de saltos. ¿No sabe usted lo que siente el que se encuentra ocupado en mirar cómo una gata lava a sus gatitos, y se indigna cuando ve que deja de lamer una de las orejas de uno de ellos?

—Creo que quien haga eso no es más que un ocioso.

—No lo crea... Bueno: yo me encuentro en ese caso ahora. De modo que cuente usted la historia con todo detalle. En sitios como éste, las gentes adquieren ante el que las observa un valor que puede compararse con el de una araña a los ojos de quien la contempla en un calabozo. La araña en un calabozo tiene una importancia que no tendría para un hombre libre. Pero, de todos modos, el cambio no se debe sólo a la distinta situación del observador. Las gentes, aquí, viven más hondamente, más reconcentradas en sí mismas y menos atraídas por la parte superficial de las cosas. En un sitio así, yo sería capaz hasta de creer en un amor eterno, y eso que he creído siempre imposible que una pasión dure arriba de un año.

—Los que habitamos aquí, cuando se nos conoce, somos como los de cualquier otro sitio —contestó la señora Dean.

—Disculpe, amiga mía —repuse—; pero usted misma es una negación viviente de lo que dice. Usted, aparte de algunos modismos locales muy secundarios, no suele hablar ni obrar como las personas de su clase. Tengo la evidencia de que ha pensado mucho más de lo que suelen hacerlo la mayoría de las personas de su profesión. Como no ha tenido usted que ocuparse de frivolidades, ha debido reflexionarse sobre asuntos serios.

—Claro que me tengo por una persona razonable —dijo—, pero no creo que sea por vivir recluida entre montañas y ver sólo un aspecto de las cosas, sino por haberme sometido a una severa disciplina que me hizo aprender a tener buen criterio. Además, señor Lockwood, he leído más de lo que usted se imagina. No hay un libro en la biblioteca que yo no haya hojeado, y del que no haya sacado alguna enseñanza, excepto los libros griegos y latinos, o los franceses... Y hasta éstos sé distinguirlos unos de otros... ¿Qué más puede usted pedir a la hija de un pobre? De todos modos, si se empeña en que le siga contando la historia como hasta ahora, lo mejor será que dé un salto, pero no de tres años, sino hasta el verano siguiente. El de 1778. Veintitrés años han pasado ya.

Capítulo ocho

Una hermosa mañana de junio, vino al mundo el primer niño que yo había de criar y el último vástago de la antigua raza de los Earnshaw. Estábamos recogiendo heno en un campo apartado de la finca, cuando vimos llegar con una hora de anticipación a la chica que nos traía habitualmente el desayuno.

–¡Qué niño tan hermoso! –exclamó–. Nunca se ha visto uno más guapo... Pero, según dice el médico, la señora vivirá muy poco. Al parecer se ha ido consumiendo durante los últimos meses. He oído cómo se lo decía al señor Hindley, y le ha asegurado que morirá antes del invierno. Venga a casa enseguida, Elena. Tiene que cuidar al niño, darle leche y azúcar. Me gustaría ser usted porque cuando la señora muera va usted a quedar completamente encargada del pequeño.

–¿Tan enferma está? –pregunté, soltando la horquilla y anudándome las cintas del sombrero.

–He oído que sí –repuso la muchacha– aunque está muy animada y habla como si fuese a vivir hasta ver al pequeño hecho un hombre. No cabe en sí de alegría. Verdaderamente, el niño es una hermosura. Si yo estuviera en su caso, no me moriría. Sólo con mirar al niño, me pondría buena. La señora Archer llevó el angelito al amo, y no había hecho más que presentárselo, cuando se adelanta el viejo gruñón de Kenneth y le dice: «Señor Earnshaw, es una fortuna que su mujer le haya dado un hijo. Cuando la vi por primera vez tuve la seguridad de que no viviría largo tiempo, y ahora puedo decirle que no pasará del invierno. No se aflija, porque la cosa es irremediable; pero debió haber buscado usted una mujer más sana».

–¿Y qué contestó el amo? –pregunté a la muchacha.

–Creo que una blasfemia, pero no me fijé, porque estaba muy ocupada en mirar a la criatura.

La moza empezó a describirme al bebé con entusiasmo. Yo me apresuré a correr a casa, ya que tenía tantos deseos de verlo como ella misma, pero me daba pena de Hindley. Sabía que en su corazón sólo había lugar para dos afectos: el de su mujer y el de sí mismo. A Francisca la adoraba, y me parecía imposible que pudiera soportar su muerte.

Al llegar a «Cumbres Borrascosas», él se hallaba de pie ante la puerta. Le pregunté cómo estaba el recién nacido.

–A punto de echar a correr, Elena –me replicó, sonriendo.

–¿Y la señora? Creo que el médico dice...

–¡Al demonio con el médico! –contestó–. Francisca está bien y la semana próxima se habrá restablecido del todo. Si subes, dile que ahora iré a verla, siempre que prometa no hablar. Me he ido de la habitación porque no quería callarse, y es preciso que guarde silencio. Adviértele que el señor Kenneth le prescribe quietud.

Comuniqué aquella indicación a la señora, y ella, que parecía muy animada, respondió:

–Sólo hablé una palabra, Elena, y a pesar de ello salió dos veces orando de la habitación. Le prometo callarme, pero ello no me impedirá reírme de él.

La pobre mujer no perdió el humor hasta una semana antes de morir. Su marido seguía obstinándose en que mejoraba constantemente. El día en que Kenneth le advirtió que ya no recetaba más medicinas, porque eran totalmente inútiles, dado el grado a que había llegado la enfermedad, Hindley le contestó:

–Bien sé que no las necesita, ni tampoco los cuidados médicos. Nunca ha estado enferma del pecho. Padeció una fiebre, sí, pero ya ha desaparecido. Su pulso es ahora tan normal como el mío y sus mejillas están muy frescas.

A su esposa le decía lo mismo, y ella parecía creerlo. Pero una noche, mientras Francisca reclinaba la cabeza en el hombro de su esposo y le decía que pensaba levantarse al día siguiente, le acometió un leve ataque de tos. Él la abrazó, ella le echó las manos al cuello, palideció y entregó el alma. Hareton, el niño, fue entregado a mis cuidados. El señor Earnshaw se conformaba, respecto al pequeño, con saber que estaba bien y con no oírle llorar. Pero él, por su parte, estaba desesperado. Su dolor era de los que no se manifiestan con lamentaciones. No sollozaba ni rezaba, sino que maldecía de Dios y de los hombres, y se entregó a una vida de loco libertinaje. Ningún criado soportó largo tiempo el tiránico comportamiento que nos daba, y sólo nos quedamos a su lado José y yo. Yo había sido su hermana de leche, y me faltó valor para abandonarle. En cuanto a José, se quedó porque así podía mandar despóticamente a los jornaleros y arrendatarios, y también porque siempre se sentía a gusto donde quiera que hubiese cosas que censurar.

Los malos hábitos y las malas compañías que había contraído el amo constituían un pésimo ejemplo para Catalina y Heathcliff. Éste era tratado de tal manera, que aunque hubiera sido un santo, tenía que acabar convirtiéndose en un demonio. Y, en verdad, el muchacho parecía endemoniado en aquella época. La degradación de Hindley le colmaba de placer y su aspereza y tosquedad aumentaban.

Nuestra vida era un infierno. El cura dejó de acudir a la casa, y terminaron imitándole todas las personas respetables. Nadie nos trataba, excepto Eduardo Linton, que a veces se presentaba a visitar a Catalina. A los quince años, la joven se transformó en la reina de la comarca. Ninguna podía igualarla, y se convirtió en un ser terco y caprichoso. Desde que había dejado de ser niña, yo no la quería, y procuraba humillar su soberbia a todo trance, pero ella no me hacía caso. Conservó un afecto constante hacia Heathcliff, y no quiso nunca a nadie como a él, ni siquiera al joven Linton. Éste fue mi último señor: su retrato está ahí, sobre la chimenea. Antes, al lado, estaba colgado el de su mujer y es una pena que lo hayan quitado porque así podría usted haberse hecho una idea de lo que fue. Vamos a repasar eso y verá.

La bujía iluminó un rostro de finas facciones, muy semejante al de la joven de las «Cumbres» pero más pensativo y menos adusto. Era un cuadro agradable. El cabello era rubio y levemente rizado en las sienes, los ojos grandes y reflexivos, y en conjunto una figura que resultaba incluso demasiado graciosa. No me maravillé de que Catalina le hubiese preferido a Heathcliff, pero pensando en que su espíritu debía corresponder a su aspecto, me asombró que él se hubiese sentido atraído hacia Catalina Earnshaw.

—Es un buen retrato —dije—. ¿Es parecido?

—Sí —repuso el ama de llaves—. En general era así. Cuando estaba animado, parecía más guapo aún.

A raíz de pasar Catalina aquellas cinco semanas con los Linton, siguió manteniendo relaciones de amistad con ellos. Como disimulaba en su presencia su aspereza acostumbrada, logró cautivarles a todos, en especial a Isabel, que la admiraba, y a su hermano, que terminó por enamorarse de ella. Como esto la complacía, tenía que desarrollar un doble modo de ser, aunque no con mal deseo. Cuando oía comentar que Heathcliff era un rufián y peor que un bruto, se cuidaba mucho de no parecerse a él, pero cuando estaba en casa mostraba muy poca inclinación a los buenos modales, que, por otra parte, no la hubieran granjeado elogios de ninguno.

Eduardo no se atrevía a frecuentar mucho «Cumbres Borrascosas», porque la mala fama que tenía Earnshaw le asustaba, y temía encontrarse con él. Le recibíamos con muchas atenciones, el amo procuraba también no ofenderle, adivinando la razón de sus asiduidades, y, ya que no le fuera posible mostrarse amable, a lo menos procuraba no dejarse ver. Aquellas visitas me parece que no complacían mucho a Catalina. A ésta le faltaba malicia y no sabía ser coqueta, de modo que no le agradaba que sus dos amigos se encontrasen, porque si Heathcliff mostraba desprecio hacia Linton, ella no podía mostrarse concorde con él, como lo hacía cuando Eduardo no estaba presente, y si Linton, a su vez, expresaba antipatía hacia Heathcliff, tampoco osaba llevarle la contraria. Yo me mofé muchas veces de sus indecisiones y de los disgustos que sufría por causa de ellas, y que trataba de ocultar. Me dirá usted que mi actitud era censurable, pero aquella joven era tan soberbia, que si se quería hacerla más humilde, era forzoso no compadecerla nunca. Al cabo, como no encontraba otro confidente mejor, tuvo que franquearse ante mí.

Una tarde en que el señor Earnshaw había salido, Heathcliff resolvió hacer fiesta aquel día. Creo que tenía entonces dieciséis años, y aunque no era tonto ni feo, su aspecto general era desagradable. La educación que en sus primeros tiempos recibiera se había disipado. Los trabajos a que le dedicaban habían extinguido en él todo amor al estudio y el sentimiento de superioridad que en su niñez le infundieran las atenciones del antiguo amo ya no existía. Largo tiempo se esforzó en mantenerse al nivel cultural de Catalina, pero al fin tuvo que ceder a la evidencia. Cuando se convenció de que ya no recobraría lo perdido, se abandonó del todo, y su aspecto reflejaba su rebajamiento moral. Tenía un aspecto innoble y grosero, del que actualmente no conserva nada, se hizo insociable en extremo y parecía complacerse en inspirar repulsión antes que simpatía a los pocos con quienes tenía relación. Cuando no trabajaba, seguía siendo el eterno compañero de Catalina. Pero él no le expresaba nunca su afecto verbalmente, y recibía las afectuosas caricias de su amiga sin devolverlas.

El día a que me refiero, entró en la habitación donde yo estaba ayudando a vestirse a la señorita Catalina, y anunció su decisión de no trabajar aquella tarde. Ella, que no esperaba tal ocurrencia, había citado a Eduardo, y estaba preparándose para recibirle.

—¿Tienes algo que hacer esta tarde, Catalina? —le preguntó—. ¿Piensas ir de paseo?

—No; porque está lloviendo.

—Entonces, ¿por qué te has puesto este vestido de seda? Supongo que no esperarás a nadie.

—No espero a nadie, que yo sepa —repuso ella—. Pero ¿cómo no estás ya en el campo, Heathcliff? Hace más de una hora que hemos comido. Creía que te habrías marchado ya.

—Hindley no nos libra a menudo de su odiosa presencia —replicó el muchacho—. Hoy no pienso trabajar y me quedaré contigo.

—Más vale que te vayas —le aconsejó la joven—, no sea que José lo cuente.

—José está cargando tierra en Penninston y no volverá hasta la noche, así que no tiene por qué enterarse.

Y Heathcliff se sentó al lado de la lumbre. Catalina frunció el entrecejo y reflexionó unos momentos. Al fin encontró una disculpa para preparar la llegada de su amigo, y dijo, tras un minuto de silencio:

—Isabel y Eduardo Linton avisaron de que acaso vendrían esta tarde. Claro que, como llueve, no espero que lo hagan, pero si se decidieran y te ven, corres el peligro de sufrir una reprensión.

—Que Elena les diga que estás ocupada —insistió el muchacho—. No me hagas irme por esos tontos de tus amigos. A veces me dan ganas de decirte que ellos... pero prefiero callar.

—¿Qué tienes que decir? —exclamó Catalina, turbada—. ¡Ay, Elena! —agregó, desasiéndose de mis manos—. Me has despeinado las ondas. ¡Basta, déjame! ¿Qué estabas a punto de decir, Heathcliff?

—Fíjate en ese calendario que hay en la pared —repuso él señalando uno que estaba colgado junto a la ventana—. Las cruces marcan las tardes que has pasado con Linton y los puntos las que hemos pasado juntos tú y yo He marcado pacientemente todos los días. ¿Qué te parece?

—¡Vaya, una bobada! —repuso despectivamente Catalina. ¿A qué viene eso?

—A que te des cuenta de que reparo en ello —dijo Heathcliff.

—¿Y por qué he de estar siempre contigo? —replicó ella, cada vez más irritada—. ¿Para qué me vales? ¿De qué me hablas tú? Lo que haces para distraerme, un niño de pecho lo haría, y lo que dices lo diría un mudo.

—Antes no me decías eso, Catalina —repuso Heathcliff, muy agitado—. No me declarabas que te desagradase mi compañía.

—¡Vaya una compañía la de una persona que no sabe nada ni dice nada! —comentó la joven.

Heathcliff se incorporó, pero antes de que tuviera tiempo de seguir hablando, sentimos un rumor de cascos de caballo, y el señorito Linton entró con la cara rebosando contento. Sin duda en aquel momento pudo Catalina comparar la diferencia que había entre los dos muchachos, porque era como pasar de una cuenca minera a un hermoso valle, y las voces y modos de ambos confirmaban la primera impresión. Linton sabía expresarse con dulzura y pronunciar las palabras como usted, es decir, de un modo más suave que el que se emplea por estas tierras.

—¿No me habré anticipado a la hora? —preguntó el joven, mirándome.

Yo estaba enjugando los platos y arreglando los cajones del aparador.

—No —repuso Catalina—. ¿Qué haces ahí, Elena?

—Trabajar, señorita —repuse, sin irme, porque tenía orden del señor Hindley de asistir a las entrevistas de Linton con Catalina.

Ella se me acercó y me dijo en un cuchicheo:

—Vete de aquí y llévate tus trapos. Cuando hay gente de fuera, los criados no están en las habitaciones de los señores.

—Puesto que el amo está fuera, debo trabajar —le dije—, ya que no le gusta verme hacerlo en presencia de él. Estoy segura de que él me disculparía.

—Tampoco a mí me gusta verte trabajar en presencia mía —replicó Catalina imperiosamente.

Estaba nerviosa a causa de la disputa que había sostenido con Heathcliff.

—Lo siento, señorita Catalina —respondí, continuando en mi ocupación.

Ella, creyendo que Eduardo no la veía, me arrancó el trapo de limpieza de las manos y me aplicó un pellizco soberbio. Ya he dicho que yo no le tenía afecto, y que me complacía en humillar su orgullo siempre que me era posible. Así que me incorporé porque estaba de rodillas y clamé a grito pelado:

—¡Señorita, esto es un atropello, y no estoy dispuesta a consentirlo!

—No te he tocado, embustera —me contestó, mientras sus dedos se aprestaban a repetir la acción.

La rabia le había encendido las mejillas, porque no sabía ocultar sus sentimientos, y siempre que se enfadaba, el rostro se le ponía encarnado como un pimiento.

–Entonces, ¿esto qué es? –le contesté señalándole la señal que el pellizco me había producido en el brazo.

Hirió el suelo con el pie, vaciló un segundo y después, sin poderse contener, me dio una bofetada. Los ojos se me llenaron de lágrimas.

–¡Por Dios, Catalina! –exclamó Eduardo, disgustado de su violencia y de su mentira, e interponiéndose entre nosotras.

–¡Márchate, Elena! –ordenó ella, temblando de rabia.

Hareton, que estaba siempre conmigo, comenzó también a llorar y a quejarse de la «mala tía Catalina». Entonces ella se desbordó contra el niño, le cogió por los hombros y le sacudió terriblemente, hasta que Eduardo intervino y le sujetó las manos. El niño quedó libre, pero en el mismo momento, el asombrado Eduardo recibió en sus propias mejillas una replica lo bastante contundente para no ser tomada a juego. Se apartó consternado.

Cogí a Hareton en brazos y me fui a la cocina, dejando la puerta abierta para ver cómo terminaba aquel incidente. El visitante, ofendido, pálido y con los labios temblorosos, se dirigió a coger su sombrero.

«Haces bien –pensé para mí–. Aprende, da gracias a Dios de que ella te haya mostrado su verdadero carácter, y no vuelvas».

Él quiso pasar, pero ella dijo con energía:

–¡No quiero que te vayas!

–Debo irme.

–No –contestó Catalina, sujetando el picaporte–. No te vayas todavía, Eduardo. Siéntate, no me dejes en este estado de ánimo. Pasaría una noche horrible y no quiero sufrir por causa tuya.

–¿Crees que debo quedarme después de haber sido ofendido? –preguntó Linton.

Catalina calló.

–Estoy avergonzado de ti –continuó el joven–. No volveré más.

En los ojos de Catalina relucieron lágrimas.

–Además, has mentido –dijo él.

–No, no –repuso ella–. Lo hice todo sin querer. Anda, márchate si quieres... Ahora me pondré a llorar, y lloraré hasta que no pueda más...

Se dejó caer de bruces en una silla y rompió en sollozos. Eduardo llegó hasta el patio, y allí se paró. Resolví infundirle alientos.

–La señorita –le dije– es tan caprichosa como un niño mimado. Vale más que se vaya usted a casa, porque, si no, es capaz de ponerse enferma con tal de disgustarnos.

Eduardo contempló la ventana. El pobrecillo era tan capaz de irse como un gato lo es de dejar a medio matar un ratón o a medio devorar un jilguero.

«Estás perdido –pensé–. Te precipitas tú mismo hacia tu destino...».

No me engañé: se volvió bruscamente, entró en la casa, cerró la puerta, y cuando al cabo de un rato fui a advertirles de que el señor Earnshaw había vuelto beodo y con ganas de armar escándalo, pude comprobar que lo sucedido no había servido sino para aumentar su intimidad y para romper los diques de su timidez juvenil, hasta el punto de que habían comprendido que no sólo eran amigos, sino que se querían.

Al oír que Hindley había llegado, Linton se fue rápidamente a buscar su caballo, y Catalina a su alcoba. Yo me ocupé de esconder al pequeño Hareton y de descargar la escopeta del señor, ya que él tenía la costumbre, cuando se hallaba en aquel estado, de andar con ella, con grave riesgo de la vida para cualquiera que le provocara o simplemente le hiciera alguna observación. Mi precaución impediría que Linton causase algún daño si disparaba.

Capítulo nueve

En el momento en que yo ocultaba a Hareton en la alacena, Hindley entró mascullando juramentos. A Hareton le espantaban tanto el afecto como la ira de su padre, porque en el primer caso corría el riesgo de que le ahogara con sus brutales abrazos, y en el segundo se exponía a que le estrellara contra un muro o le arrojara a la lumbre. Así que el niño permanecía siempre quieto en los sitios donde yo le ocultaba.

—¡Al fin la hallo! —clamó Hindley, sujetándome por la piel de la nuca como si fuese un perro—. ¡Por el cielo, que os habéis conjurado para matar al niño! Ahora comprendo por qué le mantenéis siempre apartado de mí. Pero con la ayuda de Satanás, Elena, te voy ahora a hacer tragar el trinchante. No lo tomes a risa: acabo de echar a Kenneth, cabeza abajo, en el pantano del Caballo Negro, y ya tanto se me dan dos como uno. Tengo ganas de mataros a uno de vosotros, y he de conseguirlo.

—Vaya, señor Hindley —contesté—, déjeme en paz. No me gusta el sabor del trinchante: está de cortar arenques. Más vale que me pegue un tiro, si quiere.

—¡Quiero que te vayas al diablo! —contestó—. Ninguna ley inglesa impide que un hombre tenga una casa decorosa, y la mía es detestable. ¡Abre esa boca!

Intentó deslizarme el cuchillo entre los labios, pero yo, que nunca tuve miedo de sus locuras, insistí en que sabía muy mal y no lo tragaría.

—¡Diablo! —exclamó, soltándome de pronto—. Ahora me doy cuenta de que aquel granuja no es Hareton. Perdona, Elena. Si lo fuera, merecería que le desollaran vivo por no venir a saludarme y estarse ahí chillando como si yo fuera un espectro. Ven aquí, desnaturalizado engendro. Yo te enseñaré a engañar a un padre crédulo y bondadoso. Oye, Elena: ¿no es cierto que este chico estaría mejor sin orejas? El cortárselas hace más feroces a los perros, y a mí me gusta la ferocidad. Dame las tijeras. Apreciar tanto las orejas, constituye una afectación diabólica. No por dejar de tenerlas dejaríamos de ser unos asnos. Cállate, niño... ¡Anda, pero si es mi nene! Sécate los ojos, y bésame, pequeño mío. ¿Cómo? ¿No quieres? ¡Bésame, Hareton; bésame, condenado! Señor, ¿cómo habré podido engendrar monstruo semejante? Le voy a romper el cráneo...

Hareton se debatía entre los brazos de su padre, llorando y pataleando, y redobló sus gritos cuando Hindley se lo llevó a lo alto de la escalera y le suspendió en el aire. Le grité que iba a asustar al niño, y me apresuré a correr para salvarle. Al llegar arriba, Hindley se había asomado a la barandilla escuchando un rumor que sentía abajo, y casi había olvidado a Hareton.

—¿Quién va? —preguntó, sintiendo que alguien se acercaba al pie de la escalera.

Reconocí las pisadas de Heathcliff, y me asomé para hacerle señas de que se detuviese. Pero en el momento en que dejé de mirar al niño, éste hizo un brusco movimiento y cayó al vacío.

No bien me había estremecido de horror, ya había reparado en que el pequeño estaba a salvo. Heathcliff llegaba en aquel momento preciso, y, por un impulso instintivo, cogió al niño, lo puso en el suelo y miró al causante de lo ocurrido. Cuando vio que se trataba del señor Earnshaw, el rostro de Heathcliff manifestó una impresión semejante a la de un avaro que vendiese un billete de lotería de cinco chelines, y supiera al día siguiente con que había perdido así un premio de cinco mil libras. En el semblante de Heathcliff se leía claramente cuánto le pesaba haberse convertido en instrumento del fracaso de su venganza. Yo juraría que, de no haber habido luz, hubiera remediado su error estrellando al niño contra el pavimento... Pero, en fin, gracias a Dios, Hareton se salvó, y a los pocos instantes yo me hallaba abajo, apretando contra mi corazón mi preciosa carga. Hindley, vuelto en sí de su borrachera, descendió las escaleras muy turbado.

—Tú tienes la culpa —me dijo—. Has debido poner al niño fuera de mi alcance. ¿Se ha hecho daño?

—¿Daño? —grité, indignada—. Tonto será si no se muere. Me asombra que su madre no se alce del sepulcro al ver cómo le trata usted. Es usted peor que un enemigo de Dios. ¡Tratar así a su propio hijo!

Él quiso tocar al niño, que al sentirse conmigo se había repuesto de su susto, pero Hareton, entonces, comenzó de nuevo a gritar y a agitarse.

—¡Déjele en paz! —exclamé—. Le odia, como le odian todos, por supuesto... ¡Qué familia tan feliz tiene usted y a qué bonita situación ha venido a parar!

—¡Más bonita será en adelante, Elena! —replicó aquel desgraciado, volviendo a recuperar su habitual aspecto de dureza—. Márchate y llévate al niño de aquí. Tú, Heathcliff, haz lo mismo. Por esta noche creo que no os mataré, a no ser que se me ocurra pegar fuego a la casa... Ya veremos.

Y se escanció una copa de aguardiente.

—No beba más —le rogué—. Apiádese de este pobre niño, ya que no se apiada de sí mismo.

—Con cualquiera le irá mejor que conmigo —me contestó.

—¡Tenga compasión de su propia alma! —dije, intentando quitarle la copa de la mano.

—¡No quiero! Tengo ganas de mandarla al infierno para castigar a su Creador —repuso—. ¡Brindo por su perdición eterna!

Bebió y nos mandó alejarnos, no sin soltar una serie de juramentos que más vale no repetir.

—¡Cuánto deploro que no se mate bebiendo! —comentó Heathcliff, repitiendo, a su vez, otra sarta de imprecaciones cuando se cerró la puerta—. Él hace todo lo posible para ello, pero es de una naturaleza muy robusta, y no lo conseguirá. El señor

Kenneth asegura que va a vivir más que todos los de Gimmerton, y que encanecerá bebiendo, a no ser que le pase algo inesperado.

Me senté en la cocina, y empecé a mecer a mi corderito para dormirle. Heathcliff cruzó la cocina, y yo pensé que se encaminaba al granero. Pero luego resultó que se había tumbado en un banco junto a la pared, y allí permaneció callado.

Yo mecía a Hareton sobre mis rodillas y había comenzado una canción que dice:

«Era de noche y los niños lloraban,

en sus cuevas los gnomos lo oyeron...».

De pronto, la señorita Catalina asomó la cabeza por la puerta de su habitación, y preguntó:

—¿Estás sola, Elena?

—Sí, señorita —contesté.

Pasó y se acercó a la lumbre. Comprendí que quería decirme algo. En su rostro se leía la ansiedad. Abrió los labios como si fuera a hablar, pero se limitó a exhalar un suspiro. Continué cantando, sin hablarle, ya que no había olvidado su comportamiento anterior.

—¿Dónde está Heathcliff? —preguntó.

—Trabajando en la cuadra —dije.

El muchacho no denegó. Tal vez se hubiera dormido. Hubo un silencio. Por las mejillas de Catalina se deslizaba una lágrima. Me pregunté si estaría disgustada por su conducta, lo cual hubiera constituido un hecho insólito en ella. Pero no había tal cosa. No se inquietaba por nada, no siendo por lo que le atañía a ella.

—¡Ay, querida! —dijo por fin—. ¡Qué desgraciada soy!

—Es una pena —repuse— que sea usted tan difícil de contentar. Con tantos amigos y tan pocas preocupaciones, tiene motivos de sobra para estar satisfecha.

—¿Me guardarás un secreto, Elena? —me preguntó, mirándome con aquella expresión suya que desarmaba al más enfadado, por muchos resentimientos que con ella tuviese.

—¿Merece la pena? —pregunté con menos aspereza.

—Sí. Y debo contártelo. Necesito saber lo que he de hacer. Eduardo Linton me ha pedido que me case con él y ya le he contestado. Pero antes de decirte lo que he respondido, dime tú qué hubiera debido contestarle.

—Verdaderamente, señorita, no sé qué responderle. Teniendo en cuenta la escena que le ha hecho usted contemplar esta tarde, lo mejor hubiera sido rechazarle, porque si después de ella todavía le pide relaciones, es que es un tonto completo o que está loco.

—Si sigues hablando así, ya no te diré más —exclamó ella, levantándose malhumorada—. Le he aceptado. Dime si he hecho mal, y pronto.

—Si le ha aceptado, no veo que haya nada que hablar. ¡No va usted a retirar su palabra!

—¡Pero quiero que me digas si he obrado con acierto! —insistió con irritado tono, retorciéndose las manos y frunciendo las cejas.

—Para contestar, habría que tener muchas cosas en cuenta —dije sentenciosamente—. Ante todo, ¿quiere al señorito Eduardo?

—¡Naturalmente!

Yo le formulé una serie de preguntas. No era del todo indiscreto el hacerlo, ya que se trataba de una muchacha muy joven.

—¿Por qué le quiere, señorita Catalina?

—¡Vaya una pregunta! Le quiero, y nada más.

—No basta. Dígame por qué.

—Porque es guapo y me gusta estar con él.

—Malo... —comenté.

—Y porque es joven y alegre.

—Más malo aún.

—Y porque él me ama.

—Eso no tiene nada que ver.

—Y porque llegará a ser rico, y me agradará ser la señora más acomodada de la comarca, y porque estaré orgullosa de tener un marido como él.

—Eso es lo peor de todo. Y dígame: ¿cómo le ama usted?

—Como todo el mundo, Elena. ¡Pareces boba!

—No lo crea... Contésteme.

—Pues amo el suelo en que pone los pies, y el aire que le rodea, y todo lo que toca, y todas las palabras que pronuncia, y todo lo que mira y todo lo que hace... ¡Le amo enteramente!

—¿Y qué más?

—Está bien, lo tomas a juego. ¡Es demasiada maldad! ¡Pero para mí no se trata de una broma! –dijo la joven, enojada, mirando al fuego.

–No lo tomo a juego, señorita Catalina. Usted dice que quiere al señorito Eduardo porque es guapo, y joven, y alegre, y rico, y porque él la ama a usted. Lo último no significaría nada. Usted le amaría igual aunque ello no fuera así, y únicamente por eso no le querría si no reuniese las demás cualidades.

–¡Naturalmente! Me daría lástima, y puede que hasta le aborreciera si fuera feo o fuera un hombre ordinario.

–Pues en el mundo hay otros muchachos guapos y ricos, y más que el señorito Eduardo.

–Quizá, pero yo sólo he visto uno y es Eduardo.

–Más tarde puede usted conocer algún otro, y él, además, no será siempre joven y guapo. También podría dejar de ser rico.

–Yo no tengo por qué pensar en el futuro. Ya podrías hablar con más sentido común.

–Pues entonces, nada... Si no piensa usted más que en el presente, cásese con el señorito Eduardo.

–Para eso no necesito tu permiso. Claro que me casaré con él. Pero no me has dicho aún si hago bien o no.

–Me parece bien si usted se casa pensando sólo en el momento. Ahora contésteme usted: ¿de qué se preocupa? Su hermano se alegrará, los ancianos Linton no creo que pongan reparo alguno, va usted a salir de una casa desordenada para ir a otra muy agradable, ama usted a su novio y él la ama a usted. Todo está claro y sencillo. ¿Dónde ve usted el obstáculo?

–¡Aquí y aquí, o donde pueda estar el alma! –repuso Catalina golpeándose la frente y el pecho–. Tengo la impresión de que no obro bien.

–¡Qué cosa tan rara! No me la explico.

–Pues te la explicaré lo mejor que pueda, si me prometes que no te vas a burlar de mí.

Catalina se sentó a mi lado. Estaba triste y noté que sus manos, que mantenía enlazadas, temblaban.

–Elena: ¿no sueñas nunca cosas extrañas? –me dijo, después de reflexionar un instante.

–A veces –respondí.

–También yo. En ocasiones he soñado cosas que no he olvidado nunca y que han cambiado mi modo de pensar. Han pasado por mi alma y le han dado un color nuevo, como cuando al agua se le agrega vino. Y uno que he tenido es de esa clase. Te lo voy a contar, pero líbrate de sonreír ni un solo instante.

–No me lo cuente, señorita –le interrumpí–. Ya tenemos aquí bastantes congojas para andar con pesadillas que nos angustien más. Ea, alégrese. Mire al pequeño Hareton. ¡Ése sí que no sueña nada triste! ¿Ve con cuánta dulzura sonríe?

–¡También sé con cuanta dulzura reniega su padre! Supongo que te acordarás de cuando era tan pequeño como este niño. De todos modos, tienes que escucharme, Elena. No es muy largo. Además, no me siento jovial hoy.

–¡No quiero oírlo! –me apresure a contestar.

Porque yo era, y soy aún, muy supersticiosa en cuestión de sueños, y el semblante de Catalina se había puesto tan sombrío, que temí escuchar el presagio de alguna horrorosa desgracia. Ella se enfadó, al parecer, y no continuó. Pasando a otra cosa, expuso:

–Yo sería muy desgraciada si estuviera en el cielo.

–Porque no es usted digna de ir a él –contesté–. Todos los pecadores serían muy desgraciados en el cielo.

–No es por eso. Una vez soñé que estaba en el cielo.

–Ya le he dicho, señorita, que no quiero enterarme de sus sueños. Voy a acostarme.

Se echó a reír y me obligó a permanecer sentada.

–Pues soñé –dijo– que estaba en el cielo, que comprendía y notaba que aquello no era mi casa, que se me partía el corazón de tanto llorar por volver a la tierra, y que, al fin, los ángeles se enfadaron tanto, que me echaron fuera. Fui a caer en medio de la maleza, en lo más alto de «Cumbres Borrascosas», y me desperté llorando de alegría. Ahora, con esa explicación, podrás comprender mi secreto. Tanto interés tengo en casarme con Eduardo Linton como en ir al cielo, y si mi malvado hermano no hubiera tratado tan mal al pobre Heathcliff, yo no habría pensado en ello nunca. Casarme con Heathcliff sería rebajarnos, pero él nunca llegará a saber cuánto le quiero, y no porque sea guapo, sino porque hay más de mí en él que en mí misma. No sé qué composición tendrán nuestras almas, pero sea de lo que sea, la suya es igual a la mía, y en cambio la de Eduardo es tan diferente como el rayo lo es de la luz de la luna, o la nieve de la llama.

No había concluido de hablar, cuando noté la presencia de Heathcliff, que en aquel momento se incorporaba y salía. Sólo había escuchado hasta que oyó decir a Catalina que le rebajaría casarse con él. Inmediatamente se levantó y se fue. Pero ella, que estaba de espaldas, no reparó en sus movimientos ni en su marcha. Yo me había estremecido y le hice una señal para que enmudeciera.

–¿Por qué? –preguntó, mirando, inquieta en torno suyo.

–Porque viene José –respondí, refiriéndome al ruido del carro, que con toda oportunidad oí avanzar por el camino– y Heathcliff vendrá con él. ¡A lo mejor estaba ahora mismo detrás de la puerta!

–Desde la puerta no ha podido oírme –contestó–. Dame a Hareton para que le tenga mientras preparas la cena, y después déjame cenar contigo. ¿Verdad que Heathcliff no se da cuenta de estas cosas, y que no sabe lo que es el cariño?

–No veo por qué ha de conocer todos estos sentimientos –repuse– y si es de usted de quien está enamorado, seguramente será muy infeliz, pues en cuanto usted se case, él se quedará sin amor, sin amistad y sin todo... ¿Ha pensado en las consecuencias que tendrá para él la separación, cuando se dé cuenta de que queda enteramente solo en el mundo, señorita Catalina?

–¿Qué hablas de separarnos ni de quedarse solo en el mundo? –replicó, indignada–. ¿Quién había de separamos? ¡Ay del que lo intentara! Antes que abandonar a Heathcliff prescindiría de todos los Linton del mundo. No me propongo tal cosa. No me casaría si hubiera de suceder así. Heathcliff será para mí, cuando me case, lo que ha sido siempre. Mi marido habrá de mirarle bien o tendrá por lo menos que soportarle. Y lo hará cuando conozca mis verdaderos sentimientos. Ya veo, Elena, que me consideras una egoísta, pero debes comprender que si Heathcliff y yo nos casáramos viviríamos como unos pordioseros. En cambio, si me caso con Linton, puedo ayudar a Heathcliff a que se libre de la opresión de mi hermano.

–¿Y eso con los bienes de su marido? No será eso tan fácil como le parece. No tengo autoridad para opinar, pero me parece que ése es el peor motivo que ha dado para explicar su matrimonio con el señorito Eduardo.

–Es el mejor –dijo ella–. Los otros se referían a satisfacer mis caprichos y a complacer a Eduardo... Yo no puedo explicarme pero creo que tú y todos tenéis la idea de qué después de esta vida hay otra. ¿Para qué había yo de ser creada, si antes de serlo ya estaba enteramente contenida aquí? Todos mis dolores en este mundo han consistido en los dolores que ha sufrido Heathcliff, y los he seguido paso a paso desde que empezaron. El pensar en él llena toda mi vida. Si el mundo desapareciera y él se salvara, yo seguiría viviendo, pero si desapareciera él y lo demás continuara igual, yo no podría vivir. Mi afecto por Linton es como las hojas de los árboles, y bien sé que cambiará con el tiempo, pero mi cariño a Heathcliff es como son las rocas del fondo de la tierra, que permanecen eternamente iguales sin cambiar jamás. Es un afecto del que no puedo prescindir. ¡Elena, yo soy Heathcliff! Le tengo constantemente en mi pensamiento, aunque no siempre como una cosa agradable. Tampoco yo me agrado siempre a mí misma. No hables más de separarnos, porque eso es irrealizable.

Calló y escondió la cabeza en mi regazo. Pero yo la aparté de mí, porque me había hecho perder la paciencia con sus numerosas insensateces.

–Lo único que veo, señorita –le dije–, es, o que ignora usted los deberes de una casada o que no tiene conciencia. Y no me cuente más cosas, porque las diré.

–Pero de ésta no hablarás...

Ella iba a insistir, pero entró José y suspendimos la conversación. Catalina, con Hareton, se fue a un extremo de la cocina, y allí esperó mientras yo preparaba la cena. Una vez que estuvo a punto, José y yo empezamos a discutir acerca de quién debía llevársela al señor Hindley, y sólo nos pusimos de acuerdo cuando casi se había enfriado. El acuerdo consistió en esperar a que el amo la pidiese, ya que ambos temíamos mucho tratar con él cuando se encerraba en su cuarto.

—Y aquel idiota, ¿no ha vuelto del campo aún? ¿Qué estará haciendo? ¡Hay que ver qué holgazán! —dijo el viejo, al notar que Heathcliff no estaba presente.

—Voy a buscarle —contesté—. Debe de estar en el granero.

Aunque le llamé, no me contestó. Cuando volví, cuchicheé al oído de Catalina que seguramente el muchacho había escuchado parte de nuestro diálogo, y le expliqué que le había visto salir de la cocina en el momento en que ella se refería al comportamiento de su hermano con él.

Dio un salto, dejó a Hareton en un asiento, y se lanzó en busca de su compañero sin reflexionar siquiera en la causa de la turbación que le embargaba. Tanto tiempo estuvo ausente, que José propuso que no les esperásemos más, suponiendo, con su habitual tendencia a pensar mal, que se quedaban fuera para no tener que asistir a sus largas oraciones de bendición de la mesa. Agregó, pues, en bien de las almas de los jóvenes, una oración más a las acostumbradas, y aún hubiera aumentado otra en acción de gracias de no haber reaparecido la señorita ordenándole que saliese enseguida para buscar a Heathcliff donde quiera que estuviese y hacerle volver.

—Quiero hablarle antes de subir —dijo—. La puerta está abierta, y él debe encontrarse lejos, pues le llamé desde el corral, y no responde.

Aunque José hizo algunas objeciones, acabó por ponerse el sombrero y salir refunfuñando, al verla tan excitada que no admitía contradicción. Catalina empezó a pasearse de un extremo a otro de la habitación, exclamando:

—¿Qué será de él? ¿Dónde habrá ido? ¿Qué fue lo que dije, Elena? Ya no me acuerdo. ¿Estará ofendido por lo de la tarde? ¡Dios mío! ¿Qué habré dicho que le ofendiera? Quiero que venga. Quiero verle.

—¡Cuánto barullo para nada! —repuse, aunque me sentía también bastante inquieta—. Se apura usted por poco. No creo que sea motivo de alarma el que Heathcliff pasee por los pantanos a la luz de la luna, o que esté tendido en el granero sin ganas de hablar. A lo mejor está escuchándonos. Voy a buscarle.

Y salí de nuevo en su busca, pero sin resultado. A José le ocurrió lo mismo. Volvió diciendo:

—¡Qué imposible es ese muchacho! Ha dejado abierta la verja, y la jaca de la señorita se ha escapado a la pradera, después de estropear dos haces de grano. Ya le castigará el amo mañana por esos juegos endemoniados, y hará bien. Demasiada paciencia tiene al tolerar tantos descuidos. Pero no sucederá siempre igual. Todos lo hemos de ver. ¡Heathcliff está haciendo todo lo posible para poner al amo fuera de juicio!

—Bueno, ¿lo has encontrado o no, animal? —le interrumpió Catalina—. ¿Le has buscado como te mandé?

—Mejor hubiera buscado al caballo, y hubiera sido más razonable —respondió él—. Pero no puedo encontrar ni a uno ni a otro en una noche tan negra como la de hoy. Y si silbo para llamarle, bien seguro es que no vendrá. Puede que no se haga el sordo si le silba usted. Corría el verano, pero la noche, en efecto, era oscurísima. Amenazaba tormenta, y yo les aconsejé que nos sentáramos, porque seguramente la lluvia haría volver a Heathcliff sin necesidad de que nos ocupásemos de encontrarle. Pero Catalina no se calmó. Iba y venía, en continua agitación, de un sitio a otro. Al fin, se apoyó en el muro, junto al camino, y allí permaneció a pesar de mis observaciones, unas veces llamando a Heathcliff, otras escuchando en espera de sentirle volver, y otras llorando desconsoladamente como un niño.

A medianoche, la tormenta se abatió sobre «Cumbres Borrascosas». Fuera efecto de un rayo o del vendaval, un árbol próximo a la casa se tronchó, y una de sus grandes ramas cayó sobre la techumbre, derrumbando el tubo de la chimenea, lo que hizo que se desplomara sobre el fogón un alud de piedras y hollín. Creíamos que había caído un rayo entre nosotros, y José se hincó de rodillas, para pedir a Dios que se acordara de Noé y Lot y, al castigar al malo, perdonara al justo. Yo intuí que entonces también nosotros íbamos a ser alcanzados por la ira divina. En mi mente, el señor Earnshaw se me aparecía como Jonás, y temiendo que hubiese muerto llamé a su puerta. Respondió de tal modo y con tales frases, que José hubo de impetrar a Dios, con redoblada vehemencia, que en la hora de su ira hiciera la oportuna separación entre justos como él y pecadores como su amo. En fin: la tempestad cesó a los pocos minutos, sin habernos causado ni a José ni a mí mal alguno, aunque sí a Catalina que, por haberse obstinado en continuar bajo la lluvia sin siquiera ponerse un abrigo ni nada a la cabeza, volvió empapada. Se sentó, apoyó la cabeza en el respaldo del banco y puso las manos a la lumbre.

—Ea, señorita —le dije, tocándole en un hombro—: usted se ha empeñado en matarse... ¿Sabe qué hora es? Las doce y media. Váyase a la cama. No es cosa de seguir aguardando a ese memo. Se habrá largado a Gimmerton y dormirá allí. Ya comprenderá que no esperaremos que vuelva a estas horas. Además, temerá que el señor esté despierto, y que sea él quien le abra.

—No debe estar en Gimmerton —repuso José— y no me maravillaría que yaciese en el fondo de una ciénaga. Esto ha sido un aviso divino, y tenga en cuenta, señorita, que la próxima vez le tocará a usted. Demos gracias a Dios por todo. Sus designios conducen siempre a lo mejor, aun las desgracias, como dicen los textos sacros...

Empezó a repetir pasajes de la Biblia, mencionando los capítulos y versículos correspondientes.

Harta de insistir a la terca joven para que se secara y se cambiara de ropa, les dejé, a ella con su tiritona y a José con sus sermones, y me fui a acostar con Hareton, que estaba profundamente dormido. Oí a José leer, luego le sentí subir la escalera, y enseguida me dormí yo misma.

Al día siguiente me levanté algo más tarde que de costumbre, y al bajar vi a la señorita Catalina, que seguía sentada junto al hogar. El señor Hindley, soñoliento y con profundas ojeras, estaba en la cocina también, y decía:

—¿Qué te pasa, Catalina? ¡Estás más triste que un cachorro chapuzado! ¿Por qué estás tan mojada y tan descolorida?

—No me pasa otra cosa —contestó, malhumorada Catalina— sino que he cogido una mojadura y siento frío.

Vi que el señor estaba ya sereno, y exclame:

—¡Es muy traviesa! Se caló hasta los huesos cuando la lluvia de ayer, y se ha obstinado en quedarse toda la noche junto al fuego.

—¿Toda la noche? —exclamó, sorprendido, el señor Earnshaw—. ¿Y por qué? No habrá sido por miedo a la tempestad...

Ni Catalina ni yo deseábamos mencionar a Heathcliff mientras pudiéramos impedirlo, de modo que respondí que se le había antojado quedarse allí, y ella no dijo nada.

La mañana era fresca. Abrí las ventanas y los perfumes del jardín penetraron en la estancia. Pero Catalina me dijo:

—Cierra, Elena. Estoy agotada.

Y sus dientes rechinaban, mientras se acercaba a la lumbre casi fría.

—Está enferma —aseguró Hindley, tomándole el pulso. Por eso no se acostó. ¡Maldita sea! Está visto que no puedo estar libre de enfermedades en esta casa. ¿Por qué te expusiste a la lluvia?

—Por andar detrás de los mozos, como de costumbre —se apresuró a decir José, dando suelta a su maldiciente lengua—. Si yo estuviera en el caso de usted, señor, les daría con la puerta en las narices a todos ellos, señoritos y aldeanos. Todos los días que usted sale, el Linton se mete aquí como un gato. Mientras tanto, Elena —¡qué es buena también!— vigila desde la cocina, y cuando usted entra por una puerta, él sale por la opuesta. Y entonces esta buena pieza se va al lado del otro. ¡Hay que ver! ¡Andar a las doce de la noche a campo traviesa con ese endiablado gitano de Heathcliff! Se imaginan que estoy ciego, pero se equivocan. Yo he visto al joven Linton ir y venir, y te he visto a ti, ¡mala bruja! (añadió, mirándome), estar atenta y avisarles en cuanto los cascos del caballo del señor sonaron en el camino.

—¡Silencio, insolente! —gritó Catalina—. Linton vino ayer por casualidad, Hindley, y le dije que se fuera cuando viniste, porque supuse que no te agradaría verle dada la forma en que llegabas.

—Mientes, Catalina, estoy seguro... Y eres una condenada idiota —repuso su hermano–. No me hables de Linton por el momento... Dime si has estado esta noche con Heathcliff. No temas que le maltrate. Le odio, pero hace poco me hizo un servicio y eso me impide partirle la cabeza. Lo que haré será echarle a la calle hoy mismo. Y entonces andad con ojo los demás, porque todo mi mal humor caerá sobre vosotros.

–No he visto a Heathcliff esta noche –contestó Catalina, entre lágrimas–. Si le echas de casa, me iré con él. Pero quizá no puedas hacerlo ya. Tal vez se haya marchado...

Presa de congoja, empezó a proferir sonidos inarticulados. Hindley le dirigió un diluvio de groserías, y la hizo subir a su cuarto amenazándola con que de lo contrario tendría verdaderos motivos para llorar. Yo hice que le obedeciera, y jamás olvidaré la escena que me dio cuando estuvo en su alcoba. Me aterrorizó hasta el punto de que pensé que iba a volverse loca, y encargué a José que corriera a llamar al médico. El señor Kenneth pronosticó un comienzo de delirio, dijo que estaba enferma de gravedad, le hizo una sangría, para disminuir la calentura, y me encargó que le diese solamente leche y agua de cebada, y que la vigilase mucho, para impedir que se arrojase por la ventana o por la escalera. Enseguida se marchó, porque tenía excesivo trabajo, ya que entre las casas de sus enfermos mediaban a veces dos o tres millas.

Reconozco que no me porté como una excelente enfermera, y José y el amo tampoco lo hicieron mejor que yo, pero, pese a ello y a sus propios caprichos, la enferma logró vencer la gravedad de su estado. La madre de Eduardo nos hizo varias visitas, procuró ordenar las cosas de la casa, estaba siempre dándonos órdenes y reprendiéndonos, y, por fin, cuando Catalina estuvo mejor, se la llevó a convalecer a la «Granja», lo que por cierto le agradecimos mucho. Pero la pobre señora tuvo motivo para arrepentirse de su gentileza. Ella y su marido contrajeron la fiebre y fallecieron en pocos días.

La joven volvió a casa más violenta y más intratable que nunca. No habíamos vuelto a saber nada de Heathcliff. Un día en que ella me había hecho perder la paciencia, tuve la torpeza de acusarla de la desaparición del chico. Era verdad, como a ella le constaba, y mi acusación hizo que rompiera conmigo todo trato, excepto el preciso para las cosas de la casa. Ello duró varios meses. José cayó también en desgracia. No sabía callarse sus pensamientos y se obstinaba en seguir sermoneándola como si Catalina fuese una niña, cuando en realidad era una mujer hecha y derecha, y, además, nuestra ama. Para colmo, el médico había recomendado que no se la contrariase, y ella consideraba que cometíamos un delito cuando la contradecíamos en algo. No trataba tampoco a su hermano ni a los amigos de su hermano. Hindley a quien Kenneth había hablado seriamente, procuraba dominar sus arrebatos y no excitar el mal temple de Catalina. Incluso se portaba con demasiada indulgencia, aunque, más que por afecto, lo hacía porque deseaba que ella honrase a la familia casándose con Linton. Le importaba muy poco que Catalina nos tratara a nosotros como a esclavos, siempre que a él le dejara en paz.

Eduardo se sintió tan entontecido como tantos otros lo han estado antes que él y lo seguirán estando en lo sucesivo, el día en que llevó al altar a Catalina, tres años después de la muerte de sus padres.

Hube de abandonar «Cumbres Borrascosas» para acompañar a Catalina. El pequeño Hareton tenía entonces cinco años, y yo había empezado a enseñarle a leer. La despedida fue muy triste. Pero las lágrimas de Catalina pesaban más que las nuestras. Al principio, no quise marcharme con ella, y viendo que sus ruegos no me conmovían, fue a quejarse a su novio y a su hermano. El primero me ofreció un magnífico sueldo y el segundo me ordenó que me largase, ya que no necesitaba mujeres en la casa, según dijo. De Hareton se haría cargo el párroco. Así que no tuve más remedio que obedecer. Dije al amo que lo que se proponía era alejar de su lado a todas las personas decentes para precipitarse más pronto en su catástrofe; besé al niño y salí. Desde entonces Hareton fue para mí un extraño. Por increíble que sea, creo que ha olvidado por completo a Elena Dean, y que no se acuerda de aquellos tiempos en que él era todo en el mundo para ella, y ella lo único que él conocía en el mundo.

En esto mi ama de llaves miró el reloj y se asombró de ver que las manillas marcaban la una y media. Se negó a seguir sentada ni un segundo más, y, en verdad, yo me sentía también bastante propicio a que suspendiera la narración. Y voy a acostarme ya. Mi cabeza está muy embotada y mis miembros entorpecidos.

Capítulo diez

El comienzo de mi vida de ermitaño ha sido poco venturoso. ¡Cuatro semanas enfermo, tosiendo constantemente! ¡Oh, estos implacables vientos y estos sombríos cielos del Norte! ¡Oh, los intransitables senderos y los calmosos médicos rurales! Pero peor que todo, incluso que la privación de todo semblante humano en torno mío, es la conminación de Kenneth de que debo permanecer en casa, sin salir, hasta que empiece el buen tiempo...

Heathcliff me ha hecho el honor de visitarme. Hace siete días me envió un par de guacos, que, al parecer, son los últimos de la estación. El muy villano no está exento de responsabilidades en mi enfermedad, y no me faltaban deseos de decírselo, pero ¿cómo ofender a un hombre que tuvo la bondad de pasarse una hora a mi cabecera hablándome de cosas que no son medicamentos? Su visita constituyó para mí un grato paréntesis en mi enfermedad.

Todavía estoy demasiado débil para leer. ¿Por qué, pues, no pedir a la señora Dean que continúe relatándome la historia de mi vecino? La dejamos en el momento en que el protagonista se había fugado y en que la heroína se casaba. Voy a llamar a mi ama de llaves: seguramente le agradará que charlemos.

La señora Dean acudió.

—De aquí a veinte minutos le corresponde tomar la medicina, señor —dijo.

—¡Déjeme de medicinas! Quiero...

—Dice el doctor que debe usted suspender los polvos...

—¡Encantado! Siéntese. No acerque los dedos a esa odiosa hilera de frascos. Saque la costura y continúe relatándome la historia del señor Heathcliff desde el punto en que la suspendió el otro día. ¿Concluyó su educación en el continente y volvió hecho un caballero? ¿O bien emigró a América y alcanzó una posición exprimiendo la sangre de los naturales de aquel país? ¿O es que se enriqueció más deprisa dedicándose a salteador de caminos?

—Quizá hiciera un poco de todo, señor Lockwood, pero no puedo garantizárselo. Como antes le dije, no sé cómo ganó dinero, ni cómo se las arregló para salir de la ignorancia en que había llegado a caer. Si le parece, continuaré explicándole a mi modo, si cree usted que no se fatigará y qué encontrará en ello algún entretenimiento. ¿Se siente usted mejor hoy?

—Mucho mejor.

—Cuánto me alegro.

Catalina y yo nos trasladamos a la «Granja de los Tordos», y ella comenzó portándose mejor de lo que yo esperaba, lo que me sorprendió bastante. Parecía hallarse enamoradísima del señor Linton, y también demostraba mucho afecto a su hermana. Verdad es que ellos eran muy buenos para con Catalina. Aquí no se trataba del espino inclinándose hacia la madreselva, sino de la madreselva abrazando al espino. No es que los unos se hiciesen concesiones a los otros, sino que ella se mantenía en pie y los otros se inclinaban. ¿Quién va a demostrar mal genio cuando no encuentra oposición en nadie? Porque bien se veía que Eduardo temía horrorosamente verla irritada. Procuraba disimularlo ante ella, pero si me oía contestarle destempladamente, o notaba ofenderse a algún sirviente cuando recibía alguna orden imperiosa de su mujer, expresaba su descontento con un fruncimiento de cejas que no era corriente en él cuando se trataba de cosas que le afectasen personalmente. A veces me reprendía mi acritud, diciéndome que el ver disgustada a su esposa le producía peor efecto que recibir una cuchillada. Procuré dominarme, a fin de no contrariar a un amo tan bondadoso. En seis meses, la pólvora, al no acercarse a ella ninguna chispa, permaneció tan inofensiva como si fuese arena. Eduardo respetaba los accesos hipocondriacos que invadían de vez en cuando a su esposa, y los atribuía a un cambio producido en ella por la enfermedad, ya que antes no los había padecido nunca. Y cuando ella se recobraba, ambos eran perfectamente felices y para su marido parecía que hubiera lucido el sol por primera vez.

Pero aquello se acabó. La verdad es que cada uno debe mirar por sí mismo. Precisamente los buenos son más egoístas que los dominantes. Y aquella dicha tuvo su fin cuando una de las partes se apercibió de que no era el objeto de los desvelos de la otra. En una tarde serena de septiembre yo volvía del huerto con un cesto de manzanas que acababa de recoger. La tarde oscurecía ya y la luna brillaba por encima de la tapia del corral pintando vagas sombras en los salientes de la fachada del edificio. Yo dejé el cesto en los peldaños de la escalera de la cocina y me pare un momento para aspirar el aire tranquilo y suave. Mientras miraba la luna, oí tras de mi una voz que preguntaba:

—Elena, ¿eres tú?

El acento profundo de aquella voz no me era desconocido del todo. Me volví para ver quién hablaba, algo desconcertada, ya que la puerta estaba cerrada y no había visto aproximarse a nadie a la escalera. En el portal distinguí una silueta. Acercándome, hallé un hombre alto y moreno, con un traje negro. Estaba apoyado en la puerta y tenía puesta la mano en el picaporte, como para abrir.

«¿Quién será? —pensé—. No es la voz del señor Earnshaw».

—He pasado una hora esperando —me dijo—, quieto como un muerto. No me atrevía a entrar. ¿Es que no me conoces? ¡No soy un extraño para ti!

La luz de la luna iluminó sus facciones. Tenía las mejillas lívidas y negras patillas las adornaban. Sus cejas eran sombrías y sus ojos profundos, inconfundibles. Yo recordaba muy bien la expresión de aquellos ojos.

—¡Oh! —exclamé, levantando las manos con sorpresa, y aún dudando de si debía considerarle como a un visitante corriente—. ¿Es posible que sea usted?

—Sí; soy Heathcliff —respondió dirigiendo la vista a las ventanas, en las que se reflejaba la luna, pero de las que no salía ninguna luz—. ¿Están en casa? ¿Está Catalina? ¿No te satisface verme, Elena? No te asustes. Ea, dime si ella está aquí. Necesito hablar a tu señora. Anúnciale que una persona de Gimmerton desea visitarla.

—No sé lo que le parecerá —dije—. Estoy asombrada. Esto le va a hacer perder la cabeza. Sí; usted es Heathcliff... ¡Pero qué cambiado está! Me parece imposible. ¿Ha sido usted soldado?

—¡Anda, anda! —me interrumpió impacientemente—. ¡Estoy que no vivo!

Entré; pero al llegar al salón donde estaban los señores me quedé parada sin saber qué decir. Al fin les pregunté, como pretexto, si querían que encendiese la luz, y, sin esperar su respuesta, abrí la puerta.

Se hallaban junto a una ventana abierta desde la que se veían los árboles del jardín, las incultas frondas del parque, el valle de Gimmerton cubierto por la bruma... «Cumbres Borrascosas» se alzaba al fondo, sobre la neblina. El edificio no se veía, pues está construido en la otra ladera de la colina. El paisaje, la habitación y los que había en ella estaban sumidos en una portentosa paz. Me era muy violento dar el recado, y ya principiaba a iniciar la marcha sin transmitirlo, cuando un impulso de demencia me hizo volverme y anunciar:

—Hay ahí una persona de Gimmerton que desea verla, señora.

—¿Qué desea?

—No se lo he preguntado —respondí.

—Bueno. Corre las cortinas y trae el té. Enseguida vengo.

Salió de la habitación y el señor me preguntó que quién había venido.

—Una persona que la señora no esperaba —dije—. Heathcliff, ¿no se acuerda? Aquél que vivía en casa del señor Earnshaw.

—¡Ah, el gitano, el mozo de labranza! ¿Cómo, pues, no le has dicho a Catalina quién era?

—No le llame por esos nombres, señor —le rogué—, porque ella se enfadaría si le oyera. Cuando se fue, estuvo muy disgustada. Seguramente se alegrará de verle.

El señor Linton se asomó a una ventana que daba al patio y gritó a su mujer.

—Haz entrar a ese visitante.

Oí rechinar el picaporte, y Catalina subió velozmente, sofocada, y con una excitación tal, que hasta borraba de su rostro toda señal de alegría. Viéndola, casi parecía por su exaltación que le había ocurrido una tremenda desgracia.

—¡Eduardo, Eduardo! —exclamó, jadeante—. ¡Eduardo, querido mío, Heathcliff ha vuelto!

Y le abrazaba hasta casi ahogarle.

—Bien, bien —repuso su esposo, un poco mohíno—. No creo que por eso hayas de estrangularme. No me parece que ese Heathcliff sea un tesoro tan valioso. ¡No es como para volverse locos porque haya vuelto!

—Recuerdo que no te simpatizaba mucho —contestó Catalina—. Pero habéis de ser amigos ahora, aunque sólo sea por mí. ¿Le digo que pase?

—¿Al salón?

—¿Pues adónde va a ser? —contestó ella.

Él algo molesto, indicó que el sitio oportuno hubiera sido la cocina. Catalina le miró, contrariada.

—No —dijo—. No voy a estar yo en la cocina. Elena: trae dos mesas... Una para el señor y la señorita Isabel, que son nobles, y otra para Heathcliff y para mí, que somos plebeyos. ¿Te parece bien, querido? ¿O prefieres que le reciba en otra parte? Si es así, dilo. Voy a buscar a nuestro visitante. ¡Me parece mentira tanta felicidad!

Iba a volver a salir, pero Eduardo la detuvo.

—Hazle subir —me ordenó—, y tú, Catalina, alégrate, si quieres, pero no hagas absurdidades. No hay por qué dar el espectáculo de recibir a un criado huido como a un hermano.

Bajé y encontré a Heathcliff esperando en el portal a que le mandaran subir. Me siguió en silencio, y le conduje a presencia de los amos, cuyas encendidas mejillas delataban la reciente discusión. La señora se ruborizó más aún, corrió hacia Heathcliff, le cogió las manos, e hizo que Linton y él se las estrechasen a regañadientes. A la luz de la lumbre y de las bujías, me asombró más aún la transformación de Heathcliff.

Se había convertido en un hombre, alto, atlético y bien constituido. Mi amo parecía un mozalbete a su lado. Viendo su erguido continente, se pensaba que debía haber servido en el ejército. Su semblante mostraba una expresión más firme y resuelta que el señor Linton, dejaba transparentar inteligencia y no conservaba huella alguna de su antigua inferioridad. En sus cejas fruncidas y en el negro fulgor de sus ojos persistía su natural fiereza, pero refrenada. Sus modales eran dignos y sobrios, aunque no graciosos. Mi amo quedó, al notar todo aquello, tan estupefacto como yo misma. Estuvo un momento indeciso, sin saber cómo dirigirse a él. Heathcliff dejó caer la mano y esperó hasta que Linton optó por hablarle.

—Siéntese —dijo, al fin—. Mi mujer, recordando los viejos tiempos, me ha pedido que le reciba con cordialidad. No hay que decir que cuanto a ella le satisface, me complace a mí.

—Lo mismo digo —repuso Heathcliff—. Estaré con mucho gusto aquí una o dos horas.

Catalina no le quitaba la vista de encima, como si temiese que se desvaneciera cuando dejara de contemplarle. Heathcliff sólo la miraba de vez en cuando y en sus ojos se pintaba el placer que le producía el volver a ver a su amiga. Estaban tan satisfechos, que ni siquiera les quedaba lugar para sentirse turbados. El señor Linton, al contrario, palidecía cada vez más, y su enojo llegó al extremo cuando su mujer se puso en pie, cruzó la habitación, cogió las manos de Heathcliff y comenzó a reír.

—Mañana pensaré haber soñado —exclamó—. Me parecerá imposible haberte visto, tocado y oído otra vez. Ni te merecías esta acogida, Heathcliff. ¡En tres años de ausencia, nunca te has acordado de mí!

—Más de lo que tú hayas pensado en mí, Catalina. Hace poco supe de tu matrimonio, y entonces, Mientras esperaba abajo, sólo tenía un pensamiento: verte, contemplar tu mirada de sorpresa y de acaso fingido placer, arreglar las cuentas que tengo pendientes con Hindley y quitarme de en medio por mis propias manos. La manera que has tenido de recibirme ha disipado estas ideas en mí, pero procura no recibirme la próxima vez de otro modo. Mas no... Creo que no me despedirás otra vez. ¿Te disgustó mi ausencia realmente? Había motivos. Desde que me separé de ti he vivido tristemente. Perdóname... ¡Todo lo he hecho por ti!

—Haz el favor de sentarte, Catalina, porque de lo contrario vamos a tomar el té frío —dijo el señor Linton, que se esforzaba por dominarse—. Doquiera que el señor Heathcliff vaya a pasar esta noche, tendrá seguramente que andar mucho, y yo, por mi parte, siento sed.

Catalina se sentó, vino Isabel, y yo me retiré. La colación no duró más de diez minutos. La señora no probó el bocado y Eduardo tampoco. El visitante no estuvo más de una hora. Cuando salió, le pregunté si se iba a Gimmerton.

—Voy a «Cumbres Borrascosas» —repuso—. El señor Earnshaw me invitó cuando estuve esta tarde a visitarle.

¡De manera que había visitado al señor Earnshaw y éste le había invitado! Acaso Heathcliff había adquirido hábitos hipócritas y regresaba con el propósito de actuar perversamente, pero de una forma disimulada y pérfida. Tuve el presentimiento de que hubiera sido preferible que permaneciera lejos de nosotros.

A medianoche la señora Linton vino a mi alcoba, se sentó junto a mi lecho y me tiró del cabello.

—No puedo dormirme, Elena —me dijo como explicación—. Siento la necesidad de que alguien comparta mi dicha. Eduardo está apenado porque me alegro de una cosa que no le interesa, se niega a hablar y no dice más que tonterías y cosas rencorosas, y me trata de cruel porque quiero hablarle de esto cuando se encuentra, según él, cansado y muerto de sueño. Dice que se siente mal: en cuanto algo le contraría siempre sale con lo mismo. Le hice algunos elogios de Heathcliff, y entonces, o por envidia o porque en realidad le duela la cabeza, se ha puesto a llorar. Me he levantado y me he ido.

—No debía usted elogiar a Heathcliff en presencia suya —contesté—. Ya sabe que de muchachos se odiaban. Tampoco a Heathcliff le hubiera agradado oír elogios de su esposo. Los hombres son así. No hable usted a su esposo de Heathcliff, a no ser que quiera usted provocar un choque entre ellos.

—Eso es signo de inferioridad —dijo Catalina—. Yo no envidio el rubio cabello de Isabel, ni su piel blanca, ni el cariño que toda la familia siente hacia ella. Cuando discuto por algo con Isabel, tú te pones de parte suya, y yo cedo en todo, como una madre débil y condescendiente. A su hermano le gusta que seamos buenas amigas, y a mí también. Pero son dos niños mimados, que se figuran que el mundo ha sido creado para complacerles. Yo trato de complacerles, sí, pero no dejo de pensar que les sentaría bien una lección.

—Está usted en un error, señora Linton —dije—: son ellos los que procuran complacerla a usted. Me consta lo que pasaría en caso contrario. Ellos podrán tener algún capricho, pero en cambio no hacen más que amoldarse a todos sus deseos. Y desee usted, señora, que no se presente ninguna ocasión de probar su carácter, porque si llega el caso, ésos que usted supone inferiores y débiles demostrarán tanta energía como usted misma.

—Si es así lucharemos hasta la muerte, ¿no? —repuso Catalina, echándose a reír—. Tengo tanta confianza en el amor de Eduardo, que creo que podría hasta matarle sin que él se defendiese.

Yo entonces le aconsejé que estimara aquel cariño en cuanto valía.

—Ya lo estimo —dijo—, pero él no debería romper en lágrimas por pequeñeces. Eso es una niñería. Cuando le he dicho que Heathcliff merecía ahora el respeto de todos y que cualquiera se honraría con su amistad, ha debido mostrarse conforme conmigo. Tiene que habituarse a él y hasta podría llegar a apreciarle. Heathcliff se portó bien con él, si tenemos en cuenta los motivos que tiene para no sentir simpatía hacia su persona.

—¿Qué opina de su visita a «Cumbres Borrascosas»? —pregunté—. Al parecer, se ha corregido en todo y perdona a sus enemigos, como buen cristiano.

—Estoy tan admirada como tú —respondió ella—. Según él ha explicado, fue allí para preguntar por mí, pensando que tú continuarías viviendo en la casa. José se lo dijo a Hindley, y éste salió y comenzó a hacerle preguntas sobre su vida. Luego le mandó pasar. Había varias personas jugando a las cartas y Heathcliff tomó parte en el juego. Mi hermano le ganó algún dinero y viendo que lo tenía en abundancia le pidió que volviese de nuevo. Hindley es tan abandonado que no comprenderá la imprudencia que comete buscando la amistad de aquél a quien tanto ha ofendido. Heathcliff dice que accede a reanudar las relaciones con mi hermano para poder verme con más frecuencia de lo que le sería posible si viviese en Gimmerton. Piensa pagar bien los gastos de su estancia en «Cumbres Borrascosas» y esto satisfará a mi hermano, que es tan codicioso, a pesar de que cuanto coge con una mano lo tira con la otra.

—Mal sitio es para vivir un joven —dije—. ¿No teme usted las consecuencias, señora Linton?

—Para mi amigo, no. Es lo bastante precavido para librarse de todo riesgo. Si algo temo es por Hindley, pero tan bajo ha caído moralmente, que dudo que pueda descender más. Respecto a daño físico, yo medio entre ambos. La vuelta de Heathcliff me ha reconciliado con Dios y con los hombres. ¡He sufrido mucho, Elena! Si él comprende cuánto, sentirá vergüenza de ensombrecer mi alegría con sus rencores. Y todo lo he soportado por cariño hacia él. Pero ya pasó. En adelante, estoy dispuesta a resistirlo todo. Si el más ínfimo de los seres me diese un bofetón en una mejilla, no sólo le ofrecería la otra, sino que le pediría, además, que me perdonase. Y, para demostrarlo, voy ahora mismo a hacer las paces con Eduardo. Buenas noches. ¡Soy tan buena como un ángel!

Se marchó, pues, muy contenta de sí misma, y a la mañana siguiente quedó evidente el resultado de su decisión. Eduardo, aunque algo violento aún por la excesiva animación de Catalina, había cejado en su enfado, y hasta consintió en que ella fuese aquella tarde con Isabel a «Cumbres Borrascosas». Ella, en cambio, le demostró tanto amor y le hizo tantas caricias, que la casa durante varios días fue un verdadero paraíso.

Heathcliff —en realidad debo decir ya el señor Heathcliff— era discreto al principio en las visitas que hacía a la «Granja de los Tordos», como si midiese hasta donde podía llegar con su presencia sin incomodar al señor. Catalina, a su vez, trató de moderar sus transportes de alegría cuando llegaba él y así consiguió Heathcliff imponer su asiduidad. El carácter reservado que le distinguía desde la infancia le permitía reprimir la exteriorización de su afecto. Mi amo se sosegó momentáneamente. Pero pronto había de encontrar otros motivos de inquietud.

El nuevo manantial de sus pesadumbres fue el amor que de repente sintió Isabel Linton hacia Heathcliff. Isabel era una hermosa muchacha de dieciocho años, de traza muy infantil, muy inteligente y también de genio muy violento, si se la irritaba. Su hermano, que la quería mucho, quedó consternado cuando notó sus sentimientos. Aparte de la bajeza que suponía un matrimonio con un hombre basto y la posibilidad de que sus bienes, si no tenía hijos, pasaran a manos de aquel personaje, el amo se daba cuenta de que, en el fondo, el carácter de Heathcliff, pese a las apariencias, no había variado. Y temblaba ante la idea de entregarle a Isabel. Él atribuyó lo ocurrido a maniobras de Heathcliff, aunque en verdad Isabel se había enamorado espontáneamente, sin que Heathcliff la correspondiera.

Hacía tiempo que todos veníamos notando que un secreto disgusto consumía a la señorita Isabel. Se hizo huraña y susceptible, y con cualquier motivo reñía con Catalina, a riesgo de acabar con la poca paciencia de su cuñada. Al principio supimos que no estaba bien de salud, ya que la veíamos adelgazar y decaer ostensiblemente. Pero al fin, un día se manifestó impertinente hasta el colmo. Se negó a tomar el desayuno, diciendo que los criados no la obedecían, que Eduardo no se ocupaba de ella y que Catalina la tenía cohibida. Añadió que se había enfriado porque habían dejado el fuego apagado y las puertas abiertas expresamente para molestarla, y aún dijo varias vaciedades más. En respuesta, la señora Linton le mandó que se acostara y la amenazó con llamar al médico. Al oír hablar de Kenneth, la joven contestó en el acto que disfrutaba de una excelente salud y que era la dureza de Catalina lo que le hacía sufrir.

—¿Qué soy dura contigo, niña mimada? —dijo la señora—. ¿Cuándo he sido dura contigo?

—Ayer.

—¿Ayer? —exclamó su cuñada—. ¿Cuándo?

—Cuando salimos a pasear con el señor Heathcliff me dijiste que podía irme adonde quisiera, para quedarte sola con él...

—¿Y a eso le llamas dureza? Era una indirecta para que nos dejaras solos, porque nuestra conversación no era interesante para ti —dijo Catalina, riendo.

—No —repuso la joven—. Querías que me fuera porque sabías que me agradaba estar allí.

—¿Se habrá vuelto loca? —me dijo la señora Linton—. Voy a repetir nuestra conversación palabra por palabra, Isabel, y luego me dirás qué interés podía ofrecerte.

—No me interesaba la conversación —repuso Isabel—. Me interesaba estar con...

—¿Con...? —interrogó Catalina.

—Con él, y por eso me obligaste a marchar —repuso Isabel—. Tú obras como el perro del hortelano, Catalina, y no puedes soportar que amen a nadie más que a ti misma.

—Eres una impertinente —dijo la señora Linton—. No puedo creer en tanta idiotez. ¿Es posible que desees que Heathcliff te admire y que le consideres un hombre agradable? Supongo que no...

—Le amo más de lo que tú puedas amar a Eduardo —contestó la muchacha— y estoy segura de que él me amaría si tú no te mezclaras entre ambos.

—¡Ni por un reino quisiera estar en tu caso! —dijo Catalina—. Elena, ayúdame a hacerle comprender que está loca. Dile, dile quién es Heathcliff: un ser rebelde, sin cultura, sin refinamiento, un campo árido cubierto de abrojos y piedras. Más capaz sería yo de poner a aquel canario en medio del parque un día de invierno, que aprobar que te enamores de Heathcliff. Mira, niña, esa idea se te ha metido en la cabeza porque no le conoces. Atiende: no te figures que oculta tesoros de bondad y ternura bajo una apariencia tosca. No imagines que es un diamante en bruto o la ostra que contiene una perla, no. Es un hombre implacable y sanguinario como un lobo. Yo jamás le digo que deje tranquilos a éste o a aquel de sus enemigos en nombre del daño que podrá causarles, sino en nombre de mi voluntad. Si te unieses a él, Isabel, y encontrara que le estorbas, te pisotearía como si fueses un huevo de gorrión. Es absolutamente incapaz de casarse contigo sino es por tu fortuna y por lo que puedes llegar a tener. El vicio que le domina ahora es el amor del dinero. Te lo he retratado tal como es. Fíjate en que soy amiga suya, y en que si él realmente hubiera pensado en casarse contigo, puede que yo no hubiera dicho nada, para que cayeras en sus redes.

Pero la señorita Linton miró con indignación a su cuñada.

—¡Qué vergüenza! —exclamó—. ¡Eres muchísimo peor que veinte enemigos, pérfida amiga!

—¿No me crees? ¿Te figuras que hablo así por egoísmo?

—Estoy segura —repuso Isabel—, y me horroriza verte.

—Está bien —contestó Catalina—. Yo te he dicho lo que debía. Ahora haz lo que quieras.

—¡Cuánto egoísmo tengo que aguantar! —exclamó Isabel llorando, cuando su cuñada salió de la habitación—. Todos están contra mí. Ella ha procurado truncar mi última esperanza. Pero ha mentido, ¿verdad, Elena? El señor Heathcliff es un alma digna y sincera y no un demonio. De lo contrario, no hubiera vuelto a acordarse de Catalina.

—No se acuerde más de él, señorita —le aconsejé—. El señor Heathcliff es un pájaro de mal agüero: no le conviene a usted. No puedo negar que es verdad cuanto ha dicho la señora Linton. Ella lo conoce mejor que yo y que nadie, y jamás le hubiera pintado más malo de lo que es. Las personas honradas no ocultan sus actos. Y él, ¿cómo se ha enriquecido? ¿Qué hace en «Cumbres Borrascosas», en donde vive el hombre a quien odia? Se asegura que el señor Earnshaw marcha cada vez peor desde que vino Heathcliff. Los dos se pasan la noche en vela. Hindley ha hipotecado todas sus tierras y no hace más que jugar y beber. Supe esto hace una semana: me lo contó José, a quien encontré en Gimmerton. Me dijo: «Vamos a acabar viendo al juzgado en casa, Elena. El uno antes se dejaría cortar un dedo que ayudar al otro a salir del pantano en que se hunde más cada vez. Y éste es el amo, Elena. Y la cosa avanza deprisa. No teme ni a la justicia, ni a san Juan, ni a san Pedro, ni a nadie. Al contrario: se ríe de ellos. Y, ¿qué me dices del tal Heathcliff? ¡Ya puede reírse, ya, de ese juego diabólico! ¿No os cuenta, cuando os visita, la buena vida que se da entre nosotros? Pues se levantan al atardecer, cierran las ventanas, juegan y beben brandy hasta el mediodía del día siguiente. Entonces, aquel loco se marcha a su alcoba jurando, y el otro miserable se guarda los dineros, duerme, se harta de comer y después va a divertirse con la mujer de su vecino. Por supuesto que cuenta a doña Catalina cómo se está hinchando la bolsa con el dinero del amo que en paz descanse. Hindley se precipita por el camino de perdición, a lo que él le estimula cuanto puede». José, señorita Isabel, es un viejo bribón, pero no un mentiroso, y, ¿verdad que, si su relato sobre Heathcliff es cierto, usted no se casaría jamás con un hombre así?

—No te quiero oír, Elena —me contestó Isabel—. Te has puesto de acuerdo con los demás... ¡Con qué malevolencia tratáis todos de convencerme de que no hay dicha posible en el mundo!

No sé si hubiera llegado a dominar su capricho o no, porque tuvo poco tiempo para reflexionar sobre él. Al día siguiente se celebró un juicio en la villa cercana, y mi amo tuvo que asistir. Heathcliff, enterado de ello, nos visitó más temprano que de costumbre. Catalina e Isabel estaban en la biblioteca y permanecían calladas, mirándose con hostilidad. Isabel estaba alarmada por la indiscreta revelación que había hecho, y Catalina realmente ofendida contra su cuñada, de la que se burlaba, pero a la que no quería permitir que se burlase de ella a su vez. Cuando vio por la ventana que llegaba Heathcliff, se alegró. Yo estaba limpiando la chimenea y descubrí en sus labios una maligna sonrisa. Isabel, absorta en sus reflexiones o en la lectura, no percibió a Heathcliff hasta que éste entró y cuando ya era tarde para irse, lo que hubiera hecho sin duda de buena gana.

–Llegas en momento oportuno –exclamó jovialmente la señora, acercándole una silla–. Aquí tienes a dos mujeres necesitadas de un tercero que rompa el hielo que se ha establecido entre ellas. Heathcliff: me enorgullezco de haber encontrado a alguien que aún te quiere más que yo. Sin duda te sentirás halagado. No, no es Elena, no la mires... Se trata de mi pobre cuñadita, a la que se le parte el corazón sólo con verte. ¡En tus manos está llegar a ser hermano de Eduardo! ¡No te vayas, Isabel! –exclamó, sujetando a la joven que, indignada, quería marcharse–. Nos peleábamos por ti como gatas, Heathcliff, y me ha vencido en nuestro torneo de alabanzas y de admiraciones. Aún me ha dicho más, y es que si yo me separara de vosotros por un instante, te flecharía de tal modo, que tu alma quedaría eternamente unida a la suya, mientras que yo sería relegada al olvido.

–¡Catalina! –replicó Isabel, procurando apelar a toda su dignidad–. Te agradeceré que te atengas a la verdad, y que no te chancees de mí ni aun en broma. Señor Heathcliff, tenga la bondad de pedir a su amiga que me suelte. Ella olvida que usted y yo no somos amigos íntimos y que a mí me disgusta lo que le divierte a ella.

Pero el visitante no contestó. Tomó asiento, indiferente a la admiración que había despertado. Isabel se volvio a su cuñada y le rogó que la dejase libre.

–¡Quizá! –contestó la señora Linton–. No quiero que me llames otra vez el perro del hortelano. Tienes que quedarte. Heathcliff: ¿no te alegran mis agradables noticias? Isabel dice que el amor que Eduardo siente hacia mí no es nada en comparación al que siente ella hacia ti. Dijo algo parecido, ¿verdad, Elena? Y no ha querido comer desde que ayer le hice separarse de tu lado.

–Creo –dijo Heathcliff, volviéndose hacia ella– que no está de acuerdo contigo y que, al menos por ahora, no siente deseo alguno de estar a mi lado.

Y miró fijamente a Isabel con la expresión con que pudiera mirar a uno de esos extraños y repulsivos animales que se contemplan por su rareza a pesar de la repugnancia que producen. La jovencita no podía más. Enrojeció y palideció en el espacio de pocos segundos, y, al ver que no lograba soltarse de Catalina, esgrimió sus uñas y trazó en la piel de su cuñada varias sangrientas señales.

–¡Caramba, qué tigresa! –exclamó la señora Linton soltándola al sentir el dolor–. ¡Por amor de Dios, vete y que no te vea yo la cara! ¡Mira que mostrar tus garras a tu preferido...! ¡Eres tonta! ¿No comprendes lo que él pensará? Fíjate, Heathcliff, qué instrumentos de tortura. ¡Cuidado con los ojos!

—Le cortaría los dedos como osara amenazarme —respondió él brutalmente una vez que la joven hubo salido—. Pero ¿por qué has atormentado a esa muchacha, Catalina? No hablabas en serio, ¿eh?

—Digo la verdad —repuso ella—. Está sufriendo por ti hace varias semanas. Esta mañana se puso irritada porque le conté todos tus defectos a fin de aminorar la pasión que siente hacia ti. No pienses más en ello. Sólo me he propuesto castigarla por su insolencia. La quiero demasiado, Heathcliff, para dejarte que la caces y la devores.

—Y yo la quiero lo suficientemente poco para no proponérmelo —contestó él—, a no ser que lo hiciera para proceder con ella como un vampiro. Oirías cosas extraordinarias si yo viviera con esa asquerosa muñeca. Lo habitual sería pintarle en la cara todos los colores del arco iris, ponerle negros cada dos días esos ojos azules tan odiosamente parecidos a los de su hermano.

—¡Pero si son encantadores! —le interrumpió Catalina—. Son ojos de paloma, ojos de ángel...

—Es la heredera de su hermano, ¿no? —preguntó él tras un corto silencio.

—Sentiría que lo fuese —contestó Catalina—. ¡Quiera el cielo que antes de que eso suceda, media docena de sobrinos lo hereden todo! No pienses en esto, y recuerda que codiciar los bienes de tu prójimo equivale, en este caso, a codiciar los míos.

—No serían menos tuyos si los tuviera yo —observó Heathcliff—. Pero aunque Isabel sea boba, no creo que sea tan loca como todo eso. Lo mejor es dejarlo, como tú dices.

No hablaron más de ello, y Catalina debió incluso olvidarlo. Pero el otro debió recordar aquello varias veces durante la tarde. Le vi sonreír sin motivo aparente y caer en una meditación de mal agüero cada vez que la señora Linton salía de la habitación.

Decidí vigilarle. Yo me sentía más inclinada al amo que a Catalina, ya que él era bueno y honrado. Es verdad que respecto a ella no podía decirse que no lo fuese, pero yo confiaba muy poco en sus principios y tenía muy poca simpatía hacia sus sentimientos. Deseaba con ansiedad algo que librase a la «Granja» y a la vez a «Cumbres Borrascosas» de la mala influencia de Heathcliff. Las visitas de éste eran una obsesión para mí. Y creo que también para el amo. Su estancia en «Cumbres Borrascosas» nos preocupaba extraordinariamente. Yo tenía la impresión de que Dios había abandonado allí en pleno extravío a la oveja descarriada, y que el lobo acechaba, atento, el momento oportuno para precipitarse sobre ella y destrozarla.

Capítulo once

En ocasiones, pensando a solas en todas estas cosas, me sentía presa de un terror repentino y, levantándome y poniéndome el sombrero, pensaba en ir a ver lo que sucedía en «Cumbres Borrascosas». Tenía la convicción de que mi deber era hablar a Hindley de lo que la gente decía de él. Pero cuando recordaba lo empedernido que estaba en sus vicios, me faltaba el valor para entrar en la casa, comprendiendo que mis palabras sólo podrían lograr efectos muy dudosos.

Una vez, yendo a Gimmerton, me desvié un tanto de mi camino y me paré ante la cerca de la propiedad. Era una tarde clara y fría. La tierra estaba triste por el invierno y el suelo del camino se extendía ante mi vista endurecido y seco. Llegué a una bifurcación del sendero. Hay allí un jalón de piedra arenisca, que tiene grabadas las letras C. B. en su cara que mira al Norte; G., en la que mira al Este, y G. T. en la que da al Sudoeste. Esta piedra sirve para marcar las distintas direcciones: las «Cumbres», el pueblo y la «Granja». El sol bañaba con sus dorados rayos la parte alta del hito. Esto me hizo pensar en el verano, y un aluvión de infantiles recuerdos acudió a mi mente. Aquel sitio era el preferido por Hindley y por mí veinte años atrás. Durante largo rato estuve contemplando el jalón de piedra. Inclinándome, vi junto a su base un agujero donde solíamos almacenar guijarros, conchas de caracol y otras menudencias, que todavía continuaban allí. Y tuve la visión de que mi antiguo compañero de juegos aparecía excavando la tierra con un pedazo de pizarra.

—¡Pobre Hindley! —murmuré sin querer.

Me pareció que el niño alzaba el rostro y me miraba a la cara. La visión desapareció al instante, pero en el acto experimenté un vivo deseo de ir a «Cumbres Borrascosas». Un sentimiento supersticioso me impulsaba.

«¡Podría haber muerto, o estar a punto de morir!», pensé, relacionando aquella alucinación con un presagio fatídico.

Mi angustia aumentaba a medida que me iba acercando a la casa, y al final temblaba todo mi cuerpo. Al ver un niño desgreñado apoyando la cabeza contra los barrotes de la verja, tuve la impresión de que la aparición se había adelantado a mí. Pero, pensando más despacio, comprendí que debía ser Hareton, mi Hareton, al que no veía hacía tiempo.

—¡Dios te bendiga, querido! —exclamé—. Hareton, soy Elena, tu ama.

Se apartó de mí y cogió un grueso pedrusco.

—Vengo a ver a tu padre, Hareton —le dije, comprendiendo que, si se acordaba de Elena, al menos de mi figura no se acordaba.

Esgrimió la piedra, y, aunque intenté calmarle, la lanzó y me dio en el sombrero. A la vez, el pequeño soltó una retahíla de maldiciones que, conscientes o no, emitía con la firmeza de quien sabe lo que dice. Sentí más dolor que ira y me faltó poco para llorar. Saqué una naranja del bolsillo y se la ofrecí. Dudó un momento y de pronto me la quitó bruscamente de las manos, como si creyera que intentaba engañarle. Le enseñé otra, pero guardándome bien de ponerla al alcance de su mano.

—¿Quién te ha enseñado esas bonitas palabras, hijo? —le pregunté—. ¿El cura?

—¡Malditos seáis el cura y tú! —contestó. ¡Dame eso!

—Si me dices quién te ha enseñado a hablar así te lo daré.

—El demonio de papá —contestó.

—Y papá, ¿qué te enseña? —seguí preguntando.

Se alzó sobre la fruta, pero yo la levanté.

—Nada —me contestó—. No quiere que esté a su lado, porque le maldigo y juro.

—¿Y es el diablo quien te enseña a maldecir a papá?

—¡Ah! No...

—¿Quién entonces?

—Heathcliff.

Le pregunté si quería al señor Heathcliff y me dijo que sí. Al preguntarle por qué respondió:

—Porque él trata mal a papá como papá me trata a mí, y porque él reniega de papá como papá reniega de mí, y porque me deja hacer todo lo que quiero.

—Entonces, ¿el cura no te enseña a leer y escribir?

—No. Han dicho que le partirían la cabeza si entrara por la puerta. ¡Heathcliff lo ha jurado!

Le di la naranja y le encargué que dijera a su padre que una mujer llamada Elena Dean quería verle. Se encaminó a la casa por el sendero, pero en lugar de Hindley salió Heathcliff. Al verle, eché a correr como si hubiera visto a un fantasma. Ésto no tiene relación con el asunto de la señorita Isabel mas que porque influyó para que yo aumentara mis precauciones y para que procurara que el influjo pernicioso de aquel hombre no se extendiera a la «Granja», lo cual me costó, por cierto, una riña con la señora Linton.

El primer día que Heathcliff volvió a la casa, la señorita Isabel estaba en el corral dando de comer a las palomas. Hacía tres días que no hablaba con su cuñada, pero había suprimido también sus protestas, con gran contento de todos. Heathcliff generalmente no decía a Isabel ni una palabra inútil, pero esta vez, después de lanzar una ojeada a la casa —yo estaba en la ventana de la cocina, pero me retiré para que no me viera— se acercó a ella y le habló. La joven estaba turbada y parecía deseosa de alejarse, pero él la retuvo sujetándola por el brazo. Isabel separó la cara. Él le hizo una pregunta a la que la señorita no quería responder, al parecer. Él volvió a mirar a la casa, y, creyendo que nadie le veía, tuvo el descaro de besar a Isabel.

–¡Oh, Judas, traidor! –proferí–. ¿Con que eres también un villano, un hipócrita burlador?

–¿Qué pasa, Elena? –dijo Catalina, que entraba en aquel momento, sin que yo, absorta en la escena que contemplaba, lo hubiese notado.

–¡El miserable amigo de usted! –exclamé furiosa–. ¡El miserable Heathcliff! Ya entra: nos ha visto... ¡A ver qué excusa le da a usted para explicar por qué hace el amor a la señorita después de haber dicho que la despreciaba!

La señora Linton vio cómo Isabel se soltaba y echaba a correr. Heathcliff entró inmediatamente. Yo di rienda suelta a mi indignación, pero Catalina me mandó callar, amenazándome con echarme de la cocina.

–¡Cualquiera diría que tú eres la señora! –exclamó–. Haz por no meterte en lo que no te atañe. –Y añadió, dirigiéndose a Heathcliff–: ¿Qué te propones? Ya te he advertido que dejes en paz a Isabel. Procura hacerlo, a no ser que te hayas cansado de venir aquí y quieras que Linton te prohíba la entrada.

–¡Dios lo haga! –respondió aquel rufián–. ¡Le odio cada día más! Si Dios no le conserva paciente y pacífico, acabaré por no resistir al deseo que siento de enviarle a la eternidad.

–¡Cállate y no me desesperes! –ordenó Catalina–. ¿Por qué has olvidado lo que te dije? ¿Fue Isabel la que te buscó?

–¿Qué te importa? –contestó él–. Tengo el derecho de besarla, si ella no se opone. No soy tu marido: no tienes derecho a estar celosa.

–No estoy celosa de ti, sino por ti –contestó la señora–. Tranquilízate. Si te gusta Isabel, te casarás con ella. Pero dime si te gusta de verdad, Heathcliff. ¿Ves cómo no contestas? Estoy segura de que no te agrada.

–¿Consentiría el señor Linton que su hermana se casase con ese hombre? –interrogué.

–Lo consentiría –repuso Catalina con tono decisivo.

–También podría evitarse esa molestia –dijo Heathcliff–, porque yo no necesito su consentimiento para nada. Y a ti, Catalina, te diré dos palabras, ya que se presenta la oportunidad. Entérate de que me consta que me has tratado horriblemente, ¿te enteras?, horriblemente. Si te figuras que no lo sé, eres una necia, y si te imaginas que me consuelas con palabras dulces, eres una idiota, y si piensas que no me tomaré venganza de ello, pronto te convencerás de lo contrario. Me alegro de que me hayas dicho el secreto de tu cuñada, y te juro que sabré sacar partido de él. ¡No te interpongas en mi camino!

–Pero ¿qué es esto? –exclamó, asombrada, la señora Linton–. ¡Qué te he tratado horriblemente y vas a vengarte! ¿Cómo vas a vengarte, torpe ingrato? ¿Cuándo te he tratado horriblemente yo?

—No me vengaré de ti —dijo Heathcliff con menos violencia—. No es ese mi plan. El tirano oprime a sus esclavos, y éstos, en lugar de volverse contra él, se vengan en los que están debajo. Atorméntame cuanto quieras, si ello te divierte, pero déjame a mí divertirme del mismo modo, y guárdate muy bien de burlarte de mí. Ya que has destruido mi palacio, no te empeñes en edificar en sus ruinas una choza y hacerme habitar en ella por caridad. Si yo creyese que tenías interés en que me casase con Isabel, me daría un tajo en la garganta antes de hacerlo.

—¿Así que lo que te ofende es que yo no esté celosa? —gritó Catalina—. Pues no me volveré a preocupar de buscarte esposa, no te preocupes. Sería como ofrecer al diablo un alma condenada. Te entusiasma causar desgracias. Ahora que Eduardo ha dominado el disgusto que le produjo tu llegada y que yo empiezo a estar tranquila, tú te empeñas en buscar camorra. Peléate con Eduardo, si quieres, y engaña a su hermana, y así te habrás vengado de mí, y mucho más de lo que pudieras imaginarte.

La discusión cesó por el momento. La señora Linton se sentó, hosca y silenciosa, al lado del fuego. El demonio que había estado sumiso a ella se había convertido en indomable. Heathcliff permaneció de pie ante la lumbre, cruzado de brazos, maquinando, sin duda, diabólicos planes, y yo les abandoné y me fui a buscar al amo. Éste estaba extrañado de no ver a su mujer.

—¿Has visto a la señora, Elena? —me preguntó.

—Está en la cocina, señor —repuse—. Está enfadada por la conducta que observa el señor Heathcliff, y, si me quiere usted hacer caso, creo que convendría poner coto a sus visitas. A veces es peligroso ser demasiado bueno...

Le conté la escena del patio y la disputa que se había producido a continuación, tan exactamente como me lo permitió mi atrevimiento. Pensaba que no causaría mucho perjuicio a la señora, a no ser que ella misma se empeñase en causárselo tomando la defensa del intruso. El señor Linton tuvo que contenerse mucho para oírme hasta el fin. Y sus frases indicaban claramente que no dejaba de achacar a su mujer la culpa de lo ocurrido.

—¡Esto es insoportable! —exclamó—. ¡Es ignominioso que le tenga por amigo y que me obligue a aceptar su trato! Llama a dos de los criados, Elena. Catalina no seguirá discutiendo con ese rufián. ¡Ya he sido demasiado condescendiente!

Mandó a los sirvientes que aguardasen en el pasillo, y, seguido por mí, se dirigió a la cocina. La señora, en aquel instante, hablaba acaloradamente. Heathcliff estaba junto a la ventana, algo acobardado, al parecer, por los reproches de Catalina. Fue el primero en ver al señor, y le hizo un gesto para que callase. Ella le obedeció inmediatamente.

—¿Qué es esto? —preguntó Linton dirigiéndose a ella—. ¿Qué idea tienes del decoro para permanecer aquí después de lo que te ha dicho ese miserable? Tal vez no das importancia a sus palabras porque estás acostumbrada a su clase de conversación.

Pero yo no lo estoy ni quiero estarlo.

—¿Has estado escuchando a la puerta Eduardo? —preguntó ella en tono calculadamente frío, a fin de provocar a su esposo, mostrándole a la vez su desprecio.

Heathcliff, al oír hablar a Eduardo, había levantado la vista, y ahora, al hablar Catalina, soltó la carcajada, con el propósito de que Linton reparara en él. Y lo consiguió, pero no que Eduardo perdiera el dominio de sí mismo.

—Hasta hoy le he soportado a usted, señor —pronunció mi amo serenamente—. No porque desconociera su miserable carácter, sino porque creía que no toda la culpa de tenerlo era suya. Y también porque Catalina deseaba conservar su amistad. Pero si accedí a ello, no pienso continuar obrando como hasta ahora. Su sola presencia es un veneno moral capaz de contagiar al ser más virtuoso. Por tanto, y para evitar más graves consecuencias, le prohíbo desde hoy que vuelva a poner los pies en esta casa y le exijo que salga de ella inmediatamente. Si tarda en hacerlo más de tres minutos, saldrá de un modo ignominioso: a viva fuerza.

—Catalina, tu corderito me amenaza como un toro. Está exponiéndose a tener un tropezón con mis puños. ¡Por Dios, señor Linton, que siento de veras que no tenga usted ni un mal puñetazo!

El amo miró hacia el pasillo y me hizo una seña para que fuese a llamar a los criados. No quería, sin duda, exponerse a un choque directo. Obedecí. Pero la señora, dándose cuenta, me siguió, y, al ir yo a llamarles, me empujó, me apartó y cerró la puerta con llave.

—¡Magnífico procedimiento! —dijo como contestando a la irritada y asombrada mirada que le dirigió su marido—. Si no tienes valor para combatir con él, preséntale tus excusas o date por vencido. Será tu justo castigo por afectar una valentía que no tienes. ¡Antes me tragare la llave que entregártela! Así recompensáis mis bondades los dos. Mi benevolencia hacia el débil carácter de uno y el mal carácter de otro, la pagáis así. Estaba defendiéndolos a ti y a tu hermana, Eduardo... ¡Ojalá te azote Heathcliff hasta tundirte, ya que has pensado tan mal de mí!

Eduardo trató de arrancar la llave de Catalina, pero ella la arrojó al fuego, y él, asaltado de un temblor nervioso, y después de hacer esfuerzos sobrehumanos para dominarse, angustiado y humillado, hubo de dejarse caer en una silla, tapándose la cara con las manos.

—¡Oh, cielos! En los antiguos tiempos este suceso habría valido para que te armaran caballero... —exclamó la señora. Estamos vencidos... Tan capaz sería Heathcliff ahora de alzar un dedo contra ti, como un rey de enviar su ejército contra una madriguera de ratones. Levántate, hombre, que nadie te va a herir... No, no eres un cordero, sino una liebre...

—¡Goza en paz de este cobarde que tiene la sangre de horchata! —dijo su amigo—. Te felicito por tu elección. ¿De modo que me dejaste por un pobre diablo como éste? No le daré de puñetazos, pero me complacerá pegarle un puntapié. Y ¿qué hace? ¿Está llorando o se ha desmayado del susto?

Se acercó a Linton y empujó la silla en que éste estaba sentado. Hubiese hecho mejor en mantenerse a distancia. Mi amo se levantó y le asestó en plena garganta un golpe capaz de derribar al hombre más vigoroso. Durante un minuto, Heathcliff quedó sin respiración. El señor Linton, entretanto, salió al patio por la puerta de escape y se dirigió hacia la entrada principal.

—¿Ves? ¡Se acabaron tus visitas! —chilló Catalina—. ¡Vete inmediatamente! Eduardo volverá con dos pistolas y media docena de criados. Si nos ha oído, no nos perdonará jamás. ¡Qué mala pasada me has jugado, Heathcliff! Vete, vete. No quiero verte en la situación en que ha estado Eduardo antes.

—¿Crees que voy a tragarme el golpe que me ha dado? —rugió él—. ¡No, en nombre del diablo! Antes de salir le machacaré como a una avellana podrida... ¡Si no le aplasto ahora contra el suelo, tendré que acabar matándole...! Así que si aprecias en algo su existencia, déjame esperarle.

—No vendrá —dije, no dudando en arriesgar una mentira. Allí vienen el cochero y los dos jardineros con sendos garrotes. ¡Supongo que no le agradará a usted que le arrojen violentamente de la casa! El amo, probablemente, se limitará a ver desde las ventanas del salón cómo se cumplen sus órdenes.

El cochero y los jardineros estaban, en efecto, allí, pero Linton les acompañaba. Ya habían entrado en el patío. Heathcliff meditó un momento y le pareció mejor evitar una lucha contra tres subalternos. Cogió el atizador de la lumbre, saltó la cerradura de la puerta y se escapó por un lado mientras los demás entraban por otro.

La señora, presa de una gran agitación, me pidió que la acompañara a su aposento. Ignoraba mi intervención en lo sucedido, y procuré mantenerla en su ignorancia.

—Estoy loca, Elena —exclamó, dejándose caer en el sofá—. Parece que están golpeándome la cabeza mil martillos de herrería. Que Isabel no aparezca ante mi vista, porque ella es la culpable de todo. Cuando veas a Eduardo, dile que estoy a punto de enfermar gravemente. ¡Así sea verdad! No sabes lo angustiada que me siento. Si viene, me injuriará o me reprochará. Yo le replicaré y no sé adónde iríamos a parar. Hazlo, Elena. Tú sabes que no he obrado mal en todo este asunto. ¿Qué mal espíritu movió a Eduardo a escuchar a la puerta? Es verdad que, después de que tú saliste, Heathcliff habló de un modo ofensivo pero yo hubiera conseguido quitarle de la cabeza la idea de lo de Isabel, y no hubiera pasado nada. Todo se ha estropeado por esa obsesión de oír hablar mal de sí mismas que constituye la manía de ciertas personas. Si Eduardo no hubiese oído lo que hablábamos, ¿le hubiese sucedido algún mal por ello? Después de que me soltó aquella rociada, cuando yo acababa de reñir con Heathcliff por él, ya no me importaba nada lo que pasase entre ellos, puesto que, sucediera lo que sucediera, quedaríamos distanciados durante mucho tiempo. Ya que no puedo seguir siendo amiga de Heathcliff, y ya que Eduardo no deja de ser celoso, procuraré desgarrarles el corazón a los dos desgarrando el mío propio. ¡Así acabaremos antes! Pero eso sólo lo haré en caso extremo, y no quiero que a Linton le coja de sorpresa. Hasta ahora ha procedido con discreción y ha procurado no provocarme. Hazle comprender que sería peligroso abandonar esa línea de conducta. Recuérdale la violencia de mi carácter y lo fácilmente que me enfurezco. ¡Si consiguieras que desapareciese esa expresión de frialdad que tiene en el semblante y lograras que me tratase con más afecto!

Debía resultar exasperante para la señora la serena indiferencia con que recibí sus instrucciones. Yo presumí que una persona que podía especular de antemano sobre el giro que daría a sus arrebatos de ira podría, de proponérselo, dominar también esos arrebatos. Y no me pareció ser yo la llamada a multiplicar los disgustos de su marido mediante aquella especie de coacción. Así que nada dije al amo, cuando éste acudió, pero me atreví a escuchar a fin de ver si disputaban. El amo habló primero.

—Quédate donde estás, Catalina —dijo, sin rencor, y muy, abatido—. No he venido ni a disputar ni a hacer las paces. Sólo deseo que me digas si, después de lo ocurrido, tienes el propósito de seguir siendo amiga de...

—¡Y yo te pido que me dejes en paz! —respondió ella golpeando el suelo con el pie—. No hablemos de ello ahora. Tú no perderás tu sangre fría, porque por tus venas no corre más que agua helada, pero mi sangre está hirviendo y tu frialdad me excita hasta lo inconcebible.

—Responde a mi pregunta —repuso el señor—. Tus violencias no me asustan. Ya he visto que, cuando te lo propones, permaneces tan imperturbable como cualquiera. ¿Estás dispuesta a prescindir de Heathcliff, o prefieres prescindir de mí? No cabe ser amiga de los dos a la vez, y te exijo que te decidas por uno de nosotros.

—Y yo te exijo que me dejes en paz —respondió ella enfureciéndose—. ¡Te lo ruego! ¿No ves que casi no puedo sostenerme en pie,? ¡Déjame, Eduardo...!

Tiró violentamente de la campanilla, y yo acudí sin prisa alguna. Aquellos locos arrebatos de cólera ponían a prueba la paciencia de un santo. Lo vi golpearse la cabeza contra el brazo del sofá y rechinar los dientes de tal modo que parecía que iba a destrozárselos. El señor Linton la miraba compungido y casi arrepentido de su energía anterior. Me mandó traer un vaso de agua. Ella no podía casi hablar. No quiso beber, y entonces le mojé el rostro con el agua. Un instante después se tendió en el sofá, puso los ojos en blanco, y sus mejillas palidecieron como las de una muerta. Linton estaba aterrado.

—No es nada —murmuré. Quería evitar que él cediera, pero en el fondo me sentía angustiada.

—Está sangrando por la boca —me dijo el señor, estremeciéndose.

—No haga caso —contesté.

Y le conté que ella se había propuesto, antes de entrar él, darle el espectáculo de un ataque de locura. Cometí la imprudencia de decirlo en voz alta. Catalina me oyó, y se puso repentinamente de pie. Los cabellos despeinados le caían sobre los hombros, y los tendones del cuello y de los brazos se le habían hinchado de un modo horrible. Me preparé, por lo menos, a que me rompiese los huesos. Pero no fue así: se limitó a precipitarse fuera del cuarto. El amo me mandó que la siguiera, y lo hice hasta la puerta de su alcoba, cuya puerta cerró para librarse de mí.

Al día siguiente, pasó la mañana sin bajar a desayunar. Subí a preguntarle si le llevaba el desayuno y me contestó categóricamente que no. Lo mismo sucedió a las horas de comer y de tomar el té. Al otro día recibí la misma contestación. El señor Linton se pasaba el tiempo en la biblioteca sin preguntar por su esposa. Había sostenido con Isabel una conversación de una hora, durante la cual pretendió obtener de ella una contestación definitiva respecto a que rechazaría a Heathcliff, sin lograr más que evasivas. Entonces él le juró solemnemente que si ella persistía en la locura de dar esperanzas a aquel indigno sujeto, las relaciones entre los dos hermanos terminarían completamente.

Capítulo doce

Mientras la señorita Isabel vagaba por el parque y por el jardín y su hermano permanecía encerrado en la biblioteca, probablemente aguardando que Catalina se arrepintiese y pidiese perdón, ella continuaba obstinada en prolongar su ayuno. Sin duda creía que Eduardo estaba medio muerto de nostalgia y que sólo el orgullo le impedía arrojarse a sus pies. Por mi parte, me limitaba a cumplir con mis obligaciones, convencida de que el único espíritu razonable que había entre los muros de la «Granja» se albergaba en mi cuerpo. No empleé, pues, palabras de compasión con la señora, ni intenté consolar al señor que se sentía ansioso de oír nombrar a su esposa, ya que no podía oír su voz. Decidí dejar que se las compusieran como pudiesen, y mi decisión dio resultado, como yo había creído desde un principio.

Transcurridos tres días, la señora se asomó a la puerta de su habitación y pidió que le renovase el agua, que se le había terminado, y que le llevase un tazón de sopa de leche, porque se sentía desfallecer. Supuse que esta exclamación iba dirigida a los oídos de su esposo. Mas como no creía en ella, me guardé bien de transmitirla, y me limité a llevar a Catalina un té y una torta seca. Comió y bebió ávidamente, y luego se recostó sobre la almohada, apretó los puños y empezó a llorar.

—Quisiera morirme —decía—. No le importo nada a nadie. No debía haber comido eso. —Y continuó—: No, no quiero morir. Él no me quiere y me olvidaría.

—¿Necesita algo, señora? —pregunté, haciendo caso omiso de sus exageraciones.

—¿Qué hace mi flemático marido? —respondió ella, apartándose del rostro, que se le había demacrado mucho en aquellos días, sus enmarañados cabellos—. ¿Se ha muerto o está aletargado?

—Ni una cosa ni otra, señora. Está bien, aunque según parece, algo ocupado, ya que se pasa el día entre sus libros desde que no tiene otra compañía.

Si yo hubiera sabido el estado en que Catalina se encontraba realmente, no le hubiese hablado en aquella forma, pero creí que ella fingía su estado anormal.

—¡De modo que entre sus libros —exclamó— mientras yo me hallo al borde del sepulcro! Pero ¡Dios mío!, ¿no sabe lo enferma que estoy? —Y, mirándose a un espejo, continuó—: ¿Es ésta Catalina Linton? Quizá él crea que se trata de algún contratiempo sin importancia. Debes decirle que es algo muy grave. Mira, Elena: si no es tarde para todo, una vez que yo conozca cuáles son sus sentimientos hacia mí, he de adoptar una de estas dos soluciones: o dejarme morir, o procurar restablecerme y marcharme. ¿No has mentido? ¿Es cierto que se preocupa tan poco de mí?

—El señor no se figura que esté usted tan loca que vaya a dejarse morir de inanición.

—¿Crees que no? ¡Persuádele, convéncele, de que estoy decidida a hacerlo!

—No recuerda usted, señora, que hoy mismo ha tomado ya algún alimento...

—¡Me mataría ahora mismo —respondió— si estuviese segura de que con ello conseguiría matarlo a él también! Llevo tres noches sin poder cerrar los párpados. ¡Cuánto he padecido! Empiezo a imaginarme que tú tampoco me quieres. ¡Y yo que me imaginaba que, aunque todos se odiasen unos a otros, no podían dejar de quererme a mí! Ahora, en poco tiempo, todos se han convertido en enemigos míos. ¡Es terrible morir rodeada de esos rostros impasibles! Isabel no se atreve a entrar en mi habitación por miedo a contemplar el espectáculo de Catalina muerta. ¡Ya me parece oír a Eduardo, de pie a su lado, dando gracias a Dios porque la paz se ha restablecido en su casa, y volviendo a sus librotes! ¡Parece mentira que se ocupe de sus libros mientras yo estoy aquí muriéndome!

La idea de que su marido permanecía filosóficamente resignado, como yo le había dicho, le resultaba inaguantable.

A fuerza de dar vueltas a esta idea en su cerebro, se puso frenética, y en su desvarío rasgó el almohadón con los dientes. Luego se irguió toda encendida y me mandó que abriese la ventana. Le opuse objeciones, porque estábamos en pleno invierno y el viento nordeste soplaba con fuerza. Pero la expresión de su cara y sus bruscos cambios de tono me alarmaron mucho. Recordé las indicaciones del doctor respecto a que no debíamos contrariarla. El minuto antes estaba furiosa, y, en cambio, ahora, sin darse cuenta de que no le había hecho caso, se había apoyado sobre mi brazo y se entretenía en sacar las plumas de la almohada por los desgarrones que había hecho con los dientes. Colocaba las plumas sobre la sábana y las reunía con arreglo a sus diferentes clases.

—Ésta es de pavo —murmuraba para sí— y ésta de pato silvestre y ésta de pichón. ¡Claro: cómo voy a morirme si me ponen plumas de pichón en las almohadas! Pero cuando me acueste, las tiraré. Ésta es de cerceta, y ésta de avefría. La reconocería entre mil: este pájaro solía revolotear sobre nuestras cabezas cuando íbamos por en medio de los pantanos. Buscaba su nido porque las nubes bajas le hacían presentir la lluvia. Esta pluma ha sido cogida en los matorrales. En invierno encontramos una vez su nido lleno de pequeños esqueletos. Heathcliff había puesto junto a él una trampa y los pájaros padres no se atrevieron a entrar. Desde entonces le hice prometer que no volvería a matar ninguna avefría, y me obedeció. ¡Hay más! ¿Habrá disparado sobre mis avefrías, Elena? ¿No están sucias de sangre algunas de estas plumas? Déjame que lo vea...

—Vamos, no se dedique a esa tarea pueril —le dije, mientras volvía el almohadón del otro lado, ya que por encima estaba lleno de agujeros—. Acuéstese y cierre los ojos. Está usted delirando. ¡Qué torbellino ha armado usted! Las plumas vuelan como copos de nieve.

Comencé a recogerlas.

—Me pareces una vieja, Elena —dijo ella, delirando—. Tienes el cabello gris y estás encorvada. Esta cama es la cueva encantada que hay al pie de la colina de Penninston y tú andas cogiendo guijarros para arrojárselos a los novillos. Me aseguras que son copos de nieve. Dentro de cincuenta años serás así, aunque ahora no lo seas. Te engañas, no estoy delirando. Si delirara, me hubiera figurado que eras en efecto una bruja y hubiera creído encontrarme realmente en la cueva de la colina de Penninston. Percibo muy bien que ahora es de noche y que en la mesa hay dos velas que hacen brillar ese armario tan negro como el ébano.

—¿Qué armario negro? —pregunté—. ¿Está usted soñando?

—El armario está apoyado en la pared, como siempre —replicó—. ¡Qué raro es! Distingo en él una cara.

—En este cuarto no ha habido un armario nunca —respondí.

Y levanté las cortinas del lecho para poder vigilarla mejor.

—¿Pero no ves aquella cara? —me dijo, señalando a la suya propia, que se reflejaba en el espejo.

En vista de que no me era posible hacerle comprender que el rostro que veía era el suyo, me levanté y tapé el espejo con un chal.

—La cara sigue estando detrás —dijo, anhelante— y se ha movido. ¿Quién será? Temo que aparezca cuando te vayas. ¡Elena: este cuarto está embrujado! Me asusta quedarme sola.

Le así las manos y traté de calmarla. Se estremecía convulsivamente y miraba hacia el espejo con fijeza.

—No hay nadie en el cuarto, señora —repetí—. Era su propio rostro, como sabe usted muy bien.

—¡Yo misma! —exclamó suspirando—. Y el reloj da las doce... ¡Es horrible!

Y se cubrió los ojos con las sábanas. Pretendí dirigirme a la puerta para avisar a su marido, pero me detuvo un penetrante grito de Catalina. El chal acababa de caer al suelo.

—¡Vamos! —exclamé—. ¿Qué sucede? ¿Quién es el cobarde ahora? ¿No ve usted, señora, que es su cara la que se refleja en el espejo?

Se asió a mí, y unos momentos después su semblante se había tranquilizado y a su lividez sucedía el rubor.

—¡Oh, querida! —dijo—. Pensaba estar en mi casa, en mi cuarto de «Cumbres Borrascosas». Como estoy tan floja, se me turbó el cerebro y he gritado sin darme cuenta. No lo digas a nadie y siéntate a mi lado. Tengo miedo de volver a sufrir estas horribles pesadillas.

—Le convendría dormir, señora —le aconsejé—. Estos padecimientos le enseñarán a no probar otra vez a morirse de hambre.

—¡Quién estuviera en mi lecho, en mi vieja casa! —lamentó amargamente, retorciéndose las manos—. ¡Oh, aquel viento que sopla entre los abetos, bajo las ventanas! Abre para que pueda aspirarlo: viene de los pantanos directamente.

Para tranquilizarla, abrí la ventana por unos minutos y una helada ráfaga de aire penetró en la habitación. Cerré la ventana y me volví a mi lugar. La joven permanecía inmóvil, con el rostro cubierto de lágrimas, con el espíritu abatido por la debilidad que se apoderaba de su cuerpo. Nuestra orgullosa Catalina estaba a la altura de un niño miedoso.

—¿Cuánto tiempo hace que me encerré aquí? —me preguntó, de pronto.

—Se encerró el lunes por la tarde —respondí— y ahora estamos en la noche del jueves, o más exactamente, en la madrugada del viernes.

—¿De la misma semana? —comentó con extrañeza—. ¿Es posible que sólo haya pasado tan poco tiempo?

—Demasiado, sin embargo, para alimentarse durante él sólo de agua y de mal humor.

—Han sido horas interminables —dijo ella, dubitativa—. Debe de haber transcurrido más tiempo. Recuerdo que después de que ellos riñeron yo me fui al salón, que Eduardo estuvo muy cruel y muy provocativo y que vine a este cuarto desesperada. En cuanto eché el cerrojo se me oscureció la cabeza y caí al suelo. No pude advertir a Eduardo que estaba segura de sufrir un arrebato de locura si seguía desesperándome, porque perdí el uso de la lengua y del pensamiento. No sentía más impulso que el de huir de él. Antes de que pudiese recobrarme, empezó a oscurecer, y te diré lo que pensé y lo que he seguido imaginándome, hasta el punto de hacerme temer perder el sentido. Mientras estaba tendida al pie de la mesa, distinguiendo confusamente el marco gris de la ventana, me figuraba estar en mi lecho de tablas de «Cumbres Borrascosas» y mi corazón sentía un dolor agudo. Traté de comprender lo que me sucedía, pensé y me pareció como si los siete últimos años de mi vida no hubieran existido. Yo era todavía una niña, papá acababa de morir y el disgusto que sentía era por la orden de Hindley de que me separase de Heathcliff. Me encontraba sola por primera vez, y al despertar tras una noche de llanto, alcé la mano para separar las tablas del lecho. Tropecé con la mesa, pasé la mano por la alfombra y entonces recuperé la memoria. Y aquella angustia se anuló ante un frenesí de mayor desesperación... No comprendo por qué me sentía tan desdichada... Pero imagínate que a los doce años de edad me hubieran sacado de «Cumbres Borrascosas» y me hubieras traído a la «Granja de los Tordos» para ser mujer de Eduardo Linton, y tendrás una idea del hondo abismo en que me sentí lanzada... Menea cuanto quieras la cabeza, que no por ello dejarás de tener parte de culpa. Si hubieras hablado a Eduardo como debías habrías conseguido que me dejara tranquila. ¡Me estoy abrasando! Quise estar al aire libre, ser una niña fuerte y salvaje, reírme de las injurias en lugar de enloquecer cuando se me dirigen. En cuanto digo unas cuantas palabras, me bulle tumultuosamente toda la sangre. ¡Y yo volvería a ser la de siempre si me hallase de nuevo entre los matorrales y los pantanos! Abre otra vez la ventana de par en par y déjala abierta. ¿Qué haces? ¿Por qué no me atiendes?

—Porque no quiero matarla de frío —contesté.

—Querrás decir que porque no quieres darme una probabilidad de revivir — respondió ella, con rencor—. Pero aún no estoy impedida, yo misma la abriré.

Saltó del lecho y, antes de que yo pudiera oponerme, cruzó la habitación y abrió la ventana, sin cuidarse del aire glacial que soplaba alrededor de sus hombros y que cortaba como un cuchillo. Le pedí que se retirara, se negó y quise obligarla a la fuerza. Pero el delirio le daba más fuerza que la que yo pudiera desarrollar. No había luna y una oscura bruma lo invadía todo. No brillaba una sola luz. En «Cumbres Borrascosas» no se veía resplandor alguno, mas ella aseguraba que distinguía las luces del edificio.

—¡Mira! —gritó—. Aquella luz es la de mi cuarto, y aquella otra la del desván donde duerme José. Sin duda está esperando que yo vuelva a casa para cerrar la verja. Aún tendrá que esperar un buen rato. Es un mal camino, muy desagradable de recorrer. Hay que pasar por la iglesia de Gimmerton. Con frecuencia nos hemos desafiado a permanecer entre las tumbas llamando a los muertos. Heathcliff: si te desafío ahora, ¿te atreverás? Podrán sepultarme, si quieren, a doce pies de profundidad y hasta ponerme la iglesia encima, pero yo no me quedaré allí hasta que tú no estés conmigo.

Hizo una pausa, y dijo luego, con una singular sonrisa:

—Estás pensando en que sería mejor que fuese yo a buscarte... Bueno, pues encuéntrame un camino que no pase por el cementerio. ¡Qué despacio vas! Cálmate: me seguirás siempre.

Pensando que era inútil razonar con ella, ya que evidentemente tenía la razón alterada, me ocupaba en buscar algo con que cubrirla, cuando sentí rechinar el picaporte, y entró el señor Linton, con gran consternación por mi parte. Pasaba por el corredor, y al oírnos hablar, la curiosidad o el temor de que sucediera algo le impulsaron a penetrar en la alcoba.

—¡Oh, señor! —exclamé, ahogando así la exclamación que le asomaba a los labios ante el espectáculo que distinguía en la habitación—. La señora está enferma y no puedo con ella. Haga el favor de venir y convénzala de que se acueste. Olvide su enfado: ya sabe que no se puede hacer con ella más que lo que ella quiere.

—¿Está enferma Catalina? —dijo él, corriendo hacia nosotras—. Cierra la ventana, Elena. ¿Qué te sucede, Catalina?

Se detuvo. El aspecto de la señora le dejó horrorosamente sorprendido, y volvió hacia mí sus ojos asombrados.

—Lleva consumiéndose aquí varios días —dije—, negándose a tomar alimentos y sin quejarse de nada. Hasta hoy no ha permitido pasar a nadie, y no hemos hablado a usted del estado en que se encuentra, porque nosotros mismos lo ignorábamos. No creo que sea nada de gravedad...

Yo misma comprendí que mi explicación era pobre. Mi amo frunció las cejas.

—¿Qué no es nada de gravedad, Elena Dean? Ya me explicarás mejor tu silencio sobre esto —dijo con severidad.

Tomó en brazos a su mujer y la miró angustiado. Al principio ella no daba señales de reconocerle. Pero el delirio que la embargaba no era permanente todavía. Sus ojos, un momento velados por la contemplación de la oscuridad del exterior, acabaron reparando en el hombre que la tenía entre sus brazos.

—¿A qué vienes, Eduardo Linton? —dijo con colérica vivacidad—. Eres de esos que siempre llegan cuando no hacen falta, y nunca cuando interesa que lleguen. Ya veo que vas a empezar ahora con lamentaciones, pero no por ello conseguirás que deje de irme a mi morada definitiva antes de que concluya la primavera. Y no reposaré en el panteón de los Linton, sino en una fosa al aire libre, con una simple losa encima. Tú, por tu parte, haz lo que quieras: vete con los Linton o ven conmigo.

—¿Qué estás diciendo, Catalina? —comenzó el amo—. ¿Es que ya no soy nada para ti? ¿Acaso estás enamorada de ese miserable Heath...?

—¡Silencio! —gritó la señora—. ¡Cállate, o me arrojo ahora mismo por la ventana! Y tú podrás entonces tener mi cuerpo, pero mi alma estará allí, en las «Cumbres», antes de que puedas volver a tocarme. No te necesito, Eduardo. Vuelve a ocuparte de tus libros. Te vendría bien para consolarte, porque yo no he de volver a servirte de consuelo.

—Señor —interrumpí—: la señora está delirando. Ha estado desvariando toda la tarde. Cuidémosla bien, procuremos que esté tranquila, y pronto se restablecerá. En lo sucesivo debemos tener cuidado de no disgustarla.

—No sigas dándome consejos —interrumpió el señor—. Conocías el modo de ser de la señora, y sin embargo me has incitado a contrariarla. ¡Parece mentira que no me hayas dicho nada de su estado durante estos tres días! ¡Qué crueldad! ¡Oh, Catalina está desfigurada como si hubiese padecido una enfermedad de muchos meses!

Me defendí de aquellas acusaciones. ¿Qué culpa tenía yo de la aviesa inclinación de Catalina?

—Sabía —dije— que la señora era terca y dominante, pero ignoraba que usted desease fomentar su mal carácter. No sabía que debiese tolerar los abusos del señor Heathcliff por no contrariar a la señora. ¡Así me paga usted el haber cumplido mis deberes de sirvienta leal! Aprenderé mejor para otra vez. En lo sucesivo, se informará de las cosas por sus propios ojos.

—Si vuelves a venirme con chismes, prescindiré de tus servicios —repuso él.

—Ya entiendo —repuse—. Por lo visto el señor Heathcliff está autorizado para hacer el amor a la señorita y para predisponer a la señora contra el señor cuando usted está ausente.

Catalina, no por tener la mente algo perturbada, dejaba de prestar oído atento a nuestra conversación.

—¡Oh, traidora Elena! —exclamó—. Ella es mi solapada enemiga. ¡Bruja! ¡Déjame, Eduardo, y verás como la hago arrepentirse!

Bajo sus párpados fulguró un relámpago de demencia y trató de soltarse de los brazos de Linton. Yo resolví ir a buscar al médico por propia iniciativa, y salí de la estancia. Al atravesar por el jardín, distinguí, colgado de un garfio de la pared, un objeto blanco que se movía extrañamente. No quise que me quedase en la mente la duda de que pudiese ser un alma del otro mundo, y, a pesar de mi prisa, me paré a averiguar de qué se trataba. Quedé estupefacta al reconocer al galguito de la señorita Isabel, colgado con un pañuelo al cuello y medio ahogado. Solté al animal y lo liberté. Cuando Isabel se había ido a acostar, yo vi subir al galgo detrás de ella, y no me podía explicar quién fuera el malvado que le había hecho objeto de tal barbarie. Mientras lo desataba, creí sentir el lejano galope de un caballo, ruido asaz inusitado para ser oído a las dos de la madrugada, pero yo tenía tanta prisa que casi no lo advertí.

Encontré al señor Kenneth saliendo de su casa para visitar a un enfermo, y lo que relaté de la dolencia de Catalina le indujo a acompañarme inmediatamente. Como Kenneth es un hombre sencillo y franco, me confesó que dudaba mucho de que Catalina sobreviviera a aquel segundo ataque.

—Esto debe tener alguna causa especial, Elena —me dijo—. ¿Qué ha pasado? Una mujer tan fuerte como Catalina no enferma por pequeñeces. Personas como ella enferman rara vez, pero cuando ello sucede es ardua empresa librarles de sus males. ¿Cómo comenzó esto?

—El amo le informará —contesté—. Usted conoce el violento carácter de los Earnshaw, y no ignora que la señorita Catalina les deja a todos en mantillas. Lo único que puedo decirle es que todo comenzó por una disputa, y que, después de una explosión de furor, sufrió un ataque. Ella lo ha explicado así; nosotros no lo vimos, porque se encerró en su alcoba. Luego se negó a tomar alimento y ahora delira unas veces y otras se entrega a sueños fantásticos. Aún nos reconoce, pero su cabeza está llena de ideas muy raras.

—¿El señor Linton estará muy, disgustado?

—¡Tanto, que se rompería la cabeza si pasase algo! Procure no alarmarle en exceso.

—Ya advertí que se anduviera con cuidado, y ahora hay que atenerse a las consecuencias de no haberme atendido —repuso el médico—. ¿Ha intimado el señor Linton con Heathcliff últimamente?

—Heathcliff iba a la «Granja» —reconocí—, pero no porque ello le agradara al amo, sino aprovechando su amistad de la infancia con la señora. Ahora se le ha invitado a no molestar con visitas, como consecuencia de ciertas intolerables aspiraciones que manifestó respecto a la señorita Isabel. No creo que vuelva otra vez por casa.

—¿Le ha rechazado la señorita Linton? —preguntó el médico.

—Ella no me hace confidencias —respondí.

—Sí, Isabel hace lo que se le antoja —dijo él—, pero obra como una locuela. Me consta que anoche —¡qué hermosa noche hacía, por cierto!— estuvo paseando con Heathcliff por el jardín, y que él la quiso convencer de que huyeran juntos. Ella se negó, pero accedió a hacerlo el próximo día que se vieran. Lo sé de buena tinta. Lo que no sé es a qué día se referían.

Asaltada por nuevos temores al saber aquella noticia, me adelanté a Kenneth y eché a correr. En el jardín encontré al perrito ladrando. Cuando abrí la verja, empezó a correr de un lado a otro, olfateando la hierba, y hasta se hubiera marchado al camino de no impedírselo yo. Subí al cuarto de Isabel: estaba vacío. Acaso de haber sabido a tiempo la enfermedad de la señora, ello hubiera evitado que realizara su loca determinación. Pero ya no había nada que hacer. No era posible alcanzar a los fugitivos. Yo no proponía perseguirles, ni era cosa de aumentar con una angustia más la zozobra que ya padecía mi amo. No me quedaba más remedio que callar y dejar correr las cosas. Me apresuré a anunciar al señor la llegada del médico. Catalina se había dormido con un sueño agitado. Su marido había logrado tranquilizarla un poco y permanecía inclinado sobre ella examinando las más leves contracciones de su rostro.

El médico, después de reconocer a la enferma, nos dio esperanzas sobre su estado, siempre que le procuráramos una tranquilidad absoluta. Yo creí entender que, más que un peligro mortal, temía la locura incurable.

Ni el señor Linton ni yo pudimos dormir en toda la noche. No nos acostamos. Los criados se levantaron más pronto que de costumbre y se les veía entregados a comentarios en voz baja. Al notar que la señorita Isabel no estaba levantada aún, comentaron también el caso. Su hermano, a su vez, pareció ofenderse del poco interés que Isabel demostraba a su cuñada. Yo quería no ser la primera en avisar la fuga. Ello corrió a cargo de una doncella que había ido a Gimmerton a hacer un recado, y que al regresar se precipitó hacia nosotros llena de excitación y diciendo a gritos:

—¡Ay, señor! ¡Amo, la señorita...!

—¡No alborotes tanto! —exclamé.

—Habla bajo, María —dijo el señor—. ¿Qué pasa?

—¡La señorita ha huido con Heathcliff! —exclamó la muchacha.

—No es verdad —profirió Linton, agitadísimo—. ¡No puede ser verdad! ¿Cómo se te ha ocurrido tal cosa? ¡Vete a buscarla, Elena! ¡Es increíble!

Mientras hablaba, se llevó a la criada hasta la puerta y allí le preguntó que qué motivos tenía para hacer aquella afirmación.

—Vi en el camino a un mozo que trae leche a la granja, y me preguntó si estábamos disgustados. Creyendo que se refería a la enfermedad de la señora, le dije que sí. Entonces me contestó: «¿Habrán enviado a alguien en su persecución?». Me quedé asombrada. Él, notando que yo no sabía nada, me dijo que una señora y un caballero se habían detenido a la puerta de un herrero para clavar la herradura de un caballo, cerca de Gimmerton. La hija del herrero se asomó a la puerta y vio que el hombre era Heathcliff. Éste entregó una moneda de oro para pagar. La señora tenía el rostro cubierto con un manto, pero, al ir a beber un vaso de agua que había pedido, se descubrió, y entonces pudieron verla. Luego Heathcliff y la señorita huyeron. La moza lo había contado ya a todo el pueblo.

Yo, por cubrir el expediente, me asomé al cuarto de Isabel, y al volver confirmé el relato de la sirvienta. El señor se hallaba otra vez a la cabecera de la cama, y cuando me vio entrar comprendió por mi aspecto lo sucedido.

—¿Qué hacemos? —pregunté.

—Isabel se ha ido voluntariamente —me respondió el señor—. Era libre de hacerlo. No me menciones más su nombre. Ha renegado de mí.

No habló más sobre el asunto. No realizó busca alguna, limitándose a ordenarme que, cuando se supiese su nueva morada, mandase a Isabel cuanto le pertenecía.

Capítulo trece

Dos meses estuvieron fuera los fugitivos. Durante aquel intervalo la señora sufrió y dominó lo más agudo de una fiebre cerebral, que fue cómo diagnosticaron su dolencia. Ninguna madre hubiera cuidado a su hijo con más devoción que Eduardo cuidó a su esposa. Día y noche estuvo a su lado, soportando cuantas molestias le producía. Kenneth no ignoraba que aquello que él salvaba de la tumba sólo serviría para aumentar los desvelos de Linton con un nuevo manantial de preocupaciones. Eduardo sacrificaba su salud y sus energías para conservar la vida de una piltrafa humana. No obstante, su gratitud y su alegría fueron inmensas cuando Catalina estuvo fuera de peligro. Horas enteras permanecía sentado a su lado, vigilando los progresos de su salud, y esperando en el fondo que su esposa recobrase también el equilibrio mental y tornase a ser lo que había sido.

La primera vez que ella salió de su habitación fue a principios de marzo. El señor, por la mañana, había puesto en su almohada un ramillete de flores de azafrán. Los ojos de Catalina las contemplaron con fijeza.

—Son las primeras flores que brotan en las «Cumbres» —exclamó—. Me recuerdan los vientos templados que funden los hielos, el cálido sol y las últimas nieves. Eduardo, ¿sopla el viento del sur? ¿Se ha fundido la nieve?

—Aquí ya no hay nieve, querida —contestó su marido—. Sólo se divisan dos manchas blancas en toda la extensión de los pantanos. El cielo está azul, las alondras cantan y los arroyos llevan mucha corriente. La primavera del año pasado, Catalina, yo temblaba de impaciencia de tenerte conmigo bajo este techo. Ahora, en cambio, quisiera verte en aquellas colinas. El aire es allí tan puro, que sin duda te curaría.

—Sólo iré a aquel sitio una vez más —dijo ella—. Me dejarás allí, y allí me quedaré para siempre. Así, dentro de un año volverás a suspirar por tenerme aquí contigo, recordarás este día y pensarás que ahora eres feliz.

Linton la acarició y le prodigó las más dulces palabras; pero Catalina, al contemplar las flores, rompió a llorar involuntariamente. Como nos parecía que en realidad estaba mejor, llegamos a la conclusión de que, al ser su larga reclusión, en aquel cuarto la causa de su abatimiento, ése podía remediarse parcialmente cambiándola de lugar.

El señor me mandó que encendiera la chimenea del salón hacía tanto tiempo abandonado, y que colocara en él su sillón junto a la ventana. Catalina pasó un largo rato en esta habitación y se reanimó con el calor y con la vista de los objetos que le rodeaban, los cuales, aunque le eran familiares, diferían de los que veía a diario y que asociaba con sus delirios. No pudiendo al oscurecer convencerla de volver a su cuarto, al que se negó a ir de nuevo, le arreglé un lecho en el sofá, en tanto que disponíamos otro aposento. Este cuarto donde está ahora usted fue el que arreglamos. Poco después, Catalina ya estaba lo suficientemente aliviada para andar por la casa apoyándose en el brazo de Eduardo. Yo estaba persuadida de que se curaría. De ello dependería también que el señor encontrase un nuevo consuelo en sus tribulaciones, ya que todos esperábamos el próximo nacimiento de un hijo.

Isabel, seis semanas después de su fuga, envió a su hermano una nota participándole su matrimonio con Heathcliff. Era una carta muy seca, pero llevaba una posdata a lápiz que dejaba entrever el remoto deseo de una reconciliación agregando que no había estado en su voluntad evitar lo sucedido, y que ahora ya no tenía remedio. Linton no contestó, según se me figura, y quince días después yo recibí una larga carta, increíble en una recién casada que debía estar aún en plena luna de miel. Voy a leérsela porque la conservo. Todo recuerdo de un difunto es precioso, si se le sigue estimando como cuando vivía.

«Querida Elena:

»Al llegar anoche a "Cumbres Borrascosas", me informo por primera vez de que Catalina ha estado y está todavía muy enferma. No creo oportuno escribirle. Me parece que mi hermano está muy disgustado conmigo, puesto que no me escribe. Como, no obstante, siento la necesidad de dirigirme a alguien, te escribo a ti.

»Dile a Eduardo que desearía, con todo mi corazón volverle a ver, que mi alma volvió a la "Granja de los Tordos" a las veinticuatro horas de haber salido de ella, y que en ella está en este momento. Dile que experimento el mayor afecto hacia él y hacia Catalina y que yo no *puedo hacer lo que hace mi alma* (estas palabras están subrayadas en la carta), aunque creo que tampoco nadie en esa casa tiene por qué esperarme. Pero que Eduardo no piense que es por olvido o por falta de cariño. Que se figure lo que le parezca más justo.

»El resto de esta carta va dirigido a ti. Contéstame, ante todo, a dos preguntas.

»La primera es ésta: ¿Cómo te las arreglabas para llevarte bien con todos cuando vivías aquí? Porque yo no encuentro el modo de entenderme con los que me rodean.

»La segunda pregunta me interesa mucho: dime, Heathcliff, ¿es un ser humano? Y si lo es, ¿está loco? ¿O es un demonio? No hace falta que te explique los motivos de estas preguntas. Explícame tú, si puedes, cuando vengas a verme, qué clase de ser es éste con el que me he casado. No me escribas, pero cuando vengas procura que Eduardo te dé algún recado para mí.

»Te voy a relatar la acogida que me han hecho en la "Cumbres", mi nueva casa, al parecer. Te lo cuento por entretenerme, no para quejarme de tales o cuales faltas de comodidad. ¡Si yo fuera lo único que hubiera de malo y lo demás no existiera, creo que me pondría a bailar de jubilo!

»Al terminar de cruzar los pantanos, ya se ponía el sol debían ser sobre las seis. Heathcliff perdió media hora en inspeccionar el parque y los jardines, con lo cual era ya de noche cuando nos apeamos en el patio enlosado de la quinta. Vuestro antiguo criado, José, salió a recibirnos de un modo que habla muy alto de su cortesía. Lo primero que hizo fue levantar hasta la altura de mi rostro la bujía que llevaba en la mano, esbozar un guiño maligno, sacar hacia delante el labio inferior y volver la espalda. Después se hizo cargo de los caballos, los llevó a la cuadra, y reapareció al fin para cerrar la puerta exterior, como si viviéramos en un castillo antiguo.

»Heathcliff habló un rato con él, y yo entretanto entré en la cocina, que es una especie de sucia cueva que probablemente no conocerías si volvieras a verla, pues ha cambiado mucho. Cerca del fuego estaba un niño robusto, con aspecto de pilluelo, algo parecido a Catalina en los ojos y la boca.

»Debe ser el sobrino de Eduardo –pensé– y, por tanto, es pariente mío hasta cierto punto. Así que debo darle la mano y besarle. Procuremos establecer desde el principio relaciones amistosas en esta casa.

»Me acerqué a él, y tratando de cogerle la mano, le dije:

»–¿Cómo estás, queridito?

»Él me replicó con unas palabras ininteligibles.

»–¿Seremos amigos, Hareton? –agregué.

»Me respondió con un juramento y añadió la amenaza de lanzar a *Tragón* contra mí si no me marchaba.

»–¡Arriba, *Tragón*! –gritó el desventurado, azuzando a un perro que había en un rincón. Y añadió, mirándome–: ¿Qué? ¿Te marchas?

»El instinto de conservación me llevó a complacerle.

»Salí y esperé que llegaran los demás. Pero Heathcliff no aparecía por lado alguno, y José, a quien le pedí que me acompañase a mi cuarto, contestó:

»–¡Cha, cha, cha...! ¿Ha oído nunca un cristiano hablar de esta manera? ¡Qué chachareo! ¡Cualquiera la entiende!

»–¡Digo que me acompañe a la casa! –grité, creyendo que sería sordo, y bastante enojada de su grosería.

»–¡Quia! Tengo cosas más importantes que hacer.

»Y siguió ocupándose en sus menesteres, moviendo las mandíbulas y mirando despreciativamente mi vestido y mi rostro. Creo que tanto como el primero tenía de bonito debía tener el segundo de apenado.

»Di la vuelta al patio y llegué a otra puerta, a la que llamé, esperando que acudiese algún criado más servicial. Al poco rato, se abrió la puerta y apareció un hombre alto y delgado. No llevaba corbata y tenía un aspecto terrible de abandono. Una maraña de cabellos que caían hasta sus hombros desfiguraba su semblante. Sus ojos parecían una reproducción de los de Catalina.

»–¿Qué quiere? –me preguntó–. ¿Quién es usted?

»–Mi nombre de soltera era Isabel Linton –repuse–. Ya me conoce usted. Me he casado hace poco con el señor Heathcliff, que es quien me ha traído aquí, supongo que con el consentimiento de usted.

»–¿De manera que él ha vuelto? –preguntó el solitario, con un repentino fulgor en su mirada de lobo hambriento.

»–Sí –dije–, pero me dejó a la puerta de la cocina, y cuando quise entrar, su hijo me ahuyentó azuzando un perro contra mí.

»–¡Veo que el maldito miserable ha cumplido su palabra! –rezongó el hombre mirando tras de mí como si buscase a Heathcliff.

»Ya me arrepentía de haber llamado a aquella puerta y me disponía a marcharme, cuando él me mandó pasar y cerró la puerta con llave. En la habitación había un gran fuego, que constituía la única iluminación de la estancia. El suelo era de un tono gris y los platos que, siendo niña yo, me llamaban tanto la atención por su brillo, estaban cubiertos de polvo y de moho. Pregunté si podía llamar a la doncella para que me llevase a mi habitación. Earnshaw no se dignó contestarme. Se paseaba con las manos en los bolsillos, completamente ajeno a mi presencia al parecer, y tal era su profunda abstracción y tan misantrópico aspecto presentaba, que no me atreví a importunarle ya más.

»No te extrañarás, Elena, cuando te diga que me sentí muy triste en aquel hogar inhospitalario, mil veces peor que la sociedad, y, sin embargo, situado a sólo cuatro millas de mi antigua y agradable casa, donde habitan las únicas personas a quienes quiero en el mundo. Pero era lo mismo que si en lugar de cuatro millas nos separara el océano. Un abismo infranqueable, en todo caso...

»La pena que más me angustiaba era la de no tener a quien recurrir para hallar un amigo o un aliado contra Heathcliff. Por un lado, me alegraba de haber ido a vivir a "Cumbres Borrascosas" para no tener que estar sola con él, por él sabía ya cómo era la gente de esta casa, y no temía que interviniese en nuestros asuntos.

»Durante un prolongado y angustioso rato permanecí entregada a mis reflexiones. Sonaron las ocho, las nueve, y mi acompañante continuaba entregado a su paseo, inclinando la cabeza sobre el pecho y guardando absoluto silencio, excepto alguna amarga exclamación que se le escapaba de vez en cuando. Procuré escuchar con la esperanza de oír en la casa la voz de alguna mujer, y me sentí embargada de tan lúgubres angustias y tan dolorosos pensamientos, que al fin no pude contener una crisis de lágrimas. Ni yo misma me di cuenta de cuánta era mi aflicción hasta que Earnshaw, sorprendido, se detuvo ante mí. Aprovechando aquel instante, exclamé:

»–Estoy fatigada y quisiera descansar. ¿Quiere decirme, por favor, dónde está la doncella para ir a buscarla, ya que ella no viene a buscarme a mí?

»–No tenemos doncella –repuso–. Tendrá usted que cuidarse a sí misma.

»–¿Y dónde voy a dormir? –dije, sollozando.

»El cansancio y la pena me habían hecho perder ya hasta la dignidad.

»–José le enseñará el cuarto de Heathcliff –contestó–. Abra la puerta, y le hallará allí.

»Cuando iba a obedecerle, agregó, con singular acento:

»–Cierre la puerta con llave y cerrojo. No lo olvide.

»–¿Por qué, señor Earnshaw? –inquirí, ya que la idea de encerrarme con Heathcliff a solas no me seducía.

»–¡Mire esto! –contestó, sacando del bolsillo una pistola con una navaja de muelles de doble filo, que iba unida al arma–. ¿Verdad que constituye una tentación para un hombre desesperado? Pues no hay ni una sola noche que pueda dominar el deseo de ir a probarla a la puerta de Heathcliff. El día que la encuentre abierta, es hombre perdido. Todas las noches lo hago inevitablemente, aunque antes no dejo de pensar en múltiples razones que me aconsejan no efectuarlo. Hay sin duda algún demonio que quiere que le mate para desbaratar mis propios planes. Procure usted, si ama a Heathcliff, luchar contra este demonio, porque, cuando le llegue la hora, ni todos los ángeles del cielo reunidos podrían salvarle.

»Miré el arma con curiosidad, y un horrible pensamiento vino a mi mente: lo fuerte que yo me sentiría si tuviese semejante artefacto en mi poder. La expresión, no de asombro, sino de codicia que mi cara adoptó durante un segundo, asombró a aquel hombre. Me arrebató de las manos la pistola, que yo había cogido para examinarla, cerró la navaja y escondió el arma.

»–No me importa que le hable de esto –dijo–. Puede ponerle en guardia y velar por él. Ya veo que sabe usted las relaciones que nos unen, puesto que no se espanta del peligro que él corre.

»–¿Qué le ha hecho Heathcliff para justificar ese odio terrible? –pregunté–. ¿No valdría más decirle que se fuera?

»–¡No! –clamó Earnshaw–. Si trata de abandonarme, le mato. Intente usted persuadirle de hacerlo y será usted responsable de su asesinato. ¿Cree usted que voy a perder todo lo mío sin esperanza de recuperarlo? ¿Cree que voy a consentir que Hareton sea un mendigo? ¡Maldición! Haré que Heathcliff me lo devuelva todo, y luego le arrancaré también su sangre, y después el diablo se apoderará de su alma. ¡Cuándo vaya al infierno, éste se volverá mil veces más horrible con su presencia!

»Yo sabía por ti, Elena, que tu amo está al borde de la locura. Lo estaba, por lo menos, la noche pasada. Tal miedo me producía su proximidad, que hasta la aspereza de José me parecía agradable en comparación.

»Él volvió a sus silenciosos paseos, y yo entonces empuñé el picaporte y corrí a la cocina. José atendía la lumbre, sobre la que había colgada una olla, y tenía a su lado un cuenco de madera con sopa de avena. El contenido de la olla principiaba a hervir, y él dio media vuelta con el fin de hundir las manos en el cazo. Suponiendo que todo aquello estaría destinado a la cena, resolví cocinar algo que resultara comestible, ya que me sentía con apetito, y exclamé:

»–Voy a preparar la sopa.

»Le quité la vasija y comencé a despojarme de la ropa de montar.

»—El señor Earnshaw agregué— me ha dicho que debo cuidarme yo misma. No voy a andar aquí con remilgos, porque temo que me moriría de hambre.

»—¡Dios mío! —profirió—. ¡Si ahora que he conseguido acostumbrarme a los dos amos, voy a tener que empezar a soportar otras órdenes y a tener que obedecer a una señora, será cosa de marcharse! Creía que no tendría que marcharme nunca de esta casa, pero no habrá más remedio que hacerlo.

»Me apliqué a la tarea prescindiendo de sus lamentaciones, y no pude por menos que suspirar al recordar las épocas en que tal trabajo hubiera sido un entretenimiento para mí. El recuerdo de las aventuras perdidas me angustiaba, y a más angustia, más vivamente agitaba el batidor, y más deprisa caían en el agua los puñados de harina. José contemplaba furioso cómo cocinaba yo.

»—¡Qué barbaridad! —comentaba—. Te quedas sin sopa esta noche. Hareton. ¡Otra vez! En su lugar, yo echaría cazo y todo. Vamos, eche usted de una vez toda esa porquería, y así concluirá antes. ¡Sí, hombre, sí! ¡Plaf! Me asombra que no se haya torcido el fondo del cacharro.

»El preparado que vertí en los tazones era, lo confieso, mucho menos que mediano. Había en la mesa cuatro tazones y un jarro de leche. Hareton lo cogió, se lo aplicó a los labios y comenzó a beber dejando caer parte por las comisuras de la boca. Yo le reprendí y le dije que la leche se bebía en vasos, y que yo no la tomaría después de llevarse él el jarro a la boca. El viejo rufián se mostró muy enojado por mis escrúpulos, y me aseguró con insistencia que el chico valía tanto como yo y que estaba sano. El chiquillo continuaba sorbiendo y babeando y me miraba con acritud.

»—Me voy a cenar a otro sitio —dije—. ¿No hay aquí algo parecido a un salón?

»—¡Salón! —se mofó José—. No, no hay salón. Si nuestra compañía no le conviene, tiene la de los amos, y si no le gusta la de los amos, la nuestra.

»—Me voy arriba —repuse—. Enséñeme una habitación.

»Coloqué mi tazón en una bandeja y me fui a buscar más leche yo misma. El hombre se levanto a regañadientes y me acompañó al piso superior. Llegamos al desván y me fue mostrando sus distintas divisiones.

»—Aquí hay un cuarto que no está mal para comer en él una sopa —dijo—. En ese rincón hay un montón de trigo limpio. De todos modos, ponga encima el pañuelo si quiere preservar su elegante vestido.

»Aquel cuarto era una buhardilla oliente a cebada y a trigo, y contra las paredes se apilaban sacos de cereal.

»—¡Vaya! —dije molesta—. No voy a dormir aquí. Muéstreme una alcoba.

»—¡Una alcoba! Ahora le enseñaré todas las que hay. Aquélla es la mía.

»Y me mostró otro camaranchón sólo distinto del primero porque había en él una cama baja y grande, sin cortinas y con una colcha de color.

»—Su alcoba no me interesa —dije—. Enséñeme la alcoba del señor Heathcliff.

»—Haberlo dicho antes —replicó, como si le hubiese hablado de algo extraordinario—. Ya le hubiera contestado que no perdiera el tiempo, puesto que es seguro que allí no le dejará entrar. Este hombre no permite el paso a nadie.

»—¡Bonita casa y magníficos habitantes! —repuse—. Ya veo que la quinta esencia de la locura humana invadió mi alma el día que me casé con ese hombre. En fin, ¡no importa!, otras habitaciones habrá. ¡Dese prisa y muéstreme algún sitio donde poder instalarme!

»Bajó sin contestar y me llevó a una habitación que, por las trazas, debía ser la mejor. Había una buena alfombra, aunque cubierta de polvo, una chimenea con una orla de papel pintado que se caía a pedazos, una excelente cama de encina con cortinas carmesí modernas y costosas... Pero todo tenía el aspecto de haber sido maltratadísimo. Las cortinas colgaban de cualquier manera, medio arrancadas de sus anillas, y la varilla metálica que las sustentaba estaba torcida, de modo que los cortinajes arrastraban por el suelo. Las sillas estaban estropeadas y grandes desperfectos afeaban los papeles de los muros.

»Me disponía a posesionarme de la alcoba, cuando oí decir a mi torpe guía:

»—Ésta es la habitación del amo.

»Mientras, la cena se me había enfriado, el apetito se me había disipado, y se me había agotado la paciencia. Insistí violentamente en que se me diese un sitio donde descansar.

»—¿Dónde demonios...? —comenzó el bendito viejo—. ¡Dios me perdone! ¿Dónde demonios quiere instalarse usted? ¡Vaya una lata! Ya le he enseñado todo, menos el tabuco de Hareton. No hay en toda la casa otro sitio donde dormir.

»Furiosa ya, tiré al suelo la bandeja y cuanto contenía. Después me senté en el descansillo de la escalera y rompí a llorar.

»—¡Muy bien, señorita, muy bien! —dijo José—. Ahora, cuando el amo encuentre los restos de los cacharros, verá la que se arma. ¡Qué mujer tan necia! Merece usted no comer hasta Navidad, ya que ha arrojado al suelo el pan nuestro de cada día. Pero me parece que no le durarán mucho esos arranques. ¿Se figura que Heathcliff le va a aguantar semejantes modales? No quisiera otra cosa sino que la hubiera visto en este momento. Era bastante.

»Mientras me reprendía, cogió la vela, se dirigió a su cuchitril y me dejó sumida en tinieblas.

»Después de mi arrebato de cólera, medité y comprendí que era preciso dominar mi orgullo y procurar no excitarme. Encontré un auxilio imprevisto en *Tragón*, al que no tardé en reconocer como hijo de nuestro viejo *Espía*. De cachorrillo había estado en la granja y mi padre se lo había regalado al señor Hindley. Debió conocerme, porque me frotó la nariz con su hocico como saludo, y luego empezó a comerse la sopa derramada, mientras yo andaba por los peldaños cogiendo los cacharros que tirara y limpiando con el pañuelo las manchas de leche de la baranda.

»Estábamos terminando la faena cuando sentíamos los pasos de Earnshaw en el pasillo. El perro encogió la cola y se acurrucó contra la pared. Yo me deslicé por la puerta más cercana. El ruido de una caída escaleras abajo y varios lastimeros aullidos me hicieron comprender que el perro no había podido esquivar el encuentro. Earnshaw no me vio a mí; fui más afortunada. Pero un momento después llegó José con Hareton, en cuyo cuarto yo me había refugiado, y me dijo:

»—Me parece que ya está la casa vacía. Queda sitio para las dos: usted y su soberbia. Ocúpelo y permanezca con el que todo lo ve y todo lo sabe y no desprecia ni aun las malas compañías.

»Me instalé en una silla al lado del fuego, y a poco me dormí profundamente. Pero mi sueño, aunque agradable, duró muy poco. Heathcliff al llegar me despertó y me preguntó amablemente qué hacía allí. Le dije que no me había acostado todavía porque él tenía en el bolsillo la llave de nuestro cuarto. La expresión *nuestro* le ofendió inmensamente. Juró que no era ni sería jamás mío, y dijo... Pero te hago gracia de su lenguaje y de su comportamiento habitual. El procura excitar mi odio por todos los medios. Su modo de obrar me produce a veces una estupefacción que me hace olvidar el terror que siento. Y eso que un tigre o una serpiente no me atemorizarían más que él. Me habló de la enfermedad de Catalina y culpó a mi hermano de ser el causante de ella, agregándome que me considerase como si yo fuese el propio Eduardo a efectos de vengarse...

»¡Le aborrezco! ¡Qué desgraciada soy y qué necia he sido! Pero no hables en casa de todo esto. Te espero con ansia. No faltes.

Isabel».

Capítulo catorce

Tan pronto como leí la carta me fui a ver al amo y le dije que su hermana estaba en «Cumbres Borrascosas» y que me había escrito interesándose por Catalina, manifestándome que tenía interés en verle a él y que deseaba recibir alguna indicación de haber sido perdonada.

—Nada tengo que perdonarle —contestó Linton—. Vete a verla si quieres, y dile que no estoy enfadado sino entristecido, porque pienso, además, que es imposible que sea feliz. Pero que no piense que voy a ir a verla Nos hemos separado para siempre. Sólo me haría rectificar si el puerco con quien se ha casado se marchara de aquí.

—¿Por qué no le escribe unas líneas? —insinué suplicante.

—Porque no quiero tener nada en común con la familia Heathcliff —respondió.

Tal frialdad me deprimió infinitamente. En todo el tiempo que duró mi camino hacia las «Cumbres» no hice más que pensar en la manera de repetir, suavizadas, a Isabel las palabras de su hermano. Dijérase que ella había estado esperando mi visita desde primera hora. Al subir por la senda del jardín la distinguí detrás de una persiana y le hice un signo con la cabeza, pero ella desapareció, como si desease que no se la viera.

Entré sin llamar, sin más dilación. Aquella casa, antes tan alegre, ofrecía un lúgubre aspecto de desolación.

Creo que yo en el caso de mi señora hubiera procurado limpiar algo la cocina y quitar el polvo de los muebles, pero el ambiente se había apoderado de ella. Su hermoso rostro estaba descuidado y pálido y tenía desgarrados los cabellos. Al parecer, no se había arreglado la ropa desde el día antes.

Hindley no estaba. Heathcliff se hallaba sentado ante una mesa revolviendo unos papeles de su cartera. Al verme me saludó con amabilidad y me ofreció una silla. Era el único que tenía buen aspecto en aquella casa; creo que mejor aspecto que nunca. Tanto había cambiado la decoración, que cualquier forastero le habría tomado a él por un caballero y a su esposa por una mendiga.

Isabel se adelantó impacientemente hacia mí, alargando la mano como si esperase recibir la carta que aguardaba que le escribiese su hermano. Volví la cabeza negativamente. A pesar de todo, me siguió hasta el mueble donde fui a poner mi sombrero, y me preguntó en voz baja si no traía algo para ella.

Heathcliff comprendió el objeto de sus evoluciones, y dijo:

—Si tienes algo que dar a Isabel, dáselo Elena. Entre nosotros no hay secretos.

—No traigo nada —repuse, suponiendo que lo mejor era decir la verdad—. Mi amo me ha encargado que diga a su hermana que por el momento no debe contar con visitas ni cartas suyas. Le envía la expresión de su afecto, le desea que sea muy feliz y le perdona el dolor que le causó. Pero entiende que debe evitarse toda relación que, según dice, no valdría para nada.

La mujer de Heathcliff volvió a sentarse junto a la ventana. Sus labios temblaban ligeramente. Su esposo se sentó a mi lado y comenzó a hacerme preguntas relativas a Catalina. Traté de contarle sólo lo que me pareciera oportuno, pero él logró averiguar casi todo lo relativo al origen de la enfermedad. Censuré a Catalina como culpable de su propio mal, y acabé manifestando mi opinión de que el propio Heathcliff seguiría el ejemplo de Linton y evitaría todo trato con la familia.

—La señora Linton ha empezado a convalecer —terminé—, pero aunque ha salvado la vida, no volverá nunca a ser la Catalina de antes. Si tiene usted afecto hacia ella, no debe interponerse más en su camino. Es más: creo que debería usted marcharse de la comarca. La Catalina Linton de ahora se parece a la Catalina Earnshaw de antes como yo. Tanto ha cambiado, que el hombre que vive con ella sólo podrá hacerlo recordando lo que fue anteriormente y en nombre del deber.

—Puede ser —respondió Heathcliff— que tu amo no sienta otros impulsos que los del deber hacia su mujer. Pero ¿crees que dejaré a Catalina entregada a esos sentimientos? ¿Crees que mi cariño a Catalina es comparable con el suyo? Antes de salir de esta casa has de prometerme que me proporcionarás una entrevista con ella. De todos modos, la veré, quieras o no.

—Ni usted debe hacerlo —contesté—, ni podrá nunca contar conmigo para ello. La señora no resistiría otro choque entre usted y el señor.

—Tú puedes evitarlo —dijo él— y, en último caso, si fuera así, me parece que habría motivos para apelar a un recurso extremo. ¿Crees que Catalina sufriría mucho si perdiese a su marido? Sólo me contiene el temor de la pena que ello pudiera causarle. Ya ves lo diferentes que son nuestros sentimientos. De haber estado él en mi lugar y yo en el suyo, jamás hubiera osado alzar mi mano contra él. Mírame con toda la incredulidad que quieras, pero es así. Jamás le hubiera arrojado de su compañía mientras ella le recibiera con satisfacción. Ahora que, apenas hubiera dejado de mostrarle afecto, ¡le habría arrancado el corazón y bebido su sangre! Pero hasta ese momento, me hubiera dejado descuartizar antes que tocar un pelo de su cabeza.

—Sí —le atajé—, pero le tiene sin cuidado a usted deshacer toda esperanza de curación volviendo a producirle nuevos disgustos con su presencia.

—Tú bien sabes, Elena —contestó—, que no me ha olvidado. Te consta que por cada pensamiento que dedica a Linton, me dedica mil a mí. Sólo dudé un momento: al volver, este verano. Pero sólo hubiera confirmado tal idea si Catalina me declarase que era verdad. Y en ese caso, no existirían ya, ni Linton, ni Hindley, ni nada... Mi existencia se resumiría en dos frases: condenación y muerte. La existencia sin ella sería un infierno. Pero fui un estúpido al suponer, aunque fuese por un solo momento, que ella preferiría el afecto de Eduardo Linton al mío. Si él la amase con toda la fuerza de su alma mezquina, no la amaría en ochenta años tanto como yo en un día. Y Catalina tiene un corazón como el mío. Antes se podría meter el mar en un cubo que el amor de ella pudiera reducirse a él. Le quiere poco más que a su perro o a su caballo. No le amará nunca como a mí. ¿Cómo va a amar en él lo que no existe?

—Catalina y Eduardo se aman tanto como cualquier otro matrimonio —exclamó bruscamente Isabel—. Nadie posee el derecho de hablar así, y no te consentiré que desprecies de esa forma a mi hermano en presencia mía.

—También a ti tu hermano te quiere mucho, ¿no? —contestó Heathcliff despreciativamente—. Mira cómo se apresura a dejarte abandonada a tu propia suerte.

—Porque ignora mi situación ya que no he querido decírselo... —repuso Isabel.

—Eso quiere decir que le has contado algo.

—Le escribí para anunciarle que me casaba. Tú mismo leíste la carta.

—¿No has vuelto a escribirle?

—No.

—Me duele ver lo desmejorada que está la señorita —intervine yo—. Se ve que le falta el amor de alguien, aunque no esté yo autorizada para decir de quién.

—Me parece —repuso Heathcliff— que el amor que le falta es el amor propio. ¡Está convertida en una verdadera fregona! Se ha cansado enseguida de complacerme. Aunque te parezca mentira, el mismo día de nuestra boda ya estaba llorando por volver a su casa. Pero precisamente por lo poco limpia que es, se sentirá a sus anchas en esta casa, y ya me preocuparé yo de que no me ridiculice escapándose de ella.

—Debía usted recordar —repliqué— que la señora Heathcliff está acostumbrada a que la atiendan y cuiden, ya que la educaron, como hija única que era, en medio de mimos y regalos. Usted debe proporcionarle una doncella y la debe tratar con benevolencia. Piense usted lo que piense sobre Eduardo, no tiene derecho a dudar del amor de la señorita, ya que, si no, no hubiese abandonado, para seguirle, las comodidades en las que vivía, ni hubiese dejado a los suyos para acompañarle en esta horrible soledad.

—Si abandonó su casa —argumentó él— fue porque creyó que yo era un héroe de novela y esperaba toda clase de cosas de mi hidalga pleitesía hacia sus encantos. De tal modo se comporta respecto a mi carácter y tales ideas se ha formado sobre mí, que dudo en suponerla un ser dotado de razón. Pero empieza a conocerme ya. Ha prescindido de las estúpidas sonrisas y de las muecas extravagantes con que quería fascinarme al principio y noto que disminuye la incapacidad que padecía de comprender que yo hablaba en serio cuando expresaba mis opiniones sobre su estupidez. Para averiguar que no la amaba tuvo que hacer un inmenso esfuerzo de imaginación. Hasta temí que no hubiera modo humano de hacérselo comprender. Pero, en fin, lo ha comprendido mal o bien, Puesto que esta mañana me dio la admirable prueba de talento de manifestarme que he logrado conseguir que ella me aborrezca. ¡Te garantizo que ha sido un trabajo de Hércules! Si cumple lo que me ha dicho, se lo agradeceré en el alma. Vaya, Isabel, ¿has dicho la verdad? ¿Estás segura de que me odias? Sospecho que ella hubiera preferido que yo me comportara ante ti con dulzura, porque la verdad desnuda ofende su soberbia. Me tiene sin cuidado. Ella sabe que el amor no era mutuo. Nunca la engañé a este respecto. No dirá que le haya dado ni una prueba de amor. Lo primero que hice cuando salimos de la granja juntos fue ahorcar a su perro, y cuando quiso defenderle, me oyó expresar claramente su deseo de ahorcar a todo cuanto se relacionara con los Linton, excepto un solo ser. Quizá creyera que la excepción se refería a ella misma, y le tuviera sin cuidado que se hiciera mal a todos los demás, con tal de que su valiosa persona quedase libre de mal. Y dime: ¿no constituye el colmo de la mentecatez de esta despreciable mujer el suponer que yo podría llegar a amarla? Puedes decir a tu amo, Elena, que jamás he tropezado con nadie más vil que su hermana. Deshonra hasta el propio nombre de los Linton. Alguna vez he probado a suavizar mis experimentos para probar hasta dónde llegaba su paciencia, y siempre he visto que se apresuraba a arrastrarse vergonzosamente ante mí. Agrega, para tranquilidad de su fraternal corazón, que me mantengo estrictamente dentro de los límites que me permite la ley. Hasta el presente he evitado todo pretexto que le valiera para pedir la separación, aunque, si quiere irse, no seré yo quien me oponga a ello. La satisfacción de poderla atormentar no equivale al disgusto de tener que soportar su presencia.

—Habla usted como hablaría un loco, señor Heathcliff —le dije—. Su mujer está, sin duda, convencida de ello y por esa causa le ha aguantado tanto. Pero ya que usted dice que se puede marchar, supongo que aprovechará la ocasión. Opino, señora, que no estará usted tan loca como para quedarse voluntariamente con él.

—Elena —replicó Isabel, con una expresión en sus ojos que patentizaba que, en efecto, el éxito de su marido en hacerse odiar había sido absoluto—: no creas ni una palabra de cuanto dice. Es un diablo, un monstruo, y no un ser humano. Ya he probado antes a irme y no me ha dejado deseos de repetir la experiencia. Te ruego, Elena, que no menciones esta vil conversación ni a mi hermano ni a Catalina. Que diga lo que quiera, lo que en realidad se propone es desesperar a Eduardo. Asegura que se ha casado conmigo para cobrar ascendiente sobre mi hermano, pero antes de darle el placer de conseguirlo preferiré que me mate. ¡Así lo haga! No aspiro a otra felicidad que a la de morir yo o verle muerto a él.

—Todo eso es magnífico —dijo Heathcliff—. Si alguna vez te citan como testigo, ya sabes lo que piensa Isabel, Elena. Anota lo que me dice: me conviene. No, Isabel, no... Siendo así que no estás en condiciones de cuidar de ti misma, yo, como protector tuyo según la ley, debo ser el encargado de tenerte bajo mi guardia. Y ahora, sube. Tengo que decir a Elena una cosa en secreto. Por allí no: te he dicho que arriba. ¿No ves que ése es el camino de la escalera?

La cogió de un brazo, la arrojó de la habitación, y al volver exclamó:

—No puedo ser compasivo, no puedo... Cuanto más veo retorcerse a los gusanos, más ansío aplastarlos, y cuanto más los pisoteo, más aumenta el dolor...

—Pero ¿sabe usted acaso lo que es ser compasivo? —respondí, mientras cogía precipitadamente el sombrero—. ¿Lo ha sido alguna vez en su existencia?

—No te vayas aún —dijo, al notar mis preparativos de marcha—. Escucha un momento. O te persuado a que me procures una entrevista con Catalina, o te obligo a ello. E inmediatamente. No me propongo causar daño alguno. Ni siquiera molestar a Linton. Sólo quiero que ella misma me diga cómo se encuentra y preguntarle si puedo hacer algo en su favor. Anoche pasé seis horas rondando el jardín de la «Granja» y hoy volveré, y siempre, hasta que logre entrar. Si me encuentro con Eduardo, no titubearé en golpearle hasta dejarle incapacitado de impedirme la entrada. Y si sus criados acuden, ya me desembarazaré de ellos con estas pistolas. ¿Verdad que valdrá más que no me sea necesario chocar con ellos o con tu señor? Y a ti te es tan fácil. Yo te diría cuándo me propongo ir, tú podrías facilitarme la entrada, vigilar y después verme marchar sin que tuvieses nada de que reprocharte.

Yo me negué a desempeñar tan bajo papel y le repetí su intención de volver a destruir la tranquilidad de la señora Linton.

—Cualquier cosa le causa un trastorno enorme —le aseguré—. Está hecha un verdadero manojo de nervios. No resistirá la sorpresa: estoy segura de que no... ¡Y no insista, señor, porque tendré que avisar de ello a mi amo y él tomará disposiciones para impedir lo que se propone usted!

—Y yo a mi vez tomaré disposiciones para asegurarme de ti —dijo Heathcliff—. No saldrás de «Cumbres Borrascosas» hasta mañana por la mañana. ¿Qué es eso de que Catalina no podrá resistir la sorpresa de volver a verme? Además, no me propongo sorprenderla. Tú la puedes preparar y preguntarle si me permite ir. Me has dicho que no le hablan de mí ni menciona nunca mi nombre... ¡Cómo lo va a hacer si está prohibido pronunciarlo en vuestra casa! Se imagina qué todos vosotros sois espías de su marido. Tengo la evidencia de que estáis haciéndole la vida imposible. Sólo en el hecho de que le calle, percibo una prueba de lo que siente. ¡Vaya una demostración de sosiego que es el que suele sentir angustias y preocupaciones! ¿Cómo diablos dejaría de sentirse trastornada viviendo en ese horrible aislamiento? Y, luego, ese despreciable ser que la cuida «porque es su deber...». «¡Su deber!». Antes germinaría en un tiesto una semilla de roble que él logre restablecer a su esposa con ese género de cuidados. Vaya: concluyamos. ¿Optas por quedarte aquí mientras yo me abro paso a la fuerza, entre Linton y sus criados, hasta Catalina? ¿O prefieres obrar amistosamente, como hasta ahora? Decídete pronto. Porque, si continúas encerrada en tu obstinación, no tengo un minuto que perder.

Por mucho que argumenté y me negué, acabé teniendo que ceder. Consentí en llevar a mi señora una carta de Heathcliff, y en avisarle si ella accedía a verle aprovechando la primera ocasión en que Linton estuviera fuera de casa. Yo me quedaría aparte y procuraría que la servidumbre no se diese cuenta de la visita.

Ignoro si obré bien o mal. Tal vez mal. Pero yo me proponía con ello evitar otras violencias y hasta pensé que acaso el encuentro produjese una reacción favorable en la dolencia de Catalina. Después, al recordar los reproches que el señor Linton me hiciera por contarle historias, como él decía, me tranquilicé algo más, y me prometí finalmente que aquella traición, si así podía llamarse, sería la última. Pero, con todo, volví a casa más triste de lo que había salido de ella y no muy resuelta a entregar la carta de Heathcliff a la señora Linton.

—Ya veo venir al médico. Voy a bajar y a decirle que se encuentra usted mejor, señor Lockwood. Este relato es un poco prolijo, y todavía durará otra mañana el contarlo.

«Prolijo y lúgubre —me dije mientras la buena señora bajaba a recibir al médico—. No es del estilo que yo hubiera elegido para entretenerme. En fin, ¡qué le vamos a hacer! Convertiré las amargas hierbas que me propina la señora Dean en saludables medicinas, y procuraré no dejarme fascinar por los brillantes ojos de Catalina Heathcliff. ¡Sería muy notable que se me ocurriera enamorarme de esa joven y la hija resultase una nueva edición de su madre!».

Capítulo quince

Ha pasado ya otra semana. Estoy más cerca, pues, de la salud y de la primavera. Ya he oído en todas sus partes la historia de mi vecino, de boca de la señora Dean, cuyo relato reproduciré, aunque procurando extractarlo un poco. Pero conservaré su estilo, porque encuentro que narra muy bien y no me siento lo bastante fuerte para mejorarlo.

—La tarde que fui a «Cumbres Borrascosas» —siguió ella contándome— estaba tan segura como si lo hubiera visto de que Heathcliff rondaba por los alrededores. Procuré no salir de casa, en consecuencia, ya que llevaba su carta en el bolsillo y no quería exponerme a sus reproches y amenazas por no haberla entregado. Pero yo había resuelto no dársela a Catalina hasta que el amo no estuviese fuera, pues no sabía cómo iba a reaccionar la señora. De modo que no se la entregué hasta tres días más tarde. Al cuarto, que era domingo, se la llevé a su habitación cuando todos se marcharon para ir a la iglesia. En la casa sólo habíamos quedado otro criado y yo. Era habitual dejar cerradas las puertas, pero aquel día era tan agradable, que las dejamos abiertas. Y con objeto de cumplir mi misión encargué al criado que fuese a comprar naranjas al pueblo para la señora. El criado se fue, y yo subí.

La señora Linton estaba sentada junto a la ventana abierta. Vestía de blanco y llevaba un chal sobre los hombros. Su espeso y largo cabello, cortado al comienzo de su enfermedad, reposaba en trenzas sobre sus hombros. Había cambiado mucho, como yo dije a Heathcliff, pero, no obstante, cuando estaba serena, ostentaba una especie de hermosura sobrenatural. En lugar de su antiguo fulgor, sus ojos poseían ahora una melancólica dulzura. No parecía que mirase lo que le rodeaba, sino que contemplase cosas muy lejanas, algo que no fuera ya de este mundo. Su rostro estaba aún pálido, pero no tan demacrado como antes, y el aspecto que le daba su estado mental, aunque impresionaba dolorosamente, despertaba más interés aún hacia ella en los que la veían. Creo que aquel aspecto suyo indicaba de modo claro que estaba condenada a la muerte...

En el alféizar de la ventana había un libro, y el viento agitaba sus páginas. Debió ser Linton quien lo puso allí, ya que ella no se preocupaba jamás de leer ni de hacer nada, a pesar de que él intentaba distraerla por todos los medios. Catalina se daba cuenta de ello, y lo soportaba tranquilamente cuando estaba de buen humor, aunque a veces dejaba escapar un reprimido suspiro, y otras, con besos y tristes sonrisas, le impedía continuar haciendo aquello que él pensaba que la distraía. En ocasiones parecía enojada, ocultaba la cara entre las manos, y entonces hasta empujaba a su marido para que saliese, lo que él se apresuraba a hacer, creyendo preferible en tales casos que estuviese sola.

Sonaban a lo lejos las campanas de Gimmerton y el melodioso rumor del arroyo que regaba el valle acariciaba dulcemente los oídos. Cuando los árboles estaban poblados de hojas, el rumor de la fronda agitada por el viento apagaba el del fluir del arroyo. En «Cumbres Borrascosas» se escuchaba con gran intensidad durante los días que seguían a un gran deshielo o a una temporada de lluvias. Sin duda oyendo el ruido del arroyo, Catalina debía estar pensando en «Cumbres Borrascosas», en el supuesto de que pensara y oyera algo puesto que su mirada vaga y errática parecía mostrar que estaba ausente de toda clase de cosas materiales.

—Me han dado una carta para usted —le dije, depositándola en su mano, que tenía apoyada en la rodilla—. Conviene que la lea enseguida, porque espera contestación. ¿Quiere que la abra?

—Sí —repuso Catalina sin alterar la expresión de su mirada.

La abrí. Era un mensaje brevísimo.

—Léala usted —proseguí.

Ella dejó caer el pliego. Volví a colocarlo en su regazo, y esperé, pero viendo que no prestaba atención alguna, le dije:

—¿Quiere que la lea yo? Es del señor Heathcliff.

Se sobresaltó y cruzo por sus ojos un relámpago que indicaba que luchaba para coordinar las ideas. Cogió la carta, la repasó suficientemente, y suspiró al leer la firma. Pero no se había dado cuenta de su contenido, porque al preguntarle qué contestación debía transmitir me miró con una expresión interrogativa y angustiada.

—Quiere verla —repuse, adivinando lo que quería significarme—. Está esperando en el jardín con la mayor impaciencia.

En tanto que yo hablaba, noté que el perro que estaba en el jardín se erguía, estiraba las orejas, y luego, desistiendo de ladrar y meneando la cola, daba a entender que quien se acercaba le era conocido. La señora Linton se asomó a la ventana, y escuchó conteniendo la respiración. Un minuto después sentimos pasos en el vestíbulo. La puerta abierta representaba una tentación harto fuerte para Heathcliff. Sin duda pensó que yo no había cumplido mi promesa y resolvió confiar en su propia osadía.

Catalina miraba ansiosamente hacia la entrada de la habitación. Heathcliff, al principio, no encontraba el cuarto, y la señora me hizo una señal para que fuera a recibirle, pero él apareció antes de que llegase yo a la puerta, y un momento después ambos se estrechaban en un apretado abrazo.

Durante cinco minutos él no le habló, limitándose a abrazarla y a besarla más veces que lo hubiese hecho en toda su vida. En otra ocasión, mi señora habría sido la primera en besarle. Bien eché de ver que él sentía, al verla, la misma impresión que yo, y que estaba convencido de que Catalina no recobraría más la salud.

—¡Oh, querida Catalina! ¡No podré resistirlo! —dijo, al cabo, con desesperación. Y la miró con tal intensidad, que creí que aquella mirada le haría deshacerse en lágrimas. Pero sus ojos, aunque ardían de angustia, permanecían secos.

—Me habéis desgarrado el corazón entre tú y Eduardo, Heathcliff —dijo Catalina, mirándole ceñuda—. Y ahora os lamentáis como si fuerais vosotros los dignos de lástima. No te compadezco. Has conseguido tu objeto: me has matado. Tú eres muy fuerte. ¿Cuántos años piensas vivir después de que yo me muera?

Heathcliff había puesto una rodilla en tierra para abrazarla. Fue a levantarse, pero ella le sujetó por el cabello y le forzó a permanecer en aquella postura.

—Quisiera tenerte así —dijo— hasta que ambos muriéramos. No me importa nada que sufras. ¿Por qué no has de sufrir? ¿Serás capaz de ser feliz después de que yo haya sido enterrada? Dentro de veinte años dirás quizá: «Aquí está la tumba de Catalina Earnshaw. Mucho la he amado, pero la perdí, y ya ha pasado todo. Luego he amado a otras muchas. Quiero más a mis hijos que lo que la quise a ella, y me apenará más morir y dejarles que me alegrará el ir a reunirme con la mujer que quise». ¿Verdad que dirás eso, Heathcliff?

—No me atormentes, Catalina, que me siento tan loco como tú —gritó él. Había desprendido la cabeza de las manos de su amiga y le rechinaban los dientes.

La escena que ambos presentaban era singular y terrible. Catalina podía, en verdad, considerar que el cielo sería un destierro para ella, a no ser que su mal carácter quedara sepultado con su carne perecedera. En sus pálidas mejillas, sus labios exangües y sus brillantes ojos se pintaba una expresión rencorosa. Apretaba entre sus crispados dedos un mechón del cabello de Heathcliff, que había arrancado al aferrarle. Él, por su parte, la había cogido ahora por el brazo, y de tal manera la oprimía, que, cuando la soltó, distinguí cuatro huellas amoratadas en los brazos de Catalina.

—Sin duda te hallas poseída del demonio —dijo él con ferocidad— al hablarme de esa manera cuando te estás muriendo. ¿No comprendes que tus palabras se grabarán en mi memoria como un hierro ardiendo, y que seguiré acordándome de ellas cuando tú ya no existas? Te consta que mientes al decir que yo te he matado, y te consta también que tanto podré olvidarte como olvidar mi propia existencia. ¿No basta a tu diabólico egoísmo el pensar que, cuando tú descanses en paz, yo me retorceré entre todas las torturas del averno?

—Es que no descansaré en paz —dijo lastimeramente Catalina.

Y cayó otra vez en un estado de abatimiento. Se sentía latir su corazón con tumultuosa irregularidad. Cuando pudo dominar el frenesí que la embargaba, dijo más suavemente:

—No te deseo, Heathcliff, penas más grandes que las que he padecido yo. Sólo quisiera que nunca nos separáramos. Si una sola palabra mía te doliera, piensa que yo sentiré cuando esté bajo tierra tu mismo dolor. ¡Perdóname: ven! Arrodíllate. Nunca me has hecho daño alguno. Si estás ofendido, ello me dolerá a mí más que a ti mis palabras duras. ¡Ven! ¿No quieres?

Heathcliff se recostó en el respaldo de la silla de Catalina y volvió el rostro. Ella se ladeó para poder verle, pero él, para impedirlo, se volvió de espaldas, se acercó a la chimenea y permaneció callado.

La señora Linton le siguió con los ojos. Encontrados sentimientos nacían en su alma. Al fin, tras una prolongada pausa, exclamó, dirigiéndose a mí:

—¿Ves, Elena? No es capaz de ceder un solo instante, ni aun tratándose de retardar el momento de mi muerte. ¡Qué modo de amarme! Me da igual... Pero éste no es mi Heathcliff. Yo seguiré amándole como si lo fuera, y será esa imagen la que llevaré conmigo, ya que ella es la que habita en mi alma. Esta prisión en que me hallo es lo que me fatiga —añadió—. Estoy harta de este encierro. Ansío volar al mundo esplendoroso que hay más allá de él. Lo vislumbro entre lágrimas y sufrimientos, y sin embargo, Elena, me parece tan glorioso, que siento pena de ti, que te consideras satisfecha de estar fuerte y sana... Dentro de poco me habré remontado sobre todos vosotros. ¡Y pienso que él no estará conmigo entonces! —continuó como si hablase consigo misma—. Yo creía que él quería estar también conmigo en el más allá. Heathcliff, querido mío, no quiero que te enfades... ¡Ven a mi lado, Heathcliff!

Se levantó y se apoyó en uno de los brazos del sillón. Heathcliff se volvió hacia ella con una expresión de inmensa desesperanza en la mirada. Sus ojos, ahora húmedos, centelleaban al contemplarla, y su pecho se agitaba convulsivamente. Un instante estuvieron separados; luego Catalina se precipitó hacia él, y él la abrazó de tal modo, que temí que mi señora no saliera con vida de sus brazos. Cuando se separaron, ella cayó como exánime sobre la silla, y Heathcliff se desplomó en otra inmediata. Me acerqué a ver si la señora se había desmayado, y él, rechinando los dientes, echando espuma por la boca, me separó con furor. Me pareció que no me hallaba en compañía de seres humanos. Traté de hablarle, pero no parecía entenderme, y acabé apartándome llena de turbación.

Pero después, Catalina hizo un movimiento, y esto me tranquilizó. Levantó la mano, cogió la cabeza de Heathcliff, y acercó su mejilla a la suya. Heathcliff la cubrió de exasperadas caricias y le dijo, con un acento feroz:

—Ahora me demuestras lo cruel y falsa que has sido conmigo. ¿Por qué me desdeñaste? ¿Por qué hiciste traición a tu propia alma? No sé decirte ni una palabra de consuelo, no te la mereces... Bésame y llora todo lo que quieras, arráncame besos y lágrimas, que ellas te abrasarán y serán tu condenación. Tú misma te has matado. Si me querías, ¿con qué derecho me abandonaste? ¡Y por un mezquino capricho que sentiste hacia Linton! Ni la miseria, ni la bajeza, ni aun la muerte nos hubieran separado, y tú, sin embargo, nos separaste por tu propia voluntad. No soy yo quien ha desgarrado tu corazón. Te lo has desgarrado tú, y al desgarrártelo has desgarrado el mío... Y si yo soy más fuerte, ¡peor para mí! ¿Para qué quiero vivir cuando tú...? ¡Oh, Dios, quisiera estar contigo en la tumba!

—¡Déjame! —respondió Catalina sollozando—. Si he causado mal, lo pago con mi muerte. Basta. También tú me abandonaste, pero no te lo reprocho y te he perdonado. ¡Perdóname tú también!

—¡Perdonarte cuando veo esos ojos y toco esas manos enflaquecidas! Bésame, pero no me mires. Sí; te perdono. ¡Amo a quien me mata! Pero ¿cómo puedo perdonar a quien te mata a ti?

Callaron, juntaron sus rostros y mutuamente se bañaron en lágrimas. No sé si me equivoqué al suponer que Heathcliff lloraba también, pero, en verdad, el caso no era para menos.

Yo me hallaba inquieta. Caía la tarde y se veía salir ya a la gente de la iglesia de Gimmerton y esparcirse por el valle. El criado que enviara al pueblo estaba de regreso.

—El oficio religioso ha concluido —anuncié— y el señor volverá antes de media hora.

Heathcliff lanzo un juramento y abrazó más apretadamente aún a Catalina, que permaneció inmóvil. A poco, distinguí a los criados, que avanzaban en grupo por el camino. El señor Linton les seguía a corta distancia. Abrió por sí mismo la verja. Parecía extasiado en contemplar la hermosura de la tarde de verano y aspirar sus dulces perfumes.

—Ya ha llegado —exclamé—. ¡Baje enseguida, por Dios! No encontrará usted a nadie en la escalera principal. Ocúltese entre los árboles hasta que el señor haya entrado.

—Debo irme, Catalina —dijo Heathcliff separándose de sus brazos—. Pero, de no morirme, te volveré a ver antes de que te hayas dormido... No me separaré ni cinco yardas de tu ventana.

—No te irás —repuso ella, sujetándole con todas sus fuerzas—. No tienes por qué irte.

—Vuelvo antes de una hora —aseguró él.

—No te irás ni siquiera por un minuto —insistió la señora.

—Es forzoso que me vaya —repitió, alarmado, Heathcliff—. Linton estará aquí dentro de un momento.

Por su gusto, él se hubiera levantado y desprendido de ella a viva fuerza, pero Catalina le sujetó firmemente, mientras pronunciaba expresiones entrecortadas. En su rostro se transparentaba una decidida resolución.

—¡No! —gritó—. ¡No te vayas! Eduardo no nos hará nada. ¡Es la última vez, Heathcliff: me muero!

—¡Maldito necio! Ya ha llegado —exclamó Heathcliff dejándose caer otra vez en la silla—. ¡Calla, Catalina! ¡Calla, alma mía! Si me matase ahora, moriría bendiciéndole.

Y volvieron a unirse en un estrecho abrazo. Sentí subir a mi amo por la escalera. Un sudor frío bañaba mi frente. Estaba horrorizada.

—¿Pero es que va usted a hacer caso de sus delirios? —dije a Heathcliff, fuera de mí—. No sabe lo que dice. ¿Es que se propone usted perderla aprovechando que le falta la razón? Levántese y márchese inmediatamente. Este crimen sería el más odioso de cuantos haya cometido usted. Todos nos perderemos por culpa suya: el señor, la señora y yo.

Grité y me retorcí las manos con desesperación. Al oírme gritar, el señor Linton se apresuró más aún. No dejó de aliviar un tanto mi turbación el ver que los brazos de Catalina, dejando de oprimir a Heathcliff, caían lánguidamente y su cabeza se inclinaba con laxitud.

«Se ha desmayado o se ha muerto –pensé–. Mejor. Vale más que muera que no que siga siendo una causa de desgracias para todos los que la rodean».

Eduardo, lívido de estupor y de ira al divisar al inesperado visitante, se lanzó hacia él. No sé lo que se proponía. Pero Heathcliff le detuvo en seco poniéndole entre los brazos el inmóvil cuerpo de su esposa.

–Si no es usted un demonio –dijo Linton– ayúdeme primero a atenderla, y ya hablaremos después.

Heathcliff se marchó al salón y permaneció sentado. El señor Linton recurrió a mí, y entre los dos, con grandes esfuerzos, logramos reanimar a Catalina. Pero había perdido la razón completamente: suspiraba, emitía quejidos inarticulados y no reconocía a nadie. Eduardo, en su ansiedad por su esposa, se olvidó de su odiado rival. Aproveché la primera oportunidad que tuve para pedirle que se fuese, afirmándole que Catalina estaba un poco repuesta y que a la mañana siguiente le llevaría noticias suyas.

–Saldré de la casa –dijo él– pero permaneceré en el jardín. No te olvides de cumplir tu palabra mañana, Elena. Estaré bajo aquellos pinos: tenlo en cuenta. De lo contrario, volveré, esté Linton o no.

Lanzó una rápida mirada por la puerta entreabierta de la alcoba, y al comprobar que, al parecer, yo no había faltado a la verdad, se fue, librando a la casa de su malvada presencia.

Capítulo dieciséis

A medianoche de aquel día nació la Catalina que usted ha conocido en «Cumbres Borrascosas»: una niña de siete meses. Dos horas después moría su madre, sin haber llegado a recobrar el sentido suficiente para reconocer a Eduardo o echar de menos a Heathcliff. El señor Linton se sintió traspasado de dolor por la pérdida de su esposa. No quiero hablar de ello: es demasiado doloroso. Aumentaba su disgusto, a lo que se me alcanza, la pena de no tener un heredero varón. También yo lamentaba lo mismo mientras contemplaba a la huerfanita y maldecía mentalmente al viejo Linton, por haber decidido que en aquel caso fuese heredera su hija y no su hijo, que hubiera, a mi juicio, resultado lo más lógico.

Aquella niña llegó con verdadera inoportunidad. Si la pobrecita se hubiese muerto llorando en las primeras horas de su existencia, a todos en aquel momento nos hubiera tenido sin cuidado. Más tarde rectificamos, pero el principio de su vida fue tan lamentable como probablemente será su fin.

La mañana siguiente amaneció alegre y clara. La luz del sol se filtraba a través de las persianas e iluminaba el lecho y a la que en él yacía con un dulce resplandor. Eduardo tenía los ojos cerrados y apoyaba la cabeza en la almohada. Sus hermosas facciones estaban tan pálidas como las del cuerpo que yacía a su lado. Su rostro transparentaba una angustia infinita, y en cambio, el rostro de la muerta reflejaba una paz infinita. Tenía los párpados cerrados y los labios ligeramente sonrientes. Creo que un ángel no hubiese estado más bello de lo que ella lo estaba. Aquella serenidad que emanaba de la difunta me contagió. Jamás sentí más serena mi alma que mientras estuve contemplando aquella inmóvil imagen del reposo eterno. Me acordé, y hasta repetí las palabras que Catalina pronunciara poco antes: se había remontado sobre todos nosotros. Fuese que se encontrara en la tierra todavía, o ya en el cielo su espíritu, indudablemente estaba con Dios.

Quizá sea una cosa peculiar mía, pero el caso es que muy pocas veces dejo de sentir una impresión interna de beatitud cuando velo un muerto, salvo si algún afligido allegado suyo me acompaña. Me parece apreciar en la muerte un reposo que ni el infierno ni la tierra son capaces de quebrantar, y me invade la sensación de un futuro eterno y sin sombras. Sí; la Eternidad. Allí donde la vida no tiene límite en su duración, ni el amor en sus transportes, ni la felicidad en su plenitud. Y entonces comprendí el egoísmo que encerraba un amor como el de Linton, que de tan amarga manera lamentaba la liberación de Catalina.

Cierto es que, en rigor, teniendo en cuenta la agitada y rebelde vida que había llevado, cabía dudar de si entraría o no en el reino de los cielos, pero la contemplación de aquel cadáver con su aspecto sereno facilitaba toda vacilación.

—¿Usted cree —me preguntó la señora Dean— que personas así pueden ser felices en el otro mundo? Daría algo por saberlo.

No contesté a la pregunta de mi ama de llaves, pregunta que me pareció un tanto poco ortodoxa. Y ella continuó:

—Temo, al pensar en la vida de Catalina Linton, que no sea muy dichosa en el otro mundo. Pero, en fin, dejémosla tranquila, ya que está en presencia de su Creador...

En vista de que el amo parecía dormir, me aventuré, poco después de salir el sol, a escaparme al exterior. Los criados de la «Granja» se imaginaron que yo salía para desentumecer mis sentidos, fatigados de la larga vela, pero en realidad lo que me proponía era hablar al señor Heathcliff, quien había pasado la noche entre los pinos, y no debía haber sentido el movimiento en la «Granja», a no ser que hubiese oído el galope del caballo del criado que enviáramos a Gimmerton. De estar más cerca, el movimiento de puertas y luces le habría hecho probablemente comprender que pasaba algo grave. Yo sentía a la vez deseo y temor de encontrarle. Por un lado, me urgía comunicarle la terrible noticia, y por otro no sabía de qué modo hacerlo para no enojarle.

Le vi en el parque, apoyado contra un añoso fresno, sin sombrero, con el cabello empapado por el rocío que, goteando desde las ramas, le iba empapando lentamente. Debía llevar mucho tiempo en aquella postura, porque reparé en una pareja de mirlos que iban y venían a menos de tres pies de distancia de él, ocupándose en construir su nido, y tan ajenos a la presencia de Heathcliff como si fuera un árbol. Al acercarme, echaron a volar y él alzando los ojos, me dijo:

—¡Ha muerto! ¡Tanto esperar para acabar recibiendo esa noticia! Vamos, fuera ese pañuelo; no me vengas con llantos... ¡Iros todos al diablo! ¿Para qué le valdrán ya vuestras lágrimas?

Yo lloraba tanto por él como por ella. Es frecuente compadecer a personas que son incapaces de experimentar tal sentimiento hacia el prójimo y hasta hacia sí mismos. Al verle se me ocurrió que quizá sabía ya lo sucedido y que se había resignado y rezaba, porque movía los labios y bajaba la vista.

—Ha muerto —contesté, secando mi llanto— y está en el cielo, adonde todos iríamos a reunirnos con ella si aprovecháramos la lección y dejáramos el mal camino para seguir el bueno.

—¿Acaso ha muerto como una santa? Vaya. Cuéntame ¿Cómo ha muerto...? —preguntó sarcásticamente Heathcliff.

Fue a pronunciar el nombre de la señora, pero la voz expiró en sus labios y se los mordió. Se notaba en él una silenciosa lucha interna.

—¿Cómo ha muerto? —volvió a preguntar.

Noté que pese a toda su audacia insolente, se sentía más tranquilo teniendo a alguien a su lado. Un profundo temblor recorría todo su cuerpo.

«¡Desdichado! —pensé—. Tienes corazón y nervios como cualquier otro. ¿Por qué ese empeño en ocultarlos? ¡Tu soberbia no engañará a Dios! Le estás tentando a que te atormente y te humille hasta hacerte estallar».

—Murió como un cordero —repuse. Suspiró, hizo un movimiento como un niño al despertar y cayó aletargado. A los cinco minutos, sentí que su corazón palpitaba fuerte... Y luego, nada...

—¿Habló de mí? —preguntó él, vacilante, como si temiera oír los detalles que me pedía.

—Desde que usted se separó de ella, no volvió en sí ni reconoció a nadie. Sus ideas eran confusas y había retrocedido en sus pensamientos a los años de su infancia. Su vida ha concluido en un sueño dulce. ¡Así despierte de la misma manera en el otro mundo!

—¡Así despierte entre mil tormentos! —gritó él con espantosa vehemencia, pateando y vociferando en un brusco acceso de furor—. Ha sido falsa hasta el fin. ¿Dónde estás? En la vida imperecedera del cielo, no. ¿Dónde estás? Me has dicho que no te importan mis sufrimientos. Pero yo no repetiré más que una plegaria: «¡Catalina! ¡Haga Dios que no reposes mientras yo viva!». Si es cierto que yo te maté, persígueme. Se asegura que la víctima persigue a su asesino. Hazlo, pues, sígueme, hasta que me enloquezcas. Pero no me dejes solo en este abismo. ¡No puedo vivir sin mi vida! ¡No puedo vivir sin mi alma!

Apoyó la cabeza contra el árbol y cerró los ojos. No parecía un hombre sino una fiera acosada cuyas carnes desgarran las armas de los cazadores. En el tronco del árbol distinguí varias manchas de sangre y sus manos y frente estaban manchadas también. Escenas idénticas a aquélla debían haber sucedido durante la noche. Más que compasión, sentí miedo, pero me era penoso dejarle en aquel estado. Él fue quien, al darse cuenta de que yo seguía allí, me exhortó a que me fuera, lo que hice enseguida, puesto que no podía consolarle ni devolverle la tranquilidad. Hasta el siguiente viernes —día en que había de celebrarse el funeral—. Catalina permaneció en su ataúd, en el salón, que estaba cubierto de plantas y flores. Todos menos yo ignoraron que Linton pasó allí todo aquel tiempo sin descansar apenas un momento. A su vez, Heathcliff pasaba fuera también, por lo menos las noches, sin reposar tampoco ni un minuto. El martes, aprovechando un instante en que el amo, rendido de fatiga, se había retirado para dormir dos horas, abrí una de las ventanas a fin de que Heathcliff pudiera dar a su adorada un último adiós. Aprovechó la oportunidad, y entró sin hacer el más ligero ruido. Sólo pude darme cuenta de que había penetrado al apreciar lo desordenado que estaban las ropas en torno al rostro del cadáver y al hallar en el suelo un rizo de cabello rubio. Examinando con cuidado, comprobé que había sido arrancado de un dije que Catalina llevaba al cuello, y sustituido por un negro mechón de los cabellos de Heathcliff. Yo uní ambos cabellos y los introduje en el medallón.

Se invitó al señor Earnshaw a que acudiese al entierro de su hermana, pero no apareció ni se excuso siquiera. A Isabel no se la avisó. De modo que el duelo estuvo compuesto, aparte de mi amo, solamente de criados y colonos. Con gran extrañeza de los labriegos, Catalina no fue enterrada en el panteón de la familia Linton, ni entre las tumbas de los Earnshaw. Se abrió la fosa en un verde rincón del cementerio. El muro es tan bajo por aquel lado, que los matorrales trepan sobre él y se inclinan sobre la tumba. Su esposo yace ahora en el mismo sitio, y una sencilla lápida con una piedra gris al pie cubre el sepulcro de cada uno.

Capítulo diecisiete

El día del sepelio fue el único bueno que hubo en aquel mes. Al anochecer comenzó el mal tiempo. El viento cambió de dirección y empezó a llover y luego a nevar. Al otro día resultaba increíble que hubiéramos disfrutado ya tres semanas de buena temperatura. Las flores quedaron ocultas bajo la nieve, las alondras enmudecieron, y las hojas tempranas de los árboles se ennegrecieron, como si hubieran sido heridas de muerte. ¡Aquella mañana pasó muy triste y muy lúgubre! El señor no salió de su habitación. Yo me instalé en la solitaria sala, con la niña en brazos, y mientras la mecía miraba caer la nieve a través de la ventana. De pronto, la puerta se abrió y entró una mujer jadeando y riéndose. Me enfurecí y me asombré. Pensando al principio que era una de las criadas, grité:

–¡Silencio! ¿Qué diría el señor Linton si te oyese reír?

–Perdona –contestó una voz que me era conocida–, pero sé que Eduardo está acostado y no he podido contenerme.

Mientras hablaba, se acercó a calentarse junto a la lumbre, oprimiéndose los costados con las manos.

–He volado más que corrido desde las «Cumbres» aquí –continuó– y me he caído no sé cuántas veces. Ya te lo explicaré todo, únicamente quiero que ordenes que enganchen el coche para irme a Gimmerton y qué me busquen algunos vestidos en el armario.

La recién llegada era la esposa de Heathcliff. El cabello le caía sobre los hombros y estaba empapada en agua y en nieve. Llevaba el vestido que solía usar de soltera: un vestido escotado, de manga corta, y no tenía cubierta la cabeza ni llevaba nada al cuello. En los pies calzaba unas leves chinelas. Para colmo, tenía una herida junto a una oreja, aunque no sangraba porque el frío congelaba la sangre, y su rostro estaba blanco como el papel, y lleno de arañazos y magulladuras.

–¡Oh, señorita! –exclamé–. No ordenaré nada ni la escucharé hasta que no se haya cambiado esa ropa mojada. Además, esta noche no irá usted a Gimmerton. De modo que no hace falta enganchar el coche.

–Me iré aunque sea a pie –repuso–. Respecto a mudarme, está bien. Mira como sangro ahora por el cuello. Con el calor, me duele.

Hasta que no mandé disponer el carruaje y encargué a una criada que preparase ropas, se negó a que la atendiese y le curase la herida. Cuando todo estuvo hecho, se sentó al fuego ante una taza de té, y dijo:

–Siéntate, Elena. Quítame de delante a la niña de Catalina. No quiero verla. No creas que no me ha afectado la muerte de mi cuñada. He llorado por ella como el que más. Nos separamos enfadadas, y no me lo perdono. Esto bastaría para que no pudiese querer a ese ser odioso. Mira lo que hago con lo único que llevo de él.

Se quitó de los dedos un anillo de oro y lo tiró.

—Quiero pisotearla y quemarla luego —dijo con rabia pueril.

Y arrojó la sortija a la lumbre.

—¡Así! Ya me comprará otro si logra encontrarme. Es capaz de venir con tal de perturbar a Eduardo. No me atrevo a quedarme por temor a que acuda esa idea a su malvada cabeza. Además, Eduardo no se ha portado bien, ¿no es cierto? Sólo por absoluta necesidad me he refugiado aquí. Si me hubieran dicho que estaba levantado, me habría quedado en la cocina, para calentarme y pedirte que me llevases lo más necesario a fin de huir de mi... ¡de ese maldito demonio hecho hombre! ¡Estaba, furioso! ¡Si llega a cogerme! Siento que Earnshaw no sea más fuerte que él, porque, en ese caso, no me hubiera marchado hasta ver cómo le aniquilaba.

—Hable más despacio, señorita —interrumpí—. De lo contrario, se le va a caer el pañuelo que le he puesto y va a volver a sangrarle ese corte. Beba el té, respire y no se ría tanto. No va bien, ni con su estado ni con lo ocurrido en esta casa.

—Tienes razón —repuso—. Pero oye cómo llora esa niña. Haz que se la lleven siquiera por una hora. No estaré aquí mucho más tiempo.

Llamé a una criada, le entregué a la niña y pregunté a Isabel qué era lo que la había decidido a abandonar «Cumbres Borrascosas» en una noche como aquélla, y por qué no quería quedarse.

—Debiera y quisiera hacerlo para atender y consolar a Eduardo y cuidar de la niña, ya que ésta es mi verdadera casa. Pero Heathcliff no me dejaría. ¿Crees que soportaría el saber que yo estaba tranquila, y que aquí reinaba la paz? ¡Se apresuraría a venir a perturbarnos! Estoy segura de que me odia tanto que no puede soportar mi presencia. Cada vez que me ve, los músculos de su cara se contraen en una expresión de odio. Ahora bien: como no puede soportarme, estoy segura de que no va a perseguirme a través de toda Inglaterra. Así pues, debo irme muy lejos. Ya no deseo que me mate: prefiero que se mate él. Ha conseguido extinguir mi amor. Ahora me siento libre. Sólo puedo recordar cómo le amaba, pero de un modo vago, y aun imaginar como le amaría si... Pero no: aunque me hubiese adorado, no habría dejado de mostrar su infernal carácter. Sólo un gusto tan pervertido como el de Catalina podía llegar a tener afecto hacia este hombre. ¡Qué monstruo! Quisiera verle, completamente borrado del mundo y de mi memoria.

—Vamos, calle —le dije—. Sea más compasiva. Es un ser humano, al fin. Hay otros peores que él.

—No es un ser humano —repuso— y no tiene derecho a mi piedad. Le entregué mi corazón y después de desgarrármelo me lo ha tirado a la cara. Los humanos sentimos con el corazón, Elena, y desde que desgarró el mío, no me es posible sentir nada hacia él, ni sentiría nada, mientras él no muera, aunque llorase lágrimas de sangre. ¡No, no soy capaz de sentir nada!

Isabel rompió a llorar. Pero se secó las lágrimas inmediatamente, y continuó:

–Te diré por qué tuve que huir. Llegué a excitar su ira hasta un extremo que sobrepasó su infernal prudencia y se entregó a violencias contra mí. Al ver que había logrado exasperarle, sentí cierta satisfacción, luego despertó en mí el instinto de conservación, y huí. ¡Ojalá no vuelva a caer en sus manos de nuevo!

»Como supondrás –prosiguió–, Earnshaw se proponía ir al entierro. No bebió –quiero decir que sólo se emborrachó a medias– y así estuvo hasta las seis, en que se acostó. A las doce se levantó con lo que se llama la resaca de la embriaguez: de un humor de perros, por tanto, y con tantas ganas de ir a la iglesia como al baile. De modo que se sentó al fuego y empezó a beber. Heathcliff –¡me escalofría pronunciar su nombre!– casi no apareció por casa desde el domingo. No sé si le daban de comer los duendes o quién. Pero con nosotros no come hace una semana. Al apuntar el alba se encerraba en su habitación –¡cómo si temiese que alguien buscara su agradable compañía!– y allí se entregaba a fervientes plegarias.

»Pero te advierto que el dios que invocaba es sólo polvo y ceniza, y al invocarle lo confundía de extraña manera con el propio demonio que le engendró a él. Terminadas estas magníficas oraciones –que duraban hasta enronquecer y ahogársele la voz en la garganta– se iba inmediatamente camino de la «Granja». ¡Cómo que me extraña que Eduardo no le haya hecho vigilar por un condestable! Por mi parte, aunque lo de Catalina me entristecía mucho, me sentía como si tuviese una fiesta al disfrutar de tal libertad. Así que recuperé mis energías hasta el punto de poder escuchar los sermones de José sin echarme a llorar y de poder andar por la casa con más seguridad de la acostumbrada. José y Hareton son detestables hasta el punto de que la horrible charla de Hindley me resultaba mejor que estar con ellos.

»Cuando Heathcliff está en casa –continuó diciendo Isabel– muchas veces tengo que reunirme con los dos en la cocina, para no morirme de hambre y para no tener que vagar a solas por las lóbregas y solitarias habitaciones. En cambio, ahora que no estaba, pude permanecer tranquilamente sentada ante una mesa al lado del hogar, sin ocuparme del señor Earnshaw, que a su vez no se preocupa de mí. Ahora está más tranquilo que antes, aunque más huraño aún, y no se enfurece si no se le provoca. José asegura que Dios le ha tocado en el corazón y que se ha salvado como por la prueba del fuego. Pero, en fin, eso no me importa. Anoche estuve en mi rincón leyendo hasta cerca de las doce. Me asustaba subir, y fuera se sentía caer la nieve a torbellinos. Yo pensaba en el cementerio y en la fosa recién abierta. Tan pronto como separaba los ojos del libro, la escena acudía a mi imaginación. En cuanto a Hindley, estaba sentado delante de mí, y acaso pensara en lo mismo. Cuando estuvo suficientemente embriagado, dejó de beber, y permaneció dos o tres horas sin despegar los labios. En la casa no se oía otro rumor que el del viento batiendo en las ventanas, el chirrido de la lumbre y el chasquido que yo hacía a veces al despabilar la vela. Hareton y José debían estar durmiendo. Yo me sentía muy triste, y de cuando en cuando suspiraba profundamente. De pronto, en medio del silencio, se sintió el ruido del picaporte de la cocina. Sin duda la tempestad había hecho regresar a Heathcliff más pronto de lo habitual. Pero como aquella puerta estaba cerrada con llave, hubo de desistir, y le oímos dar la vuelta para entrar por la otra. Me levanté, casi sin poder sofocar la exclamación que acudía a mis labios, lo que hizo que, mi compañero se volviera y me mirara.

»—Si no tiene usted nada que objetar —me dijo— haré esperar a Heathcliff cinco minutos.

—Por mí puede usted hacerle esperar toda la noche —repuse—. ¡Ea, eche la llave y corra el cerrojo!

»Earnshaw lo hizo así antes de que el otro llegase a la puerta principal. Luego acercó su silla a la mesa, y me miró como si quisiera hallar en mis ojos un reflejo del ardiente odio que llameaba en los suyos. Claro está que como él en aquel momento tenía la expresión y los sentimientos de un asesino, no pudo hallar completa correspondencia en mi mirada, pero aun así encontró en ella lo suficiente para animarle.

»—Usted y yo —expuso— tenemos cuentas que arreglar con el hombre que está ahí fuera. Si no fuésemos cobardes, podríamos ponernos de acuerdo para la venganza. ¿Es usted tan mansa como su hermano y está dispuesta a sufrir eternamente sin intentar desquitarse?

»—Estoy harta de soportarle —repliqué—, pero emplear la traición y la violencia es exponerse a emplear un arma de dos filos con la que puede herirse el mismo que las maneja.

»—¡La traición y la violencia son los medios que ha de utilizarse con quien emplea violencia y traición! —gritó Hindley—. Señora Heathcliff: no necesito de usted sino de que no intervenga ni grite. ¿Se siente capaz de hacerlo? Creo que debiera usted experimentar tanto placer como yo en asistir a la muerte de ese demonio. Él acarreará, de lo contrario, la muerte de usted y la ruina mía. ¡Maldito sea! ¡Está llamando a la puerta como si fuera el amo! Prométame estar callada, y antes de que dé la una aquel reloj —y sólo faltan tres minutos— habrá quedado usted libre de ese hombre.

»Hablando de este modo, sacó el instrumento que te he descrito otra vez, Elena, y se dispuso a apagar la vela, pero yo se lo impedí.

»—No callaré —le dije—. No le toque. ¡Deje la puerta cerrada, pero no le haga nada!

»—¡Estoy resuelto y cumpliré lo que me propongo! —exclamó Hindley—. Haré justicia a Hareton y un favor a usted misma, aunque no quiera. Y ni siquiera tiene usted que preocuparse de salvarme. Catalina ya no vive, y nadie tiene por qué avergonzarse de mí. Ha llegado el momento de acabar.

»Tan fácil como con él me hubiera sido luchar con un oso o razonar con un perturbado. Sólo me quedaba una solución. Correr a la ventana y avisar a la presunta víctima.

»—Mejor será que no insistas en entrar —le avisé desde la ventana—. Si lo haces, el señor Earnshaw está dispuesto a dispararte un tiro.

»—Más te valdría abrirme la puerta —replicó Heathcliff, añadiendo algunas *galantes* expresiones que más vale no repetir.

»—Bien: pues allá tú —repliqué—. Yo he hecho lo que debía. Ahora, entra y que te mate si quiere.

»Cerré la ventana y me volví junto a la lumbre sin afectar por su suerte una hipócrita ansiedad que estaba muy lejos de sentir. Earnshaw, furioso, me increpó con violencia, acusándome de cobarde y diciéndome que aún amaba al villano. Pero en lo que yo pensaba en el fondo, sin sentir remordimiento alguno de conciencia, era en lo muy conveniente que sería para Earnshaw que Heathcliff le librara del peso de la vida y en lo muy conveniente que sería para mí que Hindley me librase de Heathcliff. Mientras yo reflexionaba sobre estos temas, el cristal de la ventana saltó en pedazos, y a través del agujero apareció el negro rostro de aquel hombre. Pero como el batiente era demasiado estrecho para que pasase, sonreí, pensando que me hallaba a salvo de él. Heathcliff tenía el cabello, y la ropa cubiertos de nieve, y sus dientes agudos como los de un antropófago brillaban en la oscuridad.

»—Ábreme, Isabel, o te arrepentirás —rugió.

»—No quiero cometer un crimen —repuse—. El señor Hindley te espera con un cuchillo y una pistola.

»—Ábreme la puerta de la cocina —respondió.

»—Hindley llegará antes que yo —alegué—. ¡Poco vale ese cariño que tienes hacia Catalina, cuando no arrostras por él un poco de nieve! En tu lugar, Heathcliff, yo iría a tenderme sobre su tumba como un perro fiel. ¿No es verdad que ahora te parece que no vale la pena vivir? Me has hecho comprender que Catalina era la única alegría de tu vida. No sé cómo vas a poder existir sin ella.

»—¡Ah! —exclamó Hindley dirigiéndose hacia mí—. ¿Está ahí Heathcliff? Si logro sacar el brazo podré...

»Temo que me consideres como una malvada, Elena. El caso es que yo no hubiera contribuido a que atentaran contra la vida de aquel hombre por nada del mundo. Pero confieso que experimenté una desilusión cuando alargó el brazo hacia Earnshaw a través de la ventana y le arrancó el arma.

»Al hacerlo, la pistola se disparó y el cuchillo fue a cerrarse clavándose en la mano de su propio dueño. Heathcliff se lo quitó a viva fuerza, sin cuidarse de que, al hacerlo, el filo desgarraba la carne de Hindley. Después, con una piedra rompió las maderas de la ventana y pudo pasar. Su adversario, agotado por el dolor y por la pérdida de sangre, había caído desvanecido. El miserable le pateó y pisoteó y le golpeó fuertemente la cabeza contra el suelo, mientras me sujetaba con la otra mano para impedirme que llamara a José. Le costó un verdadero esfuerzo no rematar a su enemigo. Al fin, ya sin aliento, lo arrastró y comenzó a vendarle la herida con brutales movimientos, maldiciéndole y escupiéndole a la vez con tanta violencia como antes le había pateado. Entonces, al soltarme, corrí a buscar al viejo, quien me comprendió enseguida y bajó las escaleras a saltos.

»—¿Qué pasa? —preguntó.

»—Pasa que tu amo está loco —respondió Heathcliff—, y que como siga así le haré encerrar en un manicomio. Y tú, perro, ¿cómo es que me has cerrado la puerta? ¿Qué rezongas ahí? Ea, no voy a ser yo quien le cure. Lávale eso, y ten cuidado con las chispas de la bujía. Ten en cuenta que la mitad de la sangre de este hombre está convertida en aguardiente.

»—¿Con qué le ha asesinado usted? —exclamó José—. ¡Y que yo tenga que asistir a semejante cosa! ¡Dios quiera que...!

»Heathcliff le dio un empellón hacia el herido, y le arrojó una toalla, pero José, en vez de ocuparse de la cura, comenzó a recitar una oración tan extravagante, que no pude contener la risa. Yo me encontraba en tal estado de insensibilidad, que nada me conmovía. Me pasaba lo que a algunos condenados al pie del patíbulo.

»¡Me había olvidado de ti! —dijo el tirano—. Vaya, encárgate de eso. ¡Al suelo! ¿Con qué también tú conspiras con él contra mí, víbora? ¡Cúrale!

»Me zarandeó hasta hacerme rechinar los dientes y me arrojó junto a José. Éste, sin perder la serenidad, terminó de rezar y después se levantó anunciando su decisión de dirigirse a la «Granja». Decía que el señor Linton, como magistrado que era, no dejaría de intervenir en el asunto aunque se le hubiesen muerto cincuenta mujeres. Tan empeñado se manifestó en su resolución, que a Heathcliff le pareció que era oportuno que yo relatase lo sucedido, y a fuerza de insidiosas preguntas me hizo explicar cómo se habían desarrollado las cosas. Sin embargo, costó mucho convencer al viejo de que el agresor no había sido Heathcliff. Al fin, cuando apreció que el señor Earnshaw no había muerto, le dio un trago de aguardiente, y entonces recobró Hindley el conocimiento. Heathcliff, comprendiendo que su adversario ignoraba los malos tratos de que había sido objeto mientras se hallaba desmayado, le increpó llamándole alcoholizado y delirante, le dijo que olvidaría la atroz agresión que había perpetrado contra él y le recomendó que se fuese a dormir. Después, nos dejó solos, y yo me fui a mi habitación, felicitándome de haber salido tan bien librada de aquellos sucesos.

»Cuando bajé por la mañana, a eso de las once, el señor Earnshaw estaba sentado junto al fuego, muy enfermo en apariencia. Su ángel malo estaba a su lado, y parecía tan decaído como el mismo Hindley. Comí con apetito a pesar de todo, y no dejaba de experimentar cierta sensación de superioridad, que me daba al sentir la conciencia tranquila, cada vez que miraba a uno de los dos. Al acabar, me aproximé al fuego —libertad inusitada en mí— dando la vuelta por detrás del señor Earnshaw, y me agazapé en un rincón detrás de su silla.

»Heathcliff no me miraba, y yo pude entonces examinarle a mi sabor. Tenía contraída la frente, esa frente que antes me pareciera tan varonil y ahora me parece tan diabólica. Sus ojos habían perdido su brillo como consecuencia del insomnio y acaso del llanto. Sus labios cerrados, carentes de su habitual expresión sarcástica, delataban una profunda tristeza. Aquel dolor, en otro, me hubiera impresionado. Pero se trataba de él, y no pude resistir el deseo de arrojar una saeta al enemigo caído. Sólo en aquel momento de debilidad podía permitirme la satisfacción de devolverle parte del mal que me había hecho.

—¡Oh, qué vergüenza, señorita! —interrumpí—. Cualquiera pensaría que no ha abierto usted una Biblia en su vida. Le debía bastar con ver cómo Dios humilla a sus enemigos. No está bien añadir el castigo propio al enviado por Dios.

—En principio estoy de acuerdo, Elena —me contestó—, pero en aquel caso, el mal de Heathcliff no me satisfacía si yo no me mezclaba en él. Hubiera preferido que sufriera menos, pero que sus sufrimientos se debieran a mí. Sólo llegaría a perdonarle si lograra devolverle todos los sufrimientos que me ha producido, uno a uno. Ya que fue él el primero en afrentarme, que fuera él el primero en pedirme perdón. Y entonces puede que me fuera agradable mostrarme generosa. Pero como no me puedo vengar por mí misma, tampoco me será posible concederle el perdón.

»Hindley pidió agua, y al dársela le pregunté cómo se encontraba.

»—No tan mal como yo quisiera —repuso—. Pero, aparte del brazo, me duele todo el cuerpo como si hubiese luchado con una hueste de diablos.

»—No me asombra —contesté—. Catalina solía decir que ella mediaba entre usted y Heathcliff para impedir cualquier daño físico. Afortunadamente, los muertos no se levantan de sus tumbas, pues, si no, ella hubiese asistido ayer a una escena que la hubiese repugnado bastante. ¿No se siente usted molido como si le hubieran magullado las carnes?

»—¿Qué quiere usted decir? —intervino Hindley—. ¿Es posible que ese hombre me golpeara cuando yo yacía sin sentido?

»—Le pateó, le pisoteó y le golpeó contra el suelo —respondí—. Por su gusto le hubiera desgarrado con sus propios dientes. Sólo es hombre en apariencia. En los demás, es un demonio.

»Los dos miramos el rostro de nuestro enemigo. Pero él, absorto en su dolor, no reparaba en nada. En su cara se pintaba el siniestro sesgo de sus pensamientos.

»—¡Iría con gusto al infierno con tal de que Dios me diese fuerzas para estrangularle antes de morir! —gimió Earnshaw, intentando levantarse y volviendo a desplomarse enseguida, desesperado al comprender su impotencia para atacarle.

»—Basta con que haya matado a uno de ustedes —comenté yo en voz alta—. Todos en la «Granja» saben que su hermana viviría aún a no ser por Heathcliff. En fin de cuentas, su odio vale más que su amor. Cuando me acuerdo de lo felices que éramos Catalina y todos antes de que él apareciera, siento deseos de maldecir aquel día.

»Probablemente Heathcliff reconoció cuán verdadero era lo que yo decía, sin reparar en el hecho de que fuera yo quien lo aseverara. Un raudal de lágrimas cayó de sus ojos, y después suspiró ruidosamente. Yo le miré y me eché a reír desdeñosamente. Sus ojos, esos ojos que parecen ventanas del infierno, se dirigieron un momento hacia mí, pero estaba tan decaído que temí volver a reírme.

»—Quítate de delante —me dijo, o más bien creí entenderle, puesto que sólo hablaba de modo inarticulado.

»—Perdona —repliqué—, pero yo quería a Catalina, y ahora que ya no vive, debo ocuparme de su hermano... Hindley tiene sus mismos ojos, que tú has amoratado a golpes, y...

»—¡Levántate, imbécil, si no quieres que te mate de un puntapié! —gritó él, iniciando un movimiento. Yo esbocé otro movimiento, preparándome a retirarme.

»—Si la pobre Catalina —seguí diciendo, sin dejar de mantenerme alerta— se hubiera casado contigo y adoptado el grotesco y degradante nombre de señora de Heathcliff, pronto la hubieras puesto como a su hermano. Sólo que ella no lo hubiera soportado, y te habría dado de ello pruebas palpables...

»Como Earnshaw estaba entre él y yo, no pretendió cogerme. Pero empuñó un cuchillo que había en la mesa y me lo tiró a la cara. Me dio junto a la oreja. Le contesté con una injuria que debió llegarle más adentro que a mí el cuchillo, y gané la puerta. Lo último que vi fue a Earnshaw intentando detenerle y a ambos cayendo enlazados ante el hogar. Al pasar por la cocina, dije a José que se apresurara a asistir a su amo. Tropecé con Hareton, que jugaba en una silla con unos cachorrillos, y me lancé, feliz como un alma que huye del purgatorio, cuesta abajo por el áspero camino. Después corrí a campo traviesa hacia la luz que brillaba en la “Granja”. Preferiría ir al infierno para toda la eternidad antes que volver a “Cumbres Borrascosas”.

Isabel, en silencio, tomó el té, se levantó, se puso un chal y un sombrero que le trajimos, se subió a una silla, besó los retratos de Catalina y de Eduardo, y sin atender mis súplicas de que se quedase siquiera una hora más, se fue en el coche, acompañada de Fanny, gozosa de haberse vuelto a reunir con su dueña. No volvió más, pero desde entonces se escribió periódicamente con el señor. Creo que se instaló en el Sur, cerca de Londres. A los pocos meses dio a luz un niño, al que puso el nombre de Linton y que, según nos comunicó, era una criatura caprichosa y enfermiza.

Heathcliff me encontró un día en el pueblo, y quiso saber dónde vivía Isabel. Yo me negué a decírselo y él no se preocupó mucho de insistir, aunque me advirtió que se guardase bien de volver con su hermano, porque no la dejaría vivir con él. No obstante, probablemente por algún otro criado, logró descubrir el domicilio de su esposa, si bien no la molestó, lo que ella achacaría probablemente al odio que le inspiraba. Solía preguntarme por el niño cuando me veía y al saber el nombre que le habían dado, exclamó:

—Por lo visto se proponen que yo odie al chico también...

—Creo que lo único que desean es que usted no se ocupe de él para nada —respondí.

—Pues que no se olviden de que, cuando yo quiera, le traeré conmigo.

Por suerte, Isabel murió cuando el muchacho contaba unos doce años de edad.

El día que siguió a la inesperada visita de Isabel, no tuve ocasión de hablar con el amo. Él eludía toda conversación y yo no me sentía con humor de hablar. Cuando al fin le conté la fuga de su hermana, manifestó alegría, porque detestaba a Heathcliff tanto como se lo permitía la dulzura de su carácter. Tanta aversión sentía hacia su enemigo, que dejaba de acudir a los sitios donde existía la posibilidad de verle o de oír hablar de él. Dimitió de su cargo de magistrado, no iba a la iglesia, no pasaba por el pueblo y vivía recluido en casa, sin salir más que para pasear por el parque, llegarse hasta los pantanos o visitar la tumba de su esposa. Y aun esto lo hacía a horas en que no fuera fácil encontrar a nadie. Pero era tan bueno, que no podía ser siempre desgraciado. Con el tiempo se resignó, y hasta le invadió una dulce melancolía. Conservaba celosamente el recuerdo de Catalina y esperaba reunirse con ella en el mundo mejor al que no dudaba de que había ido.

Pudo encontrar consuelo en su hija. Aunque los primeros días pareció indiferente a ella, esa frialdad acabó fundiéndose como la nieve en abril, y aun antes de que la niña supiese andar ni hablar, reinaba en su corazón despóticamente. Se la bautizó con el nombre de Catalina, pero él nunca la llamó así, sino Cati. En cambio, a su esposa nunca le había dado tal nombre, tal vez porque Heathcliff lo hacía. Creo que quería más a su hija porque le recordaba a su esposa, que por el hecho de ser hija suya.

Al comparar su caso con el de Hindley, yo no lograba comprender bien cómo ambos en un mismo caso habían seguido tan opuestos caminos. Hindley, que parecía más fuerte, había manifestado ser más débil. Al hundirse el barco que capitaneaba, abandonó su puesto, dejándolo entregado a la confusión, mientras Linton, al contrario, había confiado en Dios y demostrado el valor de un corazón leal y fiel. Éste esperó, y el otro había desesperado. Cada cual eligió su propia suerte y recibió la justa recompensa de sus respectivas actitudes. En fin, señor Lockwood: no creo que usted necesite para nada mis deducciones morales, que usted sabrá sacar por cuenta propia.

Earnshaw concluyó como era de suponer. A los seis meses de morir su hermana, falleció él. En la «Granja» supimos muy poco de su estado. Fue el señor Kenneth quien nos lo advirtió.

—Elena —dijo una mañana temprano, entrando en el patio a caballo—: ¿quién crees que ha muerto?

—¿Quién? —exclamé, temblando.

—Adivina —contestó—, y coge la punta de tu delantal: te va a ser necesario.

—De cierto no se trata del señor Heathcliff —repuse.

—¿Ibas a llorar por él? No, Heathcliff está robusto y fuerte, en apariencia al menos. Le he visto ahora mismo. Por cierto que ha engordado mucho desde que perdió a su amiga.

—¿Pues quién, señor Kenneth? —dije, impaciente.

—¡Hindley Earnshaw! Tu viejo amigo y malvado compañero mío, Hindley. No se ha portado bien conmigo últimamente, pero... Ya te dije que llorarías. ¡Pobre muchacho! Murió, según era de esperar, borracho como una cuba. Lo he sentido. Siempre se lamenta la falta de un camarada... ¡Aunque me haya hecho muchas más perrerías de las que puedas imaginarte! Y el caso es que sólo tenía tu edad: veintisiete años. ¡Cualquiera lo diría!

Tal golpe me impresionó más que la muerte de Catalina. Viejos recuerdos se agolpaban a mi corazón. Me senté en el dintel de la puerta, dije al señor Kenneth que buscase otro criado que le anunciase, y rompí a llorar. Me preocupaba mucho pensar si Hindley habría fallecido de muerte natural o no, y a tanto llegó mi inquietud sobre ello, que pedí permiso al amo para ir a «Cumbres Borrascosas». El señor Linton no quería, pero yo le hice comprender que mi hermano de leche tenía tanto derecho como el propio señor a mis atenciones póstumas, y que Hareton era sobrino de su esposa, por lo cual él debía instituirse en tutor suyo a falta de más cercanos parientes, examinar la herencia y ver como andaban los asuntos de su difunto cuñado. Al cabo me encargó que viese a su abogado y me dio permiso para ir a «Cumbres Borrascosas». El abogado lo había sido también de Earnshaw. Cuando le hablé de aquello y le pedí que me acompañase me contestó que valdría más dejar en paz a Heathcliff, y que la situación de Hareton era poco más o menos la de un pordiosero.

–El padre ha muerto cargado de deudas –me explicó–. Toda la herencia está hipotecada, y lo mejor para Hareton será que procure ganarse el cariño del acreedor de su padre.

Al llegar a las «Cumbres» encontré a José muy afectado, y me expresó su satisfacción por mi llegada. El señor Heathcliff dijo que mi presencia no era precisa, pero que podía ordenar lo necesario para el sepelio.

–En realidad, ese perturbado debía ser enterrado sin ceremonia alguna al borde de un camino –dijo–. Ayer le dejé sólo diez minutos por casualidad, y en el intervalo me cerró la puerta y se pasó la noche bebiendo hasta que se mató. Esta mañana, al oír que resoplaba como un caballo, tuvimos que saltar la cerradura. Estaba tendido sobre el banco, y no hubiera despertado aunque le desollásemos. Mandé a buscar a Kenneth, pero antes de que viniera la bestia ya se había convertido en carroña. Estaba muerto, rígido y helado, y no se podía hacer nada por él.

El viejo criado confirmó el relato y agregó:

–Habría valido más que hubiera ido él a buscar el médico. Yo habría atendido al amo mejor. Cuando me fui no había muerto aún.

Insistí en que el entierro debía ser solemne. Heathcliff me autorizó a organizarlo como quisiera, aunque recordándome que tuviera en cuenta que el dinero que se gastara había de salir de su bolsillo. Se mostraba indiferente y rígido. Podía apreciarse en él algo como la satisfacción de quien ha terminado un trabajo con éxito. Hasta, en un momento dado, creí notar en él un principio de exaltación. Fue cuando sacaban el féretro de la casa. Acompañó al duelo. ¡Hasta ese punto extremó su hipocresía! Le vi sentar a Hareton a la mesa, y le oí murmurar como complacido:

–¡Vaya, chiquito: ya eres mío! Si la rama crece tan torcida como el tronco, con el mismo viento la derribaremos.

El niño pareció alegrarse de aquellas palabras, agarró las patillas de Heathcliff y le dio palmaditas en la cara. Pero yo comprendí bien lo que Heathcliff quería decir, y advertí:

—Este niño debe venir conmigo a la «Granja de los Tordos». No hay cosa en el mundo sobre la que tenga usted menos derechos que sobre este pequeño.

—¿Lo ha dicho Linton? —me interrogó.

—Sí; me ha ordenado que me lo lleve —repuse.

—Bueno —respondió el villano—. No quiero discusiones sobre el asunto. Pero me siento inclinado a ver qué maña me doy para educar a un niño, así que si os lleváis a ése, haré venir conmigo al mío. Díselo a tu amo.

Así nos dejó imposibilitados de obrar. Repetí sus palabras a Eduardo Linton, y éste, que por su parte no sentía gran interés en ello, no volvió a hablar del tema para nada. Ahora, el antiguo huésped de «Cumbres Borrascosas», se había convertido en el dueño de ella. Tomó posesión definitiva, probando legalmente que la finca estaba hipotecada, ya que Hindley había ido estableciendo hipotecas sucesivas sobre toda la propiedad. El acreedor era el propio Heathcliff. Y por eso Hareton, que debía ser el hombre más acomodado de la región, está sometido ahora al enemigo de su padre, y vive como un criado en su propia casa, y para colmo no recibe salario alguno, e incapaz de volver por sus fueros, ya que desconoce el atropello de que ha sido víctima.

Capítulo dieciocho

Los doce años posteriores a aquella dolorosa época –prosiguió diciendo la señora Dean– fueron los más dichosos de toda mi vida. Mis únicas preocupaciones consistían en las pequeñas enfermedades que sufría la niña, como todo niño sufre, sea rico o pobre. A los seis meses empezó a crecer como un árbol y andaba y hasta hablaba a su manera antes de que las plantas floreciesen dos veces sobre la tumba de la señora Linton. Era el más hechicero ser que haya alegrado jamás una casa desolada. Tenía los negros ojos de Earnshaw, y la blanca piel y los rubios cabellos de los Linton. Su carácter era altivo, pero no brusco y su corazón sensible y afectuoso en extremo. No se parecía a su madre. Era dulce y suave como una paloma. Tenía la voz suave y la expresión pensativa. Jamás se enfurecía por nada. Empero, es preciso confesar que contaba entre sus cualidades algunos defectos. Ante todo, su tendencia a mostrarse insolente y la torcida manera de ser que todo niño mimado, sea bueno o malo, demuestra. Si alguno la contrariaba, salía siempre con lo mismo: «Se lo diré a papá». Cuando él la reprendía, aunque sólo fuese con un gesto, ella consideraba el suceso como una terrible desgracia. Pero me parece que el señor no le dirigió jamás una palabra áspera. Él mismo tomó su instrucción a su cargo. Afortunadamente, era inteligente y curiosa, y aprendió muy pronto.

A los trece años, aún no había cruzado ni una sola vez el recinto del parque sin ir acompañada. En alguna ocasión el señor Linton la llevaba a pasear a una o dos millas de distancia, pero no la confiaba a nadie más. Para los oídos de la niña, la palabra Gimmerton no quería decir nada. No había entrado en otra casa que en la suya, salvo en la iglesia. Para ella no existían ni «Cumbres Borrascosas», ni el señor Heathcliff. Vivía en perfecta reclusión y parecía contenta de su estado. A veces, mientras miraba el paisaje desde la ventana, me preguntaba:

–Elena, ¿cuánto se tardaría en llegar a lo alto de aquellos montes? ¿Y sabes tú qué hay al otro lado? ¿El mar?

–No, señorita –contestaba yo–. Hay otros montes iguales.

–¿Qué aspecto tienen esas rocas doradas cuando se está junto a ellas? –me preguntó un día.

El acantilado del risco de Penninston atraía mucho su atención, sobre todo cuando el sol poniente bañaba su cima dejando en penumbra el resto del panorama. Yo le dije que eran áridas masas de piedra, entre cuyas grietas crecía algún que otro árbol raquítico.

–¿Y cómo brillan tanto después de oscurecer? –siguió preguntando.

–Porque están mucho más altas que nosotros –repuse–. Usted no podría subir a esas rocas; son demasiado abruptas y altas. En invierno, la nieve cae allí antes que en sitio alguno. Hasta en pleno verano he hallado nieve yo en una grieta que hay al Nordeste.

—Si tú has estado —dijo, regocijada— también yo podré ir cuando sea mayor. ¿Papá ha estado allí, Elena?

—Su papá le diría —me apresure a contestar— que ese sitio no merece la pena de visitarlo. El campo por donde pasea usted con él es mucho más hermoso y el parque de esta casa es el sitio más bonito del mundo.

—Pero yo conozco el parque, y ese sitio no —murmuró ella—. ¡Cuánto me gustaría mirar desde lo alto de aquella cumbre! Tengo que ir alguna vez en mi jaquita *Minny*.

Una de las criadas le habló un día de la «Cueva Encantada». Esto le interesó tanto, que no hizo más que abrumar al señor Linton con su insistencia en ir a visitarla. Él le prometió que la complacería cuando fuera mayor. Pero la niña contaba su edad de mes en mes y frecuentemente preguntaba:

—¿Soy ya bastante crecida?

Mas Eduardo no tenía deseo alguno de ir, porque el camino pasaba cerca de «Cumbres Borrascosas», y esto no le placía. Solía, pues, contestar:

—Aún no, querida, aún no.

Según le dije, la señora Heathcliff no vivió más que doce años después de haber abandonado a su esposo. Su débil constitución era un mal congénito en la familia. Ni ella ni su hermano disfrutaban de la robustez que es común en la comarca. No sé de qué murió, pero creo que los dos fallecieron de lo mismo: una especie de fiebre lenta, que de pronto consumía las energías rápidamente. Así que llegó un momento en que escribió a su hermano para advertirle del probable desenlace funesto a que le abocaba una enfermedad que venía padeciendo desde cuatro meses atrás, y le rogaba que fuese a verla, ya que tenían que arreglar muchas cosas y deseaba entregarle a Linton antes de morir. Esperaba que Heathcliff dejase a Linton a cargo de su hermano como le habían dejado a cargo de ella, y le alegraba la convicción que albergaba de que su padre no deseaba ocuparse del niño. El amo se apresuró a cumplir su deseo. Al irse, Linton dejó a Cati a mi custodia, recomendándome mucho que no la dejase salir del parque ni siquiera conmigo. Sola, no pasaba por su cerebro la idea de que pudiese andar por ningún sitio.

Tres semanas estuvo fuera. La niña al principio pasaba el tiempo en un rincón de la biblioteca, y estaba tan triste que no jugaba ni leía. Pero a esta tranquilidad sucedió una etapa de inquietud. Y como yo estaba ya algo madura y muy ocupada en mis quehaceres, encontré un medio de que se divirtiese sin que me molestase. La enviaba a pasear por la finca, a caballo o a pie, y cuando volvía escuchaba pacientemente el relato de sus reales o fantásticas aventuras.

Vino el estío, y tanto se aficionó Cati a aquellas solitarias excursiones, que muchas veces salía después de desayunar y no volvía hasta la hora de la cena. Luego entretenía la velada contándome fantásticas historias. Yo no temía que saliera del parque, porque la verja estaba cerrada, y aunque se hubiese hallado abierta, pensaba yo que ella no se arriesgaría a salir sola. Pero desgraciadamente me equivoqué. Una mañana, a las ocho, Cati vino a buscarme y me dijo que aquel día ella era un mercader árabe que iba a atravesar el desierto, y que necesitaba muchas provisiones para sí y para su caravana, consistente en el caballo y en tres camellos. Los camellos eran un gran sabueso y dos perros pachones. Preparé un paquete de golosinas y lo metí en una cesta que colgué del arzón. Saltó ligera como una sílfide sobre la jaca, y partió alegremente al trote, con su sombrero de alas anchas que la defendía contra el sol de julio, riendo y mofándose de mis exhortaciones de que volviera pronto y no galopara. Pero a la hora del té no volvió. El sabueso, que era un perro viejo, poco amigo ya de tales andanzas, regresó, mas no ella ni los pachones. Envié a buscarla, y al final, viendo que nadie la encontraba, partí yo misma. Junto a los límites de la finca hallé a un aldeano y le pregunté si había visto a la señorita.

—La vi por la mañana —respondió—. Me pidió que le cortara una vara de avellano, y luego hizo saltar a su jaca por encima el seto.

Figúrese cómo me puse al oír tal cosa. Inmediatamente pensé que se había dirigido al risco de Penninston. Me precipité a través de un agujero del seto que el hombre estaba arreglando, y corrí hacia la carretera. Anduve millas y millas hasta que avisté «Cumbres Borrascosas». Y como Penninston dista milla y media de la casa de Heathcliff, y por tanto cuatro de la «Granja», empecé a temer que la noche caería antes de que yo llegase al risco.

«A lo mejor ha resbalado trepando por las rocas —imaginé— y se ha matado o se ha roto un hueso».

Mi inquietud disminuyó algo cuando, al pasar junto a las «Cumbres» distinguí a *Carlitos*, el más fiero de los perros que acompañaban a Cati, tendido bajo la ventana, con la cabeza tumefacta y sangrando por una oreja. Me dirigí a la puerta y llamé fuertemente. Una mujer que yo conocía de Gimmerton y que había ido a las «Cumbres» como sirvienta al morir Earnshaw me abrió.

—¿Viene usted a buscar a la señorita? —dijo—. Está aquí y no le ha pasado nada. Pero me alegro de que el amo no haya venido.

—¿Así que no está en casa? —dije, casi sin poder respirar por la fatiga de la carrera y por la inquietud que sentía un momento antes.

—Él y José están fuera —repuso— y volverán dentro de una hora poco más o menos. Pase y descansará usted un poco. Entré y vi a mi ovejita descarriada sentada junto al hogar en una sillita que había pertenecido a su madre cuando era niña. Había colgado su sombrero en la pared y al parecer estaba a sus anchas. Reía y hablaba animadamente a Hareton —que era entonces un arrogante mozo de dieciocho años— y él la miraba sin comprender casi nada de aquel chorro de palabras con que le abrumaba.

—Está bien, señorita —exclamé, disimulando mi satisfacción bajo una máscara de enfado—. Éste habrá sido el último paseo que dé hasta que vuelva su papá. No volveré a dejarla salir de casa sola. Es usted una niña muy traviesa.

—¡Ay, Elena! —gritó ella alegremente, corriendo hacia mí—. ¡Qué bonita historia tengo para contar esta noche! ¿Cómo me has encontrado? ¿Has estado aquí alguna vez antes de ahora?

—Póngase el sombrero y vayámonos enseguida —dije—, estoy muy indignada con usted. No, no haga pucheritos, que con eso no me quita usted el susto que me ha dado. ¡Cuándo pienso en cuánto me encargó el señor Linton que no saliera usted de casa, y cómo se me ha escapado usted! No nos fiaremos de usted nunca más.

—¿Pues qué he hecho? —repuso ella, reprimiendo un sollozo—. Papá no me encargó nada de lo que dices. Él no se enfada nunca como tú.

—¡Venga, venga! —exclamé—. ¡Qué vergüenza! ¡Con trece años que tiene ya y hacer estas chiquilladas!

Le dije esto, porque ella se había vuelto a quitar el sombrero y se había escapado fuera de mi alcance.

—No riña a la nena, señora Dean —dijo la criada—. Fuimos nosotros los que la entretuvimos. Ella quería haber seguido su camino por no causarle preocupación. Hareton se ofreció a acompañarla, y a mí me pareció bien, porque el camino es muy malo y difícil.

Mientras, Hareton estaba en pie, con las manos en los bolsillos, y no parecía muy satisfecho de mi aparición.

—Vamos —dije—, no me haga esperar más. Dentro de diez minutos será ya de noche. ¿Y la jaca? ¿Y *Fénix*? La advierto que si no se apresura me marcho y la dejo a usted aquí. ¡Vamos!

—La jaca está en el patio —respondió— y *Fénix* encerrado. Le han mordido a él y a *Carlitos*. Me proponía decírtelo, pero no te contaré nada por haberte enfadado.

Me dispuse a ponerle el sombrero, pero ella, viendo que los demás adoptaban su partido, empezó a correr de un sitio a otro, escondiéndose detrás de los muebles. Todos se reían de mí, hasta que me hicieron gritar, ya enfurecida:

—¡Si usted supiera a quién pertenece esta casa, señorita Cati, no volvería a poner los pies en ella!

—¿Es de tu padre, verdad? —preguntó ella a Hareton.

—No —replicó él, sonrojándose y apartando la vista.

No se atrevía a mirarla frente a frente. Y por cierto que ambos tenían idénticos los ojos.

—¿Entonces de su amo? —insistió ella.

Él se ruborizo más aún, profirió un juramento, en voz baja y se apartó.

—¿Quién es el amo de la casa?, —preguntó la muchacha dirigiéndose a mí—. Este joven me ha hablado de un modo que me hizo creer que era el hijo del propietario.

No me ha llamado señorita. Y, si es un criado, debiera haberlo hecho.

Hareton se puso sombrío al oír aquella observación.

Yo logré que ella se resolviese al fin a acompañarme.

—Tráigame el caballo —dijo la joven, hablando a su pariente como lo hubiera hecho a un mozo de cuadra—. Puede usted acompañarme. Quiero ver aparecer el fantasma del pantano, y las hadas de que me ha hablado usted, pero apresúrese. ¡Vamos; tráigame el caballo!

—Primero te veré condenada que ser tu criado —respondió él.

—¿Cómo? —exclamó Cati sorprendida.

—Condenada he dicho, bruja.

—Vea con qué buena compañía ha venido usted a encontrarse, señorita Cati —interrumpí yo—. Ea, no dispute con él. Cojamos a *Minny* nosotras mismas, y vayámonos.

—¿Cómo se atreve a hablarme así, Elena? —preguntó ella, saltándosele las lágrimas. Y agregó—: ¿Cómo no hace lo que le digo? ¡Malvado! Contaré a papá lo que me ha dicho.

Hareton se preocupó muy poco de la amenaza. Cati se volvió a la mujer.

—Tráigame la jaca —dijo— y suelte a mi perro.

—No hay que tener tantos humos, señorita —repuso la criada—. No perdería usted nada con ser más amable. Yo no soy sirvienta suya, y el señor Hareton aunque no sea hijo del amo, es primo de usted.

—¡Mi primo! —exclamó desdeñosamente Cati.

—Sí, su primo.

—¿Cómo les permites decir esas cosas, Elena? —me interpeló Cati—. A mi primo ha ido a buscarle a Londres mi papá. ¡Vaya! ¡Este mi primo! —exclamó, disgustada ante la idea de que pudiese ser primo suyo semejante patán.

—Uno puede tener muchos primos de todas clases, señorita —contesté yo— y no valer menos por ello. Con no buscar su compañía si no le agrada, está resuelto todo.

—No, Elena, no puede ser mi primo —insistió la joven. Y, como si tal idea la asustase, se refugió en mis brazos.

Yo estaba muy disgustada con ella y con la criada por lo que mutuamente se habían descubierto. Comprendía que Heathcliff sería enseguida informado del retorno de Linton con el hijo de Isabel y comprendía también que la joven no dejaría de preguntar a su padre acerca de aquel primo tan tosco. En cuanto a Hareton, que ya había reaccionado del disgusto que le produjera ser tomado por un criado, pareció lamentar la pena de su prima, se dirigió a ella, después de haber sacado la jaca a la puerta, y le quiso regalar un cachorrillo de los que había en la perrera. Ella le contempló con horror, suspendiendo sus lamentos para mirarle.

Tal antipatía hacia el joven me hizo sonreír. Él, en realidad, era un mozo bien formado, bien parecido y robusto, aunque vistiera la ropa propia de los trabajos que hacía en la finca. Yo creía notar en su rostro mejores cualidades que las que su padre tuviera, cualidades que sin duda hubieran florecido copiosamente de desarrollarse en un ambiente más apropiado. Me parece que Heathcliff no le había maltratado físicamente, a lo cual era opuesto por regla general. Parecía haber aplicado su malignidad a hacer de Hareton un bruto. No le había enseñado a leer ni escribir ni le reprendía por ninguna de sus costumbres censurables, salvo las que molestaban al propio Heathcliff. Nunca le ayudó a dar un paso hacia el bien, ni a separarle un paso del mal. José, con las adulaciones que le dedicaba en concepto de jefe de la familia, acabó de estropearle. Y, así como cuando Heathcliff y Catalina Earnshaw eran niños cargaba sobre ellos todas las culpas, hasta agotar la paciencia del señor, ahora acusaba de todos los defectos de Hareton al usurpador de su herencia.

Cuando Hareton juraba, José no le reprendía. Dijérase que le agradaba verle seguir el mal camino. Creía que su alma estaba condenada, pero el pensar que Heathcliff tendría que responder de ello ante el tribunal divino le consolaba. Había infundido al joven el orgullo de su nombre y de su alcurnia. Y le hubiera gustado despertar en él un vivo odio hacia Heathcliff, pero se lo impedía el temor que sentía hacia éste, por lo cual se limitaba a dirigirle vagas amenazas proferidas entre gruñidos. No es que yo crea estar bien informada de cómo se vivía entonces en «Cumbres Borrascosas», ya que hablo de oídas. Los colonos aseguraban que el señor Heathcliff era más cruel y duro para sus arrendatarios que todos los amos anteriores, pero la casa ahora, administrada por una mujer, tenía mejor aspecto, y las orgías de los tiempos de Hindley habían dejado de celebrarse. El nuevo amo era harto sombrío para gustar de compañía alguna, ni buena ni mala, y Heathcliff había seguido siendo igual hasta la fecha.

En fin, con todo esto no adelanto nada en mi historia. La señorita Cati rechazó el regalo del cachorro y pidió sus perros. Ambos aparecieron renqueando, y las dos, muy mohínas, nos volvimos a casa. No pude obtener de la joven otra explicación de sus andanzas sino que se había dirigido a la peña de Penninston, como yo supuse, y que al pasar junto a «Cumbres Borrascosas» había sido atacado su canino cortejo por los perros de Hareton. El combate duró bastante, hasta que sus amos respectivos lograron imponerse. Así entablaron los primos conocimiento. Cati dijo a Hareton adónde iba y él le sirvió de guía, mostrándole todos los secretos de la «Cueva Encantada». Mas como yo había caído en desgracia, no tuve la fortuna de saber lo que Cati hubiera visto en aquellos prodigiosos lugares. Pero sí noté que su improvisado guía había sido su favorito hasta el instante en que ella le ofendió llamándole criado, cuando la criada de Heathcliff le comunicó que era primo suyo. El lenguaje que Earnshaw había usado para con ella la tenía hondamente disgustada. Ella, que en la «Granja» era siempre «cariño», «amor mío», «ángel» y «reina», había sido injuriada por un extraño... No podía comprenderlo, y me costó mucho arrancarle la promesa de que no se lo contaría a su padre. Le dije que éste tenía mucha aversión hacia los habitantes de «Cumbres Borrascosas» y que se disgustaría si supiese que ella había estado allí. Insistí, sobre todo, en que si su papá se enteraba de mi negligencia, originadora de su escapatoria, me despediría. A Cati la asustó esta perspectiva, y no dijo nada. Era, en el fondo, una jovencita muy bondadosa.

Capítulo diecinueve

Una carta de luto nos anunció la vuelta del amo. En ella se contenían instrucciones para preparar el luto de su hermana y la instalación de su sobrino. Cati estaba encantada con la idea de volver a ver a su padre, y no hacía más que hablar de su verdadero primo, como ella decía. Por fin, llegó la tarde en que el amo debía regresar. Desde por la mañana, la joven se había ocupado en sus pequeños quehaceres, y en vestirse de negro (aunque la pobre no sentía dolor alguno por la muerte de su desconocida tía). Finalmente me obligó a que fuera con ella hasta la entrada de la finca para recibir a los viajeros.

—Linton tiene seis meses justos menos que yo —me decía mientras pisábamos el verde césped de las praderas, bajo la sombra de los árboles—. ¡Cuánto me gustará tener un compañero con quien jugar! La tía Isabel envió una vez a papá un rizo del cabello de Linton: era tan fino como el mío, pero más rubio. Lo he guardado en una cajita de cristal, y siempre he pensado que me gustaría mucho ver a su dueño. ¡Y papá viene también! ¡Querido papá! ¡Vamos deprisa, Elena!

Se adelantó corriendo y se volvió atrás muchas veces antes de que yo llegara a la verja. Nos sentamos en un recuesto del camino cubierto de hierba pero Cati no estaba tranquila un solo instante.

—¡Cuánto tardan! ¡Ay, mira, una nube de polvo en la carretera! ¡Ya llegan! ¡Ah, no! ¿Por qué no nos adelantamos media milla, Elena? Sólo hasta aquel grupo de árboles, ¿ves? Allí...

Pero yo me negué. Al fin vimos el carruaje. Cati empezó a gritar en cuanto divisó la faz de su padre en la ventanilla. Él se apeó tan anheloso como ella misma, y ambos se abrazaron, sin ocuparse de nadie más. Entretanto, yo miré dentro del coche. Linton venía dormido en un rincón, envuelto en un abrigo de piel como si estuviéramos en invierno. Era un muchacho pálido y delicado, parecidísimo al señor, pero con un aspecto enfermizo que éste no tenía. Eduardo, al ver que yo miraba a su sobrino, me mandó cerrar la portezuela, para que el niño no se enfriase. Cati quería verle, pero su padre se obstinó en que le acompañara, y los dos subieron por el parque, mientras yo me adelantaba para prevenir a la servidumbre.

—Querida —dijo el señor—; tu primo no está tan fuerte como tú, y hace poco que ha perdido a su madre. Así que por ahora no podrá jugar mucho contigo. Tampoco le hables demasiado. Déjale que duerma esta noche, ¿quieres?

—Sí, sí papá —respondió Catalina—, pero quiero verle, y él no ha sacado la cabeza siquiera.

El coche se paró, despertó el muchacho y su tío le cogió y le bajó a tierra.

—Mira a tu prima, Linton —le dijo, haciéndoles darse la mano—. Te quiere mucho, así que procura no disgustarla llorando, ¿eh? Ponte alegre, el viaje se ha acabado, y no tienes que hacer más que pasarlo bien y divertirte.

—Entonces déjeme irme a acostar —contestó el niño soltando la mano de Cati y llevándosela a los ojos donde asomaban algunas lágrimas.

—Ea, hay que ser un niño bueno —murmure yo, mientras lo conducía adentro—. Va usted a hacer que llore su primita. Mire qué triste se ha puesto viéndole llorar.

Sería por él o no, pero su prima había puesto efectivamente una expresión muy triste también. Subieron los tres a la biblioteca y allí se sirvió el té. Yo quité a Linton el abrigo y la gorra. Le senté en una silla, pero en cuanto estuvo sentado empezó a llorar otra vez. El señor le preguntó qué le pasaba.

—Estoy mal en esta silla —repuso el muchacho.

—Pues siéntate en el sofá y Elena te llevará allí el té —repuso pacientemente el señor.

Yo comprendí que su buen carácter había sido puesto a prueba durante el viaje. Linton se dirigió al sofá. Cati se sentó a su lado en un taburete, sosteniendo la taza en la mano. Al principio guardó silencio, pero luego empezó a hacer caricias a su primito, a besarle en las mejillas y a ofrecerle té en un plato como si fuera un bebé. A él le agradó aquello y en su rostro se dibujó una sonrisa de complacencia.

—Esto le convendrá —dijo el amo—. Si podemos tenerle con nosotros, la presencia de una niña de su misma edad le infundirá ánimos, y si desea adquirir fuerzas, lo conseguirá.

«Eso será, en efecto, si podemos tenerle con nosotros», me dije bastante preocupada. Y me imaginé lo que sería de aquel muchacho entre su padre y Hareton. Pero nuestras dudas se resolvieron pronto. Había yo llevado a los niños a sus habitaciones y dejado dormido ya a Linton, y estaba en el vestíbulo encendiendo una vela para la alcoba del señor, cuando apareció una criada y me manifestó que José, el criado de Heathcliff, deseaba hablar con el amo.

—¡Qué horas tan intempestivas, y más sabiendo que el señor regresa de un largo viaje! —dije—. Voy a hablar yo primero con él.

José, entretanto, había cruzado ya la cocina y entraba en el vestíbulo. Iba vestido con el traje de los días de fiesta, tenía en su rostro la más agria de sus expresiones, y mientras sostenía en una mano el sombrero y en la otra el bastón, se limpiaba las botas en la alfombrilla.

—Buenas noches, José —le dije—. ¿Qué te trae por aquí?

—Con quien tengo que hablar es con el señor Linton —repuso.

—El señor Linton se está acostando ya, y a no ser que tengas que decirle algo muy urgente, no podrá recibirte... Vale más que te sientes y me digas lo que sea.

—¿Cuál es el cuarto del señor? —contestó él mirando todas las puertas cerradas.

Viendo su insistencia, subí a la habitación de mala gana y anuncié al señor la presencia del importuno visitante, aconsejándole que le mandara volver al otro día. Pero José me había seguido, entró, se plantó apoyado en su bastón, y empezó a hablar en voz fuerte, como quien se prepara a discutir:

–Heathcliff me envía a buscar a su hijo y no me iré sin él.

Eduardo permaneció silencioso un momento. Una expresión de pena se pintó en su rostro. Se dolía del niño y recordaba las angustiosas recomendaciones de Isabel para que le tomase a su cargo. Pero por más que buscó, no encontró pretexto alguno para una negativa. Cualquier intento de su parte hubiera dado más derechos al reclamante. Tenía, pues, que ceder. No obstante, no quiso despertar al niño.

–Diga al señor Heathcliff –respondió con serenidad– que su hijo irá mañana a «Cumbres Borrascosas». Pero ahora no, porque está acostado ya. Dígale también que su madre le confió a mis cuidados.

–No –insistió José, golpeando el suelo con el bastón–. Todo eso no conduce a nada. A Heathcliff no le importan nada la madre del niño ni usted. Lo que quiere es al chico, y ahora mismo.

–Esta noche no –repitió mi amo–. Váyase y transmita a su amo lo que le he dicho. Acompáñale, Elena. ¡Váyase...!

Y como el viejo persistiera en no irse, le cogió de un brazo y le sacó a la fuerza.

–¡Está bien! –gritó José mientras se iba–. Mañana vendrá mi amo y veremos si usted se atreve a echarle así.

Capítulo veinte

A fin de conjurar la posibilidad de qué se cumpliese aquella amenaza, el señor Linton, al día siguiente, muy de mañana, me encargó de que llevase al niño a casa de su padre en la jaca de Cati, y me advirtió:

—Como ahora no vamos a poder intervenir en el destino que le espera, sea bueno o malo, di únicamente a mi hija que el padre de Linton ha enviado a buscarle, pero no le digas dónde está para impedir que sienta deseos de ir a «Cumbres Borrascosas».

Linton no quería levantarse a las cinco de la mañana, y menos al saber que se trataba de continuar el viaje. Pero yo le dije que era sólo cuestión de ir a pasar una temporada con su padre, el señor Heathcliff, que tenía muchos deseos de conocerle.

—¿Mi padre? —contestó—. Mamá nunca me habló de mi padre. Prefiero quedarme con el tío. ¿Dónde vive mi padre?

—Vive cerca de aquí —contesté—. Cuando esté usted fuerte puede venir andando. Debe usted alegrarse de verle y de estar con él, y debe procurar quererle como ha querido usted a su mamá.

—¿Cómo no me hablaba mamá de él y por qué no vivían juntos? —preguntó Linton.

—Porque él tenía que estar aquí por sus asuntos —indiqué— y a su mamá su mala salud la obligaba a vivir en el sur.

—¿Y por qué no me habló de mi padre? Del tío me hablaba mucho, y me acostumbró a que le quisiera. Pero ¿cómo voy a querer a mi padre si no le conozco?

—Todos los niños quieren a sus padres —contesté—. Su madre no le hablaría para evitar que usted quisiera irse con él. Vamos. Un paseíto a caballo en una mañana tan hermosa es preferible a dormir una hora más.

—¿Vendrá con nosotros la niña de ayer? —me preguntó Linton.

—Ahora no —repuse.

—¿Y el tío?

—No. Yo le acompañaré.

Linton, sombrío, hundió la cara en la almohada.

—No me iré sin el tío —acabó diciendo—. No comprendo por qué se empeña usted en llevarme de aquí.

Yo traté de convencerle, pero se resistió de tal modo que tuve que apelar al auxilio del señor.

Al fin, el pobre niño salió, después de recibir muchas falsas promesas de que su ausencia sería breve y de que Eduardo y Cati le visitarían con frecuencia. El aire, el sol y la marcha reposada de *Minny* contribuyeron a alegrarle un poco. Comenzó a hacerme preguntas sobre la nueva casa.

—¿«Cumbres Borrascosas» es un sitio tan hermoso como la «Granja de los Tordos»? —me interrogó, mientras se volvía para lanzar una última mirada al valle, del cual se levantaba entonces una leve neblina hacia el azul.

—No tiene tantos árboles —contesté— y no es tan grande, pero desde allí se ve un hermoso panorama y el aire es más puro y más fresco. Puede que le parezca una casa algo antigua y lóbrega, pero es, en importancia, la segunda de la comarca. Y podrá usted dar paseos por los campos de las inmediaciones. Hareton Earnshaw, que es primo de la señorita Cati y hasta cierto punto de usted, le enseñará todo lo que hay de bonito en los alrededores. Cuando haga buen tiempo, puede usted coger un libro y marcharse a leer al campo. Se encontrará a veces con su tío, que suele pasearse por las colinas.

—¿Cómo es mi padre? ¿Es tan joven y tan guapo como el tío?

—Es tan joven como el tío —respondí—, pero tiene negro el cabello y los ojos. Es más alto y más grueso también, y a primera vista aparenta ser severo. Quizá no le parezca a usted cariñoso ni afable, pero trátele no obstante con cariño, y él le querrá a usted más que su tío, porque al fin es usted su hijo, naturalmente.

—¿De manera que no me parezco a él? —siguió preguntando Linton—. Porque si tiene negro el cabello y los ojos...

—No se le parece mucho —repuse. Y pensé para mí que no se le parecía en nada.

—¡Cuánto me asombra que él no fuera nunca a ver a mamá! Y a mí, ¿me ha visto alguna vez siendo pequeño? Yo no me acuerdo.

—Trescientas millas son mucha distancia —le dije— y diez años no son para una persona mayor lo mismo que para usted. El señor Heathcliff se propondría seguramente ir de un momento a otro, y nunca llegaba la ocasión. Vale más que no le haga usted preguntas sobre ello.

El muchacho no habló más durante el resto del camino, hasta que nos detuvimos a la puerta de la casa. Allí miró atentamente la fachada labrada, las ventanas, los árboles torcidos y los groselleros. Hizo un movimiento con la cabeza con el que significaba su disgusto, pero no dijo nada. Yo me dirigí a abrir la puerta antes de que él se apease. Eran las seis y media y en la casa acababan de tomar el desayuno. La criada estaba limpiando la mesa. José explicaba a su amo algo que se refería a su caballo, y Hareton se disponía a salir.

—¡Hola, Elena! —me dijo Heathcliff al verme—. Me temía tener que ir en persona a buscar lo que es mío. Me lo has traído, ¿no? Vamos a ver qué tal es.

Se levantó y se dirigió a la puerta seguido por José y por Hareton. El pobre Linton miró a los tres.

—¡Qué aspecto tiene! —dijo José, después de una detenida inspección—. Me parece, señor, que le han echado a perder a su hijo.

Heathcliff, que miraba al niño fijamente, soltó una carcajada de irrisión.

—¡Dios mío, qué niño! Parece que le han criado con caracoles y con leche agria. El diablo me lleve, sino es aún mucho peor de lo que esperaba, y eso que no me hacía muchas ilusiones.

Mandé al niño que se apeara y entrase. Él no había comprendido bien las palabras de su padre, ni aún tenía seguridad de que fuera su padre aquel extraño. Me miraba con creciente temor, y cuando Heathcliff se sentó y le mandó acercarse, él se agarró a mi falda y empezó a llorar.

—¡Bah, bah! —dijo Heathcliff. Le cogió, le atrajo hacia él y, tomándole por la barbilla, añadió—: Nada de tonterías. No vamos a hacerte nada, eres el retrato de tu madre. ¿Qué hay mío en ti, pollito?

Le quitó el sombrero y le echó hacia atrás los rizos. Le palpó brazos y manos. Linton dejó de llorar y contempló a su vez al hombre con sus grandes ojos azules.

—¿Me conoces? —preguntó Heathcliff, después de cerciorarse de la fragilidad de los miembros de su hijo.

—No —dijo Linton, con temor.

—¿Ni te han hablado de mí?

—No.

—¿No, eh? Tu madre debía haberse avergonzado de no despertar tu cariño hacia mí. Bueno, pues entérate, eres mi hijo, y tu madre fue una malvada bribona al no explicarte qué clase de padre tienes. ¡Vamos, te ruborizas! Algo es convencerse de que no tienes blanca la sangre también. Ahora a ser buen chico. Elena, siéntate si estás cansada, y vuélvete a tu casa, si no. Ya supongo que contarás en la «Granja» todo lo que estás viendo y oyendo. Y el chico no se hará al ambiente mientras no se quede con nosotros solo.

—Espero, señor Heathcliff —contesté— que se portará bien con el niño, porque de lo contrario no le tendrá mucho tiempo a su lado. Piense que es el único familiar que le queda.

—Seré buenísimo con él, no tengas miedo —repuso—. Ahora que nadie más lo será. Procuraré acaparar su afecto. Y para empezar mis bondades, ¡José, trae algo de desayunar al niño! Hareton, becerro infernal, vete a trabajar. —Y cuando ambos se fueron, agregó—: Sí, Elena, mi hijo es el futuro propietario de tu casa, y no quiero que muera hasta estar seguro de que yo seré su heredero. Además, es hijo mío, y quiero ver a mi descendiente dueño exclusivo de los bienes de los Linton y a éstos o a sus descendientes cultivando las tierras de sus padres a las órdenes de mi hijo. Es lo único que me interesa de este chico. Le odio por lo que me evoca, y le desprecio por lo que es. Pero lo que te he dicho basta para que le cuide y le atienda tanto como tu amo pueda atender y cuidar a su hija. He preparado para él una habitación lindamente amueblada, y he encargado a un maestro que venga, desde una distancia de veinte millas, a darle lección tres veces a la semana. A Hareton le he mandado que le obedezca, y, en fin, he hecho todo lo necesario para que Linton se sienta superior a los demás de la casa. Pero me disgusta que valga tan poco. Lo único que me hubiera consolado es que fuese digno de mí, y he experimentado una desilusión viendo que es un pobre desgraciado que no sabe hacer otra cosa que llorar.

José acudió con un tazón de sopa de leche. Linton, después de dar muchas vueltas al cacharro, dijo que no lo quería. El viejo criado, según noté, sentía hacia el niño el mismo desprecio que su padre, pero procuraba disimularlo teniendo en cuenta el deseo de Heathcliff de que le respetaran.

—¿Con qué no quiere comerlo? —dijo José en voz muy baja para que no le oyesen—. Pues el señorito Hareton no comía otra cosa cuando era niño, y era tan bueno como usted.

—Llévatelo —repuso Linton—. No lo quiero.

José, indignado, cogió el tazón y se lo presentó a Heathcliff.

—¿Qué hay en esto de malo? —preguntó.

—No creo que haya nada malo —dijo Heathcliff.

—Pues su hijo no quiere comerlo —respondió José—. ¡Pero él se saldrá con la suya! Su madre era lo mismo. Pensaba que todos éramos unos puercos y que nuestro contacto ensuciaba el trigo con que se cocía su pan.

—Guárdate de mencionar a su madre —gruñó Heathcliff, enojado—. Trae algo que le guste, y basta. ¿Qué suele comer el chiquillo, Elena?

Indiqué que le convendría té o leche hervida, y la criada recibió orden de prepararlo. Yo reflexioné que el egoísmo de su padre contribuiría a su bienestar. Heathcliff veía que su delicada salud exigía tratarle con cuidado. Y pensé que el señor se consolaría cuando se lo dijese. Entretanto, como ya no tenía pretexto para quedarme, salí al patio, aprovechando un momento en que Linton estaba ocupado en rechazar tímidamente las muestras de amistad que le quería prodigar un mastín. Pero él se dio cuenta de mi marcha.

Al cerrar la puerta le oí gritar una vez y otra:

—¡No se vaya! ¡No quiero quedarme aquí!

Se cerró la puerta, y le impidieron salir. Monté en *Minny*, y así concluyó mi breve custodia del niño.

Capítulo veintiuno

Durante el día estuvimos muy ocupados en consolar a Cati. Se levantó muy temprano, impaciente por ver a su primo, y tanto lloró y se lamentó al saber que se había marchado, que Eduardo tuvo que consolarla prometiéndole que el niño volvería en breve, si bien añadió: «si lo consigo». Algo la tranquilizó esta promesa, y, sin embargo, tanto puede el tiempo que cuando volvió a ver a Linton le había olvidado hasta el punto de no reconocerle.

Siempre que yo encontraba a la criada de «Cumbres Borrascosas», le preguntaba por el niño y ella me solía contestar que vivía casi tan encerrado como Cati, y que rara vez se le veía. Su salud seguía siendo delicada y resultaba un huésped bastante molesto. El señor Heathcliff le quería cada vez menos, a pesar de que trataba de ocultarlo. Le molestaba su voz y no podía aguantar largo tiempo su presencia. Hablaba poco con él. Linton estudiaba y pasaba las tardes en una salita, cuando no se quedaba en cama, ya que era muy frecuente que sufriese catarros, accesos de tos y todo género de enfermedades.

—No he visto otro ser más melindroso ni más tímido —decía la criada—. Si dejo la ventana un poco abierta por la tarde, se pone fuera de sí, como si fuese a entrar la muerte por ella. En pleno verano necesita estar junto al fuego, y le incomoda el humo de la pipa de José, y hay que tenerle siempre preparados bombones y golosinas, y leche y siempre leche... Se pasa el tiempo al lado de la lumbre, envuelto en un abrigo de pieles, teniendo al alcance de su mano tostadas y algo que beber. Y si alguna vez Hareton, que no es malo a pesar de su tosquedad, va a distraerle, siempre salen, uno renegando y el otro llorando. Se me figura que al amo le agradaría que Earnshaw moliese al niño a palos, si no se tratara de su hijo, y creo que sería capaz de echarle de casa si supiera la serie de cuidados que el chico tiene para consigo mismo. Pero el señor no entra nunca en la salita, y si Linton empieza a hacer tonterías de ésas en el salón, le manda enseguida irse a su alcoba.

Tales explicaciones me hicieron comprender que el joven, en medio de un ambiente donde no encontraba simpatía alguna, se había hecho egoísta e ingrato, si es que no lo era ya de nacimiento, y cesé de interesarme por él, por más que no dejara de lamentar que no le hubieran permitido estar con nosotros. Pero el señor Linton me estimulaba a que me informase de él, y creo que le hubiera agradado verle, porque una vez incluso me mandó preguntar a la criada si el muchacho no solía ir al pueblo.

Ella me contestó que había ido con su padre a caballo dos o tres veces, y que siempre había vuelto rendido para varios días. La criada a que me refiero se marchó dos años después de llegar el chiquillo.

En la «Granja» el tiempo transcurría plácidamente. Llegó el momento en que la señorita Cati cumplió los dieciséis años. No celebrábamos nunca el día de su cumpleaños porque era también el aniversario de la muerte de su madre. Su padre pasaba aquellos días en la biblioteca, y al oscurecer se iba al cementerio de Gimmerton, donde se quedaba a veces hasta medianoche. Catalina tenía que divertirse ella sola. Aquel año, el 20 de marzo hizo un tiempo excelente, y después de que su padre hubo salido, la señorita bajó vestida y me dijo que había pedido permiso al señor para que paseáramos juntas por el borde de los pantanos, con tal de que no tardáramos en volver más de una hora.

—¡Anda, Elena! —me dijo—. Quiero ir allí, ¿ves? Por donde suelen ir las cercetas. Quiero ver si han hecho ya sus nidos.

—Esto debe estar lejos —respondí— porque no suelen anidar junto a los pantanos.

—No, no está lejos —me aseguró—. He ido con papá hasta las cercanías.

Cogí el sombrero y salimos. Cati corría ante mí, yendo y viniendo como un perrillo juguetón. Al principio lo pasé bien. Cantaban las alondras, y mi niña mimada estaba encantadora, con sus dorados bucles colgando hacia atrás, y sus mejillas, tan puras y encendidas como una rosa silvestre. Era un ángel entonces. Verdaderamente, era imposible no desear proporcionarle todas las alegrías que fuera posible.

—Pero, señorita —dije, después de un buen rato—, ¿dónde están las cercetas? Estamos lejos ya de casa.

—Es un poco más allá, sólo un poco —repetía invariablemente—. Ahora sube esa colina, bordea esa orilla, y verás qué pronto hago que los pájaros echen a volar.

Mas tantas colinas había que subir y tantas orillas que bordear, que al fin me cansé y le grité que era necesario volverse ya. Pero no me oyó, porque se había adelantado mucho, y la tuve que seguir contra mi deseo. Empezó a descender una hondonada. En aquel momento estábamos más cerca de «Cumbres Borrascosas» que de casa. De pronto vi que la habían abordado dos personas, y en una de ellas reconocí al propio Heathcliff.

Habían descubierto a Cati en el acto de coger unos nidos de aves. Aquellas extensiones pertenecían a Heathcliff y él estaba amonestando a la cazadora furtiva.

—No he cogido pájaro alguno —dijo ella enseñando sus manos para demostrarlo—. Papá me dijo que anidaban aquí y quería ver cómo son sus huevos.

Yo llegaba en aquel momento. Heathcliff me miró maliciosamente, y le preguntó:

—¿Quién es su padre?

—El señor Linton, de la «Granja de los Tordos» —repuso ella—. Ya he supuesto que usted no me conocía, pues de lo contrario no me hubiera hablado en esa forma.

—¿Así que usted supone que su papá es digno de mucha estimación y respeto? —le preguntó él irónicamente.

—¿Quién es usted? —repuso ella mirando a Heathcliff con curiosidad—. A ese hombre ya le he visto otra vez. ¿Es hijo suyo?

Y señalaba a Hareton, a quien los dos años transcurridos le habían hecho ganar en fuerza y en estatura, pero que continuaba zafio como antes.

—Señorita Cati —intervine—, tenemos que volver. Hace tres horas que salimos de casa.

—No, no es mi hijo —contestó Heathcliff—. Pero tengo uno, y también le conoce usted. Aunque su aya tenga prisa, creo que sería mejor que vinieran a descansar un poco a casa. Sólo con dar la vuelta a esta colina, ya estamos allí. Será usted bien recibida, descansará un poco y volverá a la «Granja» en cuanto quiera.

Yo insistí a Cati para que no aceptáramos la invitación, pero ella respondió:

—¿Por qué no? Estoy cansada, y no vamos a sentarnos aquí. El suelo está húmedo. ¡Anda, Elena! Dice, además, que conozco a su hijo. Yo creo que se equivoca. Vive en aquella casa donde estuve cuando volví de la peña de Penninston, ¿no?

—Justo —dijo Heathcliff—. Cállate, Elena. Le gustará ver nuestra casa. Hareton, vete delante con la muchacha. Tú ven conmigo, Elena.

—No irá a semejante sitio —grité. Y traté de soltarme de Heathcliff, que me había cogido por un brazo. Pero Cati había echado a correr y estaba ya casi en las «Cumbres». Hareton había desaparecido por un lado del camino.

—Esto es un atropello, señor Heathcliff —le censuré—. Ella verá a Linton, cuando volvamos lo contará a su padre, y todas las culpas me las cargaré yo.

—Quiero que vea a Linton —repuso él—. Está estos días de mejor aspecto. No será difícil conseguir que la muchacha no hable nada de la visita... ¿Qué mal hay?

—Hay el mal de que su padre me odiaría si supiese que la he dejado entrar en casa de usted. Además, estoy segura de que usted lleva algún mal fin —repliqué.

—Mi fin es honradísimo —dijo— y te lo voy a declarar. Quiero que los dos primos se enamoren y se casen. Ya ves que soy generoso con tu amo. La chica no tiene otras perspectivas. Si ella se casara con Linton, la designaría como coheredera.

—Lo sería de todos modos si Linton muriese —repuse—, y ya sabe usted que la salud del chico es muy precaria.

—No lo sería —replicó— porque ninguna cláusula del testamento lo menciona, y yo sería el heredero. Pero para evitar pleitos, quiero que se casen.

—Y yo no quiero que ella entre en esa casa conmigo —respondí.

Catalina había alcanzado ya la verja. Heathcliff me aconsejó que me tranquilizase y nos precedió por el sendero. La señorita le miraba como pretendiendo darse cuenta de qué clase de hombre era, pero él la correspondía con sonrisas y al hablarle suavizaba su voz. Llegué a imaginar que la memoria de la madre le hacía simpatizar con la joven. Encontramos a Linton junto al fuego. Venía de pasear por el campo, tenía aún puesta la gorra y en aquel momento estaba pidiendo a José calzado seco.

Le faltaban pocos meses para cumplir los dieciséis años y estaba muy crecido para su edad. Seguía teniendo bellas las facciones, y en sus ojos y su piel se notaban los saludables efectos del aire y el sol que acababa de tomar durante su paseo.

—¿Le conoce? —preguntó Heathcliff a Cati.

—¿Es su hijo? —dijo ella, mirando, dudosa, a los dos.

—Sí, pero ¿cree que es la primera vez que le ve? Haga memoria. Linton, ¿no te acuerdas de tu prima?

—¿Linton? —exclamó Catalina agradablemente sorprendida—. ¿Es éste el pequeño Linton? ¡Pero si está más alto que yo!

Él se dirigió a ella, se besaron y ambos se miraron asombrados del cambio que habían experimentado los dos. Cati estaba ya completamente desarrollada. Era a la vez llena y esbelta, flexible como el junco y rebosaba de animación y salud. En cuanto a Linton, tenía lánguidos los ademanes y las miradas y era muy endeble de complexión, pero la gracia de sus maneras compensaba aquellos defectos. Luego de haber cambiado muchas caricias con él, su prima se dirigió al señor Heathcliff que estaba junto a la puerta fingiendo mirar afuera, pero en realidad observando exclusivamente lo que pasaba dentro.

—¿Así que es usted tío mío? —dijo la joven abrazándole—. ¿Y por qué no va a vernos a la «Granja de los Tordos»? Es raro vivir tan próximos y no visitarse nunca. ¿Por qué sucede así?

—Antes de que tú nacieras, yo iba alguna vez. Anda, déjate de besos... Dáselos a Linton. Dármelos a mí es perder el tiempo.

—¡Qué mala eres, Elena! —exclamó Cati viniendo hacia mí para prodigarme también sus zalamerías—. ¡Mira que no dejarme entrar! En adelante vendré todas las mañanas. ¿Puedo hacerlo, tío? ¿Y puede venir conmigo papá? ¿No le gustará vernos?

—Claro que sí —repuso él disimulando la mueca de aversión que le inspiraban los dos presuntos visitantes—. Pero es mejor que te diga que tu padre y yo reñimos terriblemente una vez, y si le cuentas que me visitas, es muy fácil que te lo prohíba. Así que si quieres seguir viendo a tu primo, vale más que no se lo digas a tu padre.

—¿Por qué riñeron? —preguntó Catalina disgustada.

—Porque él creyó que yo era demasiado pobre para casarme con su hermana —explicó Heathcliff—. Se disgustó conmigo cuando lo hicimos y no me perdonó jamás.

—Eso no está bien —dijo la joven—. Pero Linton y yo no tenemos la culpa. En vez de venir yo, es mejor que él venga a la «Granja».

—Está demasiado lejos para mí, Cati —respondió su primo—. Andar cuatro millas me mataría. Ven tú cuando puedas, por lo menos una vez a la semana.

Heathcliff miró con desdén a su hijo.

—Me temo que voy a perder el tiempo, Elena —rezongó—. Catalina verá que su primo es tonto, y le mandará al diablo. ¡Si hubiera sido Hareton! Te aseguro que me lamento continuamente de que no sea como él, a pesar de lo degradado que Hareton está. Si el chico fuera otro, yo le querría. No, no hay miedo de que ella se enamore. No creo que pase de los dieciocho años. ¡Maldito imbécil! No se ocupa mas que de secarse los pies, y ni mira a su prima. ¡Linton!

—¿Qué, papá?

—¿No hay nada que puedas enseñar a tu prima? ¿Ni un mal conejo o un nido de comadrejas? Anda, hombre, deja de cambiarte el calzado, llévala al jardín y enséñale tu caballo.

—¿No prefieres sentarte aquí? —preguntó él a Cati indicando en su tono la poca gana que tenía de moverse.

—No sé... —contestó ella, dirigiendo a la puerta una mirada que indicaba claramente que prefería hacer algo a sentarse.

Pero él se repantigó en su silla y se aproximó más al fuego. Heathcliff se fue a buscar a Hareton. Se notaba que el joven acababa de lavarse, en sus mejillas brillantes y su cabello mojado.

—Quiero hacerle una pregunta, tío —dijo Catalina—. Éste no es primo mío, ¿verdad?

—Sí —contestó él—. Es sobrino de tu madre. ¿No te agrada?

Catalina le miró con extrañeza.

—¿No es un buen mozo? —siguió Heathcliff.

La joven se levantó sobre las puntas de los pies y habló a Heathcliff al oído. Él se echó a reír. Hareton se puso sombrío, y yo reparé en que era muy suspicaz para algunas cosas. Pero Heathcliff le tranquilizó al decirle:

—¡Ea, Hareton, te preferiremos a ti! Me ha dicho que eres un... ¿un qué? Bueno, no me acuerdo... Una cosa muy agradable. Acompáñala a dar una vuelta y pórtate como un caballero. No digas palabrotas, no la mires cuando ella no te mire a ti, ruborízate cuando se ruborice ella, háblale con dulzura y no lleves las manos en los bolsillos. Anda, trátala todo lo mejor que puedas.

Y miró a la pareja cuando pasó ante la ventana. Hareton no miraba a su compañera y parecía tan atento al paisaje como un pintor o un turista. Cati le miró a su vez de un modo muy lisonjero. Después se dedicó a encontrar objetos que atrajesen su interés y, a falta de conversación, tarareaba.

—Con lo que le he dicho —indicó Heathcliff— verás cómo no pronuncia ni una palabra. Elena, cuando yo tenía su edad o poco menos, ¿era tan estúpido como él?

—Era usted peor —precisé—, porque era usted aún más huraño.

—¡Cuánto me satisface verle así! —siguió Heathcliff, expresando sus pensamientos en voz alta—. Ha colmado mis esperanzas. Si hubiese sido un tonto de nacimiento, ello no me satisfaría tanto. Pero no es tonto, no, y yo comprendo todos sus sentimientos, ya que yo mismo antes que él los he experimentado. Ahora mismo me hago cargo de cuánto padece, aunque no es, por supuesto, más que un principio de lo que padecerá después. Y no logrará desprenderse jamás de su tosquedad y su ignorancia. Le he hecho todavía más vil de lo que su miserable padre quiso hacerme a mí. Le he acostumbrado a despreciar cuanto no es brutal, y llega al extremo de vanagloriarse de su rudeza. ¿Qué pensaría Hindley de su hijo si pudiera verle? ¡Estaría tan orgulloso de él como yo del mío! Con la diferencia de que Hareton es oro en bruto que hace el papel de loza, y éste otro es latón que hace menesteres de vajilla de plata. El mío no vale nada, y sin embargo le haré que prospere todo cuanto se lo permitan sus cualidades. El otro tiene excelentes cualidades, que le he hecho desperdiciar. ¡Y lo grande es que Hareton me quiere como un condenado! En esto he vencido a Hindley. ¡Si el granuja pudiera levantarse de su sepultura para venir a echarme en cara el mal que he hecho a su hijo, éste sería el primero en venir a defenderme, ya que me considera como el mejor amigo que pudiera tener en el mundo!

Esta idea hizo soltar a Heathcliff una carcajada acre. No le repliqué, ni él lo esperaba. Mientras tanto Linton, que estaba sentado harto lejos de nosotros, para poder oír nuestra conversación, empezó a agitarse y a dar muestras de que lamentaba no haber salido con Cati. Su padre distinguió las miradas que dirigía a la ventana. La mano del muchacho se dirigía, irresoluta, hacia su gorra.

—¡Vamos, holgazán, levántate! —dijo con fingida bonachonería—. Vete con ellos. Están junto a las colmenas.

Linton reunió sus energías y abandonó el hogar. Cuando salía, oí por la ventana, que estaba abierta, cómo Cati preguntaba a Hareton el significado de la inscripción que había sobre la puerta. Pero Hareton levantó los ojos y se rascó la cabeza como hubiera hecho un verdadero patán.

—No sé leer ese condenado escrito —contestó.

—¿Qué no puedes leerlo? —respondió Cati—. Yo sí que lo leo, pero lo que quiero es saber por qué está ahí.

Linton soltó una risotada, primera manifestación de alegría que daba.

—No sabe leer —comunicó a su prima—. Supongo que te asombrará saber que es un burro tan grande.

—¿Está bien de la cabeza? —preguntó Catalina seriamente—. Sólo le he hecho dos preguntas, pero creo que no me entiende, y además me habla de un modo tal que tampoco le entiendo yo.

Linton rió de nuevo y miró despreciativamente a Hareton, que no pareció ofenderse por ello.

—¿Verdad que todo es cuestión de pereza, Hareton? —dijo—. Mi prima se imagina que eres un idiota. Entérate de a lo que conduce despreciar los libracos, como tú dices. ¿Has oído cómo pronuncia, Cati?

—¿*Pa* qué diablos necesito tener buena «pronuncia»? —respondió Hareton. Y siguió hablando a su manera, con gran regocijo de mi señorita.

—¿Y *pa* qué diablos necesitas mencionar al diablo en esa frase? —dijo Linton haciéndole burla—. Papá te ha ordenado hablar correctamente, y no dices dos palabras sin cometer una incorrección. Procura portarte como un caballero.

—Si no tuvieras más de chica que de chico, te largaba un puñetazo —contestó el otro, marchándose con el rostro encendido, ya que comprendía que le habían afrentado y no acertaba a reaccionar de otra manera.

Heathcliff, que lo había oído todo tan bien como yo, sonrió, mas enseguida miró con animosidad a la pareja, que se había quedado hablando en el portal. El muchacho se animaba al referir anécdotas relativas a Hareton. En cuanto a ella, celebraba sus comentarios, sin reparar en que denotaban un espíritu perverso. Con todo ello, yo empecé a aborrecer a Linton y me sentí inclinada a justificar el desprecio que sentía su padre hacia él.

Estuvimos hasta la tarde. El señor no salió de su habitación, y esta feliz circunstancia impidió que notara nuestra larga ausencia. Mientras volvíamos intenté explicar a la joven quiénes eran aquellos con los que habíamos estado, pero a ella se le antojaba que mi prevención era injusta.

—Ya veo que le das la razón a papá —me dijo—. No eres justa. La prueba es que me has tenido engañada todos estos años asegurándome que Linton vivía lejos de aquí. Estoy muy incomodada, mas como por otro lado me siento muy satisfecha, no te digo nada. Pero no hables mal de mi tío. Ten en cuenta que es mi pariente. Voy a reñir a papá por no tratarse con él.

Hube de renunciar a mi intento de disuadirla de su equivocación. No habló de la visita aquella noche, porque no vio al señor Linton. Pero al día siguiente lo soltó todo, y aunque por un lado esto me disgustaba, me complacía por otro pensar que el señor acertaría a aconsejarla mejor que yo.

—Papá —dijo Cati después de saludarle—, ¿a quién cree usted que vi ayer cuando salí de paseo? Ya noto que usted se estremece. Claro, como no obró bien... Escúcheme, y sabrá cómo he descubierto que usted y Elena me estaban engañando diciéndome que Linton vivía muy lejos, a la vez que afectaban complacerme cuando yo seguía hablando de él.

Narró lo sucedido. El señor no dijo nada hasta que ella terminó, y sólo de vez en cuando me miraba con expresión de reproche. Al final le preguntó si conocía las razones por las que le había ocultado la proximidad de Linton.

—Porque usted no quiere al señor Heathcliff —contestó ella.

—¿De modo que piensas, Cati, que me preocupan más mis sentimientos que los tuyos? No es que yo no quiera al señor Heathcliff, sino que él no me quiere a mí. Además, es el hombre más diabólico que ha existido, y se goza en dañar y arruinar a los que odia aunque no le den motivos para ello. Yo sabía que no podías tratar a tu primo sin tratarle a él, y me constaba que él te odiaría por ser hija mía. Por eso y por tu propio bien procuré impedir que le vieses. Me proponía explicártelo cuando fueras mayor, y lamento no habértelo dicho antes.

—El señor Heathcliff se portó muy atentamente conmigo —insistió Cati—. Me dijo que puedo ver a mi primo cuando quiera, y que es usted quien no le ha perdonado que él se casara con la tía Isabel. El tío está dispuesto a permitir que me trate con Linton, y usted no.

Entonces el amo le explicó, en breves frases, lo sucedido con Isabel y el procedimiento por el que las «Cumbres» habían pasado a manos de Heathcliff. No se extendió en muchos detalles, pero, por pocos que fueran, bastaban para ilustrar a Cati, dada la animosidad con que los expresó su padre, que seguía odiando a su enemigo, a quien consideraba como el causante de la muerte de la señora, sentimiento que no le abandonaba jamás. La señorita Cati, que era incapaz de hacer mal a nadie salvo pequeñas faltas de desobediencia, quedó asombrada al oír explicar el carácter de aquel hombre capaz de prolongar durante años enteros sus planes de venganza sin sentir remordimiento alguno. Tan afectada nos pareció, que el señor creyó superfluo seguir hablando más. Y sólo agregó:

—Ya te diré más adelante, hija mía, por qué deseo que no vayas a su casa. Ahora ocúpate de tus cosas, y no pienses más en eso.

Cati dio un beso a su padre, y luego dedicó, como siempre, dos horas a sus lecciones. Dimos una vuelta por el parque y no hubo otra novedad. Pero a la noche, mientras yo la ayudaba a desnudarse, empezó a llorar.

—¿No le da vergüenza, niña? —la recriminé—. Si tuviera usted aflicciones de veras no lloraría por una contrariedad tan insignificante. Figúrese que su padre y yo faltáramos y que usted se quedara sola en el mundo. ¿Qué sentiría usted entonces? Compare lo que sufriría en un caso así con esta pequeña contrariedad, y dará usted gracias a Dios, que le concede suficientes amigos lo bastante buenos para no tener que suspirar por otros.

—No lloro por mí, Elena —respondió—. Lloro por Linton, que me espera, y que tendrá mañana el desengaño de no verme ir.

—No se figure —repuse— que él piensa en usted tanto como usted en él. Ya tiene a Hareton para hacerle compañía. Nadie en el mundo lloraría por dejar de tratar a un primo al que ha visto dos veces en toda su vida. Linton comprenderá lo que ha pasado y no se acordará más de usted.

—Podía escribirle una nota explicándole por qué no voy y mandarle unos libros que le he prometido prestarle. ¿Por qué no hacerlo, Elena?

—No —respondí—, porque él entonces le contestará a usted y sería el cuento de nunca acabar. Hay que cortar las cosas de raíz, como lo ha mandado su papá.

—Pero una notita... —dijo suplicante.

—Nada de notitas —dije—. Acuéstese.

Me dirigió una mirada tal, que me abstuve de besarla después de desearle buenas noches. La tapé y salí muy disgustada. Pero, arrepintiéndome de mi dureza, volví para rectificar, y la encontré sentada a la mesa escribiendo con un lápiz una nota que escondió al verme entrar.

—Voy a apagar la bujía —dije—. Y si le escribe usted, no encontrará quién le lleve la carta.

Y apagué, recibiendo, al hacerlo, un golpe en la mano y varias violentas recriminaciones después de las cuales Cati se encerró con cerrojo en su cuarto. La carta, con todo, fue terminada y enviada por un lechero que iba al pueblo. Pero yo no me enteré hasta más adelante. Transcurrieron varias semanas, y Catalina abandonó su actitud violenta. Tomó entonces la costumbre de ocultarse por los rincones. Si, cuando estaba leyendo, me acercaba a ella, se sobresaltaba y procuraba esconder el libro, pero no lo suficiente para que yo dejase de ver que tenía papeles sueltos entre las hojas. Solía bajar temprano de mañana a la cocina y andaba por allí como en espera de algo. Adquirió la costumbre de echar la llave a un cajoncito que tenía en la biblioteca para su uso.

Un día noté que en el cajoncito, que en aquel momento estaba ella ordenando, en lugar de las chucherías y los juguetes que eran su contenido habitual, había numerosos pliegos de papel. La curiosidad y la sospecha me decidieron a echar una ojeada a sus misteriosos tesoros. Aprovechando una noche en que ella y el señor se habían acostado pronto, busqué entre mis llaves hasta hallar una que valía para abrir aquel cajón, saqué cuanto había en él y me lo llevé a mi cuarto. Como había supuesto, era una correspondencia procedente de Linton Heathcliff. Las cartas de fecha más antigua eran tímidas y breves, pero las sucesivas contenían encendidas frases de amor, que por su exaltada insensatez parecían propias de un colegial, pero que mostraban ciertos rasgos que me parecieron de mano más experta. Algunas principiaban expresando enérgicos sentimientos, y luego concluían de un modo afectado, tal como el que emplearía un estudiante para dirigirse a una figura amorosa inexistente. No sé lo que aquello le parecería a Cati, pero a mí me dio la impresión de una cosa ridícula. Finalmente, las até juntas y volví a cerrar el cajón.

Según tenía por costumbre, la señorita bajó a la cocina muy temprano. Al llegar el muchacho que traía la leche, mientras la criada la vertía en el jarrón, la señorita salió y deslizó un papel en el bolsillo del jubón del rapaz, a la vez que recogía algo de él. Dando un rodeo, atajé al chico, quien defendió esforzadamente la integridad de su misiva. Pero al fin logré arrebatársela, y le hice irse amenazándole con fieros males en caso contrario. Leí la carta de amor de Cati. Era mucho más sencilla y más expresiva que las de su primo. Moví la cabeza y me volví pensativa a casa. Como llovía, Catalina no bajó aquel día al parque. Al terminar de estudiar, acudió a su cajón. Su padre estaba sentado a la mesa, leyendo. Yo estaba arreglando unos flecos descosidos de la cortina de la ventana.

Un pájaro que hubiese hallado su nido vacío no hubiera, con sus trinos y su agitación, manifestado más angustia que la de Cati al exclamar:

—¡Oh!

Y su cara, que un momento antes expresaba una perfecta felicidad, se alteró completamente. El señor Linton levantó los ojos.

—¿Qué te pasa, hijita? ¿Te has lastimado?

Ella comprendió que su padre no era el descubridor del tesoro escondido.

—No —repuso—. Elena, ven arriba conmigo. Me encuentro indispuesta.

La acompañé.

—Tú las has cogido, Elena —me dijo, cayendo arrodillada delante de mí—. Devuélvemelas y no lo digas a papá, y no volveré a hacerlo. ¿Se lo has dicho a papá, Elena?

—Ha ido usted muy lejos, señorita Cati —dije severamente—. ¡Debía darle vergüenza! ¡Y vaya una hojarasca que lee usted en sus ratos de ocio! ¡Si parecen cuartillas destinadas a los periódicos! ¡Qué dirá el señor cuando se lo enseñe! No lo he hecho aún, pero no se figure que guardaré el secreto. Y el colmo es que ha debido usted ser la que empezó, porque a él creo que no se le hubiera ocurrido nunca.

—No es verdad —respondió Cati sollozando con desconsuelo—. No había pensado en amarle hasta que...

—¡Amarle! —exclamé, subrayando la palabra con tanto desdén como me fue posible—. Es como si yo amase al molinero que una vez al año viene a comprar el trigo. ¡Si no ha visto usted cuatro horas a Linton, sumando las dos veces! Ea, voy a llevar a su padre estas bobadas, y ya veremos lo que él opina de ese amor.

Ella dio un salto para coger su correspondencia, pero yo la mantuve levantada sobre mi cabeza. Me suplicó frenéticamente que la quemase o hiciera con ella lo que quisiera menos enseñarla a su padre. Como a mí todo aquello me parecía una puerilidad, y estaba más cerca de reírme que de reprochárselo, cedí, no sin preguntarle previamente:

—Si las quemo, ¿me promete usted no volver a mandar ni a recibir cartas, ni libros, ni rizos de cabello, ni anillos, ni juguetes?

—No nos enviamos juguetes —exclamó.

—Ni nada, señorita. Si no me lo promete, hablaré a su papa.

—Te lo prometo, Elena —me dijo—. Échalas al fuego... Mas, al hacerlo, ello le resultó tan doloroso, que me rogó que guardase una o dos siquiera. Yo comencé a echarlas a la lumbre.

—¡Oh, cruel! Quiero siquiera una —dijo, metiendo la mano entre las llamas, y sacando un pliego medio chamuscado, no sin menoscabo de sus dedos.

—Entonces, también yo quiero algunas para enseñárselas a su papá —repliqué, envolviendo las demás en el pañuelo, y dirigiéndome a la puerta.

Arrojó al fuego los trozos medio quemados y me incitó a consumar el holocausto. Cuando estuvo terminado, removí las cenizas y las sepulté bajo una paletada de carbón. Se fue ofendidísima a su cuarto sin decir palabra. Bajé y dije al amo que la señorita estaba mejor, pero que era preferible que reposase un poco. Cati no bajó a comer, ni reapareció hasta la hora del té. Estaba pálida y tenía los ojos hinchados, pero se mantenía serena. Cuando a la mañana siguiente llegó la carta acostumbrada la contesté con un trozo de papel en el que escribí: «Se suplica al señor Linton que no envíe más cartas a la señorita Cati, porque ella no las recibirá». Y desde aquel momento el muchachito venía siempre con los bolsillos vacíos.

Capítulo veintidós

Acabó el verano y vino el otoño. Pasó el día de san Miguel y aún algunos de nuestros campos no estaban segados. El señor Linton solía ir a presenciar la siega con su hija. Un día permaneció en el campo hasta muy tarde, y como hacía frío y humedad, cogió un catarro que le tuvo recluido casi todo el invierno.

Cati estaba entristecida y sombría desde que su novela de amor había tenido aquel desenlace. Su padre dijo que le convenía leer menos y moverse más. Ya que él no podía acompañarla, determiné sustituirle yo en lo posible. Pero sólo podía destinar a ello dos horas o tres al día y, además, mi compañía no le agradaba tanto como la de su padre.

Una tarde –era a principios de noviembre o fines de octubre y las hojas caídas tapizaban los caminos, mientras el frío cielo azul se cubría de nubes que auguraban una fuerte lluvia– rogué a mi señorita que renunciásemos por aquel día al paseo. Pero no quiso, y tuve que acompañarla hasta el fondo del parque, paseo casi maquinal que ella solía dar cuando se sentía de mal humor. Y esto sucedía siempre que su padre se encontraba peor que lo corriente, aunque nunca nos lo confesaba. Pero nosotras lo notábamos en su aspecto. Ella andaba sin alegría y no retozaba como antiguamente. A veces se pasaba la mano por la mejilla, como si se limpiase algo. Yo buscaba a mi alrededor alguna cosa que la distrajera. A un lado del camino erguíase una pendiente donde crecían avellanos y robles cuyas raíces salían de tierra. Como el suelo no podía resistir su peso más que a duras penas, algunos se habían inclinado de tal modo por efecto del viento, que estaban en posición casi horizontal. Cuando Cati era más niña, solía subirse a aquellos troncos, se sentaba en las ramas, y se columpiaba en ellas a más de veinte pies por encima del suelo. Yo la reprendía siempre que la veía así, pero sin resolverme a hacerla bajar. Y allí permanecía largas horas, mecida por la brisa, cantando antiguas canciones que yo le había enseñado y distrayéndose en ver cómo los pájaros anidados en las mismas ramas alimentaban a sus polluelos y les incitaban a volar. Y así, la muchacha se sentía feliz.

–Mire, señorita –dije–, debajo de las raíces de ese árbol hay aún una campanilla azul. Es la última que queda de tantas como había en julio, cuando las praderas estaban cubiertas de ellas como de una nube de color violáceo. ¿Quiere usted cogerla para mostrársela a su papá?

Cati miró mucho rato la solitaria flor y después repuso:

–No, no quiero arrancarla. Parece que está triste, ¿verdad, Elena?

–Sí –repuse–. Tan triste como usted. Tiene usted pálidas las mejillas. Deme la mano y echemos a correr. ¡Pero qué despacio anda, señorita! Casi marcho más deprisa yo.

Ella continuó andando lentamente. A veces se paraba a contemplar el césped, o algún hongo que se destacaba, amarillento, entre la hierba. Y en ocasiones se pasaba la mano por el rostro.

—¡Oh, querida Catalina! ¿Está usted llorando? —dije acercándome a ella y poniéndole la mano en un hombro—. No se disguste usted, señorita. Su papá está ya mucho mejor de su resfriado. Debe agradecer a Dios que no sea una enfermedad peor.

—Ya verás como será algo peor —contestó—. ¿Qué haré cuando papá y tú me abandonéis y me encuentre sola? No he olvidado aquellas palabras que me dijiste una vez, Elena. ¡Qué triste me parecerá el mundo cuando papá y tú hayáis muerto!

—No se puede asegurar que eso no le suceda antes a usted —dije—. No se debe predecir la desgracia. Supongo que pasarán muchos años antes de que faltemos los dos. Su papá es joven, y yo no tengo más que cuarenta y cinco años. Mi madre vivió hasta los ochenta. Suponga que el señor viva sólo hasta los sesenta, y ya ve si quedan años, señorita. Es una tontería lamentarse de una desgracia con veinte años de anticipación.

—La tía Isabel era más joven que papa —respondió Cati con la esperanza de que yo la consolase otra vez.

—A la tía Isabel no pudimos asistirla nosotros —expliqué—. Además no fue tan feliz como el señor, y no tenía tantos motivos para vivir. Lo que usted debe hacer es cuidar a su padre y evitarle todo motivo de disgusto. No le voy a ocultar que conseguiría usted matarle si obrase como una insensata y siguiera enamorada del hijo de un hombre que desea ver al amo en la tumba, y se manifestase contrariada por una separación que él le impuso con sobrada razón.

—Lo único que me contraría en el mundo es la enfermedad de papá —dijo Cati. Es lo único que me interesa. Mientras yo tenga uso de razón no haré ni diré nunca nada que pueda disgustarle. Le quiero más que a mi misma, Elena, y todas las noches rezo para no morir antes que él, por no darle ese disgusto. Ya ves si le quiero.

—Habla usted muy bien —le dije—. Pero procure demostrarlo con hechos, y cuando él se haya restablecido, no olvide la resolución que ha adoptado usted en este momento en que está preocupada por su salud.

Entretanto, nos acercábamos a una puerta que comunicaba con el exterior de la finca. Mi señorita trepó alegremente a lo alto del muro para coger algunos rojos escaramujos que adornaban los rosales silvestres que daban sombra al camino. Al inclinarse, para alcanzarlos, se le cayó el sombrero. Como la puerta estaba cerrada, saltó ágilmente. Pero el volver a encaramarse no fue tan sencillo. Las piedras eran lisas y no había hendidura entre ellas y las zarzas dificultaban la subida. Yo no me acordé de ello hasta que le oí decir, riendo:

—Elena, no puedo subir. Vete a buscar la llave, o tendré que dar la vuelta a toda la tapia.

—Aguarde un momento —dije—, que voy a probar las llaves de un manojo que llevo en el bolsillo. Si no, iré por la llave a casa.

Mientras yo probaba todas las llaves sin resultado, Catalina bailaba y saltaba delante de la puerta. Ya me preparaba yo a ir a buscar la llave, cuando sentí el trote de un caballo. Cati cesó de saltar, y yo sentí que el caballo se detenía.

—¿Quién es? —pregunté.

—Abre la puerta, Elena —murmuró Cati con ansiedad.

Una voz grave, que supuse que era la del jinete, dijo:

—Me alegro de encontrarla, señorita Linton. Tengo que hablar con usted. Hemos de tener una explicación.

—No quiero hablar con usted, señor Heathcliff —contestó Cati. Papá dice que es usted un hombre malo y que nos aborrece, y Elena opina lo mismo.

—Eso no tiene nada que ver —oí decir a Heathcliff—. Sea como sea, yo no aborrezco a mi hijo, y a él me refiero. ¿No solía usted escribirse con él hace unos meses? ¿De modo que jugaban a hacerse el amor? Merecen ustedes dos una buena paliza, y en especial usted, que es la de más edad y la menos sensible de ambos. Yo he cogido sus cartas, y si no se pone usted en razón se las mandaré a su padre. Usted se cansó del juego y abandonó a Linton, ¿eh? Pues entérese de que le abandonó en plena desesperación. Él tomó aquello en serio, está enamorado de usted y, por mi vida, que le aseguro que se muere, y no metafóricamente, sino muy en realidad. ¡Ni Hareton tomándole el pelo seis semanas seguidas, ni yo con las medidas más enérgicas que pueda usted imaginarse, hemos logrado nada! Como usted no le cure, antes del verano se habrá muerto.

—No engañe tan descaradamente a la pobrecita —grité yo desde dentro—. Haga el favor de seguir su camino. ¿Cómo puede mentir así? Espere, señorita Cati, que voy a saltar la cerradura con una piedra. No crea todos esos disparates. Comprenda que es imposible que haya quien se muera de amor por una desconocida.

—No sabía que hubiera escuchas —murmuró el malvado al sentirse descubierto—. Mi querida Elena, ya sabes que te estimo, pero no puedo con tus chismorreos. ¿Cómo te atreves a engañar a esta pobre niña diciendo que la aborrezco e inventando cuentos de miedo para que tome horror a mi casa? Vaya, Catalina Linton, aproveche el que toda esta semana estaré fuera de casa y vaya a ver si he mentido o no. Póngase en el lugar de él, y piense lo que sentiría si su indiferente enamorada rehusara consolarle por no darse un pequeño paseo. No cometa ese error. ¡Le juro que va derecho a la tumba, y que sólo puede usted salvarle! ¡Se lo aseguro por mi salvación!

La cerradura saltó, y yo salí.

—Te juro que Linton está muriéndose —dijo Heathcliff mirándome con dureza—. Y el dolor y la decepción están apresurando su muerte, Elena. Si no quieres dejar ir a la muchacha, vete tú y lo verás. Yo no vuelvo hasta la semana que viene. Ni siquiera tu amo se opondrá a lo que digo.

—¡Entre! —dije a Cati, cogiéndola por un brazo. Ella le miraba conturbadísima, incapaz de discernir la falsedad de su interlocutor a través de la severidad de sus facciones.

Él se acercó a ella, y dijo:

—Si he de ser sincero, señorita Catalina, yo cuido muy mal a Linton, y José y Hareton peor aún. No tenemos paciencia... Él está ansioso de ternura y cariño y las dulces palabras de usted serian su mejor medicina. No haga caso de los consejos de la señora Dean. Sea generosa y procure verle. Él se pasa el día y la noche soñando con usted y creyendo que le odia puesto que se niega a visitarle.

Yo cerré la puerta, apoyé una gruesa piedra contra ella, abrí mi paraguas, pues comenzaba a llover, y cubrí con él a la señorita. Volvimos tan deprisa a casa que no tuvimos ni tiempo de hablar de Heathcliff. Pero adiviné que el alma de Cati quedaba ensombrecida. En su triste semblante se notaba que había creído cuanto él había dicho.

Cuando llegamos, el señor se había retirado a descansar. Cati entró en su habitación y vio que dormía profundamente. Entonces volvió y me pidió que le acompañara a la biblioteca. Tomamos juntas el té, luego ella se sentó en la alfombra y me rogó que no le hablase, porque se sentía extenuada. Cogí un libro y fingí leerlo. En cuanto ella creyó que yo estaba entregada a la lectura empezó a llorar. La dejé que se desahogara un poco, y luego le reproché el que creyese en las afirmaciones de Heathcliff. Pero tuve la desventura de no lograr convencerla, ni contrarrestar en nada las palabras de aquel hombre.

—Acaso tengas razón, Elena —dijo la joven—, pero no me sentiré tranquila hasta cerciorarme de ello. Es necesario que haga saber a Linton que si no le escribo no es por culpa mía, y que no han cambiado mis sentimientos hacia él.

Habría sido inútil insistir. Aquella noche nos separamos incomodadas, pero al otro día ambas caminábamos hacia las «Cumbres». Yo me había determinado a ceder, con la remota esperanza de que el propio Linton nos manifestaría que aquella estúpida historia carecía de fundamento.

Capítulo veintitrés

A la noche lluviosa siguió una mañana de niebla, con escarcha y una ligera llovizna. Arroyos improvisados descendían de las colinas, dificultando nuestro camino. Yo, mojada y furiosa, estaba muy a punto de sacar partido de cualquier circunstancia que favoreciese mi opinión. Entramos por la cocina, a fin de asegurarnos que era verdad que el señor Heathcliff estaba ausente, pues yo no creía nada de cuanto decía.

José se hallaba sentado. A su lado crepitaba el fuego, sobre la mesa a que estaba instalado había un enorme vaso de cerveza rodeado de gruesas rebanadas de torta de avena, y en la boca tenía su negra pipa. Cati se acercó a la lumbre para calentarse. Cuando pregunté al viejo si estaba el amo, tardó tanto en responderme, que tuve que repetírselo, temiendo que se hubiera quedado sordo.

—¡No está! —rezongó—. Así que te puedes volver por donde has venido.

—¡José! —gritó una voz desde dentro—. Llevo un siglo llamándote. Vamos, ven, no queda fuego.

José se limitó a aspirar más vigorosamente el humo de su pipa y a contemplar insistentemente la lumbre. La criada y Hareton no aparecían por parte alguna. Como reconocimos en el que llamaba la voz de Linton, entramos en su habitación.

—¡Así te mueras abandonado en un desván! —prorrumpió el muchacho creyendo, al sentir que nos acercábamos, que nuestros pasos eran los de José.

Y al ver que se había confundido, se turbó. Cati corrió hacia él.

—¿Eres tú, Cati? —dijo él, levantando la cabeza del respaldo del sillón en que estaba sentado—. No me abraces tan fuerte, porque me ahogas. Papá me dijo que vendrías a verme. Cierra la puerta, haz el favor. Esas odiosas gentes no quieren traer carbón para el fuego. ¡Y hace tanto frío!

Yo misma llevé el carbón y revolví el fuego. Linton se quejó de que le cubría de ceniza, pero tosía de tal modo y parecía tan enfermo, que no me atreví a reprenderle por su desagradecimiento.

—¿Te agrada verme, Linton? ¿Puedo serte útil en algo? —preguntó Cati.

—¿Por qué no viniste antes? —repuso él—. Debiste venir en vez de escribirme. No sabes cuánto me cansaba escribiendo aquellas largas cartas. Hubiera preferido hablar contigo. Ahora ya no estoy ni para hablar, ni para nada. ¿Y Zillah? ¿Quiere usted, Elena, ver si está en la cocina?

Yo no me hallaba muy dispuesta a obedecerle, tanto más cuanto que ni siquiera me había agradecido el arreglarle el fuego, y respondí:

—Allí está José únicamente.

—Tengo sed —dijo Linton—. Zillah no hace más que escaparse a Gimmerton desde que mi padre se fue. ¡Es una miserable! Y tengo que bajar aquí, porque si estoy arriba no me hacen caso cuando les llamo.

—¿Su padre se cuida de usted, señorito? —pregunté.

—Por lo menos, hace que los demás me atiendan —contestó—. ¿Sabes, Cati? Aquel animal de Hareton se burla de mí. Le odio a él y a todos éstos. Son odiosos.

Cati tomó un jarro de agua que halló en el aparador y llenó un vaso. Él le rogó que añadiese una cucharada de vino de una botella que había encima de la mesa, y después de beber se mostró más amable.

—¿Estás satisfecho de verme? —volvió a preguntar la joven, animándose al ver en el rostro de su primo un esbozo de sonrisa.

—Sí. Es muy agradable oír una voz como la tuya. Pero papá me afirmaba que no venías porque no me querías, y esto me disgustaba. Él me acusaba de ser un hombre despreciable y me afirmaba que de haberse hallado él en mi lugar, sería a estas horas el amo de la «Granja»... Pero ¿verdad que no me desprecias, Cati?

—¿Yo? —repuso ella—. Después de papá y a Elena, te quiero más que a nada en el mundo. Pero no tengo simpatía al señor Heathcliff y cuando él esté aquí no vendré. ¿Pasará fuera muchos días?

—Muchos, no... Pero suele irse a los pantanos desde que empezó la temporada de caza, y tú podrías estar conmigo una hora o dos cuando esté ausente. Anda, prométemelo. Procuraré no ser molesto para contigo. Tú no me ofenderás y no te disgustará atenderme, ¿verdad?

—No —afirmó la joven, acariciándole la cabeza—. Si papá me lo permitiera, pasaría la mitad del tiempo contigo. ¡Qué guapo eres! Me gustaría que fueras mi hermano.

—¿Me querrías entonces tanto como a tu padre? —dijo él, más animado—. El mío me dice que si fueras mi esposa me amarías más que a nadie en el mundo, y por eso quisiera que estuviésemos casados.

—Más que a mi padre, no es posible —aseguró ella gravemente—. A veces los hombres odian a sus mujeres, pero nunca a sus padres y hermanos. Así que si fueras mi hermano vivirías siempre con nosotros y papá te querría tanto como a mí misma.

Linton negó que los esposos odien a sus mujeres, pero ella insistió en que sí, y como prueba citó la antipatía que el padre de Linton había mostrado hacia la tía Isabel. Yo intenté cambiar de conversación, mas antes de conseguirlo, Catalina ya había soltado todo lo que sabía al respecto. Linton, enfadado, aseguró que aquello no era cierto.

—Mi padre me lo contó, y él no miente —contestó ella.

—Mi padre desprecia al tuyo y asegura que es un imbécil —replicó Linton.

—El tuyo es un malvado —aseveró Cati—. No sé cómo eres capaz de repetir sus palabras. ¡Muy malo debe de haber sido cuando obligó a tía Isabel a abandonarle!

—¡No me contradigas, Cati! Ella no le abandonó.

—¡Sí le abandonó! —insistió la joven.

—Pues mira —dijo Linton—. Tu madre no amaba a tu padre, ¿sabes?

—¡Oh! —exclamó Cati furiosa.

—¡Y amaba a mi padre!

—¡Embustero! ¡Te odio! —gritó ella encolerizada.

—¡Le amaba! —repitió Linton, arrellanándose en su sillón, malignamente complacido de la agitación de su prima.

—Cállese, señorito —intervine—. ¡Eso es un cuento de su padre!

—No es un cuento —replicó él—. Sí, Cati, le amaba, le amaba, le amaba...

Cati, fuera de sí, dio un violento empellón a la silla, y él cayó sobre su propio brazo. Le acometió un acceso de tos, que duró tanto que me asustó a mí misma. Cati rompió a llorar con pena, pero no dijo nada. Linton, cuando dejó de toser, quedó en silencio mirando a la lumbre. Cati, a su vez, cesó de llorar y se sentó al lado de su primo.

—¿Cómo se siente ahora, señorito? —le pregunté, pasado un rato.

—¡Ojalá se encontrara ella como yo! ¡Qué cruel es y qué implacable! Hareton no me pega nunca. Y hoy, que yo me encontraba mejor... —replicó él, terminando por prorrumpir en llanto.

—No te he pegado —contestó Catalina, mordiéndose los labios para contenerse.

Él gimoteó y suspiró. Se notaba que lo hacía adrede para aumentar la aflicción de su prima.

—Lamento haberte hecho daño, Linton —dijo ella, al fin, traspasada de pena—, pero a mí un empellón como aquél no me hubiera lastimado, y creí que a ti tampoco. ¿Te duele? No quiero volver a casa con el pensamiento de haberte hecho daño. ¡Contéstame!

—No puedo —respondió el joven—. Tú no sabes lo que es esta tos, porque no la tienes. No me dejará dormir en toda la noche. Mientras tú descanses tranquilamente yo me ahogaré, aquí solo. No sabes las noches que paso.

Y el muchacho, empezó a gemir, tanta era la pena que le inspiraban sus propios sufrimientos.

—No será la señorita quien vuelva a molestarle —dije yo—. Si no hubiese venido, no habría perdido usted nada. Pero no volverá a importunarle, estese tranquilo...

—¿Quieres que me vaya, Linton? —preguntó Catalina.

—No puedes rectificar el mal que me has hecho —replicó él—. ¡A no ser que quieras seguir molestándome hasta producirme calentura!

—Entonces, ¿me voy?

—Por lo menos, déjame solo. No puedo ahora hablar contigo.

Cati se resistía a marcharse, pero, al fin, como él no le contestaba, cedió a mis instancias y se dirigió hacia la puerta seguida por mí. Pero antes de que llegáramos, oímos un grito que nos hizo volver. Linton se había dejado caer de su silla y se retorcía en el suelo. Era una simple chiquillada de niño mal educado, que quiere molestar todo lo posible. Comprendí por este detalle cuál era su carácter y la locura que sería tratar de complacerle. En cambio, la señorita se aterrorizó y, deshecha en llanto, trató de consolarle. Pero él no dejó de retorcerse y gritar hasta que le faltó la respiración.

—Mire —le dije—, voy a levantarle y a sentarle en la silla, y allí retuérzase cuanto quiera. No podemos hacer otra cosa. Ya se habrá usted convencido, señorita Cati, de que no se convienen ustedes mutuamente, y que la falta de usted no es lo que tiene enfermo a su primo. Ea, ya está... Ahora, cuando él sepa que no hay nadie para hacer caso de sus caprichos, se tranquilizará solo.

Cati le puso una almohada bajo la cabeza y le ofreció agua. Él la rechazó y empezó a hacer dengues sobre la almohada, cual si fuese incómoda como una piedra. Cati quiso arreglársela bien.

—Ésta no es bastante alta —dijo el muchacho—. No me sirve.

Cati puso otra sobre la primera.

—¡Ahora queda alta en exceso! —murmuró el caprichoso joven.

—Entonces, ¿qué hago? —dijo ella, desesperada.

Linton se inclinó hacia Cati, que se había arrodillado a su lado, y descansó la cabeza sobre el hombro de la joven.

—No, eso no es posible —intervine yo—. Conténtese con la almohada, señorito Heathcliff. No podemos entretenernos más aquí.

—Sí podemos —repuso la joven—. Ahora va a ser bueno ya. Estoy pensando en que me sentiré más desdichada que él esta noche si me voy con la idea de haberle perjudicado. Dime la verdad, Linton. Si mi visita te ha perjudicado, no debo volver.

—Ahora debes venir para curarme —alegó él—, ya que me has puesto peor de lo que estaba cuando viniste.

—Yo no he sido la única culpable —contestó la muchacha—. Has sido tú con tus arrebatos y tus llantos. Vaya, seamos amigos. ¿Quieres de verdad volver a verme?

—¡Ya te he dicho que sí! —replicó el muchacho con impaciencia—. Siéntate y déjame que me recueste en tu regazo. Mamá lo hacía así cuando estábamos juntos. Estate quieta y no hables, pero canta o recítame alguna balada, o cuéntame un cuento.

Cati recitó la balada más larga que recordaba. Aquello les agradó mucho a los dos. Linton le pidió luego que recitase otra, y otra después, y así siguió la cosa hasta que el reloj dio las doce, y oímos regresar a Hareton, que venía a comer.

—¿Vendrás mañana, Cati? —preguntó él cuando la joven, contra su voluntad, empezaba a levantarse para irse.

—No —repuse yo—; ni mañana, ni pasado.

Mas ella opinaba lo contrario, sin duda, a juzgar por la expresión que puso Linton cuando ella se inclinó para hablarle al oído.

—No volverá usted, señorita —le dije—. No se le ocurrirá semejante cosa. Mandaré arreglar la cerradura para que no pueda usted escaparse.

—Puedo saltar por el muro —repuso ella, bromeando—. Elena, la «Granja» no es una prisión, ni tú un carcelero. Tengo ya diecisiete años y soy una mujer. Y Linton se repondría seguramente si yo le cuidara. Tengo más edad y más juicio que él, no soy tan niña. Él hará lo que yo le diga si le mimo un poco. Cuando se porta bien, es adorable. ¡Cuánto me gustaría que viviera en casa! Una vez acostumbrados el uno al otro no reñiríamos nunca. ¿No te agrada Linton, Elena?

—¿A mí? ¡Es el chico más insoportable que he visto en mi vida! Menos mal que no llegará a cumplir veinte años, según dijo el mismo señor Heathcliff. Mucho dudo de que llegue ni a la primavera. Y no creo que su familia pierda nada porque se muera. Hemos tenido suerte con que no se quedara en casa. Cuanto mejor le hubiéramos tratado, más pesado y más egoísta se hubiera vuelto. Celebro mucho, señorita, que no haya ninguna posibilidad de que llegue a ser su marido.

Mi compañera se puso seria al oírme, ofendida de que hablase con tanta frialdad de la muerte de su primo.

—Es más joven que yo —repuso— y lógicamente debiera vivir más, o por lo menos tanto como yo. Está ahora tan fuerte como cuando llegó. Y si dices que papá se pondrá bueno, ¿por qué no es posible que también él mejore de su dolencia?

—No hablemos más —repuse—. Si usted se propone volver a «Cumbres Borrascosas», se lo diré al señor y si él lo autoriza, acordes. Si no, no se renovará la amistad con su primo.

—Ya se ha renovado —argumentó Cati.

—Pero no continuará.

—Ya veremos —replicó. Y espoleando a la jaca, Catalina partió al galope, obligándome a apresurarme para alcanzarla.

Llegamos poco antes de comer. El señor, creyendo que veníamos de pasear por el parque, no nos pidió explicaciones. En cuanto entré me cambié de zapatos y medias, ya que tenía empapados unos y otras, pero la mojadura había producido su efecto, y a la mañana siguiente tuve que guardar cama, en la que permanecí tres semanas seguidas, lo que no me había ocurrido antes, ni gracias a Dios me ha vuelto a suceder.

Cati me cuidó tan solícita y cariñosamente como un ángel. Quedé muy abatida por el prolongado encierro, que es lo peor que puede sucederle a un temperamento activo. Cati dividía su tiempo entre el cuarto del señor y el mío. No tenía diversión alguna, no estudiaba, ni apenas comía, consagrada a cuidarnos como la más abnegada enfermera. ¡Muy buen corazón debía de tener, cuando tanto se ocupaba de mí y tanto quería a su padre! Ahora bien, el señor se acostaba temprano, y yo después de las seis no tenía necesidad de nada, de modo que a Cati le sobraban las horas siguientes al té. Yo no adiviné lo que la pobrecita hacía después de esa hora. Y cuando venía a darme las buenas noches, y notaba el vivo color de sus mejillas, nunca se me ocurrió que la causa de ello fuera, no el fuego de la biblioteca, como suponía, sino una larga carrera por la campiña.

Capítulo veinticuatro

A las tres semanas principié a salir de mi habitación y a andar por la casa. La primera noche, pedí a Cati que me leyese alguna cosa, porque yo sentía fatigada la vista después de la dolencia. Estábamos en la biblioteca, y el señor se había acostado ya. Notando que Cati cogía mis libros como a disgusto, le dije que eligiese ella misma entre los suyos el que quisiese. Lo hizo así y leyó durante una hora, pero después empezó a interrumpir la lectura con frecuentes preguntas:

—¿No estás cansada, Elena? ¿No valdría más que te acostaras? Vas a recaer si estás tanto tiempo en pie.

—No estoy cansada, querida —contestaba yo.

Viéndome imperturbable, recurrió a otro método para hacerme comprender que no tenía ganas de leerme nada. Bostezó y me dijo:

—Estoy fatigada, Elena.

—No lea más. Podemos hablar un rato —respondí.

Aquel remedio fue peor. La joven estaba impaciente y no hacía más que mirar el reloj. Al fin, a las ocho, se fue a su alcoba, rendida de sueño, según me dijo. A la noche siguiente la escena se repitió, aumentada, y al tercer día me dejó pretextando dolor de cabeza. Empezó a extrañarme aquello, y resolví ir a buscarla a su aposento y aconsejarla que se estuviese conmigo, ya que si se sentía fatigada podía tenderse en el diván. Pero en su habitación no encontré rastro alguno de ella. Los criados me dijeron que no la habían visto. Escuché junto a la puerta del señor. El silencio era absoluto. Volví a su habitación, apagué la luz y me senté junto a la ventana.

Brillaba una luna espléndida. Una ligera capa de nieve cubría el suelo. Pensé que acaso la joven habría resuelto bajar a tomar el aire al jardín. Al ver una figura que se deslizaba junto a la tapia creí que era la señorita, pero cuando salió de las sombras reconocí a uno de los criados. Durante un rato miró la carretera, después salió de la finca y volvió a aparecer llevando de la brida a *Minny*. La señorita iba a su lado. El criado condujo cautelosamente la jaca a la cuadra. Cati entró por la ventana del salón y subió sigilosamente a la alcoba. Cerró la puerta y se quitó el sombrero. Cuando estaba despojándose del abrigo, yo me levanté de pronto. Al verme, la sorpresa la dejó inmóvil.

—Mi querida señorita —le dije, aunque me sentía tan agradecida por lo bien que me había cuidado que me faltaban las fuerzas para reprenderla—. ¿Adónde ha ido usted a estas horas? ¿Por qué se empeñó en engañarme? Dígame dónde ha estado.

—No he ido más que hasta el final del parque —me aseguró.

—¿No ha ido a otro sitio?

—No.

—¡Oh, Catalina! —exclamé disgustada—. Bien sabe usted que ha obrado mal, porque de lo contrario no me diría esa mentira. No sabe cuánto me afecta. Preferiría estar tres meses enferma, que oírle decir una cosa falsa.

Se acercó a mí y me abrazó.

—No te molestes, Elena —me dijo—. Te lo contaré todo. No sé mentir.

Le prometí que no la reñiría, y nos sentamos junto a la ventana. Ella empezó su relato.

—Desde que enfermaste, Elena, he ido diariamente a «Cumbres Borrascosas», excepto tres días antes y dos después de haber salido tú de tu cuarto. A Miguel le soborné para que me sacase a *Minny* de la cuadra todas las noches, dándole estampas y libros. No le reñirás a él tampoco, ¿eh? Solía llegar a las «Cumbres» a las seis y media y me estaba dos horas. Luego volvía a casa galopando. No creas que era una diversión: más bien me he sentido desgraciada allí en muchas ocasiones. Si me he sentido feliz una vez cada semana, ha sido todo lo más. Como el primer día que te quedaste en cama yo había quedado con Linton en volver a verle, aproveché la oportunidad. Pedí a Miguel la llave del parque, asegurándole que tenía que visitar a mi primo, ya que él no podía venir porque ello no le agradaba a papá. —Después hablamos de lo de la jaca, y le ofrecí libros, sabiendo que es aficionado a leer. No puso muchas dificultades en complacerme, porque, además, piensa despedirse pronto. Como se casa...

»Cuando llegué a las «Cumbres», Linton se alegró. Zillah, la criada, arregló la habitación y encendió un buen fuego. Nos dijo que José estaba en la iglesia y que Hareton se dedicaba a andar con los perros por los bosques (y, según me enteré después, a apoderarse de nuestros faisanes), de modo que nos encontrábamos libres de estorbos. Zillah me trajo vino y bollos. Linton y yo nos sentamos al fuego y pasamos el tiempo riendo y charlando. Estuvimos planeando los sitios a que iríamos en verano... Bueno, no te hablo de esto, porque dirás que son bobadas.

»A poco reñimos a propósito de nuestras distintas opiniones. Él me aseguró que lo mejor para pasar un día de julio era estar tumbado de la mañana a la noche entre los matorrales del campo, mientras las abejas zumban alrededor, las alondras cantan y el sol brilla en un cielo claro. Eso constituye para él el ideal de la dicha. El mío consistía en columpiarse en un árbol florido, mientras sopla el viento del Oeste, y por el cielo corren nubes blancas. Y Cantan, además de las alondras, los mirlos, los jilgueros y los cuclillos. A lo lejos se ven los pantanos, entre los que se destacan arboledas umbrosas, y la hierba tiembla bajo el soplo de la brisa, y los árboles y las aguas murmuran, y la alegría reina por doquier. Él aspiraba a verlo todo sumido en la paz, yo en una explosión de júbilo. Le argumenté que su cielo parecería medio dormido, y él respondió que el mío medio borracho. Le dije que yo me dormiría en su paraíso, y él respondió que se marearía en el mío. Al fin resolvimos que probaríamos ambos sistemas, nos besamos y quedamos amigos.

»Pasamos sentados cosa de una hora, y luego pensando yo que podíamos jugar en aquel salón tan amplio si quitábamos la mesa, se lo dije a Linton, proponiéndole jugar a la gallina ciega (como he hecho contigo a veces, ¿te acuerdas, Elena?) y llamar a Zillah para que se divirtiese con nosotros. Él no quiso, pero accedió a que jugásemos a la pelota. En un armario lleno de juguetes viejos, encontramos dos. Una tenía marcada una C y otra una H, y yo quería la C, porque significaba Catalina, pero él no quiso la otra porque se le salía el embutido por las costuras. Le gané siempre, se puso de mal humor y volvió a sentarse. Le canté dos o tres canciones de las que tú me has enseñado, y recobró el buen humor. Al irme me rogó que volviese al día siguiente, y se lo prometí. Monté en *Minny* y regresamos veloces como el viento. Pasé la noche soñando en «Cumbres Borrascosas» y en mi primo.

»Al día siguiente me encontré algo triste, tanto porque estabas enferma, como porque me hubiese agradado que papá tuviera noticia de mis paseos y consintiera en ellos. Pero la tristeza se disipó en cuanto estuve a caballo.

»"Esta noche me sentiré feliz también –pensaba yo– y Linton, mi hermoso Linton, también".

»Mientras subía trotando por el jardín de las «Cumbres», salió a mi encuentro aquel Earnshaw, cogió las bridas y acarició el cuello de *Minny*, diciéndome que era un bonito animal. Parecía como si esperara que le hablase. Yo le dije que tuviera cuidado con que la jaca no le diese una coz. Él contestó, con su tosco acento habitual, que no le haría mucho daño aunque le cocease, y echó una ojeada a sus patas, sonriendo. Fue a abrir la puerta y mientras lo hacía, me dijo, señalando a la inscripción y con una estúpida muestra de contento:

»–Señorita Catalina: ya sé leer aquello.

»–¡Qué extraordinario! –dije–. Ya veo que se va cultivando usted. ¿Y las cifras? –le pregunté, al ver que se paraba.

»Él deletreó las sílabas de la inscripción: "Hareton Earnshaw".

»–Eso no lo he aprendido todavía –respondió.

–¡Qué torpe! –dije riendo.

»El muy necio me miró con asombro, como si no supiese si reírse también. No sabía distinguir si se trataba de una muestra de amistad o de una burla, pero yo le saqué de dudas aconsejándole que se fuera, ya que iba a buscar a Linton, y no a él. A la luz de la luna pude verle ruborizarse. Se separó de la puerta y desapareció. Era una verdadera imagen del orgullo ofendido. Sin duda se figuraba que se había elevado a la altura de Linton por aprender a deletrear su nombre, y quedó estupefacto al ver que yo no lo estimaba así.

–Un momento, señorita –atajé–. No seré yo quien la riña, pero no me complace su proceder. Si hubiera pensado que Hareton es tan primo de usted como Linton, habría comprendido que obraba usted injustamente. Por lo menos, la intención de Hareton al procurar ponerse al nivel de Linton ya habla mucho en su favor. Y crea que no aprendió para lucirse con ello, sino porque antes le había humillado usted por ignorancia y él, rectificándola, quiso hacerse grato a sus ojos. No obró usted bien burlándose de él. Si a usted la hubieran criado en las condiciones en que él lo ha sido, no sería menos torpe. Él era un niño inteligente y despierto, y me duele que se le desprecie sólo porque el malvado Heathcliff le haya rebajado de tal manera...

—Presumo, Elena, que no vas a ponerte a llorar por esto —exclamó la joven sorprendida—. Espera y verás...

Cuando entré, Linton estaba medio tumbado. Se levantó un poco y me saludó.

»—Esta noche no me encuentro bien, querida Catalina —dijo—. Habla tú y yo te escucharé. Antes de irte has de prometerme volver de nuevo.

»Al saber que estaba enfermo, le hablé tan dulcemente como pude, procurando no incomodarle ni preguntarle nada. Yo había llevado un libro: él me pidió que le leyera algo de él, e iba a hacerlo, cuando Earnshaw entró de repente dando un portazo. Cogió a Linton por un brazo y le arrojó violentamente del asiento.

»—¡Lárgate a tu habitación! —profirió, con la voz desfigurada por la ira y el rostro contraído de rabia—. Llévatela contigo, y si viene a verte, libraos bien de aparecer por aquí. ¡Fuera los dos!

»Y obligó a Linton a marcharse a la cocina. A mí me amenazó con el puño. Dejé caer el libro, muy asustada, y él, de un puntapié, lo echó a mi lado y cerró la puerta detrás de nosotros. Oí una maligna risa, y al volverme distinguí junto al fuego a ese odioso José, que se frotaba las manos y decía:

—¡Ya sabía yo que acabaría echándoles fuera! ¡Es todo un hombre, sí! Y se va despabilando... Él sabe muy bien quién debía ser el verdadero amo aquí. ¡Ja, ja, ja! Bien les ha chasqueado, ¿eh?

»—¿Adónde vamos? —pregunté a mi primo, sin atender al viejo.

»Linton se había puesto pálido y temblaba. Te aseguro, Elena, que no estaba nada guapo en aquel momento. Daba miedo mirarle. Su delgado rostro y sus grandes ojos ardían de impotente furor. Cogió el picaporte de la puerta y lo agitó, pero no pudo abrirla, porque estaba cerrada por dentro.

»José rió de nuevo burlonamente.

»—¡Ábreme o te mato! —bramó Linton—. ¡Te mato, demonio!

»—¡Mira, mira! —dijo el criado—. Ahora es el genio del padre el que habla por su boca. ¡Claro, todos tenemos algo del padre y algo de la madre! Pero no temas, Hareton, muchacho, no te hará nada...

»Cogí las manos de Linton y quise separarle de la puerta, pero gritó de tal modo, que no me atreví a insistir. De pronto, un terrible ataque de tos apagó sus gritos, arrojó una bocanada de sangre por la boca y cayó al suelo. Me precipité al patio y llamé a Zillah. Ella dejó las vacas que estaba ordeñando y corrió hacia mí. Mientras le explicaba lo sucedido, procuré arrastrarla al lado de Linton. Earnshaw había salido, y en aquel momento se llevaba a su cuarto al pobre muchacho. Zillah y yo le seguimos, pero Hareton se volvió y me ordenó que me fuese a casa. Yo le contesté que él había matado a Linton y quise entrar. Pero José cerró la puerta con llave y me preguntó si me había vuelto tan loca como mi primo. En fin, yo me quedé allí llorando, hasta que volvió la criada diciéndome que dentro de poco Linton estaría mejor y que no había por qué llorar de aquel modo. Luego me hizo ir al salón a viva fuerza.

»Yo me mesaba los cabellos, Elena. Lloré hasta abrasarme los ojos. Y ese rufián que te inspira tantas simpatías se atrevió a interpelarme varias veces y hasta me ordenó callar. Yo le dije que iba a contárselo todo a papa y que a él le llevarían a la cárcel y le ahorcarían, lo que le asustó mucho. Salió para ocultar su miedo. Me convencieron por fin de que me fuera. Cuando estaba yo a unas cien yardas de la casa, él apareció de pronto y detuvo a *Minny*.

»–Estoy muy disgustado, señorita Catalina –empezó a decir–, pero es que...

»Yo, temiendo que quisiera asesinarme, le lancé un latigazo. Me soltó y profirió horribles maldiciones. Volví a casa al galope, fuera de mí.

»Aquella noche no te vine a saludar, ni al día siguiente volví a "Cumbres Borrascosas", si bien lo deseaba vivamente. Temía oír decir que Linton había muerto y me espantaba la idea de hallarme con Hareton. En fin, a tercer día reuní mis fuerzas y me atreví otra vez a escaparme. Fui a pie creyendo que podría deslizarme sin que me vieran hasta el cuarto de Linton. Pero los perros delataron mi presencia con sus ladridos. Zillah, me recibió diciéndome que el muchacho estaba mucho mejor, y me llevó a un cuartito limpio y bien alfombrado, donde encontré a Linton leyendo el libro que le llevé. Pero tenía tan mal humor que se pasó una hora sin abrir la boca, y cuando al fin lo hizo fue para decirme que yo era la culpable de todo, y no Hareton. Entonces me levanté y, sin contestarle, salí. Me llamó, pero no hice caso y volví resuelta a no visitarle más. Pero al otro día me resultaba tan penoso irme a acostar sin saber de él, que mi resolución se esfumó antes de que llegase a madurar. Cuando Miguel me preguntó si ensillaba a *Minny* contesté afirmativamente, y a poco cabalgaba hacia las «Cumbres». Como para entrar en el patio tenía que pasar ante la fachada, no era oportuno ocultar mi presencia.

»–El señorito está en el salón –me dijo Zillah.

»Earnshaw estaba también allí, pero se fue al entrar yo. Linton estaba medio dormido en un sillón. Le hablé con gravedad y sinceramente.

»–Mira, Linton, como no me aprecias y te figuras que vengo a propósito para perjudicarte, no pienso volver más. Ésta es la última vez. Despidámonos, y di al señor Heathcliff que eres tú quien no me quieres ver, para que él no invente más inexactitudes...

»–Siéntate y quítate el sombrero, Cati –repuso–. Debías ser más buena que yo, porque eres más dichosa. Papá habla tanto de mis defectos, que no te debe extrañar que yo mismo dude de mí. Cuando pienso en ello, siento tanto dolor y tanta decepción, que detesto a todos. Verdaderamente, soy tan despreciable y tengo un carácter tan malo, que creo que harás bien en no volver, Cati. Sin embargo, no quisiera otra cosa que ser tan bueno y tan amable como tú. Seguramente lo sería si tuviera buena salud. Te has portado tan bien, que te amo tanto como si fuera digno de tu amor. No puedo impedir el mostrarte como soy, pero lo siento de verdad, me arrepiento de ello y me arrepentiré mientras viva.

»Yo comprendí que decía lo que sentía y que debía perdonarle, aunque fuera para reñir un instante después. A pesar de la reconciliación, los dos nos pasamos el tiempo llorando. Me dolía pensar en el mal carácter de Linton, porque me hacía cargo de que incomodaría siempre a sus amigos y a sí mismo.

»Desde esa noche le visité siempre en su habitación. Su padre había regresado al día siguiente. Que yo recuerde, sólo tres días hemos estado en buena relación y contentos. El resto del tiempo, todas las visitas han transcurrido angustiosamente, ora por el egoísmo que Linton demuestra, ora por lo que dice que sufre. Pero me he acostumbrado y ya no me disgusto. En cuanto al señor Heathcliff, procura deliberadamente no encontrarse conmigo. El domingo, al llegar, le oí injuriar a Linton por el modo que había tenido de comportarse conmigo el día anterior. No sé cómo lo sabría, a no ser que estuviera escuchando. Linton, en efecto, me había molestado. Yo entré y le dije a Heathcliff que eso era cosa mía exclusivamente. Él se echó a reír y me contestó que se alegraba de que tomase la cosa de ese modo. Recomendé a Linton que en lo sucesivo me dijera en voz baja las cosas que pudieran hacer creer a los demás que disputábamos.

»Ya lo has oído, Elena. Si dejo de ir a las "Cumbres" habrá dos personas que sufran. Si no se lo dices a papa y sigo yendo, nadie sufrirá nada. ¿Verdad que no se lo dirás? Sería una crueldad muy grande.

—Ya lo pensaré, señorita —repuse—. No quiero contestarle sin pensarlo.

Y lo pensé, pero fue en presencia de mi amo, a quien relaté todo lo sucedido, menos el detalle de las charlas de Linton con Cati, y sin aludir a Hareton. El señor se disgustó mucho más de lo que aparentó. A la siguiente mañana Cati supo que yo había traicionado su secreto y también que las visitas se habían terminado. Lloró y rogó a su padre que se compadeciese de Linton. Lo más que pudo conseguir fue que su padre escribiera al muchacho diciéndole que podía venir a la «Granja» si gustaba, pero que Cati no volvería a "Cumbres Borrascosas". E imagino que si hubiese sabido cuál era el carácter y el verdadero estado de salud de su sobrino, ni siquiera hubiera accedido a darle aquel pobre consuelo.

Capítulo veinticinco

—Todo esto, señor Lockwood —me dijo la señora Dean—, sucedió el invierno pasado. Nunca se me hubiera ocurrido pensar que, un año más tarde, había yo de distraer con el relato de ello a un ajeno a la familia. Ahora que, ¿quién sabe si seguirá usted siendo un extraño siempre? Dudo mucho de que sea posible ver a Cati Linton sin enamorarse de ella. Sí, sonríase, pero lo cierto es que le veo animado cada vez que se la menciono. Además, ¿por qué me ha pedido usted que cuelgue su retrato sobre la chimenea?

—¡Bueno, bueno, amiga mía! —repuse—. Suponga incluso que yo me enamorase de ella. ¿Cree usted que ella se enamoraría de mí? Lo dudo, y no quiero arriesgarme. Además, yo pertenezco al mundo activo, y debo volver a él. Ea, siga contándome...

—Catalina —continuó la señora Dean— obedeció a su padre, ya que le quería a él más que a nadie. El amo le habló sin enojo, pero con la natural inquietud de quien se siente próximo a dejar lo que más quiere entre riesgos y enemigos, y en tales circunstancias, que sólo podría el objeto de su afecto tener como guía el recuerdo de sus palabras.

A mí me dijo pocos días después:

—Me hubiera agradado que mi sobrino escribiera o viniese. Dime sinceramente tu opinión sobre él, Elena. ¿Ha mejorado? ¿Puede esperarse que mejore cuando se desarrolle?

—Está muy enfermo, señor, y no es fácil que viva mucho. Sí le puedo asegurar que no se parece a su padre. Si la señorita Cati se casase con él, se dejaría llevar por ella, siempre que la señorita no extremase su indulgencia hasta la tontería. Pero ya tendrá usted tiempo de conocerle y de pensar si conviene o no... Le faltan cuatro años para ser mayor de edad. Eduardo suspiró, y a través de la ventana miró la iglesia de Gimmerton. El sol de febrero iluminaba débilmente la tarde de bruma y a su luz distinguimos confusamente los abetos y las lápidas del cementerio.

—A pesar de lo mucho que he rogado a Dios para que ello sucediera, ahora me asusto —murmuró como para sí—. Pensaba que el recuerdo de la hora en que bajé a aquella iglesia para casarme no sería tan feliz como el presentimiento del momento en que había de yacer en la fosa. Cati me ha hecho muy feliz, Elena. He pasado dichosamente al lado suyo las veladas de invierno y los días de verano. Pero no he sido menos feliz cuando erraba entre aquellas lápidas, al lado de la vieja iglesia, en las tardes de junio en que me sentaba junto a la tumba de su madre y pensaba en la hora en que había de ir a reunirme con ella... Y ahora, ¿qué me cabe hacer en bien de Cati? Que Linton sea hijo de Heathcliff y se la lleve no me importaría nada, si ello pudiera consolarla de mi falta. ¡Ni siquiera me importa que Heathcliff se considere triunfante! Pero si Linton es un instrumento de su padre, no puedo abandonarla en sus manos. Mucho me duele hacer sufrir a Catalina, pero es preferible. ¡Preferiría llevarla yo mismo a la tumba!

—Si usted faltase, lo que Dios no permita —contesté—, yo seguiré siendo la amiga y la consejera de Cati. Pero ella es una buena muchacha, y no se empeñará en seguir el mal camino.

Entraba la primavera, mas mi amo no se reponía. A veces paseaba por el parque con su hija, quien lo consideraba como una señal de que su padre estaba mejor. Y pensaba que curaría al ver encendidas sus mejillas.

El día en que Cati cumplía diecisiete años, el señor no fue al cementerio. Llovía. Yo le dije:

—¿No irá usted esta tarde, verdad?

—Este año iré más adelante —respondió.

Volvió a escribir a Linton indicándole que deseaba verle, y segura estoy de que si el aspecto del chico no hubiera sido calamitoso, hubiera ido. Contestó, sin duda aconsejado por Heathcliff, diciendo que éste no estaba de acuerdo con que visitase la «Granja» pero que podía encontrar a su tío alguna vez que éste saliese de paseo, ya que deseaba verle. Añadía que le rogaba que no se obstinase en separarle de Catalina.

«No pretendo —decía con sencilla elocuencia— que Cati me visite aquí, pero le suplico que la acompañe usted alguna vez paseando hacia "Cumbres Borrascosas" y que nos permita hablar un poco en su presencia. No hemos hecho nada que justifique esta separación, y usted mismo lo sabe. Querido tío, mándeme una nota mañana diciéndome en qué sitio que no sea la "Granja de los Tordos" quiere que nos encontremos. Espero que usted se convenza de que no tengo el carácter de mi padre. Él afirma que tengo más de sobrino de usted que de hijo suyo. Aunque mis defectos me hagan indigno de Cati, ya que ella me los perdona, usted debía seguir su ejemplo. Mi salud anda algo mejor, pero ¿cómo voy a curarme mientras esté rodeado de seres que no me han querido ni me querrán nunca?».

A Eduardo le hubiera agradado acceder, pero no se sentía con fuerzas para acompañar a su hija. Escribió a su sobrino diciéndole que aplazasen las entrevistas para el verano, y que entretanto no dejase de escribirle, y que él le aconsejaría y haría por él cuanto pudiese. Linton, de por sí, tal vez lo hubiera echado todo a perder con sus quejas, pero sin duda le vigilaba su padre, ya que el muchacho se amoldó a todo y en sus cartas se limitaba a decir que le angustiaba mucho la separación de su prima, y que deseaba que su padre les procurase una entrevista lo antes posible, ya que, si no, pensaría que quería entretenerle con vanas esperanzas.

Tenía en nuestra casa una poderosa aliada en Cati, y al fin entre los dos acabaron convenciendo al señor de que una vez a la semana les dejase dar un paseo a caballo por los pantanos bajo mi vigilancia. Cuando llegó junio, el señor se encontraba peor aún. Cada año guardaba una parte de sus rentas para aumentar los bienes de su hija, pues sentía el natural deseo de que ella cuando él faltase no tuviese que abandonar la casa paterna. El mejor medio de conseguirlo era que se casase con el heredero legal. No podía suponer que el joven Linton se consumía casi tan rápidamente como él, porque como ningún médico iba a las «Cumbres», no había modo de saber noticia alguna del verdadero estado del muchacho. Yo misma, viendo que él hablaba de pasear a caballo por los pantanos con tanta seguridad, creí que acaso se engañasen mis suposiciones, porque no me cabía en la cabeza que un padre tratase con tal crueldad a un hijo moribundo como luego averigüé que Heathcliff le había tratado, obstinándose en que sus planes se realizaran antes de que la muerte del muchacho los echase a rodar.

Capítulo veintiséis

Al comenzar el estío, Eduardo, aunque de mala gana, accedió a que los primos se entrevistasen. Salimos Cati y yo. El día era bochornoso y sin sol, mas no amenazaba lluvia. Nos habíamos citado en el jalón de la encrucijada. Pero no encontramos a nadie allí. Llegó a corto rato un muchachito y nos dijo que el señorito Linton estaba un poco más allá y que nos agradecería muchísimo que nos acercásemos algo más.

—El señorito Linton —repuse— ha olvidado que su tío puso como condición que las entrevistas fueran en terrenos de la «Granja».

—Podemos hacerlo —dijo Cati— viniendo hacia aquí cuando nos encontremos.

Le vimos a un cuarto de milla de su casa, tumbado sobre los matorrales. No se levantó hasta que estuvimos muy cerca de él. Nos apeamos y él dio unos pasos hacia nosotras. Estaba tan pálido y parecía tan débil, que no pude por menos de exclamar:

—¡Pero, señorito Linton, hoy no está usted para pasear! Me parece que se encuentra usted muy malo.

Cati le miró, asombrada y entristecida, y la bienvenida que le preparaba se convirtió en una pregunta de si se hallaba peor que otras veces.

—Estoy mejor —respondió él, sofocándose y temblando mientras le cogía la mano como en busca de apoyo y fijaba en ella sus ojos azules.

—Entonces es que has empeorado desde la última vez que te vi —insistió su prima—. Estás mucho más delgado...

—Es que estoy cansado —repuso el joven—. Sentémonos, hace demasiado calor para pasear. Suelo encontrarme mal por las mañanas. Mi padre dice que es que estoy creciendo muy deprisa.

Cati se sentó, descontenta, y él se acomodó a su lado.

—Esto se parece al paraíso que tú anhelabas —dijo la joven, esforzándose en bromear—. ¿No te acuerdas de que convinimos en pasar dos días, uno como a ti te gustaba y otro como me agradaba a mí? Lo de hoy es tu ideal, aparte de que hay nubes, pero eso resulta aún más bonito que el sol... Si la semana que viene te encuentras bien, iremos a caballo al parque de la «Granja» y pondremos en práctica mi concepto del paraíso.

Se advertía que Linton no recordaba nada de lo que ella le decía y que le costaba mucho trabajo mantener una conversación. Demostraba tal falta de interés, en cuanto ella le mencionaba, que Cati no podía ocultar su desilusión. La volubilidad del joven que, con mimos y caricias, solía dejar lugar al afecto, se había convertido ahora en una apatía total. En lugar de su desgana infantil de antes, se apreciaba en él el pesimismo amargo del enfermo incurable que no quiere ser consolado y que considera insultante la alegría de los demás. Catalina reparo que él consideraba nuestra compañía más como un castigo que como un placer, y no vaciló en proponer que nos marcháramos. Linton, al oírlo, cayó en una extraña agitación. Miró horrorizado en dirección de las «Cumbres» y nos rogó que permaneciéramos con él media hora más.

—Yo creo —dijo Cati— que en tu casa te encontrarás mejor que aquí. Hoy no te entretienen mi conversación, ni mis canciones... En estos seis meses te has hecho más formal que yo. Claro que si creyese que eso te divertía, me quedaría contigo con mucho placer.

—Quédate algo más, Cati —dijo el joven—. No digas que estoy mal, ni lo pienses. Es el calor y el bochorno que me abruman. Antes de llegar tú, he andado mucho. No digas al tío que me encuentro mal. Dile que estoy bastante bien. ¿Lo harás?

—Le diré que me lo has dicho así, Linton. Pero no puedo asegurarle que estés bien —dijo, extrañada, la señorita.

—Ven a verme el jueves, Cati —murmuró él, esquivando su mirada—. Y dale muchas gracias al tío por haberte dejado venir. Y, mira... Si encuentras a mi padre, no le digas que he estado taciturno, porque se enfadaría...

—No me importa que se enfade —repuso Cati, creyendo que el enfado sería solamente hacia ella.

—Pero a mí sí —contestó, estremeciéndose, su primo—. No hagas que se enfade conmigo, Cati, porque le temo.

—¿Así que es severo con usted, señorito? —intervine yo—. ¿De modo que se ha cansado de ser tolerante?

Linton me miró en silencio. Inclinó la cabeza sobre el pecho y durante diez minutos le oímos suspirar. Cati se entretenía en coger arándanos y los repartía conmigo, sin ofrecerle a él por no enojarle.

—¿Ha transcurrido ya la media hora, Elena? —me preguntó Cati al oído—. Yo creo que no debemos quedarnos más. Linton se ha dormido y papá nos espera.

—Tenga usted paciencia hasta que se despierte —respondí—. ¡Qué prisa tiene en irse! Tanta como impaciencia tenía usted por encontrarle.

—¿Para qué quería verme Linton? —contestó Catalina—. Yo preferiría que estuviese como antes, a pesar de su mal humor de entonces. Me da la impresión de que me quiere ver únicamente por complacer a su padre. Y no me agrada venir por complacer a éste. Me alegro de que Linton esté mejor, pero me desagrada que se haya hecho menos afectuoso para conmigo.

—¿Usted cree que está mejor? —pregunté.

—Me parece que sí —respondió—, porque ya sabes cuánto le gustaba exhibir sus sufrimientos. No es que esté tan bien como me ha rogado que diga a papá, pero debe estar mejor.

—A mí me parece, señorita —contesté—, que está mucho peor.

Linton despertó en aquel momento sobresaltado y preguntó si alguien le había llamado por su nombre.

—No —dijo Cati. Debes haberlo soñado. No comprendo cómo puedes dormirte en el campo por la mañana.

—Me pareció oír a mi padre —dijo él—. ¿Estás segura de que no me ha llamado nadie?

—Segura en absoluto —dijo su prima—. Únicamente hablamos Elena y yo acerca de ti. Dime, Linton: ¿Estás en realidad más fuerte que en el invierno? Porque si lo estás, es bien seguro que me quieres menos... Anda, dime: ¿estás mejor?

Linton rompió en lágrimas al contestar.

—Sí...

Y seguía mirando a un lado y a otro, bajo la obsesión de la voz de Heathcliff.

Cati se puso en pie.

—Tenemos que marcharnos —le afirmó— y me voy muy decepcionada. Pero a nadie se lo diré. No te figures que por miedo al señor Heathcliff.

—¡Cállate! —murmuró Linton—. Mira, allí está.

Cogió el brazo de Cati y quiso retenerla, pero ella se soltó presurosamente de él y llamó a *Minny*, que acudió enseguida.

—El jueves volveré, Linton —gritó—. ¡Adiós! ¡Vamos, Elena!

Y nos fuimos. Él casi no reparó en ello, tanta era la preocupación que le producía la llegada de su padre.

En el camino Cati sintió, en lugar del disgusto que la había invadido, una especie de compasión y sentimiento, combinado con dudas sobre las verdaderas circunstancias mentales y materiales en que se hallaba Linton. Yo participaba de ellas, pero le aconsejé que reservásemos nuestro juicio hasta la siguiente entrevista. El señor nos pidió que le contáramos lo sucedido. Cati se limitó a transmitirle la expresión de la gratitud de su sobrino refiriéndose muy por encima a lo demás. Yo la imité, porque en verdad no sabía qué decir.

Capítulo veintisiete

Transcurrieron otros siete días, y en el curso de ellos el estado de Eduardo Linton fue empeorando. De una hora a otra se agravaba tanto como antes en un mes. Tratábamos de engañar a Cati, pero no lo conseguíamos. Ella adivinaba la terrible probabilidad que de minuto en minuto se convertía en certeza. El jueves siguiente no se atrevió a hablar a su padre de la cita, y lo hice yo. El mundo de Cati estaba reducido a la biblioteca y a la alcoba de su padre. Su rostro, con tantas noches en vela y tantos disgustos, había palidecido. Así que el señor nos autorizó gustoso a hacer aquella excursión que, según él pensaba, ofrecería un cambio en la vida habitual de su hija. El señor se consolaba esperando que después de que él faltase Cati no quedaría sola del todo.

A lo que entendí, el señor Linton creía que su sobrino se le parecía en lo moral tanto como en lo físico. Naturalmente, las cartas de Linton no hacían referencia alguna a sus propios defectos. Claro está que yo tenía la debilidad, disculpable, de no sacarle de su error, pues de nada hubiera servido amargarle sus últimos momentos con cosas que no podían remediarse.

Salimos por la tarde. Era una espléndida tarde de agosto. La brisa de las colinas era tan saludable que dijérase que tenía el poder de hacer revivir a un moribundo. En el rostro de Cati se reflejaba el paisaje: sombra y luz brillaban a intervalos en él, pero el sol se disipaba pronto, y se notaba que su pobre corazón se reprochaba el haber abandonado, siquiera fuese por poco tiempo, el cuidado de su querido padre.

Hallamos a Linton donde la otra vez. Cati echó pie a tierra y me dijo que, como se proponía estar allí poco tiempo, valía más que yo no me apease siquiera y que me quedase allí mismo al cuidado de la jaca. Pero yo la acompañé, porque no quería alejarme ni un momento del tesoro que estaba confiado a mi custodia. Linton nos recibió con más animación que la otra vez, aunque no revelaba ni energía ni contento sino más bien miedo.

—¡Cuánto has tardado! —dijo—. Creí que no ibas a venir... ¿Está mejor tu padre?

—Debías ser sincero —indicó Catalina— y decirme francamente que no te hago falta. ¿Por qué me haces venir si sabes que esto no vale más que para disgustarnos los dos?

Linton tembló de pies a cabeza y la miró suplicante y avergonzado. Mas ella no estaba de humor para soportar su extraña conducta.

—Mi padre está muy enfermo —siguió Cati—. Si no tenías ganas de que te viniese a ver debiste haberme avisado, y así yo no habría tenido que separarme de papá. Explícate claramente: no andemos con tonterías. No voy a andar de la ceca a la meca por esas afectaciones tuyas.

—¡Mis afectaciones! —murmuró el muchacho—. ¿A qué afectaciones te refieres, Cati? No te enfades, por Dios... Despréciame si quieres, porque verdaderamente soy despreciable, pero no me odies. Reserva el odio para mi padre. Respecto a mí, debe bastarte con el desdén.

—¡Qué tonterías estás diciendo, muchacho! —exclamó Cati excitada—. ¿Pues no está temblando? ¡Cualquiera diría que teme que le pegue! Anda, vete... Es una barbaridad hacerte salir de casa con el propósito de que... ¿De qué? ¿Qué nos proponemos? ¡Suéltame la ropa! Nunca debiste haberte manifestado complacido de la compasión que yo sentía hacia ti cuando te veía llorando. Elena, dile tú que ese proceder suyo es vergonzoso. Levántate. ¡No te arrastres como un reptil!

Linton, llorando, se había dejado caer en el suelo y parecía sentir un terror convulsivo.

—¡Oh, Cati! —exclamó llorando—. Estoy procediendo como un traidor, sí, pero, si tú me dejas, ellos me matarán. Querida Cati: mi vida depende de ti. ¡Y tú has dicho que me amabas! ¡No te vayas, mi buena, mi dulce y amada Cati! ¡Si tú quisieras... él me dejaría morir a tu lado!

Viéndole tan acongojado, la señorita se compadeció.

—¿Si yo quisiera el qué? —preguntó—. ¿Quedarme? Explícate y te complaceré. Me vuelves loca con todo lo que dices. Sé franco, Linton. ¿Verdad que no te propones ofenderme? ¿No es cierto que evitarías que me hiciesen daño alguno, si estuviera en tu mano? Yo creo que para ti mismo eres en efecto cobarde, pero que no serías capaz de traicionar a tu mejor amiga.

—Mi padre me ha amenazado —declaró el muchacho— y le tengo miedo... ¡No, no me atrevo a decírtelo!

—Pues guárdatelo —contestó Cati desdeñosamente—. Yo no soy cobarde. Ocúpate de ti. Yo por mí no tengo miedo.

Él empezó a llorar y a besar las manos de la joven, pero no se resolvió a hablar. Yo por mi parte meditaba en aquel misterio y había resuelto en mi interior que ella no padeciese ni por Linton ni por nadie. En el ínterin, oí un ruido entre los matorrales y vi al señor Heathcliff que se dirigía hacia nosotros. Aunque oía sin duda los sollozos de Linton, no miró a la pareja, sino que se dirigió a mí, empleando el tono casi amistoso con que siempre me trataba, y me dijo:

—Me alegro de verte, Elena. ¿Cómo te va? —Y agregó en voz baja—: Me han dicho que Eduardo Linton se está muriendo. ¿Es tal vez una exageración?

—Es absolutamente cierto —repuse— y si para nosotros es muy triste, creo que constituye una dicha para él.

—¿Cuánto tiempo crees que vivirá? —me preguntó.

—No lo sé.

—Es que —continuó, mirando a Linton, que no se atrevía ni a levantar la cabeza (y la propia Cati parecía estar en el mismo caso bajo el poder de su mirada)— se me figura que este muchacho va a darme mucho quehacer aún, y sería de desear que su tío se largase de este mundo antes que él. ¿Cuánto hace que este cachorro se dedica a esos llantos? Ya le he dado algunas leccioncitas de lloro. ¿Suele encontrarse a gusto con la muchacha?

—¿A gusto? Lo que se muestra es angustiadísimo. Creo que en vez de estar paseando por el campo con su novia debería de estar en la cama cuidadosamente atendido por un médico.

—Así sucederá dentro de dos días —respondió Heathcliff—. ¡Linton, levántate! ¡No te arrastres por el suelo!

Linton había vuelto a dejarse caer, sin duda asustado por la mirada de su padre. Trató de obedecerle, pero sus escasas fuerzas se habían agotado y volvió a caer lanzando un gemido. Su padre le levantó y le hizo recostarse sobre un recuesto cubierto de césped.

—Ponte en pie, maldito —dijo brutalmente, aunque procuraba reprimirse.

—Lo intentaré, padre —respondió él jadeando—, pero déjeme solo. Cati, dame la mano. Ella te podrá decir que... estuve alegre, como tú querías.

—Cógete a mi mano —respondió Heathcliff—. Ella te dará el brazo ahora. ¡Así! Sin duda pensará usted, joven, que soy el diablo cuando tanto me teme. ¿Quiere usted acompañarle hasta casa? En cuanto le toco, se echa a temblar...

—Querido Linton —manifestó Catalina—, no puedo acompañarte hasta «Cumbres Borrascosas», porque papá no me lo permite. Pero tu padre no te hará nada. ¿Por qué le temes?

—No entraré más en esa casa —aseguró Linton— si no me acompañas tú.

—¡Silencio! —exclamó su padre—. Es preciso respetar los escrúpulos de Catalina. Elena, acompáñale tú. Será preciso que siga tus consejos: llamaremos al médico.

—Acertará usted —contesté—, pero el acompañar a su hijo no me es posible. Tengo que quedarme con la señorita.

—Sigues tan altiva como de costumbre —comentó Heathcliff—. Y, ya que no te compadeces del chiquito, vas a hacerme que le pinche sin quererlo. Ea, mozo, ven acá. ¿Quieres volver conmigo a casa?

Y fue a sujetar al joven, pero él se apartó, se cogió a su prima y le suplicó, frenético, que le acompañase. Verdaderamente, resultaba difícil negarse a lo que se pedía de tal modo. Las causas de su terror permanecían ocultas, pero lo cierto es que el muchacho estaba espantado y con todas las apariencias de volverse loco si el acceso nervioso aumentaba. Llegamos, pues, a la casa. Cati entró y yo permanecí fuera esperándola, pero el señor Heathcliff me empujó y me obligó a entrar, diciéndome:

—Mi casa no está apestada, Elena. Me siento hospitalario. Pasa. Con tu permiso, voy a cerrar la puerta.

Y cerró con la llave. Yo sentí un vuelco en el corazón.

—Tomaréis el té antes de volveros —siguió diciendo—. Hoy estoy solo. Hareton ha salido con el ganado, y Zillah y José se han ido a divertirse. Yo estoy acostumbrado a la soledad, pero cuando encuentro buena compañía, lo prefiero. Siéntese junto al muchacho, señorita Linton. Ya ve que le ofrezco lo que tengo —me refiero a Linton— y si no es gran cosa, lo lamento mucho. ¡Cómo me mira usted! Es curioso que siempre me siento atraído hacia los que parecen temerme. De vivir en un país menos escrupuloso y donde la ley fuera menos rígida, creo que me dedicaría a hacer la disección de esos dos como entretenimiento vespertino.

Dio un terrible puñetazo en la mesa y exclamó:

—¡Voto a...! ¡Les aborrezco!

—No le temo —dijo Cati, que no había percibido la última parte de la charla de Heathcliff.

Y se acercó a él. Brillaban sus ojos.

—¡Traiga la llave! —exigió—. No comeré aquí aunque me muera de hambre.

Heathcliff cogió la llave y se quedó mirando a Cati con sorpresa. La joven se precipitó sobre él y casi logró arrancársela. Heathcliff, reaccionando, aferró la llave.

—Sepárese de mí, Catalina Linton —ordenó— o la tiro al suelo de un puñetazo por mucho que ello conturbe a la señora Dean.

Pero ella, sin atenderle, volvió a agarrarse a la llave.

—¡Nos iremos! —exclamó. Y viendo que con las manos y las uñas no lograba hacer abrir la mano cerrada de Heathcliff, le clavó los dientes. Heathcliff me lanzó una mirada que me paralizó momentáneamente. Cati, atenta a sus dedos, no le veía la cara. Entonces abrió la mano y soltó la llave, pero a la vez cogió a, Cati por los cabellos, la derribó de rodillas y le golpeó violentamente la cabeza. Aquella diabólica brutalidad me puso fuera de mí. Le grité:

—¡Malvado, malvado!

Pero un golpe en pleno pecho me hizo enmudecer. Como soy gruesa, me fatigo enseguida, y entre la rabia que me dominaba y una cosa y otra, sentí que el vértigo me ahogaba como si se me hubiera roto una vena. Todo concluyó en dos minutos. Cati, al quedar suelta, se llevó las manos a las sienes cual si creyese que ya no tenía la cabeza en su sitio. Temblando como una caña, la pobrecita fue a apoyarse en la mesa.

—Ya ves —dijo el malvado agachándose para coger la llave que había caído al suelo— que sé castigar a los niños traviesos. Ahora vete con Linton y llora cuanto se te antoje. Dentro de poco seré tu padre, y tu único padre además, y cosas como las de hoy te las encontrarás con frecuencia, puesto que no eres débil y estás en condiciones de aguantar lo que sea... ¡Cómo vuelva ese mal genio a subírsete a la cabeza te daré todos los días una ración como la de hoy!

Cati corrió hacia mí, inclinó su cabeza sobre mi regazo y empezó a llorar. Su primo permanecía silencioso en un rincón, contento, al parecer, de que la tormenta hubiera descargado sobre una cabeza distinta a la suya. Heathcliff se levantó y preparó el té. El servicio ya estaba dispuesto. Vertió la bebida en las tazas.

—Fuera tristezas —me dijo, ofreciéndome una taza y sirve a esos niños traviesos. No tengas miedo: no está envenenada. Me voy a buscar vuestros caballos.

En cuanto se fue, comenzamos a buscar una salida. Mas la puerta de la cocina estaba cerrada y las ventanas eran excesivamente angostas, incluso para la esbeltez de Cati.

—Señorito Linton —dije yo—, ahora va usted a decirnos qué es lo que su padre se propone, o de lo contrario cuente con que yo le vapulearé a usted como él ha hecho con su prima.

—Sí, Linton, dínoslo —agregó Catalina—. Todo ha sucedido por venir a verte, y si te niegas a hablar serás un ingrato.

—Dame el té, y luego te lo diré —repuso el joven—. Señora Dean, márchese un momento. Me molesta tenerla siempre delante. Cati, te están cayendo las lágrimas en mi taza. No quiero ésa. Dame otra.

Cati le entregó otra y se enjugó las lágrimas. Me molestó la serenidad del muchacho. Comprendí que había sido amenazado por su padre con un castigo si no lograba atraernos a aquella encerrona, y que, una vez conseguido, no temía ya que cayese sobre él mal alguno.

—Papá quiere que nos casemos —dijo, tras beber un sorbo de té—. Y como sabe que tu padre no lo permitiría ahora, y además el mío tiene miedo de que yo me muera antes, es preciso que nos casemos mañana por la mañana. Así que tienes que quedarte toda la noche aquí, y después de hacer lo que quiere mi padre, venir a buscarme al día siguiente y llevarme contigo.

—¿Llevarle con ella? —exclamé—. ¿Ese hombre está loco o cree que los demás somos tontos? Pero ¿es posible que usted se imagine que esta hermosa joven se va a casar con un desdichado como usted? ¿Se figura que nadie en el mundo le aceptaría a usted por marido? Se merece usted una buena zurra por habernos hecho venir con sus cobardes artimañas y... ¡No me mire así, porque tengo ganas de castigar su maldad y su estupidez con una paliza!

Le di un empujón, y sufrió un ataque de tos. Enseguida empezó a llorar y a gemir. Cati me impidió hacerle nada.

—¡Quedarme aquí toda la noche! —dijo—. ¡Si es preciso, prenderé fuego a la puerta para salir!

E iba a poner en práctica su amenaza. Pero Linton, asustado por las consecuencias que ello acarrearía para él, se incorporó, la sujetó entre sus débiles brazos, y dijo, entre lágrimas:

—¿No quieres salvarme, Cati? ¿No quieres llevarme contigo a la «Granja»? No me abandones, Catalina. Debes obedecer a mi padre.

—Debo obedecer al mío —replicó ella—. ¿Qué ocurriría si yo pasase toda la noche fuera de casa? Ya debe estar angustiado viendo que no vuelvo. He de salir de aquí a toda costa. Tranquilízate: no te pasará nada. Pero no te opongas, Linton. A mi padre le quiero más que a ti.

El joven tenía tanto miedo a Heathcliff, que se sintió hasta elocuente. Cati, a punto de enloquecer, rogó a Linton que dominase su vergonzoso miedo. Y entretanto, nuestro carcelero volvió a entrar.

—Vuestros caballos se han fugado —anunció—. ¡Pero Linton! ¿Estás llorando otra vez? ¿Qué te ha hecho tu prima? Anda, vete a acostar. Dentro de poco podrás devolver a tu prima sus violencias. Suspiras de amor, ¿eh? ¡Claro, no hay cosa mejor en el mundo! Bueno, acuéstate. Zillah no está hoy aquí, así que tendrás que arreglártelas solo. ¡A callar! Cuando estés acostado no temas que yo vaya. Has tenido la fortuna de hacer bastante bien las cosas. Yo me ocuparé del resto.

Mientras tanto, había abierto la puerta de la habitación de su hijo, y éste penetró por ella con el aspecto de un perro temeroso de un puntapié. Cuando la puerta se hubo cerrado tras él, Heathcliff se acercó al fuego junto al cual nosotras permanecíamos silenciosas. Cati levantó la mirada, y de un modo instintivo se llevó la mano a la mejilla al ver acercarse a Heathcliff. Él la miró huraño y dijo:

—¿Conque no me temías, eh? Pues tu valentía está ahora bien escondida. Me pareces condenadamente asustada.

—Lo estoy ahora —respondió la joven— porque, si me quedo aquí, papá se llevará un disgusto horrible. ¡Oh, no quiero causárselo cuando él está como está ...! Señor Heathcliff: déjeme marcharme. Me casaré con Linton. Mi padre está conforme. ¿Para qué obligarme a lo que estoy dispuesta a hacer?

—¡Qué la obligue si se atreve! —grité—. Hay leyes, gracias a Dios. ¡Las hay, hasta en este rincón del mundo! ¡Yo misma lo denunciaría! ¡Lo haría aunque fuese mi propio hijo! ¡Qué canallada!

—¡Silencio! —ordenó el villano—. ¡Demonio con el alboroto! No me interesa oíros. Catalina: me alegrará extraordinariamente el saber que tu padre está desconsolado. La satisfacción no me dejará dormir. No podías haber encontrado medio mejor para persuadirme a que te retenga veinticuatro horas en mi casa. Y respecto a casarte con Linton, bien cierto estoy de que sucederá, puesto que no saldrás de aquí hasta haberlo hecho.

—Entonces envíe a Elena a decir que no me pasa nada, o cáseme ahora mismo —dijo Catalina llorando con desconsuelo—. ¡Pobre papá! Va a pensar que nos hemos perdido... ¿Qué haremos, Elena?

—Tu padre pensará que te has cansado de cuidarle y que has ido a expansionarte un poco —contestó Heathcliff—. No negarás que has entrado en mi casa voluntariamente, aunque él te lo había prohibido. Y es muy natural que te canses de cuidar a un enfermo que no es más que padre tuyo. Mira, Catalina, cuando naciste, tu padre había dejado ya de ser feliz. Probablemente te maldijo por venir al mundo, como yo lo hice también. Justo es, pues, que te maldiga al salir de él. Yo le imitaré. Puedes estar segura de que disto mucho de quererte. Llora, llora, ésa será en adelante tu principal distracción. ¡A no ser que Linton te consuele, como parecía esperar tu previsor padre! Me divertí de verdad leyendo sus cartas a Linton con sus consejos y los ánimos que le daba. En su última carta encarecía a mi joya que cuidase de la suya cuando la tuviera en su poder. ¡Qué cariñoso y qué paternal! Pero Linton tiene necesidad de su capacidad de afecto para sí mismo. Y sabrá muy bien hacer el papel de tiranuelo doméstico. Es muy capaz de atormentar a todos los gatos que se le presenten, siempre y cuando se les limen los dientes y se les corten las uñas. ¡Cuándo vuelvas a tu casa podrás contar a su tío mucho sobre sus amabilidades!

—Tiene usted razón —dije—. Explíquele a Cati que el carácter de su hijo se parece al de usted, y supongo que la señorita Catalina lo pensará otra vez antes de consentir en contraer matrimonio con semejante reptil...

—Por ahora no tengo ganas de hablar de sus buenas cualidades —repuso él—. O le acepta o se queda encerrada aquí, y tú con ella, hasta que se muera tu amo. Puedo teneros aquí tan ocultas como haga falta. ¡Y si lo dudas, anímala a que rectifique, y verás!

—No rectificaré —afirmó Cati—. Si es preciso, me casaré ahora mismo, con tal de poder ir enseguida a la «Granja». Señor Heathcliff, es usted un hombre cruel, pero no un demonio, y creo que no se propondrá, por malicia, destrozar mi felicidad de un modo irreparable. Si mi padre cree que he huido de su lado y muere antes de que vuelva yo, no podré soportar la vida. Mire, no lloro ya, pero me arrodillo ante usted, y no me levantaré ni apartaré mi vista de su rostro hasta que usted me mire. ¡Míreme, no vuelva la cara! No me ofende que me haya usted maltratado. ¿No ha amado nunca a nadie, tío? ¿Nunca? Míreme, y si me ve tan desdichada, no podrá por menos de compadecerme.

—¡Suéltame y apártate, o te pateo! —gritó Heathcliff—. ¡No sueñes en lisonjearme! ¡Te odio!

Y una sacudida recorrió su cuerpo, como, si en efecto, el contacto de Catalina le repugnase. Me puse en pie y me preparé a lanzarle una avalancha de insultos, pero al primero que proferí me amenazó con encerrarme en una habitación a mí sola, y hube de callar. Mientras tanto empezaba a oscurecer. A la puerta sentimos ruido de voces. Heathcliff se precipitó fuera. Conservaba su perspicacia, bien al contrario que nosotras. Le oímos hablar con alguien dos o tres minutos. Volvió solo al cabo de un trecho.

—Creí —dije a Cati— que sería su primo Hareton. ¡Si llegara, tal vez se pusiese de nuestra parte!

—Eran tres criados de la «Granja» —replicó Heathcliff, que me oyó—. Podías haber abierto la ventana y chillar. Pero estoy cierto de que esa muchacha celebra que no lo hayas hecho. En el fondo se alegra de tener que quedarse.

Las dos empezamos a lamentarnos de la ocasión que habíamos perdido. A las nueve nos mandó que subiésemos al cuarto de Zillah. Yo aconsejé a mi compañera que obedeciésemos, pues tal vez desde allí podríamos salir por la ventana o por un tragaluz. Pero la ventana era muy estrecha y una trampilla que daba al desván estaba bien cerrada, de modo que nuestros intentos fueron inútiles. Ninguna de las dos nos acostamos. Cati se sentó junto a la ventana esperando que llegase la aurora, y sólo respondía con suspiros a mis ruegos de que descansase un poco. Por mi parte, me senté en una silla, y comencé a hacer un severo examen de conciencia sobre mis faltas, de las que me imaginaba que procedían todas las desventuras de mis amos.

Heathcliff llegó a las siete y preguntó si la señorita estaba levantada. Ella misma corrió a la puerta y contestó afirmativamente.

—Vamos, pues —dijo Heathcliff, llevándosela.

Quise seguirla, pero cerró la puerta con llave. Le rogué que me dejase libre.

—Ten un poco de paciencia —contestó—. Dentro de un rato te traerán el desayuno.

Golpeé la puerta furiosamente y sacudí con fuerza el picaporte. Cati inquirió los motivos de prolongar mi encierro. Él contestó que duraría una hora más. Y los dos se fueron. Al cabo de dos o tres horas oí pasos, y una voz que no era la de Heathcliff me dijo:

—Te traigo la comida. Abre.

Obedecí, y vi a Hareton, que me traía provisiones para todo el día.

—Toma —dijo entregándomelas.

—Atiéndeme un minuto —comencé a decir.

—No —respondió, marchándose sin hacer caso de mis súplicas.

El día y la noche siguientes seguía encerrada. Pero mi prisión se prolongó más aún: cinco noches y cuatro días en total. A nadie veía sino a Hareton que llegaba todas las mañanas. Llevaba bien su papel de carcelero, ya que era insensible, sordo y mudo a todo intento de excitar sus sentimientos de justicia o su piedad.

Capítulo veintiocho

Al atardecer del quinto día sentí aproximarse a la habitación un paso breve y ligero, y Zillah penetró en el aposento, ataviada con su chal rojo y con su sombrero de seda negra y llevando una canastilla colgada al brazo.

–¡Oh, querida señora Dean! –exclamó al verme–. ¿No sabe usted que en Gimmerton se asegura que se había usted ahogado en el pantano del Caballo Negro, con la señorita? Lo creía hasta que el amo me dijo que las había encontrado y las había hospedado aquí. ¿Cómo está usted? ¿Qué le pasó? Encontrarían ustedes alguna isla en el fango, ¿no es eso? ¿La salvó el amo, señora Dean? En fin, lo importante es que no ha padecido usted mucho, por lo que se ve.

–Su amo es un miserable –contesté– y esto le costará caro. El haber inventado esa historia no le servirá de nada. ¡Ya se sabrá todo!

–¿Qué quiere usted decir? –exclamó Zillah–. En todo el pueblo no se hablaba de otra cosa. Como que al entrar dije a Hareton: «¡Qué lástima de aquella mocita y de la señora Dean, señorito! ¡Qué cosas pasan!». Hareton me miró asombrado, y entonces le conté lo que se rumoreaba en el pueblo. El amo estaba oyéndonos, y me dijo: «Sí, Zillah, cayeron en el pantano, pero se han salvado. Elena Dean está instalada en tu cuarto. Cuando vayas dile que ya se puede ir: toma la llave. El agua del pantano se le subió a la cabeza, y hubiera vuelto a su casa delirando. En fin, la hice venir, y ya está bien. Dile que si quiere se vaya corriendo a la "Granja" y avise de mi parte que la señorita llegará a tiempo para asistir al funeral del señor».

–¡Oh, Zillah! –exclamé–. ¿Ha muerto el señor Linton?

–Cálmese, amiga mía, todavía no. Siéntese, aún no está usted repuesta del todo. He encontrado al doctor Kenneth en el camino, y me ha dicho que el enfermo quizá resista un día más.

En vez de sentarme me lancé fuera. En el salón busqué a alguien que pudiese hablarme de Cati. La habitación tenía las ventanas abiertas y estaba llena de sol, pero no se veía a nadie.

No sabía adónde dirigirme y vacilaba sobre lo que debía hacer, cuando una tos que venía del lado del fuego llamó mi atención. Y entonces vi a Linton junto a la chimenea, saboreando un terrón de azúcar y mirándome con indiferencia.

–¿Y la señorita Catalina? –pregunté, creyendo que, al encontrarle solo, le haría confesar por temor.

Pero él siguió chupando como un necio.

–¿Se ha marchado? –pregunté.

–No. Está arriba. No se irá; no la dejaríamos.

—¿Qué no la dejarían? ¡Mentecato! Dígame donde está o verá usted lo que es bueno.

—Papá sí que te hará ver lo que es bueno a ti como intentes subir —contestó Linton—. Él me ha dicho que no tengo por qué andarme con contemplaciones con Cati. Es mi mujer y es vergonzoso que quiera marcharse de mi lado. Papá asegura que ella desea que yo muera para quedarse con mi dinero, pero no lo tendrá, ni se irá a su casa, por mucho que llore y patalee.

Y siguió en su ocupación, entornando los ojos.

—Señorito —le dije—, ¿ha olvidado lo bien que ella se portó con usted el invierno pasado, cuando usted le aseguraba que la quería y ella venía a diario para traerle libros y cantarle canciones, a través de vientos y nieve? ¡Pobre Cati! Cada vez que dejaba de venir lloraba pensando en que usted se entristecería, y usted entonces afirmaba que ella era demasiado buena para usted. Ahora, en cambio, usted finge creer en las mentiras que le dice su padre, y se pone con él de acuerdo, a pesar de saber que les engaña a los dos... ¡Vaya un modo de demostrar gratitud!

Linton torció los labios y se quitó de ellos el terrón de azúcar.

—¿Venía a «Cumbres Borrascosas» porque le odiaba a usted? —continué—. ¡Usted mismo lo dirá! Y de su dinero, ella no sabe siquiera si tiene usted poco o mucho. ¡Y la abandona, sola, ahí arriba, en una casa extraña! ¡Usted, que tanto se lamentaba de su abandono! Cuando se quejaba de sus penas, ella se compadecía de usted, y ahora usted no se apiada de ella. Yo, que no soy más que una antigua criada suya, he orado por Cati, como puede ver y usted, que ha asegurado quererla y que tiene motivos para adorarla, se reserva sus lágrimas para usted mismo y se está ahí sentado tranquilamente... ¡Es usted un cruel y un egoísta!

—No puedo con ella —dijo él—. No quiero estar a su lado. Llora de un modo inaguantable. Y no cesa de llorar aunque la amenace con llamar a mi padre. Ya le llamé una vez y él la amenazó con ahogarla si no se callaba, pero en cuanto él salió, ella empezó otra vez sus gemidos, a pesar de las muchas veces que le grité que me estaba importunando y no me dejaba dormir.

—¿Está ausente el señor Heathcliff? —me limité a preguntar, viendo que aquel cretino era incapaz de comprender el dolor de su prima.

—Está hablando en el patio con el doctor Kenneth —contestó—. Creo que el tío, al fin, se está muriendo. Y lo celebro, porque de ese modo yo seré el dueño de su casa. Cati dice siempre «mi casa», pero en realidad es mía. Papá asegura que todo lo de ella es mío. Míos son sus lindos libros, y sus pájaros, y su jaca. Así se lo dije cuando ella me prometió regalármelo todo si le daba la llave y la dejaba salir. Entonces se echó a llorar, se quitó un dije que lleva al cuello con un retrato de su madre y otro del tío cuando eran jóvenes, y me lo ofreció si le permitía escaparse. Esto sucedió ayer. Le dije que también me pertenecían y fui a quitárselos.

»Entonces, esa odiosa mujer me dio un empellón y me lastimó. Yo lancé un chillido —cosa que la espanta siempre— y acudió papá. Al sentir que venía, rompió en dos el medallón, y me dio el retrato de su madre mientras intentaba esconder el otro, pero cuando papá llegó y yo le expliqué lo que sucedía, me quitó el que ella me había dado y le mandó que me entregase el otro. Ella no quiso y él la tiró al suelo, le arrancó el retrato y lo pisoteó.

—¿Y qué le pareció a usted el espectáculo? —interrogué para llevar la conversación adonde me convenía.

—Yo hice un guiño —respondió—. Siempre guiño los ojos cuando mi padre pega a un perro o a un caballo, porque lo hace muy reciamente. Al principio me alegré de que la maltratara. También ella me había hecho daño al empujarme. Cuando papá se fue, ella me hizo ver cómo le sangraba la boca, porque se había cortado con los dientes cuando papá le pegó. Después recogió los restos del retrato, se sentó con la cara a la pared y no ha vuelto a dirigirme la palabra. Creo a veces que la pena no la deja hablar. Pero es un ser terrible: no hace más que llorar y está tan pálida y tan huraña que me asusta.

—¿Puede usted coger la llave cuando le parezca bien? —pregunté.

—Cuando estoy arriba, sí —contestó—, pero ahora no puedo subir.

—¿En qué sitio está? —volví a preguntar.

Es un secreto y no te lo diré —respondió—. No lo saben ni siquiera Hareton ni Zillah. ¡Ea! Estoy cansado de hablar contigo. Márchate.

Apoyó la cara en un brazo y cerró los ojos.

Yo reflexioné que lo mejor era ir a la «Granja» sin ver a Heathcliff y en ella buscar auxilio para la señorita. El asombro de los criados al verme llegar fue tan grande como su alegría. Al advertirles que la señorita estaba a salvo también, varios se precipitaron a anunciárselo al señor, pero yo me anticipé a todos. Había cambiado mucho en tan pocos días. Esperaba, resignado, la muerte. Estaba muy joven. Aún no tenía más que treinta y nueve años, pero representaba diez menos. Al verme entrar, murmuró el nombre de Cati. Me incliné hacia él y le dije:

—Después vendrá Catalina, señor. Está bien, y creo que vendrá esta noche.

Al principio temí que la alegría le perjudicase, y, en efecto, se incorporó en el lecho, miró en torno suyo y se desmayó. Pero se recobró enseguida, y entonces le relaté lo ocurrido, asegurando que Heathcliff me había obligado a entrar, y que, en rigor, no era totalmente cierto. De Linton hablé lo menos que pude y no detallé las brutalidades de su padre para no causar al señor mayor amargura. Él comprendió que uno de los objetivos que se proponía su enemigo era apoderarse de su fortuna y de sus propiedades para su hijo, pero no alcanzaba a adivinar el porque no había querido esperar hasta su muerte, ya que el señor Linton ignoraba que él y su sobrino se llevarían poco tiempo el uno al otro en abandonar este mundo. En todo caso, resolvió modificar su testamento, dejando la herencia de Cati, no en sus manos, sino en las de otros herederos, que eran personas de confianza, concediéndole sólo el usufructo, y luego la plena posesión a sus hijos, caso de que los tuviera. Así, los bienes de Catalina no irían a manos de Heathcliff aunque falleciese su hijo.

Según sus instrucciones, envié a un hombre en busca del procurador, y a otros cuatro, con armas, a buscar a la señorita. El primero de ellos volvió anunciando que había tenido que estar dos horas esperando al señor Green, y que éste vendría al siguiente día, ya que tenía quehacer en el pueblo. Los otros regresaron sin cumplir su misión, y dijeron que Cati estaba tan enferma, que no podía salir de su cuarto, y que Heathcliff no había permitido que la vieran. Les reproché como se merecían, y resolví no decir nada a mi amo, porque estaba resuelta a presentarme en «Cumbres Borrascosas» en cuanto amaneciera, llevando una tropa entera, si era menester, para tomar al asalto las «Cumbres» si no me entregaban a la cautiva. Me juré repetidas veces que su padre había de verla, aunque aquel miserable encontrara la muerte en su casa intentando impedirlo.

Pero no hubo necesidad de emplear tales recursos. A eso de las tres, bajaba yo a buscar un jarro de agua, cuando, atravesando el vestíbulo, sentí un golpe en la puerta. Me sobresalté.

«Debe ser Green», pensé luego.

Y seguí con la intención de mandar que abrieran. Pero el golpe se repitió, y entonces, dejando el jarro, fui a abrir yo misma. Fuera, brillaba la luna. El que venía no era el procurador. La señorita me saltó al cuello, exclamando:

—¿Vive mi padre todavía, Elena?

—Sí, ángel mío —respondí—. ¡Gracias a Dios que ha vuelto usted con nosotros!

Ella quería ir sin detenerse al cuarto del señor, pero yo la hice sentarse un momento para que descansara, le di agua y le froté el rostro con el delantal para que le salieran los colores. Luego añadí que convenía que entrara yo primero para anunciar su llegada, y le rogué que dijese que era feliz con el joven Heathcliff. Al principio me miró con asombro, pero luego comprendió.

No pude asistir a la entrevista de ella y su padre, sino que me quedé fuera, y esperé un cuarto de hora, al cabo del cual me atreví a entrar y acercarme al enfermo. Todo estaba tranquilo. La desesperación de Cati era tan silenciosa como el placer que su padre experimentaba. Con los ojos extasiados contemplaba el semblante de su hija.

Murió sintiéndose feliz, señor Lockwood... Besó a Cati en las mejillas, y dijo:

—Me voy a su lado, y tú, querida hija, vendrás después con nosotros.

Y no dijo una palabra más. Su mirada continuaba extática y fija. El pulso le fue faltando gradualmente, hasta que su alma le abandonó. Murió tan apaciblemente, que ninguno nos percatamos del momento exacto en que ello había sucedido.

Catalina estuvo sentada allí hasta que salió el sol. Sus ojos se hallaban secos, quizá porque ya no le quedaran lágrimas en ellos, o quizá por la intensidad de su dolor. A mediodía continuaba lo mismo, y me costó trabajo lograr que fuese a reposar un rato. A esa hora apareció el procurador, que ya había pasado primero por «Cumbres Borrascosas» para recibir instrucciones. El señor Heathcliff le había comprado, y por ello se retrasó en venir a casa de mi amo. Felizmente éste no se había vuelto a preocupar de nada desde la llegada de su hija.

El señor Green se apresuró a dictar órdenes inmediatas. Despidió a todos los criados excepto a mí, y hasta hubiera dispuesto que a Eduardo Linton se le enterrara en el panteón familiar, a no haberme opuesto yo ateniéndome al testamento. Éste, por fortuna, estaba allí y hubo que cumplir sus disposiciones.

El sepelio se apresuró cuanto fue posible. A Catalina, que era ya la señora Heathcliff, le consintieron estar en la «Granja» hasta que sacaron el cuerpo de su padre. Según ella me contó, su dolor había, por fin, inducido a Linton a ponerla en libertad. Oyó a Heathcliff discutir en la puerta con los hombres que yo había enviado, y entendió lo que él les decía. Entonces se desesperó de tal modo que Linton, que estaba en la salita en aquel momento, se aterrorizó, cogió la llave antes de que su padre volviera, abrió, dejó la puerta sin cerrar, bajó y pidió que le dejaran dormir con Hareton. Catalina se fue antes de alborear. No atreviéndose a marchar por la puerta por temor a que los perros ladrasen buscó otra salida, y habiendo hallado la habitación de su madre, se descolgó por el abeto que rozaba la ventana. Estas precauciones no bastaron para impedir que su cómplice sufriera el correspondiente castigo.

Capítulo veintinueve

La tarde siguiente al entierro, Cati y yo nos sentamos en la biblioteca, meditando y hablando del sombrío porvenir que se nos presentaba.

Pensábamos que lo mejor sería lograr que Catalina fuese autorizada a seguir habitando la «Granja de los Tordos», al menos mientras viviera Linton. Yo sería su ama de llaves, y ello nos parecía tan relativamente bueno, que dudábamos de conseguirlo. No obstante, yo tenía esperanzas. De improviso, un criado –ya que, aunque estaban despedidos, éste no se había marchado aún– vino a advertirnos de que «aquel demonio de Heathcliff» había entrado en el patio, y quería saber si le daba con la puerta en las narices.

No estábamos tan locas como para mandar que lo hiciese, ni él nos dio tiempo. Entró sin llamar ni pedir permiso: era el amo ya y usaba de sus derechos. Llegó a la biblioteca, mandó salir al criado y cerró la puerta. Estaba en la misma habitación donde dieciocho años atrás entrara como visitante. A través de la ventana brillaba la misma luna y se divisaba el mismo paisaje de otoño. No habíamos encendido la luz aún, pero había bastante claridad en la cámara, y se distinguían bien los retratos de la señora Linton y de su esposo. Heathcliff se acercó a la chimenea. Desde aquella época no había cambiado mucho. El mismo rostro algo más pálido y más serenó tal vez, y el cuerpo un tanto más pesado. No había más diferencia que aquélla.

–¡Basta! –dijo sujetando a Catalina, que se había levantado y se disponía a escaparse–. ¿Adónde vas? He venido para conducirte a casa. Espero que procederás como una hija sumisa y que no inducirás a mi hijo a desobedecerme. No supe de qué modo castigarle cuando descubrí lo que había hecho. ¡Cómo es tan endeble! Pero ya notarás en su aspecto que ha recibido su merecido. Mandé que le bajasen, le hice sentarse en una silla, ordené que saliesen José y Hareton, y durante dos horas estuvimos los dos solos en el cuarto. A las dos horas ordené a José que volviese a llevársele, y desde entonces, cada vez que me ve, mi presencia le asusta más que la de un fantasma. Según Hareton, se despierta por la noche chillando e implorándote que le defiendas. De modo, que quieras o no, tienes que venir a ver a tu marido. Te lo cedo para ti sola: tendrás que preocuparte tú de él.

–Podía usted dejar que Cati viviera aquí con Linton –intercedí yo–. Ya que les detesta usted, no les echará de menos. No harán más que atormentarle con su presencia.

–Pienso arrendar la «Granja» –respondió– y, además, deseo que mis hijos estén a mi lado y que esta muchacha trabaje para ganarse su pan. No voy a sostenerla como una holgazana ahora que Linton ha muerto. Vamos, date prisa, y no me obligues a apelar a la fuerza.

–Iré –dijo Cati–. Aunque usted ha hecho todo lo posible para que nos aborrezcamos el uno al otro. Linton es el único cariño que me queda en el mundo, y le desafío a usted a que le haga padecer cuando yo esté presente.

—Aunque te erijas en su paladina —respondió Heathcliff— no te quiero tan bien que vaya a quitarte el tormento de atenderle mientras viva. No soy yo quien te hará aborrecerle. Su dulce carácter se encargará de ello. Como consecuencia de tu fuga y de las consecuencias que tuvo para él, le vas a hallar tan agrio como el vinagre. Ya le oí explicar a Zillah lo que haría si fuese tan fuerte como yo: el cuadro era admirable. Mala inclinación no le falta, y su misma debilidad le hará encontrar algún medio con que sustituir el vigor de que carece.

—Como que es su hijo —dijo Cati—. Sería milagroso que no tuviera mal carácter. Y celebro que el mío sea mejor y me permita perdonarle. Sé que me ama y por eso le amo yo también. En cambio, señor Heathcliff, a usted no le ama nadie, y por muy desgraciados que nos haga ser, nos desquitaremos pensando que su crueldad procede de su desgracia. ¿Verdad que es usted desgraciado? Está usted tan solitario como el diablo y es tan envidioso como él. Nadie le ama y nadie le orará cuando muera. ¡Le compadezco!

Catalina habló en lúgubre tono de triunfo. Parecía dispuesta a amoldarse al ambiente de su futura familia y a disfrutar, como ellos, en el mal de sus enemigos.

—Tendrás que compadecerte de ti misma —replico su suegro— si sigues aquí un minuto más. Coge tus cosas, bruja, y vente.

Cati se fue. Yo comencé a rogar a Heathcliff que me permitiera ir a «Cumbres Borrascosas» para hacer los menesteres de Zillah, mientras ésta se encargaba de mi puesto en la «Granja», pero él se negó rotundamente. Después de hacerme callar, examinó el cuarto. Al ver los retratos, dijo:

—Voy a llevarme a casa el de Catalina. No me hace falta para nada, pero...

Se acercó al fuego y dijo:

—Te voy a explicar lo que hice ayer. Ordené al sepulturero que cavaba la fosa de Linton que quitase la tierra que cubría el ataúd de Catalina, y lo hice abrir. Creí que no sabría separarme de allí cuando vi su cara. ¡Sigue siendo la misma! El enterrador me dijo que se alteraría si seguía expuesta al aire. Arranqué entonces una de las tablas laterales del ataúd, cubrí el hueco con tierra (no el lado del maldito Linton, que ojalá estuviera soldado con plomo, sino el otro), y he sobornado al sepulturero para que cuando me entierren a mí quite también el lado correspondiente de mi féretro. Así nos confundiremos en una sola tumba, y si Linton nos busca no sabrá distinguirnos.

—Es usted un malvado —le dije—. ¿No le da vergüenza turbar el reposo de los muertos?

—A nadie he turbado su reposo, Elena, y en cambio me he desahogado un poco yo. Me siento mucho más tranquilo, y así es más fácil que podáis contar con que no salga de mi tumba cuando me llegue la hora. ¡Turbarla! Dieciocho años lleva turbándome ella a mí, dieciocho años, hasta anoche mismo... Pero desde ayer me he tranquilizado. He soñado que dormía al lado de ella mi último sueño, con mi mejilla apoyada en la suya.

—¿Y qué hubiera usted soñado si ella se hubiera disuelto bajo tierra o cosa peor?

—¡Qué me disolvía con ella y entonces me hubiera sentido aún más contento! ¿Te figuras que me asustan esas transformaciones? Esperaba que se hubiera descompuesto cuando mandé abrir la caja, pero me alegro de que no principie su descomposición hasta que la comparta conmigo. Luego tú no sabes lo que me sucede... Pero empezó así: yo creo en los espíritus, y estoy convencido de que existen y viven entre nosotros. Y desde que ella murió no hice más que invocar al suyo para que me visitase. El día que la enterraron, nevó. Al oscurecer me fui al cementerio. Soplaba un viento helado, y reinaba la soledad. Yo no temí que el simple de su marido fuese tan tarde, y no era probable que nadie merodease por allí. Al pensar que sólo me separaban de ella dos varas de tierra blanda, me dije: "Quiero volver a tenerla entre mis brazos. Si está fría, lo atribuiré a que el viento del norte me hiela, y si está inmóvil pensaré que duerme".

»Cogí una azada y cavé con ella hasta que tropecé con el ataúd. Entonces principié a trabajar con las manos, y ya crujía la madera, cuando me pareció percibir un suspiro que sonaba al mismo borde de la tumba. "¡Si pudiese quitar la tapa —pensaba— y luego nos enterraran a los dos!" Ya me esforcé en conseguirlo. Pero oí otro suspiro. Y me pareció notar un tibio aliento que caldeaba la frialdad del aire helado. Bien sabía que allí no había nadie vivo, pero tan cierto como se siente un cuerpo en la oscuridad aunque no se le vea, tuve la sensación de que Catalina estaba allí, y no en el ataúd, sino a mi lado. Experimenté un inmediato alivio. Suspendí mi trabajo y me sentí consolado. Ríete, si quieres, pero después de que cubrí la fosa otra vez, tuve la impresión de que ella me acompañaba hasta casa. Estaba seguro de que se hallaba conmigo y hasta le hablé. Cuando llegué a las «Cumbres», recuerdo que aquel condenado Earnshaw y mi mujer me cerraron la puerta. Me contuve para no romperle la cabeza a golpes, y después subí precipitadamente a nuestro cuarto. Miré en torno mío con impaciencia. ¡La sentía a mi lado, casi la veía, y sin embargo no lograba divisarla! Creo que sudé sangre de tanto como rogué que se me apareciese, al menos un instante. Pero no lo conseguí. Fue tan diabólica para mí como lo había sido siempre durante su vida. Desde entonces, unas veces más y otras veces menos, he sido víctima de esa misma tortura. Esto me ha sometido a una tensión nerviosa tan grande, que si mis nervios no estuviesen tan templados como cuerdas de violín, no hubiera resistido sin hacerme un desgraciado.

»Si me hallaba en la sala con Hareton, figurábaseme que la vería cuando saliese. Cuando paseaba por los pantanos, esperaba hallarla al volver. En cuanto salía de casa, regresaba creyendo que ella debía andar por allá. Y si se me ocurría pasar la noche en su alcoba me parecía que me golpeaban. Dormir allí me resultaba imposible. En cuanto cerraba los ojos, la sentía fuera de la ventana, o entrar en el cuarto, correr las tablas y hasta descansar su adorada cabeza en la misma almohada donde la ponía cuando era niña. Entonces yo abría los ojos para verla, y cien veces los cerraba y los volvía a abrir y cada vez sufría una desilusión más. Esto me aniquilaba hasta tal punto que a veces lanzaba gritos y el viejo pillo de José me creía poseído del demonio. Pero ahora que la he visto estoy más sosegado. ¡Harto me ha atormentado durante dieciocho años, no pulgada a pulgada, sino por fracciones del espesor de un cabello, engañándome año tras año con una esperanza que no se realizaba jamás!

Heathcliff calló y se secó la frente, que tenía húmeda de sudor. Sus ojos contemplaban las brasas del fuego. Tenía las cejas levantadas y una apariencia de dolorosa tensión cerebral le daba un aspecto conturbado. Al hablar se dirigía a mí vagamente. Yo callaba. No me agradaba aquel modo de expresarse.

Tras una breve pausa, descolgó el retrato de la señora Linton, lo puso sobre el sofá y lo contempló fijamente. Cati entró en aquel momento y dijo que estaba pronta a marchar en cuanto ensillasen el caballo.

–Envíame eso mañana –me dijo Heathcliff. Y agregó, dirigiéndose a ella–: Hace una buena tarde y no necesitas caballo. Cuando estés en «Cumbres Borrascosas» tendrás de sobra con los pies.

–¡Adiós, Elena! –dijo mi señorita, besándome con helados labios–. No dejes de ir a verme.

–Líbrate muy bien de ello –me advirtió su nuevo suegro–. Cuando te necesite para algo, ya vendré a visitarte. No quiero que andes husmeando por mi casa.

Hizo señal a Cati de que le siguiera, y ella le obedeció, lanzando una mirada hacia atrás que me desgarró el corazón. Les vi desde la ventana bajar el jardín. Heathcliff cogió el brazo de Catalina, a pesar de que ella se negaba, y con rápido paso desaparecieron bajo los árboles del sendero.

Capítulo treinta

En una ocasión fui a visitar a Cati, pero José no me dejó pasar. Me dijo que la señora estaba bien y que el amo se hallaba fuera. A no ser por Zillah, que me ha contado algo, yo no sabría nada de ellos, ni si viven o mueren. Zillah no estima a Cati y la considera muy orgullosa. Al principio, la señorita le pidió que le hiciera algunos servicios, pero el amo lo prohibió y Zillah se congratuló de ello, por pereza y por falta de juicio. Esto causó a Cati una indignación pueril, y ha incluido a Zillah en el número de sus enemigos. Hace seis semanas, poco antes de llegar usted, mantuve una larga conversación con Zillah, quien me contó lo siguiente:

«Al llegar a las "Cumbres" la señora, sin saludarnos siquiera, corrió al cuarto de Linton y se encerró con él. Por la mañana, mientras Hareton y el amo estaban desayunando, ella entró en el salón temblando de pies a cabeza, y preguntó si se podía ir a buscar al médico, ya que su marido estaba muy malo.

»—Ya lo sé —respondió Heathcliff—, pero su vida no vale ni un penique, y ni un penique me gastaré en él.

»—Pues si no se le auxilia, se morirá, porque yo no sé qué hacer —dijo la joven.

»—¡Fuera de aquí —gritó el amo— y no me hables más de él! No nos importa nada lo que le ocurra. Si quieres, cuídale tú, y si no enciérrale y déjale solo.

»Ella entonces acudió a mí, pero yo le contesté que el muchacho ya me había dado bastante quehacer, y que ahora era ella quien debía cuidar a su marido, según había ordenado Heathcliff.

»No puedo decir cómo se las entendieron. Me figuro que él debía pasarse gimiendo día y noche, sin dejarla descansar, como se deducía por sus ojeras. Algunas veces aparecía en la cocina como si quisiera pedir socorro, pero yo no estaba dispuesta a desobedecer al señor. No me atrevo a contrariarle en nada, señora Dean, y aunque bien veía que debía haberse llamado al médico, no era yo quién para tomar la iniciativa, y no intervine en ello. Para nada. Una o dos veces, después de que nos habíamos acostado, se me ocurría ir a la escalera y veía a la señora llorando, sentada en los escalones, de modo que enseguida me volvía, temiendo que me pidiese ayuda. Aunque la compadecía, ya supondrá usted que no era cosa de arriesgarme a perder mi cargo. Por fin una noche entró resueltamente en mi cuarto, y me dijo:

»—Avisa al señor Heathcliff de que su hijo se muere. Estoy segura de ello.

»Y se fue. Un cuarto de hora permanecí en la cama, escuchando y temblando. Pero no oí nada.

»—Debe haberse equivocado —pensé—. Linton se habrá repuesto; no hay por qué molestar a nadie.

»Y volví a dormirme. Pero el sonido de la campanilla que tenía Linton para su servicio me despertó y el amo me ordenó que fuera a decirles que no quería volver a oír aquel ruido.

»Entonces le comuniqué el recado de la señorita. Empezó a maldecir, y luego encendió una vela y subió al cuarto de su hijo. Le seguí y vi a la señora sentada junto al lecho, con las manos cruzadas sobre las rodillas. Su suegro acercó la vela al rostro de Linton, le miró y le tocó, y dijo a la señora:

»—¿Qué te parece esto, Catalina?

»La joven guardaba silencio.

»—Digo, que qué te parece, Catalina —repitió él.

»—Me parece —contestó ella— que él se ha salvado y que yo he recuperado la libertad... Debía parecerme muy bien, pero —prosiguió con amargura— me ha dejado usted luchando sola durante tanto tiempo contra la muerte, que sólo veo muerte a mi alrededor, y hasta me parece estar muerta yo misma.

»—Y así lo parecía, en realidad. Yo la hice beber un poco de vino. Hareton y José, a quienes nuestro ir y venir había despertado, entraron entonces. José me parece que se alegró de la muerte del muchacho. En cuanto a Hareton, se sentía confuso, y más que de pensar en Linton se preocupaba de mirar a Catalina. El señor le hizo volverse a acostar. Mandó a José que llevara el cadáver a su habitación y a mi me hizo volverme a la mía. La señora se quedó sola.

»—Por la mañana, Heathcliff me hizo llamarla para desayunar. Catalina se había desnudado y estaba a punto de acostarse. Me anunció que se sentía mal, lo que no me extrañó, y se lo indiqué al señor Heathcliff. Éste me dijo:

»—Bueno, déjala que descanse. Sube de vez en cuando a llevarle lo que necesite, y después del entierro, cuando creas que esté mejor, avísamelo».

Zillah siguió diciéndome que Catalina había continuado encerrada en su cuarto durante quince días más. Ella la visitaba dos veces diarias y procuraba mostrarse amable con la señorita, pero ésta la rechazaba violentamente. Heathcliff subió a verla una vez para mostrarle el testamento de Linton. Cedía a su padre todos los bienes y cuantos habían pertenecido a su esposa. Le habían obligado a firmar aquello mientras Cati estaba con su padre el día que éste falleció. La herencia se refería a los bienes muebles, ya que las tierras, por ser menor de edad, no tenía Linton derecho a legarlas. Pero, Heathcliff ha hecho valer también sus derechos a ellas en nombre de su difunta mujer y en el suyo propio. Creo que legalmente tiene razón, de todas formas, como Catalina no tiene dinero ni amigos, no ha podido disputárselas.

«Sólo yo —siguió diciéndome Zillah—, salvo esa vez que subió el amo, iba a su cuarto. Nadie se ocupaba de ella. El primer día que bajó al salón fue un domingo por la tarde. Al llevarle la comida me había dicho que no podía soportar el frío que hacía arriba. Le contesté que el amo iba a ir la "Granja de los Tordos" y que Hareton y yo no la incomodaríamos. Así que en cuanto sintió el trote del caballo de Heathcliff, bajó, vestida de negro, con sus rubios cabellos peinados lisos por detrás de las orejas.

»José y yo acostumbramos ir los domingos a la iglesia. Se refieren a la capilla de los metodistas o baptistas, ya que la iglesia ahora no tiene pastor –aclaró la señora Dean–. José había ido ya a la iglesia, pero yo creí que debía quedarme en casa –continué Zillah– porque no sobra que una persona de edad vigile a los jóvenes y Hareton, a pesar de su timidez, no es precisamente un chico modelo. Yo le había advertido que su prima bajaría seguramente a hacernos compañía, y que como ella solía guardar la fiesta dominical, valía más que él no trabajase ni estuviese repasando las escopetas mientras ella permaneciera abajo. Se ruborizó al oírme, se miró la ropa y las manos e hizo desaparecer el aceite y la pólvora. Comprendí que quería ofrecerle su compañía y que deseaba presentarse a ella con mejor aspecto, y para ayudarle a ello, le ofrecí mis servicios. Se puso muy turbado y empezó a renegar.

»–Señora Dean –dijo Zillah comprendiendo que su conducta me desagradaba– usted podrá pensar que la señorita es demasiado fina para Hareton, y puede que esté usted en lo cierto, pero le aseguro que me gustaría rebajar un poco su orgullo. Además, ahora es tan pobre como usted y como yo. Es decir, más, porque seguramente usted tiene sus ahorros, y yo hago lo posible para reunirlos. Así que no está la señorita como para andar con sandeces ni con demasiado orgullo.

»Hareton aceptó mi ayuda –siguió contándome Zillah– y hasta se puso de buen humor, y cuando Catalina llegó trató de ser amable y agradable con ella.

»La señorita entró tan fría como el hielo y tan soberbia como una princesa. Yo le ofrecí mi asiento, y Hareton también, diciéndole que debía estar aterida de frío.

»–Hace un mes que lo estoy –contestó ella tan altanera y despreciativa como le fue posible.

»Cogió una silla y se sentó separada de nosotros. Cuando hubo entrado en calor, miró a su alrededor y al divisar unos libros en el aparador intentó cogerlos. Pero estaban demasiado altos, y viendo sus inútiles esfuerzos su primo se decidió a ayudarla. Comenzó a echarle los libros según los iba alcanzando y ella los recogía en su falda extendida.

»El muchacho se sintió satisfecho con esto. Es verdad que la señora no le dio las gracias, pero a él le bastaba con haberle sido útil, y hasta se aventuró a mirar los libros mientras lo hacía ella, señalando algunas páginas ilustradas que le llamaban la atención. No se desanimó por el desprecio con que Catalina le quitaba las páginas de los dedos, pero se apartó un poco y en vez de mirar los libros la miró a ella. Catalina siguió leyendo o intentando leer. Hareton entretanto, ya que no podía distinguir su cara, se contentaba con contemplar su cabello. De pronto, casi inconsciente de lo que hacía, y más bien como un niño que se resuelve a tocar lo que está mirando, se le ocurrió alargar la mano y acariciarle uno de sus rizos, más suavemente que lo hubiera hecho un pájaro. Al sentir la mano de Hareton sobre su cabeza, Catalina dio un salto como si le hubieran clavado un cuchillo.

»–¡Vete! ¿Cómo te atreves a tocarme? –gritó disgustadísima–. ¿Qué haces ahí plantado? ¡No puedo soportarte! Si te acercas, me voy.

»Hareton retrocedió, se sentó y permaneció inmóvil Ella siguió absorta en los libros. Al cabo de media hora Hareton me dijo en voz baja:

»—Ruégale que nos lea alto, Zillah... Estoy harto de no hacer nada y me gustaría oírla. No digas que soy yo quien se lo pide. Hazlo como cosa tuya.

»—El señor Hareton quisiera que usted nos leyese algo, señorita —me apresuré a decir—. Se lo agradecería mucho.

»Ella arrugó el entrecejo y contestó:

»—Pues di al señor Hareton que no acepto ninguna de las hipócritas amabilidades que me hagáis. ¡Os desprecio y no quiero saber nada de vosotros! Cuando yo hubiera dado hasta la vida por una palabra afectuosa, os mantuvisteis apartados de mí. No me quejo. He bajado porque arriba hacía mucho frío, pero no para entreteneros ni para disfrutar de vuestra compañía.

»—Yo no te he hecho nada —comenzó a decir Earnshaw.

»—Tú eres una cosa aparte —respondió la señorita—, y no se me ha ocurrido ni pensar en ti...

»—Pues yo —contestó él— más de una vez he rogado al señor Heathcliff que me permitiese atenderla.

»—Cállate —ordenó ella—. Me iré por esa puerta, no sé adónde, si es que he de seguir oyendo tu desagradable voz.

»Hareton musitó que por su parte podía irse, aunque fuera al infierno, descolgó su escopeta y se marchó a cazar. Y ahora él ya habla con todo desembarazo delante de ella, y ella se ha retirado otra vez a su soledad. Pero a veces el frío de las heladas la hace bajar y buscar nuestra compañía. Por su parte yo me mantengo tan altiva como ella. Ninguno de nosotros la quiere, ni ella se lo merece. En cuanto se le dice la menor cosa, salta y replica sin respetar nada. Se atreve a insultar hasta al amo, y cuanto más le castiga él, más maligna se vuelve ella».

—Al principio de oír contar eso a Zillah —siguió la señora Dean— decidí dejar este empleo, alquilar una casa, y llevarme a Cati. Pero el señor Heathcliff hubiera autorizado esto tanto como a Hareton montar una casa por su cuenta propia. Así que no veo solución al asunto, a no ser que la señorita se case, y ésa es una cosa que no está en mi mano lograr.

Así concluyó su historia la señora Dean. Por mi parte, a pesar de los vaticinios del médico, me voy reponiendo muy rápidamente. Sólo estamos a mediados del mes de enero, pero dentro de un par de días me propongo montar a caballo, ir a «Cumbres Borrascosas» y notificar a mi casero que pasaré en Londres los venideros seis meses, y que puede buscarse otro inquilino para la «Granja» cuando llegue octubre. No quiero por ningún concepto pasar otro invierno aquí.

Capítulo treinta y uno

Ayer hizo un día despejado, frío y sereno. Como me había propuesto, fui a «Cumbres Borrascosas». La señora Dean me pidió que llevase una nota suya a su señorita, a lo que accedí, ya que no pensé que hubiera en ello segunda intención. La puerta principal estaba abierta, pero la verja no. Llamé a Earnshaw, que estaba en el jardín, y me abrió. El muchacho es tan bello que no se hallaría en la comarca otro parecido. Le miré atentamente. Cualquiera diría que él se empeña en deslucir sus cualidades con su zafiedad.

Pregunté si estaba en casa el señor Heathcliff y me dijo que no, pero que volvería a la hora de comer. Eran las once, y manifesté que le esperaría. Él entonces soltó los utensilios de trabajo y me acompañó, pero en calidad de perro guardián y no para sustituir al dueño de la casa.

Entramos. Vi a Cati preparando unas legumbres. Me pareció aún más hosca y menos animada que la vez anterior. Casi no levantó la vista para mirarme, y continuó su faena sin saludarme ni con un ademán.

«No veo que sea tan afable –reflexioné yo– como se empeña en hacérmelo creer la señora Dean. Una beldad, sí lo es, pero un ángel, no».

Hareton le dijo con aspereza que se llevase sus cosas a la cocina.

–Llévalas tú –contestó la joven.

Y se sentó en una banqueta al lado de la ventana, entreteniéndose en recortar figuras de pájaros y animales en las mondaduras de patatas que tenía a un lado. Yo me aproximé, con el pretexto de contemplar el jardín, y dejé caer en su falda la nota de la señora Dean.

–¿Qué es eso? –preguntó en voz alta, tirándola al suelo.

–Una carta de su amiga, el ama de llaves de la «Granja» –contesté, incomodado por la publicidad que daba a mi discreta acción, y temiendo que creyera que el papel procedía de mí.

Entonces fue a cogerla, pero ya Hareton se había adelantado, guardándosela en el bolsillo del chaleco, y diciendo que primero había de examinarla el señor Heathcliff. Cati volvió la cara silenciosamente, sacó un pañuelo y se lo llevó a los ojos. Su primo luchó un momento contra sus buenos instintos, y al fin sacó la carta y se la tiró con un ademán lo más despreciativo que pudo. Cati la recogió la leyó, me hizo algunas preguntas sobre los habitantes, tanto personas como animales de la «Granja», y al fin murmuró, como si estuviera hablando consigo misma:

–¡Cuánto me gustaría ir montada en *Minny*! ¡Cuánto me gustaría subir allá! Estoy fatigada y hastiada, Hareton.

Apoyó su linda cabeza en el alféizar de la ventana, y dejó escapar no sé si un bostezo o un suspiro, sin preocuparse de si la mirábamos o no.

—Señora Heathcliff —dije al cabo de un rato—, usted cree que yo no la conozco, y, sin embargo, creo conocerla profundamente. Así que me extraña que no me hable usted. La señora Dean no se cansa de alabarla, y sufrirá una desilusión si me vuelvo sin llevarle más noticias suyas que las de que no ha dicho nada sobre su carta.

Me preguntó asombrada:

—¿Elena le estima mucho a usted?

—Mucho —balbuceé.

—Pues entonces dígale que le contestaría gustosamente, pero que no tengo con qué. Ni siquiera poseo un libro del que poder arrancar una hoja.

—¿Y cómo puede usted vivir aquí sin libros? —dije—. Yo, que tengo una abundante biblioteca, me aburro en la «Granja», así que sin ellos debe ser desesperante la vida aquí.

—Antes yo tenía libros y me pasaba el día leyendo —me contestó—, pero como el señor Heathcliff no lee nunca, se le antojó destruirlos. Hace varias semanas que no veo ni sombra de ellos. Una vez revolví los libros teológicos de José, con gran indignación de éste, y otra vez, Hareton, encontré un almacén de ellos en tu cuarto: tomos latinos y griegos, cuentos y poesías... Todos, antiguos conocidos míos... Me los traje aquí y tú me los has robado, como las urracas, por el gusto de hurtar, ya que no puedes sacar partido de ellos. ¡Hasta puede que aconsejaras al señor Heathcliff, por envidia, que me arrebatase mis tesoros! Pero la mayor parte de ellos los retengo en la memoria, y de eso sí que no podéis privarme.

Hareton, sonrojándose cuando su prima reveló el robo de sus riquezas literarias, desmintió enérgicamente sus acusaciones.

—Quizá el señor Hareton siente deseos de emular su saber, señora —dije yo, acudiendo en socorro del joven— y se prepara a ser un sabio dentro de algunos años mediante la lectura.

—¡Sí, y que mientras me embrutezca yo! —alegó Catalina—. Es verdad, a veces le oigo cuando intenta deletrear ¡y dice cada tontería! ¿Por qué no repites aquel disparate que dijiste ayer? Me di cuenta de cuando apelabas al diccionario para comprender de lo que se trataba aquella palabra, y te oí renegar y maldecir cuando no comprendiste nada.

Noté que el joven pensaba que era injusto burlarse de su ignorancia y a la vez de sus intentos de rectificarla. Yo compartí su sentimiento, y recordando lo que me contara la señora Dean sobre el primer intento de Hareton para disipar las brumas en que le habían educado, comenté:

—Todos hemos tenido que empezar alguna vez, señora, y todos hemos tropezado en el umbral del saber. Si entonces nuestros maestros se hubiesen burlado de nosotros, aún seguiríamos dando tropezones.

—Yo no me propongo limitar su derecho a instruirse —repuso ella—, pero él no tiene derecho a apoderarse de lo que me pertenece, y a profanarlo con sus errores y sus disparates de pronunciación. Mis libros de verso y de prosa eran sagrados para mí porque me recordaban muchas cosas, y me es odioso verlos mancillados cuando los repite. Además, ha elegido para aprender mis obras favoritas, como si lo hiciera a propósito para molestarme...

Por unos instantes, el pecho de Hareton se agitó en silencio. Estaba colérico y mortificado y le costó mucho dominarse. Yo me puse en pie y me asomé a la puerta. Él salió de la habitación y a los pocos minutos volvió cargado con seis u ocho libros. Se los echó a Cati en el regazo y dijo:

—Ahí los tienes. No quiero volver a verlos más, ni a leerlos, ni a ocuparme para nada de lo que dicen.

—Ya no los quiero —contestó ella—. Me harían recordarte y los odiaría.

Sin embargo, abrió uno, que mostraba haber sido manoseado muchas veces, y comenzó a leer un pasaje con la pronunciación lenta y dificultosa de alguien que estuviera aprendiendo a leer. Después se echó a reír.

—¡Escuchen! —dijo después. Y comenzó a recitar de la misma manera los versos de una antigua balada.

Él no pudo aguantar más. Oí —y no me sentí inclinado a censurarle del todo— un bofetón que hizo callar la provocativa lengua de la muchacha. Ella había hecho todo lo posible para exasperar los incultos pero susceptibles sentimientos de amor propio de su primo, y a éste no se le ocurrió otro argumento que aquél tan contundente para saldar la cuenta. Después él cogió los libros y los arrojó al fuego. Me di cuenta de que este sacrificio que hacía en aras de su rencor le era muy penoso. Supuse que mientras los veía quemarse recordaba el placer que su lectura le había producido, y también pensé en el entusiasmo con que había empezado secretamente a estudiar. Él se había limitado a trabajar y hacer una vida vegetativa hasta que Cati se cruzó en su camino. El desdén que ella le demostraba y la esperanza de que algún día le felicitase habían sido los móviles de su afán de aprender, y he aquí que, por el contrario, ella premiaba sus esfuerzos con mofas.

—¡Mira para lo que valen a un bruto como tú! —gimió Catalina chupándose el labio lastimado y asistiendo al incendio con indignados ojos.

—Más te vale callar —repuso él furiosamente.

Y se dirigió muy agitado hacia la puerta. Me aparté para dejarle pasar, pero en el mismo umbral se tropezó con el señor Heathcliff, que llegaba en aquel momento, y que le preguntó, poniéndole una mano en el hombro:

—¿Qué te pasa, muchacho?

—Nada —contestó el joven.

Y se alejó para devorar a solas su pena.

Heathcliff le miró, y murmuró sin notar que yo estaba allí al lado:

—Sería extraordinario que yo me rectificase. Pero cada vez que me propongo ver en su cara el rostro de su padre veo el de ella. Me es insoportable mirarle.

Bajó la vista, y entró. Estaba pensativo. Noté en su rostro una expresión de inquietud que las otras veces no observara, y me pareció más flaco. Su nuera, al verle entrar, había huido a la cocina.

—Me alegro de que ya pueda salir de casa, señor Lockwood —dijo Heathcliff respondiendo a mi saludo—, aunque hasta cierto punto sea por egoísmo, ya que no me sería fácil encontrar otro inquilino como usted en esta soledad. No crea que no me he preguntado algunas veces cómo se le ha ocurrido venir aquí.

—Sospecho que por un capricho tonto, como es un capricho tonto el que ahora me estimula a marcharme —contesté—. Me vuelvo a Londres la semana próxima y debo avisarle que no me propongo renovar el contrato de la «Granja de los Tordos» cuando venza. No pienso volver a vivir más allí.

—¿Se ha cansado usted de aislarse del mundo? Bueno, pero si espera usted que le condone los alquileres de los meses que faltan, pierde usted el tiempo. No renuncio a mis derechos nunca.

—No he venido a pedirle que renuncie a nada —respondí, molesto. Y, sacando la cartera del bolsillo, agregué—: Si quiere, liquidaremos ahora mismo.

—No es necesario —respondió con frialdad—. Seguramente usted dejará objetos suficientes a cubrir su débito, en el supuesto de que no vuelva usted. No me corre prisa. Tome asiento y quédese a comer con nosotros. ¡Cati! Sirve la mesa.

Cati llegó con los cubiertos.

—Tú puedes comer con José en la cocina —le dijo Heathcliff, aparte— y estarte allí hasta que éste se vaya.

Ella le obedeció y acaso no se le ocurrió siquiera lo contrario. Viviendo como vivía entre palurdos y misántropos es muy fácil que no supiese apreciar otra clase mejor de gente cuando por casualidad la encontraba. La comida —con Heathcliff, melancólico Y huraño, a un lado y Hareton, silencioso, a otro— transcurrió muy poco alegremente. Me despedí en cuanto pude. Me hubiese gustado salir por la puerta de atrás para ver otra vez a Cati y para molestar al viejo José, pero no pude hacer lo que me proponía, porque mi huésped mandó a Hareton que me trajese el caballo y él mismo me acompañó hasta la salida. «¡Qué tristemente viven en esta casa! —medité mientras bajaba por el camino—. ¡Y qué hermoso y romántico cuento de hadas hubiese sido para la señora Linton Heathcliff el que nos hubiésemos enamorado, como su buena aya quería, y hubiésemos marchado juntos a la turbulenta ciudad!».

Capítulo treinta y dos

En setiembre de hace un año, un conocido me invitó a hacer estragos con él en los cazaderos que poseía en el Norte y, de camino, pasé, sin esperarlo, a poca distancia de Gimmerton. El mozo de cuadra de la posada en que me había parado para que mis caballos bebiesen, dijo, al ver un carro cargado de avena recién cortada.

—Ése viene de Gimmerton. Siempre siegan tres semanas después que en los demás sitios.

—¿Gimmerton? —dije.

El recuerdo de mi residencia en aquel lugar casi se había borrado en mi memoria.

—¡Ah, ya! —agregué. ¿Está lejos de aquí?

—Unas catorce millas de mal camino —me contestó el mozo.

Sentí un repentino deseo de visitar la «Granja de los Tordos». No era mediodía aún y pensé que pasaría la noche bajo el techo de la que todavía era mi casa, tan bien por lo menos como en una posada. Y, de paso, podía arreglar mis cuentas con el dueño, lo que me evitaría más adelante hacer un viaje con aquel objeto. Así que, tras descansar un rato, encargué a mi criado que averiguase el camino de la aldea, y, no sin fatigar mucho a nuestras caballerías, llegamos finalmente a Gimmerton al cabo de tres horas.

Dejé al criado en el pueblo y me dirigí a través del valle. La parda iglesia me pareció aún más parda, y el desolado cementerio más desolado aún. Una oveja mordía el exiguo césped que cubría las tumbas. El aire, demasiado caluroso, no me impidió gozar del bello panorama. Si no hubiese estado la estación tan adelantada, creo que me hubiese sentido tentado a quedarme una temporada allí.

En invierno no había nada más sombrío, pero en verano nada más agradable que aquellos bosques escondidos entre los montes y aquellas extensiones cubiertas de matorrales.

Llegué a la «Granja» antes de ponerse el sol y llamé a la puerta. Pero sus habitantes estaban en la parte trasera, a juzgar por la ligera humareda que salía de la chimenea de la cocina, y no me oyeron. Entonces entré en el patio. En la puerta una niña de nueve o diez años se entretenía haciendo calceta y una vieja fumaba en una pipa.

—¿Está la señora Dean? —pregunté a la anciana.

—¿La señora Dean? Vive en las «Cumbres».

—¿Es usted la guardiana de la casa?

—Sí —contestó.

—Pues yo soy Lockwood, el inquilino de la casa. Quiero pasar aquí la noche. ¿Hay alguna habitación preparada?

—¡El inquilino! —exclamó estupefacta—. ¿Cómo no nos avisó de su llegada? En toda la casa, señor, no hay siquiera un cuarto en condiciones.

Se quitó la pipa de la boca y se lanzó dentro. La niña la siguió y yo la imité. Pude comprobar que la anciana no había faltado a la verdad, y, además, que mi presencia la había desconcertado. Procuré calmarla diciéndole que iría a dar un paseo, y que entretanto me arreglase una alcoba para dormir y un rincón en la sala para cenar. No era preciso andar con limpiezas ni barridos. Me bastaban un buen fuego y unas sábanas limpias. Ella mostró el deseo de hacer cuanto pudiera, y si bien en el curso de sus trabajos metió la escoba en la lumbre confundiéndola con el hurgón y cometió varias equivocaciones, no obstante me marché en la confianza de que al volver encontraría donde instalarme. El objetivo de mi paseo era «Cumbres Borrascosas», pero antes de salir del patio se me ocurrió una idea que me hizo pararme.

—¿Están todos bien en las «Cumbres»? —pregunté a la anciana.

—Que yo sepa, sí —me contestó en tanto que salía llevando en la mano un cacharro lleno de ceniza.

Me hubiese agradado preguntarle el motivo de que la señora Dean no estuviera ya en la «Granja», pero comprendiendo que no era oportuno interrumpirla en sus faenas, me volví y me fui lentamente. A mi espalda, brillaba aún el sol y ante mí se levantaba la luna. Salí del parque y escalé el pedregoso sendero que conducía a la casa de Heathcliff. Cuando llegué a ella, del día sólo quedaba, en poniente, una leve luz ambarina. Pero una espléndida luna permitía divisar cada piedra del camino y cada brizna de hierba. No tuve que llamar a la verja; cedió al empujarla. Pensé que esto siempre era una mejora. Y aún aprecié otra: una fragancia de madreselvas que inundaba el aire.

Puertas y ventanas estaban abiertas. Como es frecuente ver en aquellas regiones, un gran fuego brillaba en la chimenea, a pesar del calor. El salón de «Cumbres Borrascosas» es tan grande, que queda sitio de sobra para poder separarse del hogar. Las personas que había allí estaban sentadas junto a las ventanas. Antes de penetrar, las vi y las oí hablar, y me fijé en ellas con un sentimiento de curiosidad que, a medida que fui avanzando, se convirtió en envidia.

—Con-tra-rio —dijo una voz que sonaba argentina como una campanilla—. ¡Van tres veces, torpón! No te lo volveré a repetir. ¡Acuérdate, o te tiro de los pelos!

—Contrario —pronunció otra voz, que procuraba suavizar su robusto tono—. Ahora dame un beso en recompensa de haberlo dicho bien.

—No; no te lo daré hasta que no lo pronuncies perfectamente.

Volvieron a reanudar su lectura. Era un hombre joven, correctamente vestido, que estaba sentado a la mesa y tenía un libro delante. Sus hermosas facciones brillaban de satisfacción, y sus ojos abandonaron con frecuencia la página para fijarse en una blanca y pequeña mano que se apoyaba en su hombro y le asestaba un cariñoso golpecito cada vez que su poseedora descubría faltas de atención. La dueña de la mano estaba de pie detrás del joven, y a veces sus cabellos rubios se mezclaban con los castaños de su compañero. Y su cara... Pero era una suerte que él no pudiese verle la cara, porque no hubiera podido conservar la serenidad. En cambio, yo sí la veía, y me mordí los labios de despecho pensando en la ocasión que había desperdiciado de hacer algo más que limitarme a mirar aquella prodigiosa belleza.

Concluida la lección, en la que no faltaron algunos tropezones más, el alumno reclamó el premio ofrecido y lo recibió en forma de cinco besos que tuvo la generosidad de devolver. A continuación se acercaron a la puerta y por lo que hablaban saqué en limpio que iban a pasear por los pantanos. Pensé que el corazón de Hareton Earnshaw, por muy silenciosa que permaneciera su boca, me desearía los más crueles tormentos de las profundidades infernales si en aquel instante me presentara yo ante ellos, y me apresuré a refugiarme en la cocina.

Allí, sentada a la puerta, distinguí a mi antigua amiga Elena Dean, cosiendo y cantando una canción frecuentemente interrumpida por agrias palabras que salían del interior y cuyo tono destemplado distaba mucho de sonar con armonía.

—Aunque fuera así, valía más oírles jurar de la mañana a la noche que escucharte a ti —dijo aquella voz en respuesta a algún comentario de Elena ignorado para mí—. ¡Clama al cielo que no pueda uno leer la Santa Biblia sin que inmediatamente comiences tú a cantar las alabanzas del demonio y las vergonzosas maldades mundanas! ¡Oh, las dos estáis pervertidas y haréis que ese pobre muchacho pierda su alma! ¡Está hechizado! —añadió gruñendo—. ¡Oh, Señor! ¡Júzgalas tú, ya que no hay ley ni justicia en este país!

—Sí; no debe haberla cuando no estamos retorciéndonos entre las llamas del suplicio, ¿eh? Cállate, vejete, y lee tu Biblia sin ocuparte de mí. Voy a cantar ahora *Las bodas del hada Anita*, que es bailable.

Y la señora Dean iba a empezar cuando yo me adelanté.

Me reconoció al punto, y se levantó enseguida, gritando:

—¡Oh, señor, bienvenido sea! ¿Cómo es que ha venido usted sin avisar? La «Granja de los Tordos» está cerrada. Debió usted advertirnos de que venía.

Ya he dado órdenes allí y podré arreglarme durante el poco tiempo que pienso estar —contesté—. Me marcho mañana. ¿Cómo la encuentro aquí ahora, señora Dean? Explíquemelo.

—Zillah se despidió y el señor Heathcliff me hizo venir cuando usted se fue a Londres. Pase... ¿Ha venido usted a pie desde Gimmerton?

—Vengo de la «Granja» —repuse— y quisiera aprovechar la oportunidad para liquidar con su amo, ya que no es fácil que se presente ocasión más propicia para los dos.

—¿Liquidar? —preguntó Elena mientras me acompañaba al salón—. ¿Qué hay que liquidar, señor?

—¡El alquiler!

—Entonces tendrá usted que entenderse con la señora, o, mejor dicho, conmigo, porque ella todavía no sabe llevar bien sus cosas y soy yo quien me ocupo de todo.

La miré asombrado.

—Veo que usted no sabe que Heathcliff ha muerto —añadió.

—¿Qué ha muerto? ¿Cuándo?

—Hace tres meses. Siéntese, deme el sombrero, y se lo contaré todo. ¿No ha comido usted aún, verdad? Ya he mandado en la «Granja» que preparen cena. Siéntese usted también. No se me había ocurrido que aquel hombre hubiera muerto. ¿Cómo fue? Los muchachos no volverán pronto...

—Sí; tardarán. Siempre les estoy reprendiendo, pero tardan más cada vez. Bien, por lo menos tome usted un vaso de cerveza. Está usted muy fatigado.

Y se fue. Oí cómo José le reprochaba el tener amigos a su edad y el hacerles beber a costa de las bodegas del amo, lo que le parecía tan escandaloso, que se sentía avergonzado de no haber muerto antes de asistir a ello.

—A los quince días de irse usted —empezó la señora Dean— me llamaron para que fuese a «Cumbres Borrascosas», lo que hice con el mayor placer pensando en Cati. Al verla quedé asustada y disgustadísima: tal era el cambio que aprecié en ella desde que la viera por última vez. El señor Heathcliff no detalló los motivos por los que me hacía ir. Se limitó a decirme que me reservase la salita para su nuera y para mí, ya que de sobra tenía con verla una o dos veces diarias. A ella esto le gustó. Yo comencé a pasarle ocultamente libros y cosas que tenía en la «Granja» y le agradaban, y esperábamos pasarlo bastante bien. Pero no tardamos en desengañarnos. Cati se volvió muy pronto melancólica y se irritaba por cualquier niñería. No le permitían salir del jardín y esto aumentaba su disgusto, sobre todo a medida que iba entrando la primavera. Además, yo tenía que atender a las cosas de la casa, y ella tenía que quedarse sola en su cuarto. Yo no hacía caso de todo eso, pero como Hareton tenía muchas veces que irse a la cocina cuando el amo quería estar solo en el salón, ella principió a cambiar de modo de ser respecto a él. Siempre estaba hablándole, zahiriéndole, criticando la vida que llevaba.

—¿Verdad, Elena —dijo en una ocasión—, que hace la misma vida de un perro o de una caballería? Trabaja, come y duerme sin preocuparse de más. ¡Qué vacía debe de tener la cabeza y qué oscuro el espíritu! ¿Sueñas alguna vez, Hareton? ¿Qué piensas? ¿Por qué no hablas?

Y miró a Hareton, pero él no se dignó contestarle ni mirarla siquiera.

—Puede que ahora esté soñando —continuó Cati—. Ha hecho un movimiento como los que hace *Juno*.

—El señorito Hareton acabará pidiendo al amo que la envíe a usted arriba si no se porta usted bien con él —le dije.

Hareton no sólo había hecho un movimiento, sino que hasta había cerrado amenazadoramente los puños.

—Ya sé por qué Hareton no habla nunca cuando yo estoy en la cocina —siguió ella—. Tiene miedo de que me mofe. Una vez empezó él solo a aprender a leer, y porque me reí de él echó los libros al fuego. ¿Qué te parece, Elena?

—¿Cree usted que hizo bien, señorita? —repuse.

—Puede que no me portase bien —contestó ella—, pero yo no creía que él fuera tan tonto. Hareton, ¿quieres un libro?

Y le entregó uno que ella había estado leyendo, pero él lo tiró al suelo, amenazándola con romperle la cabeza si no le dejaba en paz.

—Bueno: me voy a acostar —dijo ella—. Lo dejo en el cajón de la mesa.

Y se fue, después de advertirme por lo bajo que estuviese atenta para ver si Hareton cogía el libro. Pero con gran enojo de Cati, no lo cogió. Ella estaba disgustada de la pereza de Hareton, y también de haber sido culpable de paralizar su deseo de aprender. Se aplicaba, pues, a remediar el mal. Mientras yo planchaba o hacía cualquier cosa, Cati solía leer en voz alta algún libro interesante. Si Hareton estaba presente, acostumbraba a interrumpir la lectura en los pasajes de más emoción. Luego dejaba el libro allí mismo, pero él se mantenía terco como una mula, y no picaba el anzuelo. Los días lluviosos se sentaba al lado de José, y los dos permanecían quietos como estatuas al lado del fuego. Si la tarde era buena, Hareton salía a cazar, y Cati bostezaba, suspiraba y se empeñaba en hacerme hablar. Y luego, cuando lo conseguía, se marchaba al patio o al jardín, y acababa en llanto.

Heathcliff se hundía en su misantropía cada vez más, y casi no permitía a Hareton que apareciese por la sala. El muchacho sufrió a primeros de marzo un percance que le relegó a vivir casi de continuo en la cocina. Andando por el monte se le disparó la escopeta y la carga le hirió en un brazo. Cuando llegó a casa había perdido mucha sangre. Hasta que estuvo curado tuvo que permanecer en la cocina casi continuamente. A Cati le agradó que estuviera allí. Me incitaba constantemente a hacer algo abajo, para tener motivos de bajar ella.

El lunes de Pascua José fue a llevar ganado a la feria de Gimmerton. Pasé la tarde en la cocina repasando ropa. Hareton estaba sentado junto al fuego, tan sombrío como de costumbre, y la señorita se divertía en echar el aliento a los cristales de las ventanas y trazar figuras con el dedo. De vez en cuando canturreaba o hacía alguna exclamación, o bien miraba a su primo que seguía inmóvil, fumando, mirando al fuego. Dije a Cati que me tapaba la luz, y entonces ella se acercó a la chimenea. Al principio no me fijé en nada, pero luego oí que decía:

—¿Sabes Hareton que me gustaría que fueras mi primo si no te mostraras tan rudo y tan enfadado?

Hareton calló.

—¿Me oyes, Hareton? ¡Hareton, Hareton! —siguió ella.

—¡Quítate de en medio! —dijo él, hoscamente.

—Venga esa pipa —respondió la joven.

Y antes de que él pudiera reparar en nada, se la arrancó de la boca y la echó al fuego. Él la insultó groseramente y cogió otra pipa.

—Espera —exclamó Cati—. Quiero hablarte y no puedo hacerlo viéndote esas nubes ante la cara.

—¡Déjame y vete al diablo! —repuso él.

—No quiero —insistió ella—. No sé cómo hacer para que me hables. Cuando te llamo tonto no pretendo insultarte ni quiero dar a entender que te desprecie. Anda, Hareton, atiéndeme, eres mi primo.

—No quiero tener nada que ver contigo, ni con tu soberbia, ni con tus condenadas burlas —replicó el joven—. ¡Antes me iré al infierno de cabeza que volver a mirarte! ¡Quítate de ahí!

Catalina arrugó las cejas y se sentó junto a la ventana, mordiéndose los labios y tarareando para dominar sus deseos de echarse a llorar.

—Debía usted hacer las paces con su prima, señorito Hareton —le aconsejé—, puesto que ella está arrepentida de haberle provocado. Si fuesen ustedes amigos, ella le convertiría en un hombre distinto.

—¡Sí, sí! —contestó—. Me odia y no me considera digno ni de limpiarle los zapatos. Aunque me dieran una corona no me expondría más a ser motivo de burla para ella por intentar agradarla.

—Yo no te odio —dijo Cati—. Eres tú el que me odia a mí. ¡Me odias tanto o más que el señor Heathcliff!

—Eres una embustera —aseguró Hareton—. ¡Después de haberle incomodado tantas veces por defenderte! Y eso, a pesar de que me hacías enfadar y te burlabas de mí... Si sigues molestándome, iré a decirle que he tenido que marcharme de aquí por culpa tuya.

—Yo no sabía que me defendieras —contestó ella, secándose los ojos—; me sentía desgraciada y los odiaba a todos. Pero ahora te lo agradezco y te pido perdón. ¿Qué más quieres que haga?

Se aproximó al fuego y le alargó la mano. Hareton se puso sombrío como una nube de tormenta, apretó los puños y miró a tierra. Pero ella comprendió que aquello no era odio sino testarudez y, después de un instante de indecisión, se inclinó hacia él y le besó en la mejilla. Enseguida, creyendo que no lo había visto, se volvió a la ventana. Yo moví la cabeza en señal de reproche, y ella murmuró:

—¿Qué iba a hacer, Elena? No quería mirarme ni darme la mano, y no he sabido probarle de otro modo que le aprecio y que deseo que seamos buenos amigos.

Hareton tuvo la cara baja varios minutos, y cuando la volvió a levantar no sabía dónde poner los ojos.

Catalina empaquetó en papel blanco un bonito libro, lo ató con una cinta, escribió en el envoltorio las palabras: «Al señor Hareton Earnshaw», y me encargó que yo entregase el regalo al destinatario.

—Si lo acepta —me dijo—, indícale que iré yo a enseñarle a leerlo bien, y si lo rechaza adviértele que me iré a mi cuarto.

Yo hice todo lo que me decía. Hareton no abrió los dedos para coger el libro, pero no lo rechazó tampoco, así que se lo puse sobre las rodillas y volví a mis ocupaciones. Cati se apoyó de codos sobre la mesa. Sonó de pronto el crujido del papel, que Hareton quitaba del libro, y ella entonces se levantó y fue a sentarse junto a su primo. Él se estremeció y se le encendió el rostro. La acritud y la aspereza huyeron de él. Al principio no supo pronunciar ni una palabra mientras ella le interpelaba:

—Anda, Hareton, dime que me perdonas. Me harás muy dichosa si lo dices.

Él murmuró algo que yo no pude oír.

—¿Entonces seremos amigos? —agregó Cati.

—No —dijo él—, porque cuanto más me conozcas más te avergonzarás de mí.

—¿Así que te niegas a ser amigo mío? —continuó ella sonriendo tiernamente y acercándose más al muchacho.

Ya no oí lo demás que se decían, pero al mirarles distinguí dos rostros tan contentos inclinados sobre el mismo libro, que comprendí que a partir de aquel momento se había hecho la paz entre los dos adversarios. El libro que miraban tenía grabados muy bonitos, y ello y su personal situación tuvo la virtud de hacerles permanecer embelesados hasta que llegó José. El pobre hombre se escandalizó al ver a Cati y a Hareton sentados juntos, y a ella apoyando su mano en el hombro de su primo. Tan asombrado quedó, que ni siquiera supo exteriorizar su sorpresa, sino con profundos suspiros que lanzaba mientras abría su Biblia sobre la mesa y amontonaba sobre ella los sucios billetes de banco que eran el producto de sus transacciones en la feria. Finalmente, llamó a Hareton.

—Toma ese dinero, muchacho, y llévaselo al amo —dijo—. Ya no podremos seguir aquí. Tendremos que buscarnos otro sitio donde estar.

—Vámonos, Catalina —dije yo a mi vez—; ya he acabado de planchar.

—Todavía no son las ocho —respondió la joven levantándose a su pesar—. Voy a dejar ese libro en la chimenea y mañana traeré más, Hareton.

—Cuantos libros traiga usted, los llevaré al salón —intervino José— y milagro será que vuelva usted a verlos. Así que haga lo que le parezca.

Catalina le amenazó con que los libros de José responderían de los daños que pudieran sufrir los suyos, se rió al pasar al lado de Hareton y subió a su cuarto con el corazón menos oprimido que hasta entonces. La intimidad entre los muchachos se desarrolló rápidamente, aunque con algunos eclipses. El buen deseo no era suficiente para civilizar a Hareton y tampoco la señorita era un modelo de paciencia, pero como los dos tendían a lo mismo, ya que uno amaba y deseaba apreciar, y el otro se sentía amado y deseaba que le apreciasen, los resultados no se hicieron esperar.

Como usted ve, señor Lockwood, no era tan difícil conquistar el corazón de Cati. Pero ahora celebro que no lo intentara usted. El enlace de los dos muchachos coronará todos mis anhelos. El día de su boda no envidiaré a nadie. Seré la mujer más feliz de Inglaterra.

Capítulo treinta y tres

Llegó el otro martes, Earnshaw estaba aún imposibilitado de trabajar. Me hice cargo enseguida de que en lo sucesivo no me sería fácil retener a la señorita a mi lado como hasta entonces. Ella bajó antes que yo y salió al jardín donde había divisado a su primo. Al ir a llamarles para desayunar, vi que le había persuadido a arrancar varias matas de grosellas, y que estaban trabajando en plantar en el espacio resultante varias semillas de flores traídas de la «Granja». Quedé espantada de la devastación que en menos de media hora se había producido. A Cati se le había ocurrido plantar flores precisamente en el sitio que ocupaban los groselleros negros a los que José quería más que a las niñas de sus ojos.

—¡Oh! —exclamé—. En cuanto José vea esto se lo dirá al señor. ¡Y no sé cómo va usted a disculparse! Vamos a tener una buena rociada, se lo aseguro. No creía que tuviera usted tan poco seso, señorito Hareton, como para hacer ese desastre porque la señorita se lo haya dicho.

—Me había olvidado que eran de José —repuso Earnshaw desconcertado—. Le diré que fue cosa mía.

Solíamos comer con el señor Heathcliff, y yo ocupaba el lugar del ama de casa, repartiendo la comida y preparando el té. Cati acostumbraba a sentarse a mi lado, pero aquel día se sentó junto a Hareton. No era más discreta en sus demostraciones de afecto que antes lo fuera en las de hostilidad.

—Procure no mirar ni hablar mucho a su primo —le aconsejé al entrar—. Es seguro que ello ofendería al señor Heathcliff y le indignaría contra los dos.

—Haré lo que me dices —repuso.

Pero al cabo de un momento empezó a dar a Hareton con el codo y a echarle florecitas en el plato de la sopa.

Él no osaba hablarle, ni casi mirarla, pero ella le provocaba hasta el punto de que el muchacho estuvo dos veces a punto de soltar la risa. Yo arrugué el entrecejo. Ella miró al amo, que al parecer estaba absorto en sus propios pensamientos, como de costumbre. Se puso seria, pero al cabo de un momento empezó otra vez a hacer niñerías y esta vez Hareton no pudo contener una ahogada carcajada. El señor Heathcliff dio un respingo y nos miró. Cati le miró a su vez con el aire rencoroso y provocativo que él odiaba tanto.

—Da gracias a que estás lejos de mi alcance —dijo él—. ¿Qué demonio te aconseja mirarme con esos infernales ojos? Bájalos y procura no recordarme que existes. Creí que te había quitado ya las ganas de reírte.

—He sido yo —murmuró Hareton.

—¿Eh? —preguntó el amo.

Hareton bajó los ojos y guardó silencio. Heathcliff, después de contemplarle un instante, volvió a quedar taciturno y se sumió en su comida y en sus meditaciones. Terminábamos ya y los jóvenes se habían levantado discretamente, lo que disipó mi temor a nuevas complicaciones, cuando José se presentó en la puerta. Le temblaban los labios y le ardían los ojos. Comprendí que había descubierto el atentado cometido contra sus preciados arbustos. Empezó a hablar moviendo las mandíbulas como una vaca al rumiar, lo que hacía difícil de entender sus palabras:

—Quiero cobrar mi sueldo y marcharme. Había soñado morir en la casa en que he servido sesenta años, y me proponía, para estar tranquilo, subir todas mis cosas al desván y cederles la cocina a ellos. Mucho me costaba abandonarles mi puesto a la lumbre, pero lo podía soportar. Mas ahora también me arrebatan el jardín, y eso, amo, es superior a mis fuerzas. Hinque usted la cabeza bajo el yugo si le parece bien, pero yo no tengo esa costumbre, y un viejo no se habitúa con facilidad a nuevas cargas. Prefiero ganarme el pan partiendo piedras en los caminos.

—¡Silencio, idiota! —interrumpió Heathcliff—. ¿Qué te ha hecho? Yo no quiero saber nada de tus peleas con Elena. Por mí, que te tire a la carbonera, si le parece.

—No se trata de Elena —dijo José—. No me iría por Elena, a pesar de que es una malvada. Gracias a Dios, no puede contaminar el alma de los demás. No es tan bonita como para hacer caer a nadie en tentación. Se trata de esa desgraciada mozuela, que ha embrujado a nuestro muchacho hasta el extremo de que no sólo ha olvidado cuanto he hecho por él, sino que ha llevado su ingratitud hasta arrancar una fila entera de las mejores plantas de grosella que yo había plantado en el jardín.

Y comenzó a lamentarse de Earnshaw y de su ingrata condición.

—Este imbécil debe estar bebido —dijo Heathcliff—. ¿De qué te acusa, Hareton?

—He quitado dos o tres groselleros —repuso el joven, pero volveré a colocarlos.

Cati puso su lengua a contribución.

—Queríamos plantar flores allí —afirmó— y yo tuve la culpa, porque fui quien se lo dijo a Hareton.

—¿Y quién demonios te dio permiso para semejante cosa? Y a ti, Hareton, ¿quién te mandó obedecerla?

Él callaba, pero ella continuó:

—Bien puede usted cederme unas yardas del jardín para plantar flores después de que me ha quitado todas mis tierras...

—¿Tus tierras, desvergonzada? ¿Cuándo has tenido tierras tú?

—Y mi dinero —remachó ella, pagando la mirada de odio de Heathcliff con otra igual, mientras mordisqueaba un trozo de pan que le había sobrado de la comida.

El amo quedó un momento confuso, pero enseguida se levantó y la miró con odio.

—Vale más que se siente usted —dijo ella—. Hareton me defenderá si intenta usted pegarme.

—Si Hareton no te echa fuera del salón ahora mismo, le apalearé hasta enviarle al infierno —barbotó Heathcliff—. ¡Condenada bruja! ¿Conque quieres rebelarte contra mí? Échala, Hareton. ¿No me oyes? ¡Elena, como esta moza aparezca ante mi vista otra vez, la mato!

Hareton, en voz baja, trataba de persuadirla a que se fuera.

—Llévala a rastras —ordenó ferozmente Heathcliff—. Nada de charla.

Y se acercó dispuesto a hacerlo él en persona.

—No le obedeceré nunca más, canalla —dijo Catalina—. Y Hareton no tardará en aborrecerle tanto como yo.

—Cállate —dijo el joven—. No le hables así.

—¿Vas a dejar que me pegue? —preguntó ella.

—¡Vámonos! —respondió el joven.

Pero Heathcliff la había alcanzado ya.

—Ahora márchate tú —intimó a Earnshaw—. ¡Maldita bruja! ¡Esto es demasiado! Haré —que se arrepienta de una vez.

La había agarrado por el cabello. Hareton trató de separarle de ella y le rogó que no la maltratase. Los ojos de Heathcliff despedían centellas. Ya iba yo a auxiliar a Catalina cuando, de pronto, él le soltó el cabello, la cogió por el brazo y la miró fijamente. Luego le tapó los ojos con la mano, procuró dominarse y dijo a Catalina:

—Ten mucho cuidado en no enfurecerme, porque te aseguro que un día te mato. Vete con Elena, estate con ella y dile a ella todas las desvergüenzas que se te antojen. ¡Y si Hareton Earnshaw te presta oídos, ya le haré que se vaya a ganarse el pan donde le parezca bien! ¡Tú harás de él un perdido y un pordiosero! ¡Llévatela de aquí, Elena! ¡Fuera todos!

Me llevé a la señorita que, contenta de haberse librado de la tormenta, no se resistió. Hareton se fue detrás de nosotras y el señor Heathcliff se quedó a solas. Yo había aconsejado a Cati que comiera en su cuarto, pero cuando Heathcliff vio que el sitio de la joven estaba vacío me mandó llamarla. Él no habló con nadie, comió muy poco y se fue enseguida diciendo que no volvería hasta el oscurecer. Los dos primos se instalaron, en ausencia del amo, en el salón, y oí a Hareton reprochar a su prima la actitud que había adoptado con Heathcliff. Le dijo que no quería oírla tratarle así, que él le defendería aunque fuese el diablo en persona, y que si ella quería injuriar a alguien, preferiría que le injuriase a él mismo, como antiguamente. Cati comenzó a molestarse, pero él le tapó la boca preguntándole si a ella le gustaría oír hablar mal de su padre. Ella comprendió entonces que Hareton estaba unido a Heathcliff por las cadenas de la costumbre y que seria cruel intentar romperlas. Así que a partir de aquello se mostró bondadosa y no creo desde entonces haberle oído murmurar ni una sílaba contra Heathcliff en presencia de su primo.

Después de este incidente, la intimidad de los jóvenes aumentó, y continuaron sus tareas como profesora y discípulo. Cuando yo acababa de trabajar, entraba para verles, y el tiempo se me iba mirándoles embobada. De Cati estaba orgullosa hacía mucho tiempo, y ahora empezaba a esperar que también él me procuraría muchas satisfacciones, ya que los quería a ambos casi como si fuesen hijos míos. El buen carácter de Hareton se libraba rápidamente de las sombras que la ignorancia y el rebajamiento en que le criaran habían acumulado sobre él, y los sinceros elogios que le dirigía Cati estimulaban más aún su aplicación. A medida que interiormente se animaba, lo hacía también su rostro y sus facciones se dignificaban. Ya no se parecía al zafio rapaz a quien encontré el día en que fui a buscar a la señorita al risco de Penninston.

Mientras yo reflexionaba sobre estas cosas, y ellos seguían entregados a su ocupación, volvió Heathcliff. Entró de improviso, y tuvo tiempo para examinarnos a su sabor antes de que nosotros nos diéramos cuenta de que había llegado. Yo pensé que era imposible contemplar un cuadro más apacible, y que hubiera sido una diabólica indignidad reprenderles. Los rojos destellos de la lumbre iluminaban sus cabezas inclinadas con pueril avidez, pues aunque ella contaba ya dieciocho años y él veintitrés, ambos tenían aún mucho que aprender.

Ambos levantaron a la vez la vista y se encontraron con la del señor Heathcliff. No sé si ha notado usted lo semejantes que ambos tienen los ojos: son idénticos a los de Catalina Earnshaw. Cati no se parece a su madre más que en esto, y si acaso en la anchura de la frente y en ciertos detalles de la nariz que, sin que ella se lo proponga, la hacen parecer altanera. Hareton se parece aún más a Catalina Earnshaw. Siempre lo habíamos notado, pero en aquella época, en que sus sentidos y sus facultades mentales se habían despertado, la semejanza se acentuaba aún más. Acaso ese parecido desarmara a Heathcliff. Se acercó a la lumbre y al mirar al joven su agitación cambió de sentido. Le cogió el libro que tenía en la mano y después de examinarlo se lo devolvió. Hizo señal a Cati de que se fuese, y Hareton salió con ella. Yo iba a seguirles, mas Heathcliff me retuvo.

—¡Qué desenlace tan mezquino! ¿No es cierto? —me dijo después de reflexionar un poco sobre la escena que había presenciado—. Es una consecuencia bastante absurda de mis violentos esfuerzos. Después de que me proveo de herramientas suficientes para echar abajo las dos casas, y me entrego a unos trabajos casi hercúleos, resulta que me falta la voluntad para consumar mi obra. He vencido a mis antiguos enemigos y ahora puedo, si quiero, redondear mi venganza en sus descendientes. Pero ¿para qué? No me interesa ya ni quiero molestarme en levantar siquiera la mano contra ellos. Pero no te figures que me propongo deslumbraros ahora con un gesto magnánimo. ¡Nada de eso! Lo que pasa es que he perdido el gusto de destruirles, y me siento con muy pocas ganas de destruir. Estoy a punto de sufrir un cambio, Elena, y la sombra de esa transformación me envuelve ya. La vida corriente no me atrae, y casi no me ocupo de comer ni beber. Esos muchachos son las únicas cosas que presentan una apariencia material ante mis ojos, y una apariencia que me causa un dolor de agonía. En ella no quisiera ni pensar: sólo el verla me vuelve loco. Él me produce otra sensación, y, no obstante, no quisiera volverle a ver. Si pretendo explicarte los recuerdos que él me produce, puede que me creyeras demente. Pero mi pensamiento está siempre tan oculto dentro de mi mismo, que siento la tentación de transmitirlo a alguien. No cuentes a nadie nada de lo que te estoy hablando. Hace cinco minutos, Hareton me parecía, más que un ser humano, el símbolo de mi juventud. Si llego a hablarle, hubiera parecido que mis palabras eran insensatas. Su parecido con Catalina me la recordaba de un modo terrible. Ahora que no es eso lo que más me impresiona en él, porque todo me recuerda a Catalina sin necesidad de Hareton. Si miro al suelo, creo ver las facciones de ella grabadas en las baldosas. En los árboles y en las nubes, en todas las cosas durante el día y llenando el aire durante la noche, veo su imagen. ¡Creo verla en las más vulgares facciones de cada hombre y cada mujer, y hasta en mi propio rostro! El mundo es para mi una horrenda colección de recuerdos diciéndome que ella vivió y que la he perdido. Y es más: Hareton me parecía el fantasma de mi amor, la encarnación de mis salvajes esfuerzos para conservar mi derecho a él. ¡Y mi degradación, y mi orgullo, y mi felicidad, y mis sufrimientos! En fin, es una locura hablarte de estas cosas. Pero así comprenderás por qué no quiero estar con ellos. A pesar de mi repugnancia hacia la soledad, su compañía no me conviene. Al revés, contribuye a agravar las torturas constantes que me persiguen. Por otra parte, todo se combina para que vea con indiferencia la intimidad de los dos. Ya no puedo ocuparme de ellos.

—¿A qué *cambio* se refería usted, señor Heathcliff? —le dije, alarmada.

Pero no me parecía que corriese riesgo alguno. Rebosaba salud y vigor, y su razón no me preocupaba, ya que desde muy niño había sido aficionado a lo misterioso y se complacía en hablar de cosas fantásticas. Podía estar más o menos monomaníaco, a propósito de su amor perdido, pero en todo lo demás razonaba tan bien como yo.

—No puedo saber de qué se trata hasta que llegue —me contestó—. Por ahora sólo lo intuyo.

—¿Presiente usted una enfermedad? —pregunté.

—No, Elena.

—¿Tiene usted miedo a morirse?

—No tengo miedo de morir, ni presiento la muerte, ni espero morirme. ¿A santo de qué me moriría? Tengo buena salud y mis costumbres son muy ordenadas. Lógicamente, debo permanecer en este mundo, y permaneceré hasta que no quede ni un pelo en mi cabeza. ¡Mas, con todo, no puedo seguir en esta situación! ¡A cada momento necesito recordarme a mí mismo que he de respirar, que ha de seguir palpitándome el corazón...! Me pasa una cosa así como si tuviese que forzar a un muelle muy duro a que se mantuviese en la posición en que debe estar. He de violentarme para hacer el más pequeño acto que no se relacione con el pensamiento continuo que me devora, y he de violentarme para fijarme en cualquier cosa, animada o inanimada, que no se refiere a la única cosa que llena el mundo para mí. Sólo experimento un anhelo y todo mi ser y todas mis facultades se concentran en él.

Durante tanto tiempo y de tal modo lo he deseado, que estoy seguro de conseguirlo pronto, ya que ha devorado toda mi existencia. Y el deseo de que su realización se anticipe me ahoga. ¡Vaya! Lo que te he dicho no me ha aliviado, pero te explicará muchas cosas de mi modo de ser. ¡Dios mío, qué horrible lucha, y qué ganas tengo de que se acabe!

Se dio a pasear por la habitación, murmurando para sí cosas horrorosas. Llegué a sospechar que, como José aseguraba, la conciencia había convertido en un infierno su vida. Y estaba preocupada por el fin que todo aquello podría tener. Él no solía mostrar una actitud semejante, pero era indudable que no mentía cuando afirmaba que aquél era su estado de ánimo habitual. Viéndole ordinariamente, nadie se lo hubiera figurado. Usted, señor Lockwood, no se lo figuró cuando hizo conocimiento con él. Y en la época a que ahora me refiero era igual, aunque más amigo aún de la soledad y quizá más taciturno cuando estaba al lado de alguna persona.

Capítulo treinta y cuatro

Cortos días después, el señor Heathcliff empezó a prescindir de comer con nosotros, aunque no llegó a excluir del todo a Hareton y a Cati de su compañía. Optaba generalmente por ausentarse él y al parecer le bastaba con comer una vez al día.

Una noche, cuando toda la familia estaba acostada, le oí bajar la escalera y salir. A la mañana siguiente no había regresado aún. Estábamos en abril. El tiempo era tibio y hermoso. La lluvia y el sol habían dado verdor a la hierba y los manzanos que hay junto a la tapia del mediodía estaban en flor. Cati, después de desayunar, se empeñó en que yo cogiese una silla y fuese a hacer labor bajo los abetos. Después persuadió a Hareton, que ya estaba curado, para que cavase y arreglase un poco las flores, que al fin habían trasladado a aquel sitio para calmar a José. Yo miraba plácidamente el cielo azul y aspiraba el aroma del aire primaveral. De pronto, la señorita, que había ido hasta la entrada del parque a recoger semillas para su plantación, volvió diciendo que había visto llegar al señor Heathcliff.

—Y además me ha hablado —agregó, asombrada.

—¿Qué te ha dicho? —preguntó Hareton.

—Que me fuera corriendo. Pero me lo dijo de un modo tan raro y tenía un aspecto tan poco corriente, que no pude por menos de detenerme un momento para mirarle.

—¿Pues qué le pasaba?

—Estaba muy excitado, jovial, hasta casi risueño... ¡Bueno, esto muy poco!

—Sin duda le sientan bien los paseos nocturnos —dije yo, tan pasmada como ella. Y como ver al amo alegre no era un espectáculo ordinario, me las ingenié para buscar un pretexto y entrar. Heathcliff estaba ante la puerta, en pie, pálido y tembloroso. Pero sus ojos irradiaban un extraño placer que cambiaba completamente su semblante.

—¿Le sirvo el desayuno? —pregunté—. Después de andar por ahí toda la noche, debe usted estar hambriento.

Me hubiese agradado preguntarle adónde había ido, pero no me atreví a hacerlo directamente.

—No tengo hambre —contestó, volviendo la cabeza.

Hablaba con indiferencia, como si adivinase que yo deseaba conocer el motivo de su buen humor. Yo pensé que tal vez aquel momento fuera oportuno para hacerle algunas reflexiones.

—No creo que haga usted bien en salir —le amonesté— a la hora de estar en la cama, sobre todo ahora que el aire es muy húmedo. Va a coger un resfriamiento o unas calenturas. ¡A lo mejor lo ha cogido ya!

–Puedo soportar lo que sea –me contestó– y me alegrará mucho si así consigo estar solo. Anda, entra y no me molestes.

Pasé y pude apreciar que respiraba muy dificultosamente.

«Sí –pensé–. Se ha puesto enfermo. ¡Cualquiera sabe lo que habrá estado haciendo!».

Al mediodía comió con nosotros. Le di un plato rebosante, y pareció dispuesto a hacerle los honores después de su largo ayuno.

–No tengo enfriamiento ni fiebre, Elena –dijo, refiriéndose a mis palabras de por la mañana– y veras cómo como...

Cogió el tenedor y el cuchillo y cuando iba a probar del plato cambió de actitud como si hubiera perdido el apetito súbitamente. Soltó los cubiertos, miró por la ventana ansiosamente y se fue. Mientras comíamos anduvo dando vueltas por el jardín. Hareton propuso ir él a preguntarle por qué se había marchado, temeroso de que le hubiésemos disgustado con alguna cosa.

–¿Viene? –interrogó Cati a su primo cuando éste regresaba.

–No –repuso Hareton–, pero no está enfadado. Al contrario: me parece muy contento. Se incomodó porque le llamé dos veces, y me mandó que volviese contigo. Parecía muy sorprendido de que a mí no me bastase con tu compañía.

Yo coloqué su plato al lado de la lumbre para que no se enfriase. Heathcliff volvió dos horas más tarde. No se había calmado. Bajo sus negras cejas se notaba la misma anormal expresión de alegría, la misma cara pálida y la misma sonrisa extraña en sus dientes entreabiertos. El cuerpo le temblaba, pero no como cuando se tiembla de frío o de decaimiento, sino como cuando uno está excitado. Parecía una cuerda de guitarra demasiado tensa.

–¿Ha tenido usted alguna buena noticia, señor Heathcliff? –le pregunté–. Me parece encontrarle muy animado.

–No sé de dónde me van a llegar buenas noticias –respondió–. A lo único que me siento animado es a comer. Y al parecer hoy no se come aquí.

–Tome, tome la comida –repuse–. ¿Por qué no come?

–No la quiero todavía –dijo–. Elena, haz el favor de decir a Hareton y a la muchacha que no vengan por acá. Quiero estar solo.

–¿Le han dado algún motivo para que los destierre? –pregunté–. Vamos, señor Heathcliff, dígame qué le pasa. ¿Dónde estuvo usted anoche? No se lo pregunto por curiosidad. Pero...

–Me lo preguntas por una curiosidad estúpida –respondió–, pero a pesar de eso te contestaré. Esta noche he estado a las puertas del infierno. Hoy, en cambio, estoy a las puertas del paraíso. Sólo tres pies me separan de él. Y ahora márchate. No verás nada que te asuste, si dejas de espiarme.

Barrí el salón y limpié la mesa, y me marché completamente desconcertada.

Heathcliff no salió del salón en toda la tarde y nadie interrumpió su soledad. A las ocho, aunque no me había llamado, creí conveniente llevarle luz y la comida. Le vi acodado en el antepecho de una ventana, pero no miraba hacia afuera, sino hacia el interior. Del fuego sólo restaban cenizas. El aire suave y húmedo de la tarde había invadido la habitación, y en la calma del crepúsculo podía escucharse incluso el choque de la corriente contra las piedras. Yo dejé escapar una exclamación de disgusto al ver el fuego apagado y comencé a cerrar ventanas, hasta que llegué a aquélla en que él estaba apoyado.

—¿La cierro? —pregunté, notando que no se movía.

Mientras le hablaba, la luz de la bujía iluminó su rostro. Y su expresión me causó un terror indescriptible. Con sus negros ojos, su palidez de fantasma y su horrible sonrisa, me pareció un espíritu del otro mundo. Asustada, solté la vela, y quedamos en tinieblas.

—Ciérrala —dijo él con su voz acostumbrada—. ¡Qué torpe eres! ¿Por qué sostenías la vela horizontalmente? Trae otra.

Salí, loca de horror, y dije a José:

—El amo dice que le lleves una luz y le enciendas el fuego.

No osaba volver a entrar. José entró en el salón, llevando una palada de brasas y una bujía, pero salió enseguida, trayendo de paso la comida del amo, y nos dijo que éste se iba a acostar y que hasta el día siguiente no comería nada.

Oímos a Heathcliff subir la escalera, mas no se fue a su habitación, sino a aquella donde está la cama con tabiques de madera. Como la ventana de su cuarto es bastante ancha, se me figuró que acaso quería salir por ella sin que lo averiguáramos.

«¿Será un duende o un vampiro?», me pregunté.

Yo había leído cosas acerca de esos demonios encarnados. Pero al recordar que yo misma le había cuidado cuando era niño, cómo había asistido a su desarrollo hasta que llegó a la juventud y cómo había seguido paso a paso casi toda su vida, reconocí que era absurdo dejarme llevar por tales impresiones.

«Sí, pero ¿de dónde procedía aquella criatura que un buen hombre recogió para su propio mal?», repetía dentro de mí la superstición. Y yo, medio dormida ya, me debatía en un laberinto de suposiciones, buscando alguna definición que concretase lo que era Heathcliff. En sueños evoque toda su vida, y al final me figuré que asistía a su muerte y a su sepelio, de todo lo cual no recuerdo otra cosa sino que me veía muy preocupada para saber qué inscripción habíamos de poner en su tumba, y hasta hablé sobre ello con el sepulturero, concluyendo todo con poner únicamente «Heathcliff», ya que no tenía apellido conocido. Y, en verdad, esto sucedió así en la realidad, como verá usted si entra en el cementerio.

Con la aurora, recuperé el sentido común. Me levanté y fui a ver si en el jardín había huellas de pasos, pero no vi nada.

«Se habrá quedado en casa», pensé.

Preparé el desayuno y aconsejé a Hareton y a Cati que ellos lo tomaran primero. Optaron por desayunar en el jardín, bajo los árboles, y les llevé allí una mesa.

Cuando entré otra vez en la casa, hallé al amo hablando con José sobre asuntos de la finca. Le dio claras y precisas instrucciones sobre lo que trataban, pero noté que hablaba muy deprisa y daba otras muestras de excitación. José salió y Heathcliff se sentó en su sitio habitual. Le llevé una taza de café. La aproximó hacia sí, apoyó los brazos en la mesa y se puso a mirar a la pared de enfrente examinándola de arriba abajo con tal concentración, que hasta suspendió la respiración durante unos segundos.

—Coma —exclamé, poniéndole en la mano un pedazo de pan—. Coma y tome el café antes de que se enfríe. Lo tiene usted delante hace una hora...

No pareció fijarse en mí. Sonrió de un modo tan horrible, que yo hubiera preferido verle rechinar los dientes antes que sonreír de aquella manera.

—¡Señor Heathcliff! —grité—. Me mira usted como si estuviera contemplando una visión del otro mundo, ¡por amor de Dios!

—Y tú habla más bajo, por amor de Dios también —contestó—. Mira alrededor y dime si estamos solos.

—Desde luego —contesté—, desde luego que sí.

Sin embargo, miré como si lo dudara. Él separó con un manotazo la taza y apoyó los codos sobre la mesa.

Reparé entonces en que no concentraba la vista en la pared, sino como a unas dos yardas de distancia. Viere lo que viere, ello le hacía a la vez estremecerse de placer y de dolor, o por lo menos lo parecía, a juzgar por la expresión de su cara. Lo que creía ver no permanecía inmóvil, ya que los ojos de Heathcliff cambiaban constantemente de dirección. Yo traté de convencerle de que comiese, pero inútilmente. Cuando, a veces, atendiendo a mis ruegos, tendía la mano hacia un trozo de pan, sus dedos se crispaban antes de alcanzarlo, y enseguida se olvidaba de ello.

Me senté y procuré distraerle de su obsesión. Al fin se levantó y me dijo que yo le impedía comer en paz. Agregó que en lo sucesivo le dejara el servicio en la mesa y me fuera. Y después de pronunciar estas palabras salió al jardín, bajó lentamente por el sendero y desapareció.

Transcurrieron las horas angustiosamente para mí, y otra vez llegó la noche. Me acosté muy tarde y no pude dormirme. Él volvió después de las doce, pero se encerró en la habitación de abajo en lugar de irse a su alcoba. Escuché un rato y, al cabo, me vestí, salí de mi alcoba y bajé.

Percibí los pasos del señor Heathcliff, que paseaba lentamente. De vez en cuando respiraba hondamente, de un modo tan angustioso, que pareció gemir. También le oí murmurar algunas palabras, entre las cuales distinguí claramente el nombre de Catalina acompañado de alguna otra expresión de amor o de pena. Parecía que hablaba con alguien con palabras que saliesen del fondo de su alma. No me atreví a entrar en la habitación, pero para distraer su atención empecé a revolver el fuego de la habitación. Él me oyó antes de lo que yo esperaba. Salió y dijo:

—¿Es ya de día, Elena? Trae luz.

—Están dando las cuatro —contesté—. Si necesita bujía para subir, puede encenderla aquí, en la lumbre.

—No subo —respondió—. Prepara fuego y lo necesario en este cuarto.

—Tengo que encender bien las ascuas antes de traerlas —dije, mientras tomaba una silla y empuñaba el fuelle.

Heathcliff paseaba de un lado a otro de la habitación y parecía casi completamente absorto en sí mismo. Los suspiros entrecortaban su respiración.

—Cuando amanezca tengo que mandar a buscar a Green —me dijo—. Quiero hacerle unas consultas sobre cosas legales ahora que todavía estoy en pleno juicio. Aún no tengo redactado mi testamento y no sé qué haré con mis bienes. Siento mucho no poder hacerlos desaparecer de la faz de la tierra.

—No diga eso, señor Heathcliff —respondí— y déjese de testamentos. Aún le quedará tiempo para arrepentirse de las muchas injusticias que ha cometido usted. Nunca creía posible que sus nervios se alterasen tanto como lo están ahora. Y es que lleva usted tres días haciendo una vida que no la hubiera resistido ni un titán. Coma algo y descanse. Mírese al espejo y verá que necesita una y otra cosa. Tiene usted chupadas las mejillas y los ojos inyectados en sangre. Está muerto de hambre y de sueño...

—No creas que no como ni duermo porque depende de mí. No lo hago adrede. En cuanto pueda, comeré y dormiré. Pero pedírmelo ahora es como pedir a un náufrago que no nade cuando está a una braza de la orilla. Primero llegaré a ella, y ya descansaré luego. Bueno, no pensemos en el señor Green. Y respecto a mis injusticias, como no he cometido ninguna, de ninguna tengo que arrepentirme. Soy demasiado feliz y, sin embargo, aún no lo soy tanto como quisiera serio. La felicidad de mi alma destruye mi cuerpo y, no obstante, no le basta con lo que tiene...

—¡Extraña felicidad es la suya, señor! —comenté—. Si usted quisiera oírme sin enfadarse, le daría un consejo que le permitiría sentirse más dichoso.

—¿Qué consejo? Dámelo.

—Ya sabe, señor Heathcliff, que desde los trece años ha vivido usted una vida impía. Seguramente desde entonces no ha cogido usted una Biblia. Debe usted haber olvidado las enseñanzas cristianas y quizá no le sobrará volverlas a reparar. ¿Qué habría de malo en llamar a un sacerdote para que le recordase las enseñanzas de Cristo y le hiciese comprender cuánto se ha separado usted de ellas y lo mal dispuesto que está su espíritu para salvarse, a menos que no se arrepienta antes de morir?

—Más que ofenderme, te agradezco que me hables de eso, Elena, porque así me recuerdas que tengo que darte instrucciones sobre mi entierro. Mandarás que me sepulten al atardecer. Tú y Hareton podéis acompañarme, si os parece bien, y no te olvides de hacer que el sepulturero obedezca las instrucciones que le di. No hace falta que acuda cura alguno ni que se recen responsos. ¡Te aseguro que yo he alcanzado ya mi cielo, y si algún otro hay, no me interesa ni en lo más mínimo!

—¿Y si por obstinarse en no tomar alimento se muriese, y por esa causa no le quisieran enterrar en tierra sagrada? ¿Qué le sucedería?

—No se dará este caso —contestó—, pero, si ocurre, ocúpate de que me entierren allí en secreto. Y si no lo haces así, ya te demostraré de un modo palpable que los muertos no se disuelven del todo.

Al oír que se levantaban los demás, se fue a su cuarto y yo respiré, aliviada. Pero, por la tarde, después de que salieron Hareton y José, me fue a buscar a la cocina y me pidió que me sentase a su lado. Necesitaba compañía, al parecer. Yo le contesté que su aspecto y su conversación me asustaban, y que ni mi voluntad ni mi estado de nervios me permitían hacerle compañía.

—Ya veo que me tienes por un demonio —dijo, riendo tétricamente—. Me consideras demasiado horrible para vivir en una casa normal. —Y, volviéndose a Cati, que se escondió detrás de mí al acercarse él, añadió medio en broma—: Y tú, ¿no quieres venir conmigo? No, claro. Para ti debó ser peor que el demonio. Pero allí dentro hay alguien que no me rehusará su compañía...

No pidió a nadie más que estuviese con él. Al oscurecer se fue a su cuarto. Toda la noche le oímos quejarse y hablar solo. Hareton quería entrar, pero yo le mandé a buscar al señor Kenneth. Cuando éste vino, encontramos que la puerta del amo estaba cerrada por dentro. Heathcliff nos mandó a paseo, aseguró que se encontraba mejor y ordenó que le dejásemos en paz. Así pues, el médico se marchó.

La noche siguiente fue muy lluviosa. Estuvo diluviando hasta el amanecer. Cuando salí al jardín, a la aurora, vi que la ventana del cuarto de la cama de tablas, donde estaba Heathcliff, se hallaba abierta y la lluvia entraba por ella a torrentes.

«Si estuviese en la cama —reflexioné— se hubiera calado. Debe haberse levantado o salido. ¡Ea, voy a verlo!».

Busqué otra llave que servía para abrir la puerta de la habitación y entré. Como no vi a nadie en el cuarto, separé los paneles corredizos del lecho de tablas. Heathcliff estaba en él, tendido de espaldas. Tenía en los labios una vaga sonrisa, y sus ojos miraban fijamente de un modo agudo y feroz. El corazón se me heló; no podía creer que Heathcliff estuviese muerto. Mas su cabeza y su cuerpo, así como las sábanas, estaban chorreando y él no se movía. Los postigos de la ventana, movidos por el viento, se agitaban de un lado a otro y le habían lastimado una mano que tenía apoyada en el alféizar. Sin embargo, no sangraba. Cuando le toqué no dudé más. Estaba muerto, rígido. Cerré la ventana, separé de la frente de Heathcliff su largo cabello y traté de cerrarle los párpados para ocultar aquella terrible mirada, pero no lo conseguí. Sus ojos parecían burlarse de mí, y sus dientes, brillando entre los labios entreabiertos, también. Asustada, llamé a José. Éste alborotó y gruñó, y se negó a hacer nada con el cadáver.

—¡El diablo se ha llevado su alma! —gritó—. ¡Y por lo que dependa de mí, también cargará con sus restos! ¡Grandísimo malvado! Está enseñando los dientes a la muerte...

Y quiso imitar su lúgubre sonrisa para mofarse de él. Creí que hasta iba a bailar de alegría alrededor del lecho. Sin embargo, recobró su compostura, e hincándose de rodillas y levantando las manos al cielo dio gracias a Dios de que el amo legítimo y la antigua estirpe recuperasen al fin los derechos que les eran propios.

Quedé abrumada, evocando con tristeza los antiguos tiempos. El pobre Hareton fue el que más se disgustó de todos nosotros. Toda la noche veló junto al cadáver llorando con desconsuelo. Apretaba la mano del muerto, besaba su áspero y sarcástico rostro, que sólo él se atrevía a mirar, y mostraba el dolor real que brota siempre de los pechos nobles aunque sean duros como el acero mejor templado.

El doctor Kenneth se halló muy apurado para diagnosticar las causas de la muerte. No le hablé de que el amo había pasado sin comer los cuatro últimos días, para evitar que ello nos produjera complicaciones. Por mi parte, estoy segura de que aquello fue efecto y no causa de su rara enfermedad.

Se enterró como había ordenado, no sin que el vecindario se escandalizase. Hareton, yo, el sepulturero y los seis hombres que transportaban el ataúd, compusimos todo el cortejo fúnebre. Los seis hombres se marcharon después de que se bajó el ataúd a la fosa, pero nosotros nos quedamos aún. Hareton, lloroso, cubrió la tumba de verde hierba. Creo que ahora su sepulcro está tan florido como los otros dos que se hallan junto a él, y espero que su ocupante descanse en paz. Pero si preguntara usted a los campesinos le contarían que el fantasma de Heathcliff se pasea por los contornos. Hay quien asegura haberle visto junto a la iglesia y en los pantanos, y hasta dentro de esta casa. Eso son habladurías, diría usted, y yo opino lo mismo. Y, no obstante, ese viejo que ve usted junto al fuego, en la cocina, jura que, desde que murió Heathcliff, les ve a él y a Catalina Earnshaw, todas las noches de lluvia, siempre que mira por las ventanas de su habitación. Y a mí me sucedió una cosa muy rara hace alrededor de un mes. Había ido a la «Granja» una oscura noche que amenazaba tempestad, y al volver a las «Cumbres» encontré a un muchacho que conducía una oveja y dos corderos. Lloraba desconsoladamente, y me figuré que los corderos eran rebeldes y no se dejaban llevar.

—¿Qué te pasa? —le pregunté.

—Ahí abajo están Heathcliff y una mujer —balbució— y no me atrevo a pasar, porque quieren atraparme.

Yo no vi nada, pero ni él ni las ovejas quisieron seguir su camino, y entonces le dije que siguiera otro. Seguramente iba pensando, mientras andaba a campo traviesa, en las tonterías que habría oído contar e imaginaría ver el fantasma. Pero el caso es que ahora no me gusta salir de noche, ni me agrada quedarme sola en esta casa tan sombría. No lo puedo remediar. Así que tendré una gran alegría en que los primos se vayan a la «Granja».

—¿Así que se instalan en la «Granja»?

—En cuanto se casen, y piensan hacerlo el día de año nuevo.

—¿Quién se queda a vivir aquí?

—José, y quizá un mozo para acompañarle. Se arreglarán en la cocina y cerraremos el resto de la casa.

—A disposición de los espectros que quieran habitar en ella, ¿no?

—No, señor Lockwood —contestó Elena moviendo la cabeza—. Yo creo que los muertos reposan en sus tumbas, pero, sin embargo, no se debe hablar de ellos con esa frivolidad.

Rechinó la puerta del jardín. Los paseantes volvían a casa.

Al verlos pararse en la puerta para mirar una vez más la luna —o más exactamente, para mirarse el uno al otro a la luz lunar—, sentí otra vez un irresistible impulso de marcharme. Así que, deslizando un pequeño obsequio en la mano de la señora Dean, y desoyendo sus protestas por la brusquedad con que me marchaba, salí por la cocina mientras los novios abrían la puerta del salón. Esta manera de partir hubiera confirmado las opiniones de José sobre los que suponía escarceos amorosos de su compañera de servicio, a no haberle dado una garantía de mi honorable respetabilidad el sonido de una moneda de oro que arrojé a sus pies.

Al alejarme, di un rodeo para pasar al lado de la iglesia. Observé cuánto había avanzado en siete meses la progresiva ruina del edificio. Más de una ventana ostentaba negros agujeros en lugar de cristales, y aquí y allá sobresalían pizarras sobre el alero, desgastado por las lluvias del otoño.

A poco, vi las tres lápidas sepulcrales, colocadas en un terraplén, cerca del páramo. La del centro estaba amarillenta y cubierta de matojos, la de Linton tan sólo ornada por el musgo y la hierba que crecían a su pie, y la de Heathcliff completamente desnuda.

Yo me detuve allí, cara al cielo sereno. Y siguiendo con los ojos el vuelo de las libélulas entre las plantas silvestres y las campanillas, y oyendo el rumor de la suave brisa entre el césped, me admiré de que alguien pudiera atribuir inquietos sueños a los que descansaban en tan quietas tumbas.

EMILY BRONTË, nació en Thorton, Yorkshire, en 1818 y murió en Haworth, también en Yorkshire, en 1848. Fue la quinta de seis hermanos. Los hermanos Brontë se criaron en un ambiente puritano, severo y culturalmente fértil, basado sobre todo en la lectura de la Biblia y el ejercicio de la imaginación. Tres hermanas, Charlotte, Anne y Emily, destacaron especialmente como excelentes narradoras y siendo todavía niñas crearon historias y sagas fantásticas en los reinos inventados de Angria y Gondal, dos espacios fundacionales y míticos, a los que Emily regresaría en sus poemas. La madre de las Brontë murió prematuramente de un cáncer de estómago, y Emily y Charlotte, junto a sus hermanas mayores, Maria y Elizabeth, fueron enviadas a un internado para hijos de clérigos en Cowan Bridge, cerca del distrito de los lagos. El colegio le sirvió de modelo a Charlotte para crear el siniestro colegio Lowood de su famosa novela *Jane Eyre*, que junto a *Cumbres Borrascosas*, de Emily, y *La dama de Wildfell*, de Anne, forman la espectacular trilogía familiar.

9 789373 680118

Printed at Repro India Ltd.